U0613281

黄坤尧 著

岭南近代诗词丛谈

岭南文库编辑委员会 广东中华民族文化促进会 合编

南方传媒 广东人民出版社·广州

图书在版编目 （CIP） 数据

岭南近代诗词丛谈／黄坤尧著. —— 广州：广东人
民出版社，2025. 6. ——（岭南文库）. —— ISBN 978 – 7
– 218 – 18350 – 3

Ⅰ. I207. 209

中国国家版本馆 CIP 数据核字第 2025JR1483 号

Lingnan Jindai Shici Congtan

岭南近代诗词丛谈

黄坤尧　著

出 版 人：肖风华

丛书策划：夏素玲
责任编辑：谢　尚　沈展云
责任校对：胡艺超
封面技编：吴彦斌
装帧设计：亦可文化　青梧社

出版发行：广东人民出版社
地　　址：广州市越秀区大沙头四马路 10 号（邮政编码：510199）
电　　话：（020）85716809（总编室）
传　　真：（020）83289585
网　　址：https://www. gdpph. com
印　　刷：恒美印务（广州）有限公司
开　　本：640mm×970mm　1/16
印　　张：25. 75　插　　页：1　字　　数：311 千
版　　次：2025 年 6 月第 1 版
印　　次：2025 年 6 月第 1 次印刷
定　　价：148. 00 元

如发现印装质量问题，影响阅读，请与出版社（020 - 85716849）联系调换。
售书热线：（020）87716172

ISBN 978-7-218-18350-3

9 787218 183503 >

《岭南文库》前言

广东一隅，史称岭南。岭南文化，源远流长。采中原之精粹，纳四海之新风，融汇升华，自成宗系，在中华大文化之林独树一帜。千百年来，为华夏文明的历史长卷增添了绚丽多彩、凝重深厚的篇章。

进入十九世纪的南粤，以其得天独厚的地理环境和人文环境，成为近代中国民族资本的摇篮和资产阶级维新思想的启蒙之地，继而成为资产阶级民主革命和第一次国内革命战争的策源地和根据地。整个新民主主义革命时期，广东人民在反对帝国主义、封建主义和官僚资本主义的残酷斗争中前仆后继，可歌可泣，用鲜血写下了无数彪炳千秋的史诗。业绩煌煌，理当镌刻青史、流芳久远。

新中国成立以来，广东人民在中国共产党的领导下，摧枯拉朽，奋发图强，在社会主义物质文明建设和精神文明建设中卓有建树。当中国社会跨进二十世纪八十年代这一全新的历史阶段，广东作为国家改革开放先行一步的试验省区，被置于中国现代化经济建设发展的前沿，沿改革、开放、探索之路突飞猛进；历十年艰辛，轰轰烈烈，创造了中国经济发展史上的空前伟绩。岭南大地，勃勃生机，繁花锦簇，硕果累累。

际此历史嬗变的伟大时代，中国人民尤其是广东人民，有必要进一步认识岭南、研究岭南，回顾岭南的风云变幻，探寻岭南的历史走向，从而更有利于建设岭南。我们编辑出版《岭南文库》的目的，就在于予学人以展示其研究成果之园地，并帮助广大读者系统地了解岭南的历史文化，认识其过去和现在，从而激发爱国爱乡的热情，增强民族自信心与自豪感；高瞻远瞩，继往开来。

《岭南文库》涵盖有关岭南（广东以及与广东在历史上、地理上有密切关系的一些岭南地域）的人文学科和自然学科，包括历史政治、经济发展、社会文化、自然资源和人物传记等方面。并从历代有关岭南之名著中选择若干为读者所需的典籍，编校注释，选粹重印。个别有重要参考价值的译著，亦在选辑之列。

《岭南文库》书目为三百五十种左右，计划在五至七年内将主要门类的重点书目基本出齐，以后陆续补充，使之逐渐成为一套较为齐全的地域性百科文库，并作为一份有价值的文化积累，在祖国文化宝库中占一席之地。

岭南文库编辑委员会
一九九一年元旦

目　录

第三编　岭南诗人与澳门

序一 陈永正

　　这是一部当代的诗话，一部诠释岭南近代诗词的著作。坤尧先生曾声言"诗不宜解，只宜读"，这固然是深谙诗道者觉悟之语，可是，作为一位传道解惑的资深教授，更知道诗并不是不可解的，关键是由谁去解和怎样解。

　　先生首先是一位诗人。法哲伏尔泰云，惟有诗人心灵方能解诗。诗，是要去体悟的。有体验，方能悟入。诗道，是君子养成之道，通过学诗，调理心性，变化气质。感受高贵的文化传统，潜移默化，个人精神上受到教益，自能加深对诗歌的理解；通过学诗，转变固有的白话思维方式，而代之以文言思维、诗性思维，认识到诗歌语言中独有的非理性、反逻辑的一面。能诗者，有丰富的创作经验，深知个中甘苦，对诗歌体制源流了然胸中，掌握作诗的法度，熟悉各种技巧，知道诗人是如何去寄寓自己的感情，其解诗当别有会心之处。先生曾述说自己"走过一条条僻静的道路，幽深曲折，直探诗心"，这条路就是学诗的寂寞求索之路，他少年时候所写的一句诗"一路寒花扑我身"，就是"菩提树下证道之作"。诗人依仗心灵去读诗解诗，故能臻"妙达神旨的境界"。

　　先生更是一位学者。作为一位诗评家，必须是通才，博闻多识，贯通古今，有深厚扎实的学问功底，对中国传统文化有总体的认识。还要学有专攻，具有诗学方面的专门知识，经过长期的专业训练，掌握一套完整的研究方法。二是要精识，正确理解，善于鉴别，这种感受能力，既源于天赋，亦有赖于后天的勤勉，志存高雅，博览玄思，方得养成。三是公正，有开阔的胸襟，独立思考，公心卓识，避免偏见曲解。能备"才、学、识、德"四端，始可说诗。

先生的本职是教师，几十年间，在课堂上不懈地教诗、解诗、研究诗，而且非常成功，深知"任何艺术都得讲天分，诗人老师不担保一定能调教出诗人"，但还是努力为学生提供基础的知识，营造良好的气氛，引导学生正确鉴赏作品，领会各种技巧并尝试创作诗歌。本书也是先生长期诗教经验的总结。

本书的内容包括"粤省诗词学论述"、"香港诗词综览"、"岭南诗人与澳门"三编，阐明诗歌基本理论，评述近代粤港澳的诗作，也论及词、语体诗，记录近代岭南诗人之诗词往还。先生主张"诗路多途，有容乃大。不同的创作，不同的风格，汇聚众流，旁参比美，声气相通，才能蔚成一代的美学"。真正好的诠释，也许不必尽发诗中的意蕴，而是启发读者如何进入诗中，去理解其深微的本旨。本书主要探讨近代粤省、香港、澳门三方面的作品，吸取古代诗话传统手法，贴近世情，直击本原，洞察诗人精神世界中最隐秘之处，揭示诗歌的言外之意。诗是美文，而以美辞释之，这是本书一大特色，也是有别于一些同类著作之处。书中还收录了大量不为人知的文献资料，为后来的研究者提供方便。

我与坤尧先生相识三十余年，最初只是文字之交，诗简往还而已。本世纪初，先生与我一起筹办"中山大学——香港中文大学华南文献研究中心"，合作编纂《全粤诗》。其后又与澳门大学施议对教授共同发起"穗港澳大学生诗词大赛"，至今已历十四届，扩展至全国各大学。先生担任评审委员，撰写评论文章，正言高论，以心法心得示人，增进学生的识力和创作能力。在这期间，我曾多次接受邀请，赴港讲学及参与各种学术活动，有更多机会向先生请教。先生是一位既有中国传统文人气质又有西方绅士风范的当代君子，谦和有礼，真挚诚恳，在相与交往的过程中，自觉受益匪浅。

记得十几年前的一个黄昏，坤尧先生与我站在新亚书院的"天人合一亭"外，遥望大海，西天一抹明霞，与新月倒映在太极池中，水天一色，浩渺无涯。我低诵着钱穆先生所撰的碑文："中国古人认为人生与天命最高贵最伟大处，便在能把他们两者和合为一。"心中顿时浮起王维"天命无怨色，人生有素风"的诗句。诗歌，不正是和合两者的最佳之选吗？

乙巳春于康乐园沚斋

序二 钟 东

　　香港中文大学黄坤尧教授是海峡两岸及港澳地区卓有成就的学者、诗词作家、诗教领航人。早在世纪之初，我访问香港中文大学，得到了他的关照，他给予了我学术研究方面的许多帮助。其时，我在中山大学参与《全粤诗》的编纂，主要是古代部分，当时只做到明代，还未及清代。但是那个时候，黄坤尧先生和其博士研究生弟子程中山老师已经整理了岭南近代诗词、诗话等许多文献，特别是与香港有关的近代岭南别集。他们在整理的时候，版本既经目验，而文字也开始录入。我在港期间，曾由黄先生师徒引导对《全粤诗》的阅读，时间由古代、近代而现代，直到抗战时期香港的旧体诗词群体和作品，一时之间，开我眼目。一方面是古典文学的文脉到广东近现代的时候还延续着，并持续辉煌着；另一方面是黄先生的治学得章黄学派的正传，而他自己又沉浸在风雅兴趣之中，这给我许多启发。这两方面的收益，或许是别人所未有的。

　　几十年以来，黄坤尧先生笔耕不辍，除了诗词散文创作以及组织诗词比赛之外，著作屡出，其领域在语言学与文学之间徜徉。现在的这本《岭南近代诗词丛谈》，则是先生对于岭南近代诗词长期持续研究积累而成的专著。

　　这本专著是非常有特色的。首先是相对于全国来说，岭南是区域的概念，在这本书中，主要选择了粤省与香港、澳门具有代表性的诗词作家、作品以作研究的对象。其次是研究粤港澳，本书可见写作上是以分论为主，但正如黄先生的观察所见，三地是唇齿相依的，所以在研究的时候，文章特别照顾到岭南近代时期诗词作家的流动与交流关系。例如香港的诗词对于近代岭南诗词整体成就的影响如何、辛亥革命"漂移"到香港的诗词作家的情况如何、绣诗楼与沧海楼这些粤省诗人在香港的文学活动和诗词创作如何、以因战乱而流落香港的诗人为主体的硕果诗社群体在香港进行诗词创作的历史情况如何、香港文学之鼻祖王韬和画家邓芬的诗词创作，以及澳门郑家大屋与郑观应、番禺籍诗人黄节与澳门、硕果诗社如何写澳门，都是兼顾当时的港澳与粤省的关系。再次是虽然本书研究的重点是近代的岭南诗词，但是黄先生注意到了从源头上去梳理，比如"岭南"这个区域的诗词成为全国引人注目的"岭南诗派"，从数量与质量而论，有些什么衡量的标识，这是"沿波而讨源"、"因枝而振叶"的研究。最后是本书最为重要的，即对于具体问题的研究，例如"汉军商氏"一门四杰的诗词成就与政治和教育的关系、廖恩焘"广东俗话七律诗"如何俗法、广州词人张叔俦的生平与创作的研究、鲜为人知的黄咏雩《天蠁词》的诗词成就及其成因、近代岭南词家詹安泰的词学体系等。总之，本书是以"岭南"为地缘，以诗词传承为学缘，以文人活动为事缘，以时运交移为时缘，对岭南近代诗词文学与社会人事的关系，作了多维度多向度的研究。

以上述介，旨在肯定这本著作实际上是岭南近代诗词文学史的专著。以下就"诗词"、"近代"与"岭南"在题目中的关键词，写点感想。

　　诗词，乃是中国古代文学中的体裁。刘勰《文心·情采》谓文有三类，"情文、声文、形文"，诗词文学固然是情文，也有形的要求，但也是声文。若以声文论诗词，除了文字本身的音韵之外，本合于乐声。诗，自三百篇以"六义"垂教后人，其采诗入乐，文以音声，即为乐府之源、词之源。故知中国文学诗词的万古长河，由《诗经》发端。历楚、汉辞赋和乐府，至魏晋南北朝历代名手的摛藻敷彩，诗体与词体渐趋成熟，而后有"唐诗"、"宋词"之论。可是，到近代，歌诗与声词的音乐也逐渐退去，大家只注重语言艺术的诗词。作为语言艺术的诗词，"言志"，始终是永恒的法则。《诗·大序》曰："诗者，志之所之也，在心为志，发言为诗。情动于中而形于言。"志，指人的意念、心情，《说文·心部》："志，意也。"《书·舜典》："诗言志，歌永言。"《左传·昭公二十五年》："是故审则宜类，以制六志。"孔颖达疏："此六志，《礼记》谓之六情。在己为情，情动为志，情志一也。"人心的情志活动，形诸语言，便成歌诗。词为诗余，同本礼乐，诗源远流长，艺海无涯。抒情言志，诗词本分。所谓艺海无涯，指永远可探寻的空间。近代客居番禺的汪瑔（1828—1891）吟道："文章小道耳，成就何其难。探寻入微渺，一一镌肺肝。及其功夫全，不过一字安。"作者自谦，无可厚非。然则，诗词文章之道，岂小道也哉？作为语言艺术，诗词文学每一个字都有音声意义、形体的内涵。黄先生在诗词文学研究的同时，也是卓有成绩的古汉语音韵学的专家，他对于诗词语言艺术的研究，远非今天某些仅以诗词闻名的学人可比。可以断定，如果不明古汉语规律、不深明音韵学、不长期研究汉语语言，这本书的一些题目，绝对无从下手：前人一字安，妙赏审音难。

诗词若冠以"岭南近代"四字，道之大者在焉！岭南的人、岭南的事、岭南的风物、岭南的语言、岭南的版本、岭南的生活与情感，这些都是完全不同于中原、江南、江右的地方历史文化因子。此语何说？据陈永正先生考证，最早标举"岭南诗派"的是明代学人胡应麟，他的标立建立在与吴越闽和江右的比照上。自唐张九龄以来，岭南诗有独特的主张、有地域的风格、有自己的家数。这是历史上长期形成的，也是学术界已经论定的。

岭南，是五岭之南到南海群岛的这一块版图，岭之北代表中国内陆的深厚文明，海之上代表当时世界的先进科技及与之完全不同的文化。近代，历史家定的时间大约是1840年至1919年，一方面西方人打开了清朝的国门，清政府虽然无能，但世界展现于前，民眼也由此睁开。另一方面殖民地与半殖民地的时代，充分暴露了清朝的落后，民智也随之开启。岭南与近代的联络，是蔚蓝的大海。海上首先是英国人以鸦片打破了清朝自给自足的状态，林则徐这些有胆有识人士的禁烟活动却受到琦善等人掣肘，朝廷在外敌的坚船利炮面前完全是软弱退让。国门打开，粤地经港澳漂洋过海的人也就日益增多。所以，近代岭南虽看起来是区域性的，但到目前为止，作为学问，岭南地方的研究业已成为世界性的话题。

从社会变革的角度来说，近代岭南是中国社会转型的前沿和中心，是中国社会矛盾变化的前沿和中心，中国与帝国主义经济文化入侵的矛盾、封建社会统治者与民众的矛盾、维新与革命的矛盾，都是从广东蔓延及全国的。正因如此，岭南近代的人与事，也引导着中国当时的社会新方向，引导着革命者的新方向，深远地影响了中国近代，及我们现在的当代。近代岭南成为全国的前沿，这与历史形成的海上丝路有着密切的关系，也与粤人善于学习、兼融并蓄、敢于创新有关。

从诗词文学来说，岭南近代是诗词积淀的区域和时代。以诗词为视角，岭南有非常广远的历史时间感。自古歌谣的先秦时代，岭南便有佚名之作，有姓名的诗人始自汉代杨孚。魏晋南北朝外地名家如吴隐之、谢灵运等人入粤，从此文学上与岭北往来络绎不绝。唐有张九龄，宋有余靖引人注目。之后诗人辈出，群星灿烂，岭南的地缘、亲缘、师缘等关系，形成了生生不息的诗词生态。宋代岭南的崔与之、刘镇、李昴英能诗善词，各有成就。明代则有前后南园五子，自明初至明中，他们在诗坛前后相继，使地方的文脉绵延不绝。自明中白沙子陈献章出，至明末清初岭南三大家，岭南思想活跃、易代形势复杂，此时的爱国诗人如屈大均、陈恭尹等一大批人与南宋末的赵必璪遥相呼应，彰显了爱国精神。时至清代，岭南诗词更多有成就的作者，清初程可则、梁佩兰表现出不同的生命情态与艺术追求，清中廖燕、黎简、宋湘则更是岭南有创新的诗歌名家。词方面则有岭南四家张锦芳、黎简、黄丹书、吕坚等人成一时之盛。然而能得词学传统，尊词本体的作家，以吴兰修、仪克中为代表。

岭南诗词文学正因为有以前的世代积累，有肥沃的文学土壤与本生态势，方始于近代民国时期，在社会巨变的激发和孕育中，有蓬勃的发展。岭南近代诗词文学土壤肥沃、态势生猛，出现了张维屏、陈澧、朱次琦、黄遵宪、康有为、梁启超、梁鼎芬、曾习经、黄节、罗惇曧、苏曼殊、潘飞声、陈洵、叶恭绰这些名家。张维屏具有史家的修养，其《国朝诗人征略》、《艺谈录》是以纪传为体的文学史著。陈澧学问渊博，精于经史之学，诗宗六朝，词学多家，但其对于古代音韵学、声律学的整理成果，直接可以用于诗词的吟诵，至今还流传活跃在广东人的唇吻之间。朱次琦学宗郑玄、朱熹，精通经史、性理、掌故、词章，教育方面成就巨大，门生有康有为、简朝亮、梁耀枢等人，皆是人中豪杰。而黄遵宪是清廷派到日本、美国、英国、新加坡的使臣，他受到域外思想的激发，号召"诗界革新"。康有为在《马关条约》签署之后，联合京城会试举人千余人"公车上书"清帝，鼓动变法图强，后得光绪帝召见，促成"百日维新"。梁启超，与其师康有为同为戊戌变法的首领，鼓吹推广维新的干将。康梁的诗词，都是变法维新之余事。梁鼎芬为晚清学者、藏书家、广雅书院首任院长，以其诗词成就被称为"近代岭南四家"之一（另为曾习经、罗惇曧、黄节）。曾习经善于食货掌故，为户部主事，思想守旧，但其诗则含至情真性。罗惇曧因官居北京，工诗能书，所善题材广泛，意蕴深迥。黄节醉心于国学，曾在沪上与章太炎、马叙伦等创立国学保存会，长期居北京，任北京大学文学院教授、清华大学研究院导师。他整理了自上古至六朝的诗学，自己亦精于作诗，有《蒹葭楼集》。其诗格澹而奇，趣新而妙，唐面宋骨，一洗万古凡马空。苏曼殊留学过日本，精通英、日、法、梵等语，曾出家惠州，实际上却是革命人士，其诗境悱恻芬芳，清丽动人。潘飞声曾游德国、中国香港，民国居上海，诗词书画并工，为南社社员，与高旭、俞锷、傅屯艮并称"南社四剑"；又与罗惇曧、曾习经、黄节、黄遵宪、胡汉民合称"岭南近代六大家"。陈洵晚得朱孝臧之荐，入中山大学为词学教授，传《海绡词》。叶恭绰出身书香门第，承祖父叶衍兰、父叶佩含之衣钵，成诗人兼书画家、收藏家、政治活动家，早年毕业于京师大学堂仕学馆，后留学日本入孙中山同盟会；归国后曾任北洋政府交通总长、孙中山广州国民政府财政部长、南京国民政府铁道部长、北京大学国学馆馆长。

因此可以说，岭南近代诗词，是这一方水土的人留存的文化财富，有着非常特殊的历史和文学的意义。而黄先生这本专著，选取了最典型的历史个案来研究。

面对这丰富的文学文化财富，研究的路数应当如何？清代学者章学诚在《文史通义·答客问中》提出："天下有比次之书，有独断之学，有考索之功，三者各有所主而不能相通。"虽然可以说本书是黄坤尧先生对于岭南近代诗词研究的专著，也即是独断之学，可是我们要知道黄先生从来就注意对文献的整理，也就是比次与考索。他向来非常注意岭南文学文献的整理工作，上文已述及他和高徒程中山对近代诗词、诗话的整理，已有几十年的积累。他们搜集版本、择别异同、新式标点、研究刊刻、考查成因、分析艺术、判断成就，就是我们今天学术界喜欢用的一个词语"深度整理"，但是还不能完全概括他们的成绩。我早些年拜读到黄先生的《刘伯端沧海楼集》（2001）、《番禺刘氏三世诗钞》（2002）、《陈步墀绣诗楼集》（2007）等，就是这样的文献整理。文献整理这件事，在中国的学界，至今有人持以偏见，认为是小学生都会做的事，殊不知经过文献整理的学问才算得上求实，因为其中的考索之功是贯穿始终的。黄先生这本专著，正是建立在文献整理的基础上，因而有纠谬、补阙、考信、求实的功夫。

黄先生对于古代汉语音义学甚有研究，其中对于《经典释文》用力至深，近期还赠予我一本研究语文现象的新著《语文创意湾区》(2024)，都见先生语言学的功力。先生这种语言学的科学精神，带入文学的研究中，使得他的文章都有严密的逻辑，又有求新的卓见。所以，黄先生的学术论文，绝没有学界有些后辈那种天马行空、架空分析的现象，有的是透辟的析理。另一方面，黄先生还是诗词、散文写作的名家高手，作为有天赋的作家，他以丰富的、优秀的创作实践经验，来分析岭南近代的诗词历史和作家个案，也就能入木三分，而绝没有隔靴搔痒，诚所谓"操千曲而后晓声，观千剑而后识器"。这些，又是黄先生学殖深厚，一般人难于望其项背之处。

我生为江右人，而谋生在岭南。几十年于兹，受岭南文化之养育，深服于粤地依岭望海、海风吹拂的独特文化。而自新世纪以来，我于近代先贤，尤其佩服，粤地先贤由反帝、反封建、维新、革命而最终推动走向新中国，如果没有岭南近代，这历史不知会走向何方，实在无法猜想。

岭南文学自古有"雄直"之气，我愿以岭北人的钦佩之心，推荐给天下有志于文学的人，读读此书，得雄直气。黄先生这本专著，研究涵盖了近代岭南鸦片战争及太平天国、维新运动、民主革命、抗日战争不同时期的文学。我们可以通过他的研究，了解祖国近代的历史。

岁在乙巳之正月十五日写于广州

绪　论

广东僻处五岭之南，面向海洋，中外交往频繁，视野广阔，因此形成了独具韵味的岭南文化。岭南文学源远流长，代有作者，唐代诗相张九龄忠贞鲠直、气骨峥嵘，其诗清淡深婉，风神摇曳，固开风气之先；明代南园五子、清初岭南三大家等，诗风雄健，亦能争霸中原，享誉全国。近代岭南诗风更盛，计有张维屏、黄遵宪、康有为、梁鼎芬、邱逢甲、曾习经、罗惇曧、梁启超、黄节、苏元瑛十家，文采风流，各当一面。钱仲联《近代诗钞》选一百家，而广东诗人即占去十分之一，亦当为诗词大省了。

1998 年 10 月，全国高等院校古籍整理研究工作委员会批准《全粤诗》正式立项。这是国家批准立项的唯一一种大型地区性诗歌总集，现已陆续出版。目前能与之相应的只有《全台诗》。双辉并照，各领风骚，由此亦可见粤诗的骄人成就。其后《全粤诗》项目亦拟扩展编纂及研究工作，由鸦片战争时期起，至民国初年五四运动为止（1840—1919），而香港中文大学中文系亦愿意分担《全粤诗》近代部分的若干工作。其中比较重要的项目有丁日昌、张荫桓、郑观应、胡曦、黄遵宪、简朝亮、陈伯陶、康有为、潘飞声、梁鼎芬、曾习经、汪兆铭等，可惜人力所限，一直未能做好相关工作，最后还得留待中山大学中国古文献研究所同人去努力了。

广州乃海上丝路的重要港口，近至东南亚，远至欧美，十三行早就负责全国的中外商贸，侨乡众多，航运物流，一切便利。自鸦片战争以后，复经太平天国以至辛亥革命等，粤人往往走在风气之先，或倡言革命，或建议保皇，人物往还，轰轰烈烈，风云际会，气壮山河，影响近代历史的发展至巨。此外，香港大都会的出现也扩大了粤省居民商贸活动交流的空间，其后及于新闻、教育、文化、艺术各项。就在适当的土壤和世局的氛围中，近代岭南诗词渐渐在香港落地生根，因同根同源，早期声气相通，后来逐渐衍生出自家面貌。加上澳门的一方水土，形成省港澳唇齿相依的密切关系，往来无碍，可又分属不同政府的管治，互有取舍，呈现近代岭南诗词的多元发展，面貌多变。可以说，香港、澳门的诗词事业是岭南文化的一个分支，又跟母体血脉相连，自然也构成了岭南文化重要的组成部分。近代《全粤诗》必然要包纳港澳作品，有容乃大，风月无边。

《岭南近代诗词丛谈》主要探讨三方面的作品。一是粤省诗词学论述。广州诗人辈出，名家俱在，特意选取若干重点个案，充分体验学习。例如析论"岭南诗派"的历史渊源，探讨"汉军商氏"一门四杰的艺术表现，弘扬风雅，充分表现人文化成的气象，显得博大。廖恩焘的"广东俗话七律诗"嬉笑怒骂，雅俗共赏，也是全国独有的品种，把粤语写作带入一个更高的境界层次，影响深远。至于近代，粤省词人名家辈出，有廖恩焘、陈洵、黎国廉、杨铁夫等四大家，深受朱彊村的器重，人所共知。可是张叔俦、黄咏雩的词作，一般人可能就十分陌生，闻所未闻，也许可以通过作品说话，展现他们的写作历程。此外，詹安泰的词学理论也是缜密细致的，在龙沐勋、唐圭璋、夏承焘三大家之外，应该也可以找到詹安泰的位置了，他自然也是粤省词学的高峰。其实詹安泰的词作也是近代的强项，在上述廖、陈、黎、杨粤词四大家之外，很难不给詹公一个恰当的位置。

　　二是香港诗词综览。香港诗词的发展十分蓬勃，名家辈出。尤其是辛亥革命时期的香港诗坛，既有报界元老潘飞声、胡礼垣等，也有大批清末的遗老太史张学华、陈伯陶、赖际熙、俞安鼐等，辛亥革命输送了大批的人才来港，这些人才开拓了香港的文化视野，而诗人也顺势漂移到异域的时空中，一方面继承传统国学，一方面也得面对强大的西方文化，择善固执，重整文明。清末民初绣诗楼、沧海楼双峰并峙，雄霸维港，几乎成了香港诗词的主要地标，同时也带出了广泛的交游网络。陈步墀兼擅诗词，同时又编印《绣诗楼丛书》三十六种，推广乡邦文献，他是第一代儒商，推动香港的文化事业，成就可观。番禺刘氏一门四杰，先是刘子平、刘景堂、刘叔庄三家诗名满天下，而刘德爵深藏不露，直到死后他的诗稿才面世，周策纵更称他是近代的"隐逸诗人"。其实刘家也是香港著名的文化世家，刘景堂子女众多，刘圆爵做了中学校长，而刘殿爵更是蜚声国际的翻译大师、香港中文大学讲座教授，真把传统的诗教发挥得淋漓尽致了。至于硕果社则是抗日战争后期冒起的诗人群体，名家辈出，推广诗社活动，同时也构成香港诗坛特有的高端品牌，值得重视。邓芬才子词人，诗词书画曲艺俱臻绝诣，游走于省港澳之间，高山仰止，才源不竭，更是岭南文化的绝顶奇峰。邓芬的故事说不完。

　　三是岭南诗人与澳门。澳门历史悠久，屈大均充分发挥他对异域的遐想，其诗中的卢亭人融入自然，可能带有政治寓意，诗心细密。郑观应的郑家大屋现已成为澳门的世遗景点，游人众多，其实我们更应探索诗人的内心世界，其所著《盛世危言》痛陈时弊，同时也带出永恒的中国梦，以实业救国，期待富强。黄节短期寓澳，失意忧深，诗作亦多，展示大家风范。至于硕果社诗人群体对澳门的描述，丰富了澳门的城市形象，文化的积淀愈显深厚，呈现多彩多姿。以上三家及硕果社群体的诗作，大概可以让我们体会到不一样的澳门。

第一编　粤省诗词学论述

"岭南诗派" 相对论

——述论粤诗范畴及其发展

对于我来说，"岭南诗派"是一个比较陌生的名称。甚至连"岭南诗派"的内涵和义界，我知道的也不多。其相关解说如下：

> "岭南诗派"是中国文学史上的一个地域性诗歌流派，曾在诗坛引领风骚数百年，影响堪称巨大。它肇自张曲江，发轫于宋元，形成于明初，在明清时期曾与中原地区及长江流域的诸诗派相颉颃，至近代更曾引领诗坛潮流。

看来"岭南诗派"应该是一个规模较大、历史悠久、名家辈出、影响深远的诗派，可能比江西诗派的出现要早，甚至更持续发展至近代的诗学。这是文学史上的新话题，看来也是饶有趣味的一回事。

"岭南诗派"的得名，大约始见于胡应麟（1551—1602）《诗薮》，论云：

> 国初吴诗派昉高季迪，越诗派昉刘伯温，闽诗派昉林子羽，岭南诗派昉于孙蒉仲衍，江右诗派昉于刘崧子高。五家才力，咸足雄据一方，先驱当代，第格不甚高，体不

甚大耳。①

案胡应麟论明诗流派，国初以吴中四杰为主，次为越诗派、江右诗派、闽十才子、南园五子等。可见"岭南诗派"乃明初五派之一，以孙蕡（1334—1390）为领袖，②雄据一方，但格调未高，体裁未大，尚有发展空间。

国初称高、杨、张、徐。季迪风华颖迈，特过诸人。同时若刘诚意之清新，汪忠勤之开爽，袁海叟之峭拔，皆自成一家，足相羽翼。刘崧、贝琼、林鸿、孙蕡，抑其次也。③

又云：

而诗人则出吴中，高、杨、张、徐、贝琼、袁凯，亦皆雄视海内。至弘、正间，中原、关右始盛；嘉、隆后，复自北而南矣。④

综合这两条材料，胡应麟明显推崇吴中高启（1336—

① 胡应麟撰：《诗薮》（上海：上海古籍出版社，1979 年 11 月新一版），续编卷一，第 342 页。
② 案孙蕡生卒，诸家所订不同。梁守中订为 1337—1393，《南园前五先生诗·南园后五先生诗》（广州：中山大学出版社，1990 年 4 月），第 4 页；陈永正说同，参《南园诗歌的传承》，收入黄坤尧主编：《香港旧体文学论集》（香港：香港中国语文学会，2008 年 10 月），第 254 页。陈圣争则订为 1334—1390，参《孙蕡生平事迹考辨》，载左鹏军主编：《岭南学》第三辑（广州：中山大学出版社，2009 年 12 月），第 147—158 页。
③ 《诗薮》，续编卷一，第 341 页。
④ 《诗薮》，续编卷一，第 341 页。

1374）、杨基（1326—1378）、张羽（1333—1385）、徐贲
（1335—1393）四杰，另加贝琼（1314—1378）、袁凯
（1316—?）二家，雄视海内外。其他如刘基（1311—1375）、
汪忠勤、刘崧（1321—1381）、林鸿、孙蕡等，散之四海，亦
足名家。

关于粤诗的源起，一般都以张九龄（678—740）为始点。
特别是五古方面，张九龄素与陈子昂（659—700）并称，力
矫六朝绮靡的诗风，重振汉魏风骨，都是大开盛唐诗坛风气的
人物。杜甫（712—770）盛称陈子昂"终古立忠义，感遇有
遗篇"，① 而评张九龄则云："诗罢地有馀，篇终语清省。一阳
发阴管，淑气含公鼎。乃知君子心，用才文章境。"②更将忠义
之气，发为文章。胡应麟论云：

> 唐初承袭梁、隋，陈子昂独开古雅之源，张子寿首创
> 清淡之派。盛唐继起，孟浩然、王维、储光羲、常建、韦
> 应物本曲江之清淡，而益以风神者也；高适、岑参、王昌
> 龄、李顾、孟云卿本子昂之古雅，而加以气骨者也。③

可见陈子昂、张九龄早已分创古雅之源与清淡之派，而唐
诗亦因之而别开生面，影响巨大了。胡应麟复引柳宗元
（773—819）说云：

---

① 杜甫《陈拾遗故宅》，参杜甫著，杨伦笺注：《杜诗镜铨》（上
海：上海古籍出版社，1962 年 12 月），第 423—424 页。

② 杜甫《八哀诗》之《故右仆射相国张公九龄》，《杜诗镜铨》，
第 693—695 页。

③ 《诗薮》，内篇卷二，第 35 页。胡震亨（1569—1645）亦钞录
此条，参《唐音癸签》（台北：世界书局，1964 年 9 月），评汇五，卷
九，第 71 页。

柳仪曹曰:"张燕公(说)以著述之馀,攻比兴而莫能极。张曲江以比兴之暇,攻著述而不克备。唐兴以来,称是选而不作者,梓潼陈拾遗。"马端临氏曰:"拾遗诗语高妙,至他文则不脱偶俪,未见其异于王、杨、沈、宋也。"按昌黎"国朝盛文章,子昂始高蹈",中及李、杜而末言孟郊,其意盖专在于诗。柳言颇过,故应马氏有异论也。①

柳宗元称许张说(667—730)以文章著述为主,张九龄则以诗歌比兴为长。陈子昂诗文兼擅,更是一代诗豪了。胡应麟复引司空图(837—908)云:"张曲江五言沉郁,亦其文笔也。"②可见诗文相通,亦臻沉郁之境。则张九龄在诗坛上的领导地位似亦得到文坛的确认了。可见粤诗的开山本来就是唐诗中的一个高峰。

可是宋元以后,粤诗后继不振,名家亦少。唐代有陈元光、惠能(638—713)、邵谒、陈陶四家;宋代有余靖(1000—1064)、陈楠(?—1213)、崔与之(1158—1239)、白玉蟾(1194—1229)、李昴英(1201—1257)、区仕衡(1217—1277)、赵必璩(1245—1294)七家;元代有罗蒙正、黎伯元二家。凡十三家,作品较多,在《全粤诗》中各占一卷以上。③

元末至正十八年(1358),广州诗人孙蕡、王佐(1337—?)、赵介(1344—1389)、李德、黄哲(?—1375)等结社于南园抗风轩,提倡风雅。

---

① 《诗薮》,外编卷四,第197—198页。
② 《诗薮》,外编卷四,第199页。
③ 陈永正主编:《全粤诗》(广州:岭南美术出版社,2008年12月),第一、第二册。

明嘉靖四十四年(1565)，陈暹辑印《南园五先生诗》。万历十七年（1589），欧大任（1516—1595）过南园故址，作《五怀》诗，尊之为南园五先生，或称南园五子。嘉靖三十二年(1553)，梁有誉（1521？—1556）修复粤山旧社，发愤为千古之事，重振抗风轩的联吟活动。清陈文藻辑录欧大任、黎民表（1515—1581）、梁有誉、李时行（1513—1569）、吴旦诸家诗作，号为《南园后五先生诗》。① 胡应麟所谓"岭南诗派"，主要是指以孙蕡为首的南园前五子说的；其后南园后五子亦于抗风轩设社，诗风相近，殆亦属"岭南诗派"的范畴。陈永正析论"岭南诗派"的特色，主要有标举唐音、诗风雄直两项，② 则"岭南诗派"之说自可成立了。

朱彝尊《静志居诗话》尝综论南园十家。朱彝尊评孙蕡曰："自蕡以下，世所称南园五先生也，仲衍才调，杰出四人。五古远师汉魏，近体亦不失唐音。歌行尤琳琅可诵，微嫌繁缛耳。集句亦工。"评王佐曰："彦举孙仲衍结社南园，开抗风轩以延岭表名士。……然其诗远不及仲衍，而当时之论云：'构辞敏捷，王不如孙；句意沉着，孙不如王。'不可谓定评也。"评赵介曰："其集虽不传，然名在五先生之列。"又评李时行曰："少偕罢官归里，与梁公实、黎维敬、欧桢伯、吴兰皋结社，称南园后五先生。其诗体格虽卑，然亦清稳无叫嚣之习。"评梁有誉曰："兰汀学诗于泰泉，又与乡人结社，号南园后五子。所得于师友者深，虽入王（世贞）、李（攀龙）之林，习染未甚。诵其古诗，犹循选体，五七律亦无叫嚣之状。四溟而下，庶几此人，度越徐（中行）、吴（国伦），

---

① 参陈永正《南园诗歌的传承》，《香港旧体文学论集》，第253—258页。

② 参陈永正：《岭南诗歌研究》（广州：中山大学出版社，2008年2月），第33—35页。又参《全粤诗》第一册，前言，第28—29页。

奚啻十倍。"评吴旦曰："兰皋南园后五先生之一也，惜其集不传。"① 此外，朱彝尊又论黄佐（1490—1566）云："然岭表自'南园五先生'后，风雅中坠，文裕力为起衰，如黎维敬、梁公实辈，皆其弟子。嘉靖中，'南园后五先生'，二子与焉。盖岭南诗派，文裕实为领袖，不可泯也。"② 明确指出黄佐介于南园前后五先生之间，更明确尊之为岭南诗派的领袖，风气宏开，一脉相承。

明清之际，岭南诗风大振。屈大均（1630—1696）、陈恭尹（1631—1700）、梁佩兰（1629—1705）合称为岭南三大家，虽风格不同，都得到世人的公认。近代岭南诗风更盛，计有张维屏（1780—1859）、黄遵宪（1848—1905）、康有为（1858—1927）、梁鼎芬（1859—1920）、邱逢甲（1864—1912）、曾习经（1867—1926）、罗惇曧（1872—1924）、梁启超（1873—1929）、黄节（1873—1935）、苏元瑛（1884—1918）十家，文采风流，都是独当一面而又享负盛名的大家。③ 其中梁鼎芬、曾习经、罗惇曧、黄节合称为岭东四家，专治宋诗。钱仲联《近代诗钞》全选一百家，而广东诗人已占去十分之一，广东当为诗词大省了。

上文简述广东诗坛的发展历程，由张九龄的清淡之派，到南园前后十先生、岭南三大家，以至近代十大家，名家辈出，高潮迭起。所谓"岭南诗派"，如果限指明代黄佐及南园十先生说的，相对于当时各地的诗歌流派，自成体系，我没有异议。如果兼包古今，将整个粤诗称为"岭南诗派"，泛指整个

---

① 朱彝尊著，姚祖恩编，黄君坦点校：《静志居诗话》（北京：人民文学出版社，1990年10月），第70，76，77，253，388，406页。

② 《静志居诗话》，第297页。

③ 参钱仲联编著：《近代诗钞》（南京：江苏古籍出版社，1993年3月）。

广东地域的诗歌，这些诗歌风格不一，时代的情怀亦异，可能就过于庞杂了。刘建军论文学流派有两种基本类型："一种是有明确的文学主张和组织形式的自觉集合体。这种流派，从作家主观方面来看，是由于政治倾向、美学观点和艺术趣味相同或相近而自觉结合起来的，具有明确的派别性。""另一种类型是不完全具有甚至根本不具有明确的文学主张和组织形式，但在客观上由于创作风格相近而形成的派别。这种半自觉或不自觉的集合体，或者是因某一个作家的独特风格，吸引了一批模仿者和追随者，逐渐形成了一个有特定核心和共同风格的派别；或者仅仅是由于一定时期内的一些作家创作内容和表现方法相近、作品风格类似而被后人从实践和理论上加以总结，冠以一定的流派名称。"①　"岭南诗派"纯以乡土的观念结合起来，以南园为中心，除了标举唐音、诗风雄直两项特征，以及富有岭南人文色彩之外，基本上没有鲜明的诗论主张，看来是近于第二种类型了。其实"岭南诗派"前两项特征相对于明代诗坛来说，例如诗必盛唐，看重气节的表现，自然都是相当普遍的现象。粤诗远离政治中心，看来还是以发扬张九龄清淡之派为主，有时还带点远祸的心态。尤以十先生之后，南园诗社蔚为传统，陆续出现明末"南园十二子"、清末"后南园诗社"、"南园今五子"（又称"颛园五子"），以至"南园新五子"等。②　代有传人，时隐时现，不断推进粤诗的发展，自然也反映了不同的时代情怀和社会现实，涌现了很多不同的风格。

古代由地域观念组成的文学流派，主要有江西诗派、浙西

---

①　参《中国大百科全书·中国文学》（北京：中国大百科全书出版社，1986 年 11 月），第 952 页。

②　参陈永正《南园诗歌的传承》，《香港旧体文学论集》，第 258，259，266 页。

词派、桐城派、常州词派等，他们都具有相当明确的审美主张及理论建设，而且年代较短，一般只传承于两三代之间，开花结果。"岭南诗派"相对于江西诗派来说，虽然诗风唐宋异质，但所组成的时空特征却有点相似。宋代的江西诗派列出二十五人，主要作家十人，时间在一二百年上下；明代的"岭南诗派"知名者十人，前后两期也是贯通一二百年左右，可惜缺乏像黄庭坚（1045—1105）、陈师道（1053—1102）等大家，所以"岭南诗派"的成就和名气都远不如江西诗派了。"岭南诗派"的时间跨度如果在一千年以上，虽然名家增多了，但风格各异，更缺乏共同的特征，可能也不见得是一个明智的选择。干脆叫"粤诗"还比较妥当。

不过，如果"岭南诗派"并不代表整个粤诗，而是指限于在南园结社的传统活动而言，薪火相传，千秋不绝，自是诗坛的佳话，那么南园就成了"岭南诗派"永恒的象征，也可以说是广州诗坛的最佳写照了。

广州"汉军商氏"四家学述

——清末民初政治佚闻及诗书学术之侧影

"汉军商氏"出身正白旗汉军,是清末广州著名的世家大族。其中商廷焕(1840—1887)、商廷修(?—1914?)、商衍瀛(1870—1960)、商衍鎏(1874—1963)两代四家,都有很高的传统学术成就。本文主要展示的"汉军商氏"佚稿共十四件,涉及清末、民国年间的政治佚闻及学术活动,诗书焕发,文采风流,家学相承,绵延不断,其实这就是一种典型传统的家庭教育、文化教育,这对于我们提高现代国民教育的素质来说,应该还是深具启发意义的。

一、商廷焕学述

商廷焕是广州驻防正白旗汉军,占籍番禺水口营(今隶广州市花都区)。祖籍东北铁岭,亦署沈阳人、丹徒人。陈融(1876—1955)《读岭南人诗绝句》云:"东塾堂源一火传。诗音谱就待雕镌。琼林二妙声华远,可是当年苏老泉。"释云:"商廷焕明章,驻防汉军。东塾弟子。有《味灵华馆诗集》①、《诗音汇谱》、《诗音易检》②诸稿。子衍瀛、衍鎏均成进士。

---

① 商廷焕:《味灵华馆诗》,宣统二年庚戌(1910)刊,无"集"字。
② 《诗音易检》疑即《古韵易检》,参恩华:《八旗艺文编目》(沈阳:辽宁民族出版社,2006年),经类小学,第10页。

李思敬序其诗集，以老泉比之。"①老泉即苏洵，与二子苏轼、苏辙均负文名，在唐宋古文八大家中即占去三个席位。从陈融诗中透露出来的信息，商廷焕是陈澧（1810—1882）的弟子，善诗，精研《诗》音及上古音韵。商廷焕的成就远不能与苏洵比拟，且二子登科亦在其卒后，②大家引为美谈，这在广州来说也是一件盛事了。《味灵华馆诗》六卷，现藏广东省立中山图书馆广东文献馆，宣统二年（1910）刊本。余祖明《广东历代诗钞》录其诗二首。《种莲》云：

> 种莲也唱采莲歌。新藕翻泥印旧窠。
> 毕竟花开清白在，不妨污浊且随波。

又《种菊》云：

> 黄菊分秧莳短篱。满园生趣日迟迟。
> 三春雨露秋霜冷，晚节由来在始基。③

二诗见《味灵华馆诗》卷五《敌忾集》，作于光绪十一年乙酉（1885），系商廷焕晚年家居之作，借咏物以寄寓人生哲

---

① 陈融：《读岭南人诗绝句》（香港，1965年），第664页。
② 商衍鎏《清末科举考试亲历记》云："我十四岁那年的春天父亲因病去世。"参许衍董编：《广东文征续编》第二册（香港：广东文征编印委员会，1987年3月），第14页。
③ 余祖明编纂：《广东历代诗钞》（香港：能仁书院丛书第一种，1980年1月），卷四，第368页。

思，富于理趣。①

二、商廷修学述

商廷修乃廷焕弟，光绪二十四年戊戌（1898）二甲进士，任职农部。陈融云："淡毫萧散梅传影，醉墨槎丫竹写生。画品如何诗品定，玉山颓日有清声。"释云："商廷修梅生，广州驻防。"②商廷修兼擅诗画，尤精于绘画梅竹。《绣诗楼丛书》保留了商廷修的函札及诗画三件。其《致陈子丹函》约撰于1910年。

> 子丹仁兄大人阁下：
>
> 捧读大著，哀然成集，如游玉树琼林中，令人神往。所刻师友各集，尤征古人风谊，艳羡艳羡。昔人云："每思旧友取书看。"吾欲易书为诗矣！惟集中题鄙人梅花作，所云板桥三绝，松雪四家，则未免推许太过，恐有见予画者，笑君标榜，为大集累。近尘俗扰扰，几不知吟哦为何事，益艳羡兄能专心此道，保存国粹。附上先兄明章诗集一本，希为浏览，顺请时安。弟廷修顿首。③

---

① 商衍鎏《清末科举考试亲历记》云："嗣父亲以身体多病，辞馆还广州。我家住纸行街莲花巷，即在巷尾辟地一亩，莳花种竹，作为花农。盖茅屋数间，取名玉莲园。携我在此读书。所读的经史诗词，无不详明讲解。约有两年，读书最多，长进迅速。父亲亦喜我受教。我父亲长于音韵，喜欢作诗，刻有《味灵华馆集》。"《广东文征续编》第二册，第13—14页。

② 《读岭南人诗绝句》，第663页。

③ 陈步墀编：《卅家尺素》（香港：《绣诗楼丛书》第十六种，1914年）。

商廷修的行书丰腴潇洒，表现健笔。函中所称"大著"盖指《绣诗楼诗》，陈步墀（1870—1934）有《商梅生农部廷修画梅见赠赋酬》云："知我巡檐癖，天涯寄影回。板桥三绝见，题满君诗。松雪四家开。有梦在孤岭，无花落翠苔。疏枝满墙月，疑是照君来。"①商廷修所赠"画梅"印用"汉军商氏"，约撰于1906年。②笔画雅淡，明净可观，深具浓郁的文人画气息。又商廷焕函中称"附上先兄明章诗集一本"，盖指商廷焕的《味灵华馆诗》。商廷修又赠"山水"一幅，题诗云：

渺渺沧江树，悠悠远岸山。
偶然留画趣，何必问荆关。

写应子丹仁兄大人雅属。弟商廷修。

商廷修诗画并不多见，端赖附见于《绣诗楼丛书》以传世。商廷修卒后，陈步墀有《三哀诗》，其一悼"商梅生进士"，诗云："画里梅花见性真。分曹风骨更无人。如何吹到江城笛，乱落罗浮五月春。"③主要是由"画梅"着笔，引发死生之感。

三、商衍瀛学述

商衍瀛，字云亭，号蕴汀、丹石。清光绪二十九年

---

① 陈步墀：《绣诗楼诗》（广州：《绣诗楼丛书》第三种，1909年），卷一，第4页。

② 商廷修所绘梅花及山水二画收入陈步墀编：《尺素三篇》（香港：《绣诗楼丛书》第廿三种，1919年）。

③ 《卅家尺素》书后附《三哀诗》，其他二人为龙朝辅、萧永华，均卒于1914年以前。

（1903）癸卯科三甲进士、翰林院编修、清史馆纂修。与弟衍
鎏齐名，民国后隐居北京、天津。尝任伪满洲国会计审查局局
长（1933）、宫内府内务处长（1934—1938），为宣统近臣。
温肃（1878—1939）《谢赏银圆折》二折、《谢六十生日赏御
书匾额折》都提及商衍瀛代宣统汇寄银圆及御赐匾额。①今存
《温文节公集序》（丁亥八月望后，1947）、《陆军部协参领顾
君事略》二文。②商衍瀛诗集未见，其诗附见于《商衍鎏诗书
画集》者八首，③刻画手足之情及乱离之感甚切。温肃《檗盦
朋旧诗录》录存商衍瀛诗七首，《题罗贞松辽东侨图》四
首云：

①　温肃《谢赏银圆折》云："奏为叩谢天恩，仰祈圣鉴事。窃奉
宫内府内务处臣商衍瀛传知，本月初九日面奉上谕，赏臣温肃银一千
圆，钦此。……"（1935年）《谢赏银圆折》云："奏为叩谢天恩，仰祈
圣鉴事。窃臣准宫内府内务处臣商衍瀛函寄本年六月十二日奉旨赏温肃
国币一千圆，钦此。……"（1936年）《谢六十生日赏御书匾额折》云：
"奏为叩谢天恩，仰祈圣鉴事。窃臣准宫内府内务处臣商衍瀛函开，以
本年十二月二十一日为臣六十岁生日，奉谕赏给臣御书'雅志怀贞'匾
额一方。……"（1937年）参《温文节公集·檗庵奏稿》（温必复辑。
广州，1947年。香港：学海书楼丛书，2001年重印），卷二，第116—
117页。
②　顾君名臧（1871—1926）。参《广东文征续编》第一册（香港：
广东文征编印委员会，1986年9月），第483—485页。
③　商衍瀛赠弟诗八首，即《与藻亭弟乍聚还别，慨往迹之已陈，
念今怀之多感，因物托咏，同有此情，试即六尘，共参一集》（1936年，
第12页）、《"读汪少浦先生闻雁诗，音情悱恻，用原韵寄云兄"和作》
（1939年，第40页）、《"九日怀云兄"和作》（1940年，第66页）、
《"云兄以耕字韵成诗命和"原作》（1941年，第77页）、《"嘉州杂诗十
首"附云兄赠诗》两首（1944年，第100页）、《"戊子七十五生辰次韵
云兄寄诗"原诗》（1948年，第125页）、《藻亭八十生日，值吾兄弟乡
举重逢，未能聚首，以诗为祝》（1954年，第139页）。参商衍鎏：《商
衍鎏诗书画集》（香港，1961年）。

宇内干戈满，虞渊日未回。
与君沽上住，言入海东隈。
谋国心仍壮，捐家志可哀。
莵裘非欲老，深意独低徊。

乱后知谁健，闻君在九夷。
萧条江户宅，寂寞仲舒帷。
学破殷墟契，经传鲁壁诗。
敢云吾道重，故国有遗思。

蓦地风波恶，神州肆虎狼。
扶危参密勿，出险事非常。
天日虹能贯，湘沅芷不芳。
楚歌虽可续，远已隔天闾。

辽海旁飞地，松风处士家。
夏长不知暑，园小自生花。
岁晚惊波逝，情深望道赊。
伊人思未远，一水隔苍葭。①

罗贞松即罗振玉（1866—1940），辛亥以后避居日本京都，与王国维（1877—1927）一起研究古文字学。1919 年归国后在天津法租界定居，名曰"殷礼在斯堂"。1924 年入直南书房。1928 年迁居旅顺。1933 年任伪满洲国监察院长，1937 年退休。诸诗大概写于 1928 年罗振玉侨居辽东之后，具有浓厚的遗老思想，忠于故君，人各有志，自是时代的产物。他们可能也知道在政治上是不可为的，所以只能寄托在学术上。"学破殷墟契，经传鲁壁诗"，自然也就成为生活中的共同理

---

① 温肃编：《檗盫朋旧诗录》卷二（稿本）。

念了。1921 年，商承祚（1902—1991）在天津读中学，[1]后来拜罗振玉为师，精研甲骨文、金文，遍读罗振玉的拓本和藏品，1923 年即出版《殷墟文字类编》，一鸣惊人。[2]这固然有赖于个人的才气和努力，其实也不可以忽略前辈学者全面的资料搜集和对后辈的无私奉献。世乱方殷，但教育制度却相对灵活，用人惟才，留给了青年学者充分表现和发挥的机会。以上四诗写出了时代的深情，忧危念乱，香草美人，大家的政治理念可以不同，但这种偏执的精神也还是屈原千古传统的骚心。就诗论诗，诸作深染唐风，情景交融，亦属佳制。

又商衍瀛《题红梅画》三首：

> 雪里红梅入画难。丹砂水活独凌寒。
> 夭桃秾李都消歇，留得人间冷眼看。
>
> 瘦骨能生艳艳花。枝头时露影横斜。
> 天心故作春浓色，点缀孤山处士家。
>
> 家山风月古罗浮。五十年前结伴游。
> 记得暗香疏影外，轮囷绛雪我为留。[3]

诗中流露出一股清气，也就是诗人的性格，自然高于一般俗品了。此外，商衍瀛《题"香江送别图"》二首：

---

① 商衍鎏《云兄书来相慰，以诗奉答四首》其三有句云："依兄儿好读，随嫂女忘寒。"《商衍鎏诗书画集》，第 12 页。

② 参商承祚《自传》，《中国当代社会科学家》第一册（北京：书目文献出版社，1982 年 5 月），第 315 页。又赖汉纲执笔：《商承祚》，《中国现代语言学家》第四分册（石家庄：河北人民出版社，1985 年 12 月），第 159 页。

③ 《檗盦朋旧诗录》卷二（稿本）。又见《广东历代诗钞》卷五，第 415 页。

北塞冰霜南暑雨，海枯石烂见交情。

风云变灭人天事，回首何堪问死生。

海天棹影久模糊。忍说当年别意无。

万古劫灰飞不尽，有儿辛苦抱残图。

题"香江送别图"。乙未岁首商衍瀛。（1955 年）

1923 年，温肃奉旨入直南书房行走，同时被召者尚有杨钟羲（1865—1939）、景方昶、王国维三人。五月温肃携妻儿由顺德启程赴京，路过香港，诸友好饯赆钱行于影怜酒家。姚筠（1841—1927）为绘"香江送别图"，陈伯陶（1855—1930）撰《送温毅夫副宪回京入直南书房序》、赖际熙（1865—1937）撰《檗老同副宪同年奉召入直南斋序以送之》，备述经筵讲官的重任及事件原委。其他题赠诗文者有陈之鼎、二松居士、朱汝珍（1870—1943）、陈步墀、永晦道人（吴道镕，1853—1936）、观我生等。黎湛枝（1870—1929）题字。战后温中行（必复，1818—1985）复持图广邀题咏，增题者有张学华（1863—1951）、莫敦梅（1896—1949）、桂坫（1865—1958）、江孔殷（1865—1950）、潘元燿、梁广照（1877—1951）、张赐康（1873—?）、金湛霖、商衍鎏、廖景曾（1881—1952）、岑光樾（1876—1960）、梁元任（1865—1951）、刘景堂（刘景棠 1887—1963）、商衍瀛，共二十四家。保存大批名家墨宝，至为珍贵。"香江送别图"及题咏诗文后由温必清（1936—2006）保存。商衍瀛诗中最后一句"有儿辛苦抱残图"即指温中行历劫馀生，仍然辛苦发扬老父温肃的精神正气。商衍瀛诗目前共得十七首。此外，温必清尚存有商衍瀛函札三件，盖分别寄与温肃及温中行者也。

檗公鉴：

别后曾将令弟一书、盛公一书转寄龙山收到否？公何日回里，念念。弟于初二来阙里索居，益复惘惘，聚不足欢，散斯为戚，抱者同慨也。刘〔刘廷琛，1867—1932〕黄〔黄承恩，1878—？〕劳〔乃宣，1843—1921〕胡〔嗣瑗、琴初，1869—1945〕赵〔欣伯，1887—1951〕郑〔孝胥，1860—1938〕官衔共三纸转呈，又弟与舍弟一纸，祈一并列名。一山〔章梫，1861—1949〕来信询寿启，大约是要作讨论，印出希寄下也。前见南田，云那事已妥。想是过江时得晤琴公〔胡嗣瑗〕，欲借此见好，究竟未悉真消息。公晤琴时所云如何？潜客〔丁仁长，1861—1926〕来语，极悲愤，闻前日已挈眷回岛。日来只身省亲，大约节后可回。弟拟廿五左右仍往彭城。此致纂祺。年小弟商衍瀛顿首。十四。（约1916年）①

毅夫道兄同年左右：

七月初由辽左归津，始知公接电返粤，来往相左，怅何如也。日昨忽奉讣告，惊悉年嫂夫人七月初六日归真，计公当已抵里。②前闻年嫂屙病，炊白之梦，自在意中，第公不能无神伤。国难家愁，举目皆非，然要不能不善自排遣。天生我才，未必终身无用。公以此言为何如？远道

---

① 温肃：《檗庵年谱》丙辰年（1916）三十九岁条云："二月赴上海至徐州。时滇桂诸省起兵抗袁称帝，琴初〔胡嗣瑗〕、〔刘〕幼云、〔王〕饴山诸君均集上海。余赴徐州见绍帅〔张勋〕，思有所陈，而袁逆侦探密布左右，不得达。"《温文节公集》，卷一，第11页。案此函现已录入《广东省立中山图书馆馆藏名人手札选》（北京：商务印书馆，2002年11月），第62页。

② 《檗庵年谱》己巳年（1929）五十二岁条云："七月初二日行返里门，初六日黎夫人卒。"《温文节公集》，卷一，第20页。

未获躬奠椒浆，谨寄上素帐一端，借申哀意。闻公在港亦废革博士，不得已曾兼外馆，实与公素心相违，只好耐之。弟关外之行，亦是秀而不实。近更中俄事起，惟欲赓续而无从，曷胜诧叹。弟以津居不易，拟于节后移家北京，以图节省。颇思回粤一行而未能也。晤同年诸公，并祈道臆。此请道安。年小弟商衍瀛顿首。（己巳，1929）

中行年世兄经席：

前托滋翁〔金湛霖〕代致微悃。今奉手戡，情谊肫挚。又读大作诗文，工力精专，可知诵习勤苦，将来自成一家，足可名世，佩甚。港澳硕果诗社实为大雅一线之留，跫然足音，闻之则已喜。晤穗轩〔韩穗轩，1902—1992〕及诸知好，祈为致意。承示桂南老〔桂坫〕、岑敏老〔岑光樾〕清健如常，北斗南天，瞻望弗及。同馆旧人海内存者，以吾粤为多。聚首难期，亦足自壮。来书询令戚元芳女士写扇一节，① 并及笔润。弟年齿过大，蝇头细楷，手不从心，未敢应命。字小至十六骨单行，犹能为役。至笔润弟久无润格，既赖荔老〔赖际熙〕女孙，润不能计。如不召他人，悉照岑敏老润可也。又问大、次两儿近况，与朱、李二君。大儿中纺事仍旧。二儿银行归并后尚有一席，皆仅自给。本一〔朱士廉〕之子入关时已调柳州，以道远未去，改商界会计，事不甚佳。统汉在北京书业，劳方尚好，然音问皆稀，不能详也。弟视听尚未甚衰，眠食略能依旧，家中自内子以次幸各平安，粗堪告慰。滋轩兄〔金湛霖〕在港谅能常晤，祈为道念。手此奉覆，敬颂著祺，不尽万一。知好均此，不一一。弟商衍瀛启。七月卅

---

① 赖元芳乃赖际熙孙女，嫁林伯欣，生子林建名。

日。（约 1955 年）

　　首函透露了民国六年（1917）张勋（1854—1923）复辟的政治背景。当时商衍瀛住在曲阜，《温文节公集序》云："壬子（1912）正月，忠武〔张勋〕移师兖州。恭邸〔恭亲王溥伟，1880—1937〕与青岛诸遗臣谋联忠武。君自天津往会，主张沟通张〔勋〕冯〔国璋，1859—1919〕，以厚其势，众议龃之。乃将恭邸命返，得冯赞许。而青岛、兖州间往来密使，约于癸丑春声罪讨逆，檄文布告，秘而未发，为奸人诡得，驰报于袁。袁伪为不知冯预谋者，亲以电话令冯防堵，且名捕君，幸走脱。而袁亦以异军日图反侧，不得冯张宿将无以御之，伻使络绎，不绝于途，事遂以寝。"此第一次复辟事泄失败经过。商衍瀛复云："癸丑（1913）六月，南京再变，北踞徐州。袁令冯领第二军由天津向浦口，张领第三军由江淮直取金陵。张军先攻克，冯军继后。论功则张多，以位则冯尊。〔"二次革命"失败〕袁始以苏督畀张，不数月而令冯代之，转张为长江巡阅使，两雄相角，以渐成衅隙。忠武于是再驻徐州，威名日高，心迹亦日著，与冯之嫌隙亦日深。君奔走游说，竭智殚谋，冀其弃怨修好，共图大事，而终于迹合心离，此丁巳（1917）一役所由致败也。"①第二次复辟由 7 月 1 日至 12 日，前后历时十二天而败。其馀 1929 年函写生活困顿，等待时机，自信"未必终身无用"。1955 年函则备述晚年家居生活及故人子女的消息近况。硕果社创立于 1945 年春，已是沦陷后期，发起人为黄伟伯（1872—1955）、谢焜彝（1877—1958）、伍宪子（1881—1959）、冯渐逵（1887—1966）四人，出版《硕果社》九集，主导香港诗坛。1969 年以后老成凋谢，诗社活动渐趋

---

　　①　参《温文节公集》。又参《广东文征续编》第一册，第 483 页。

停顿。

商衍瀛又有《致赖际熙函》一封，作年不详。

> 昨到署闻介臣前辈云，已于早时晤执事，详陈一切，俟熊、孟两公来，亦力持此为个人之事，非有公呈，则无根据等语，已详覆露庵〔黎湛枝〕兄处。诸公定意如何，便祈示知。再者去岁承诸公函致周原堂同年，舍戚蒙以昭雪，日昨寄来广绸二匹，借申芹意，非敢云谢也。兹饬价走呈，希鉴纳。不尽区区，此请荔公同年安。弟衍瀛顿首。初七。① （1911 年之前）

此函反映晚清的官场活动，函中提及黎湛枝，或属早年作品，不能迟于 1911 年辛亥革命之前，但具体的人物、事件不详，俟考。

四、商衍鎏学述

商衍鎏，字藻亭，号又章、冕臣、康乐老人、拙盦、玉莲园旧主人。光绪三十年(1904)甲辰恩科探花，授翰林院编修。旋留学日本，毕业于东京法政大学堂。官至秘书郎撰文、国史馆协修、实录馆总校官、帮提调等职。1912 年赴德国汉堡大学教授汉文。其后欧战爆发，中国对德宣战，1917 年 8 月乃随驻德使馆人员归国。历任副总统顾问、江苏督军署秘书、大总统府谘议、江西财政特派员、财政部秘书等职。1949 年以后任中央文史研究馆副馆长、广东省文史馆副馆长、广东省政

① 参《翰墨流芳》（香港：学海书楼丛书第六种，2003 年），第 52—53 页。

协常委。著有《清代科举考试述录》、《太平天国科举考试纪略》及《商衍鎏诗书画集》三书等。①《广东文征续编》第二册录《清末科举考试亲历记》、《王韬与太平天国》、《广东清末的闱姓》、《清代科举考试述录序例》四文。②商衍鎏精于考据之学，例如在《关于王韬与太平天国关系的考证》中关于黄畹上书太平天国的发现、黄畹即为王韬（1828—1897）、黄畹上书使清廷震惊的原因、论王韬非太平天国状元各节，③述论精辟，使人信服。

商衍鎏在诗书画的创作方面更负盛名，流布海内外。商衍鎏早年诗作毁于战火，散失颇多，编集时辑为《壬丙集》一卷，录1932—1936年间作品，得诗二十七首。其他则分为《广陵集》、《巴渝集》、《锦城集》、《弱湍集》、《纱縠集》、《凌云集》、《凯歌集》、《江海集》八卷，前七卷以反映战时生活为主，末卷则为国共内战及晚年安居之什，风云掩映，深具史诗的气派。《商衍鎏诗书画集序》云："统三十年来以观余诗，一变再变，谓之为历史鳞爪也可，谓之为余回忆录也亦无不可。暮齿吟咏，不忍弃掷，删其应酬空泛风景之作，选成约四百首，自书影印。就正读者，惟望有以教之。"忧患馀

① 商衍鎏：《清代科举考试述录》（北京：生活·读书·新知三联书店，1958年5月）。商衍鎏：《太平天国科举考试纪略》（北京：中华书局，1961年11月）。商衍鎏：《商衍鎏诗书画集》（香港，1961年）。其他著作尚有《简易明经谱》、《各行省优贡通用录》等，参关志昌稿：《商衍鎏》，载刘绍唐主编：《民国人物小传》（台北：传记文学出版社，1987年4月），第229—231页。又参商承祚：《商衍鎏传略》，载《中国现代社会科学家传略》（太原：山西人民出版社，1982年2月），第322—328页。又《科场案件与科场轶闻》、《清封武义都尉云石金公、清封淑人金母施太淑人家传》、《商衍瀛商衍鎏同怀兄弟会试墨卷》等，均清末刊本，今藏中山大学图书馆古籍部。
② 《广东文征续编》第二册，第10，19，21，27—30页。
③ 参《太平天国科举考试纪略》第六章，第82—93页。

生，尤多论政之作，批评时局。1949 年，商衍鎏旅居澳门，集中有《澳门杂诗二十首》，注称"己丑旅居澳门时作"，多写澳门风光及军声刁斗之感。同年来港展售书画，岑光樾有《为商藻亭同年书画展览致词》云：

> 藻亭尚精健，书法秀丽活泼。兼长众体，能作擘窠书，并工六法。尤喜画竹石，皆斐然可观。盖亦非以专工应制为能者。今年春，藻亭倦游南返，徜徉于羊石濠镜间，益以文墨自娱。因徇友人之请，将出其近作，来港公开展览。其中昔与兄云汀前辈合作，暨甲辰鼎胪合作诸品，咸列于会。备此间名流艺事之切磋，意至美也。予与藻亭久别逾三十年，喜良觌之不遥，且将得以遍观其别后之所作，快何如之？书此志喜，且以介诸同好，得共赏焉，斯幸已。①

文中"甲辰鼎胪合作诸品"指当时港澳及东南亚华侨分请末科状元刘春霖（1872—1944）、榜眼朱汝珍、探花商衍鎏、传胪张启后（1873—1944）各书一条幅，配为四屏，甚为流行。而诸老亦得以鬻书卖字补贴生活，各取所需。商衍鎏晚年随长子商承祖（1899—1975）居南京，1954 年开始撰写《清代科举考试述录》，1956 年完稿。继随次子商承祚移居广州。商衍鎏诗多写实之作，文采华美，清畅易晓，稍嫌直露，稍逊乃兄沉郁浑成之境。佚诗未见编集者约得八首，兹录于下：

---

① 岑光樾《为商藻亭同年书画展览致词》，载邓又同辑录：《学海书楼主讲翰林文钞》（香港：香港学海书楼，1991 年 10 月），第 118 页。

戊子上元前二日青溪白门两社集分韵得然字

风紧春寒欲雨天。喜从旧社集新缘。

琴尊梦境成今古，湖海吟朋话后先。

淑气莺花看渐转，同根萁豆莫相煎。

沼吴霸越馀奇策，何处寻师问计然。（1948 年）①

檗庵前辈"香江送别图"为中行世兄题（两首）

回思四十年前事，宫阙凄凉化麹尘。

今日泪痕吹更远，梦魂紫塞不生春。

喜逢骥子继家声。惆怅高风阆苑行。

天地可倾忠孝在，海滨愁绝故人情。

己丑三月商衍鎏七十有六。（1949 年）

乙未二月与钱濮曹、高同年宴集锦江大楼

一笑相逢共白头。追欢诗酒会江楼。

久知世事同刍狗，已尽机心泛海鸥。

旧梦蓬山云缥缈，新情萍水日绸缪。

老来意气倾肝胆，风雨高歌万象收。

藻亭草稿。（1955 年）

《清代科举考试述录》书成正值国运方兴，既感且喜，因赋二绝，以为总结

唐明入彀英雄语，陈迹今朝事已非。

科举仅馀糟粕在，观人论世此中微。

---

① 《广东历代诗钞》卷五，第 417 页。其他《燕》、《咏蟹四首》已入集。

光芒万丈开新运，建国才能赖众贤。

共幸和声鸣盛日，暮年愉快理残篇。（1956 年）①

夜月登越秀山望海珠

灯火楼台夜，千门万户中。

珠玑南海市，星月大江风。

闸锁湖漪沴，堤延地脉雄。

林幽山径曲，车绕任西东。②

赠陈一峰 用杜甫"老去亲知见面稀"句起怀，六月十日

老去亲知见面稀。神交未面友情依。

天开图画收青嶂，楼挹朝曦拂紫微。

豪兴略同苏子美，清词不减谢元晖。

珠江水满虬龙舞，海客双鱼喜到扉。（1962 年）

诸诗多表现欢快之情，写出对新时代的信心。至于怀旧之作，历史风烟，都成陈迹，一切也就轻轻带过了。末首乃寄赠陈一峰（1881—1975）之作。陈一峰《奉和商藻老见赠寄怀长句，时商老居康乐村，一九六二年》答云："老去亲知见面稀。依原句起。登楼吟望倍依依。论文异地同明月，阅世乔松挹翠微。天步记曾劳梦寐，神游今喜及芳菲。春风康乐长响渹，好鸟枝头沐曙晖。"③知交故旧，亦能刻画乐观的心境。其他函札五件，温必清藏三件，赖恬昌藏二件。

---

① 《清代科举考试述录》，第 352 页。

② 参杨资元、黎元江主编：《英雄花照越王台·历代咏广州作品选》（广州：广州出版社，1996 年 9 月），第 221 页。

③ 陈一峰：《初曦楼诗词续编》（香港，1972 年），第 4—5 页。

士廉仁世兄台鉴：

昨接手书，得悉近状。先大人〔朱江〕忠节遭难，久为凄恻。况弟在京时，与先大人义气切劚，尤为投契。则执事与令伯之事，倘有一分可以尽力者，岂敢不尽心□维持。弟去冬始自德返，今春入都一行，现尚飘萍无定，暂时未敢冒昧约令伯远来，不如在粤先寻一事安身。温太史于尊事甚为关切，顷已与家兄有函相告。阁下便中可再驰函一询。日后倘有机缘，弟自无一日不在心也。专此奉覆，敬请台安。弟商衍鎏顿首。令伯尊前并希致意。①（1918 年?）

中行老兄文几：

接二月十三日手书，并汇款港币壹百元，费心至为感谢。兹将联照尺寸书就，特先寄达。扇面我所存者，只是白面。我明日恰有事往上海，当到荣宝斋各处，碎金者想可得。唯大约住十日方还南京，再行书致，稍为延迟，祈转达谅察为荷。吴、黄两君有此雅兴，至为健羡。北京研究文学者尚多，但今日又是一派。我现草《清代科举考试述略》，所谓不作无益之事，何以遣有涯之生耳。专此奉达，馀容续布，敬颂撰绥。衍鎏再拜。二月廿五。内地不寄香港挂号信，故仍用平信寄，但失者甚少。收到请覆数语，以免悬系。

中行老兄台鉴：

连得两书，知扇联均到为慰。家兄现寄来月洞金扇面一张，俟问明如何写画，再行照致。吾兄词笔清新，小令

___

① 案此函现已录入广东省立中山图书馆编《广东省立中山图书馆馆藏名人手札选萃》（北京：商务印书馆，2002 年），第 86 页。

一首，想见逸兴耳。专覆敬颂撰绥。衍鎏再拜。四月廿八。

以上三件由温必清藏。其一朱江（？—1913）系广州驻防汉军旗人，第一次复辟事泄被捕，为清死节。参温肃《为故内阁中书朱江等请恤疏》，1933年上奏。①此函乃寄与其子朱本一者，商衍瀛1955年函中亦尝提及朱本一后人的生活状况。其他二函约写于1954—1956年间，商衍鎏在南京从事著述，间亦向海外售卖书画补贴生活，故函中提及笔润及扇联的情况。以下商衍鎏《致赖际熙函》二件由赖恬昌藏。

荔垞前辈年大人阁下：

别廿年矣，白云苍狗，世局变幻，不知纪极。闻公设帐香江，桃李满门，中外交重，视马郑殆无逊色。且精神娱畅，身体安适，尤足使人健羡。侍飘蓬转徙，一任所之，足迹经历逾数万里，在欧见空前未有之大战，回国处扰攘未定之时局，险阻艰难，咸苦酸辛，俱已备尝。而回忆春明故友，散之四方，音问疏阔，盖无不垂垂老矣。家兄今夏六十寿事，前不许通告亲友，唯鄙意则欲借此得挚好锡以诗文，既志昔踪，且垂久远，是亦元老梦华之意也。兹寄呈诗笺一纸，务祈不吝珠玉，至为叩祷。又子砺〔陈伯陶〕、毅夫〔温肃〕、桂海〔区大原〕、徽五〔区大典，1877—1937〕、雨荃〔左霈〕诸前辈闻均在港，附呈数函，并恳代致，〔便中能将诸公住址开示尤盼〕兼为问讯。琐琐奉渎，谅荷原察。近在金陵者，有胡子贤、关筠生〔关文彬〕、颖人〔关赓麟，1880—1962〕暨季三五人，闲为文酒之

---

① 《温文节公集·檗庵奏稿》，卷二，第106页。

会，然求如昔日南海馆朋觞宴游之乐，渺不可得矣。文郎能自立至喜，公寓址即询之文郎始得者。尚祈不弃，赐以教言，至为欣盼。港中尚有旧友者，风便亦望见示。百不尽一，敬颂撰安。年侍商衍鎏再拜。六月一日。（1929）①

昨畅谈并领盛馔，快慰无已。但匆匆而行，遗下金丝眼镜一个、小手绢一方。祈嘱贵管家一为检察。侍当于十六晚顺道踵府取回也。手此致谢，敬请台安。年侍商衍鎏顿首。②（1917 年?）

其一商衍鎏在 1929 年致函赖际熙问讯海外故人的情况，并为其兄商衍瀛六十大寿征集诗文墨宝。其二作年不详，疑为 1917 年由欧洲返港时与赖际熙会面后作，打算取回眼镜及手绢，反映生活细节，亲切有趣。

上文分述广州"汉军商氏"两代四家的艺文及学术，或以诗鸣，或以画著，而书法的成就尤为可观。函札往还，悦目赏心，气韵流畅，都成珍品。加以忠爱之忱，天地可鉴，始终如一，不以势利为转移，这些都是科举制度所培育的人才，岂谓误尽苍生者也。至于商廷焕精于审音，商衍鎏长于考据，其后商承祖乃德文教授，而商承祚更是当代成就卓著的古文字学家、书法家、金石篆刻家，绍述家学，三代传承不绝，耳濡目染，皆为上品，佳子弟更上层楼，自能发挥创意了。"汉军商氏"更见充分表现出传统文人精研学术之馀，留意艺文，兼具儒雅博识的风范。

---

① 《翰墨流芳》，第 90—92 页。
② 《学海书楼七十五周年纪念集》（香港，学海书楼，1998 年 4月），图版十六，第 138 页。

附录："汉军商氏"诗画函札十四件

1. 商廷修《致陈子丹函》（约1909）〔辑自《卅家尺素》〕

2. 商廷修绘画"山水"及"梅花"（约1906）〔辑自《尺素三篇》〕

3. 商衍瀛《致温肃函》（约1916）〔原件，亦见《广东省立中山图书馆馆藏名人手札选》〕

4. 商衍瀛《致温肃函》（1929）〔原件〕

5. 商衍瀛《致温中行函》（约1955）〔原件〕

6. 商衍瀛《题"香江送别图"》（1955）〔原件〕

7. 商衍瀛《致赖际熙函》（1911之前）〔辑自《翰墨流芳》〕

8. 商衍鎏《致朱本一函》（1918?）〔原件，亦见《广东省立中山图书馆馆藏名人手札选》〕

9. 商衍鎏《致温中行函》（约1954—1956）〔原件〕

10. 商衍鎏《致温中行函》（约1954—1956）〔原件〕

11. 商衍鎏《致赖际熙函》（1929）〔辑自《翰墨流芳》〕

12. 商衍鎏《致赖际熙函》（1917?）〔辑自《学海书楼七十五周年纪念集》〕

13. 商衍鎏《檗庵前辈"香江送别图"为中行世兄题》（1949）〔原件〕

14. 商衍鎏《乙未二月与钱濮、曹高同年宴集锦江大楼》（1955）〔原件〕

廖恩焘 "广东俗话七律诗" 与诗律探索

廖恩焘（1866—1954），字凤舒，号忏庵，或忏绮盦，一号珠海梦馀生。广东惠阳人，廖仲恺（1877—1925）胞兄。九岁（1874）赴美求学，光绪五年己卯（1879）由美回国。从东莞探花陈伯陶（1855—1930）研究国学。光绪十三年丁亥（1887），奉派任驻古巴马丹萨领事。光绪二十三年丁酉（1897），以四品京堂衔调回外务部丞参处行走。以后历充驻朝鲜总领事、驻日代办。宣统末年（1911），简派为驻西班牙公使，未到任。民国后，北洋政府简派任驻古巴代办，民国十四年（1925）擢升公使。民国二十二年（1933）退休回国，先后寄寓于上海、南京、广州、香港等地。廖恩焘五十岁（约1915年）开始学词，尝于古巴购置别墅曰影树亭，绘成"影树亭填词图"，广邀题咏。彊村手批其词稿云："胎息梦窗，潜气内转，专于顺逆、伸缩处求索消息，故非貌似七宝楼台者所可同年而语。至其惊采奇艳，则又得于寻常听睹之外，江山文藻，助其纵横，几为倚声家别开世界。"①

1950 年冬，廖恩焘与刘景堂创立坚社，以社址设于香港坚尼地道 25 号廖仲恺、何香凝故宅，故名坚社。与会者有罗慷烈（1918—2009）、王韶生（1904—1998）、张叔俦（1897—1969?）、张纫诗（1912—1972）、林汝珩（1907—

---

① 廖恩焘：《忏盦词》八卷（上海，1931 年），线装首页题辞。

1959）、曾希颖（1903—1985）、汤定华（1918—2013）、任援道（1890—1980）、区少幹（1903—1982）、王季友（1910—1979）等，每月一会，至 1953 年冬止，前后共历三年。坚社社友皆为香港词坛名家，对推动香港的词学发展，贡献极大。廖恩焘著《湾城竹枝词》（1905）、《新粤讴解心》（1924）、《嬉笑集》（1924、1949）、《忏盦词》八卷（1931）、《半舫斋诗馀》（1939）、《扪虱谈室词》（1949）、《影树亭词、沧海楼词合刻》（1952）等。

一、廖恩焘《嬉笑集》与 20 年代的方言文学

廖恩焘精通中西语文，尤好方言文学。创制了大量的粤语七律诗，影射政坛人事、风俗习尚，嬉笑怒骂，寓庄于谐；虽失之俚俗，亦足以反映官场及人心的卑污龌龊。廖诗在省港澳地区传播极广，脍炙人口。粤人读之自会引发会心微笑，不劳深解；但外省人则有语言隔膜，不知所云。方言文学受制于地域因素，不能行之久远；同时由于方言词汇的转变，书中有很多旧时代的粤语词汇现在也难于索解了。例如《嬉笑集》重印本自序以粤语写骈文，其中"串戏师爷，结束黄疤射利"、"眼轨转风，毛管出火"、"够佢褛幽，炼体操魄不附体"诸句，都不好解。

《嬉笑集》有两种不同的版本：甲子（1924）木刻本题"广东俗话七律诗"，计有《汉书》人物杂咏 37 首、古事杂咏 27 首〔题作 25 首误〕、录旧 14 首、辛酉（1921）东居 20 首、癸亥（1923）春明纪事 6 首，合共 104 首。己丑（1949）本在香港出版，1970 年曾清誉正再版，1995 年澳门日报出版社重印，计有《汉书》人物分咏 27 首、金陵杂咏 14 首、史事随笔 23 首、信口开河录 9 首，合共 73 首。己丑本乃后来在香港新

写、重写或就记忆改写之作，未能复见甲子本原书；所以二书内容异多同少，同题亦每有不同的表现。两书合计，同者才16首，另部分不同者2首；总计新增36首、旧题异诗者19首（同韵6首、异韵13首），共得粤语七律诗159或161首。

《嬉笑集》甲子本世不多见，1979年罗慷烈撰《忆廖恩焘·谈嬉笑集》一文时未见提及。其后有影印本，乃得之于北京顾铁符（1908—1990）藏本。《嬉笑集》甲子本与《新粤讴解心》同年出版，同一版式。己丑本书后原有《著者附记》，曾清誉正本漏印。廖恩焘云：

> 己未年（1919）与胡公展堂在横滨，旅居无俚，读《汉书》下酒，盱衡古今人物，有若合符节者，戏成广州俗话七律若干首，展堂为击节，怂恿付梓。三十年来，庋存散佚，顷就朋辈文酒，资为谈柄。或记忆所及，摘录十之四五，再补新作，书之于帙，见者传播，索阅纷来，因序而付排印，不足登大雅之堂也。①

原来廖恩焘写粤语七律诗是受了五四运动的影响，而《嬉笑集》自然也是五四运动的产物了。当时新思想、新文化的浪潮席卷全国，传统文人为了顺应新文学的潮流，接受新思潮的洗礼，自亦以提倡白话文学为己任了。1921年廖恩焘《五十七初度感言六首录一》云："但得三餐闲饭食，揾埋白话当诗吟。"可能亦有意利用粤语开拓诗境。由于当时还没有"国语"的观念，廖恩焘乃粤人，遂以粤语创作为白话文学，说来也是美丽的误会了。

---

① 参梁培炽：《南音与粤讴之研究》（三藩市：旧金山州立大学民族学院亚美研究学系，1988年），第228—237页。又参胡从经：《嬉笑集及其他》，载《大公报·文学》（香港，1998年12月2日）。

按粤语诗出于近代试验，余祖明《广东历代诗钞》录广东白话诗五家。计有何又雄（1820—1890）二首、廖恩焘四首、胡汉民（1879—1936）二首、李蟠（1893—1943）三首、梁寒操（1898—1975）二首。何又雄原名文雄，字淡如，南海人，同治元年（1862）举于乡，官教谕，授徒省垣。今所录者为《赋得椎秦博浪沙》五言排律及《垓下吊古》七律各一首。廖恩焘则录《严光》、《王昭君琵琶出塞》、《鸡鸣寺》、《漫兴》四首，余祖明称乃得之于李泽甫的油印本，亦即曾清誉正的己丑本。胡汉民录《咏张良》、《咏陈平》两首，余祖明称"乃昔年从报章杂志得来，想亦先生于民八己未年与廖先生同客日本时之作也"。李蟠字仙根，中山人，诸诗写抗日战争；其子李供林亦为诗人。梁寒操尝将廖恩焘的粤语诗刊于《广东文献季刊》三卷三期，亦出己丑本；其《从少帆怂恿将李泽甫先生重印嬉笑集转登〈广东文献季刊〉，并试仿制广东白话诗以跋其后》二首云：

> 重记南京往时事，凤翁隔日过寒家。
> 唔嫌粗菜多留饭，每爱长谈猛饮茶。
> 妙句时常带玩耍，奇情真正冇揸拿。
> 如今始见诗钞出，读过几乎笑甩牙。
>
> 拈来随手偶然间。鬼咁轻松鬼咁难。
> 急转风车新世界，慢箍铁桶旧江山。
> 小输小胜塘边鹤，难舞难闻屎冚关。
> 老藕细蚊欢喜念，任人鴂舌笑南蛮。

二诗约撰于 1973 年，此时廖恩焘逝世已二十多年了。梁寒操诗其一回忆两人在南京的交情，指出廖诗多"妙句"、"奇情"，十分风趣。其二写廖诗乃妙手得之，却不易写；颔联改朝换代，有浓厚的兴亡感觉；颈联"塘边鹤"指对方游戏人间，优游岁月，而自己则以"屎乸关刀"为喻，谐既不能文，亦不能武；末联"老藕细蚊"指老少咸宜，雅俗共赏。粤人读粤诗，自有会心。

廖恩焘《嬉笑集》以咏史作品为主，甲子本有《汉书》人物杂咏 37 首，己丑本有《汉书》人物分咏 27 首，互有同异；有时同咏一人，作品亦异。大抵前后相隔三十年，偶有所感，一写再写，也就不嫌重出了。两本所论人物有《秦始皇》2 首、《汉高祖》3 首（己丑本无第一首）、《陈涉》（己丑本无）、《秦二世》（己丑本异）、《李斯》（己丑本无）、《萧何》、《曹参》（己丑本无）、《张良》、《韩信》、《陈平》、《周勃》（己丑本异）、《项羽》、《樊哙》（己丑本异）、《彭越》（己丑本无）、《黥布》（己丑本无）、《范增》、《田横》（己丑本无）、《叔孙通》（己丑本无）、《郦食其》（己丑本无）、《蒯通》（己丑本无）、《朱虚侯刘章》（己丑本异）、《董仲舒》（己丑本异）、《严光》、《司马相如》（己丑本异）、《苏武》（己丑本稍异）、《马援》（己丑本异）、《卫青》（己丑本异）、《汲黯》（己丑本异）、《东方朔》（己丑本异）、《朱买臣》（己丑本无）、《扬雄》（己丑本无）、《灌夫》（己丑本无）、《贾谊》（己丑本异）、《李广》（己丑本异）。己丑本则增加《项庄》、《再论秦王子婴与赵高》、《霍光》。两本共咏 37 题，而同者仅 11 首而已。《嬉笑集》己丑本自序云：

作者珠海梦馀生，住近柳波涌畔路。见过泮塘皇帝，微臣足领尿褒；充埋大良斗官，老友惯打牙较。排啱广嗓，谛成律诗。一片婆心，唔算踱《西游怪记》；几番公认，就算补《北梦琐言》。有摩啰拍栅肉酸，比亚运洗镬干净。能闻能舞，非屎桶中关帝把刀；或掘或尖，任脑袋里董狐枝笔。

廖恩焘以董狐自许，看来也有史笔的严肃意义。咏汉书人物之诗共 64 首，除去重复的 11 首，实有七律 53 首。不过有些人物溢出《汉书》范围，例如秦始皇、秦二世、李斯、秦王子婴和赵高都不是《汉书》中的人物；而马援、严光的名字甚至更没有在《汉书》中出现过，马援是汉光武帝的爱将，严光则是皇帝同床共榻的好友，要到《后汉书》才有传。可见廖恩焘只是凭记忆咏史，意在刻画爱憎之情，臧否人物。罗慷烈云："案标目应作《史记》《汉书》方合，当是排印时漏去《史记》二字。"大抵廖恩焘所咏皆与汉史有关的人物，由于咏史不同于写学术论文，所以也不必一一翻检《汉书》了。他根本就没有提过《史记》，绝非漏去。

又廖恩焘多借咏史影射现实人事，例如《贾谊》两首，甲子本借题发挥，讽刺袁世凯卖国称帝。诗云：

> 眼泪成胞白咁嚟。呢条烂命水流柴。
> 学生骑着胭脂马，师傅装成堕落鸡。
> 讲起几千年世界，监埋廿一件东西。
> 咁啱皇帝唔听古，罚去长沙做搏斋。

贾谊（前 200—前 168），洛阳人。博学能文，二十馀岁为博士，一年中擢为太中大夫。惟改革过急，得罪朝臣。文帝四年（前 176）外放为长沙王太傅，《史记》云："贾生既辞往行，闻长沙卑湿，自以寿不得长，又以适〔谪〕去，意不自得。及渡湘水，为赋以吊屈原。"六年（前 174）调任梁怀王太傅，"怀王骑，堕马而死，无后。贾生自伤为傅无状，哭泣岁馀，亦死"。首二联指贾谊白流眼泪，自伤薄命。三联映射民国历史，斥责日本的"二十一条要求"。末联皇帝指袁世凯，搏斋是教书先生。"成胞"即一泡，"嘥"解浪费，"咕啱"（dim³ ŋam¹）解遇上。己丑本《贾谊》云：

> 瞳人赖尿乜来由。唔讲治安冇咁㶶。
> 皇帝生滋猫入眼，先生乱吠狗开喉。
> 扑斋虽系长沙贬，奉旨都还便殿睋。
> 若果至尊仍避席，呢铺牌要再拈筹。

首二联指贾谊的《治安策》"众建诸侯而少其力"，推恩分封诸王子弟，侵夺诸侯的权益，维护中央权威，皇帝虽然中听，但诸侯就未必接受了。暗指民国以后的军阀混战，中央无力管束。三联指汉文帝（前202—前157）在宣室便殿接见贾谊，但问鬼神之本；"贾生因具道所以然之状。至夜半，文帝前席"，深为倾服。末联避席即化用李商隐（813—858）"不问苍生问鬼神"诗意，指皇帝不理民生疾苦，可能就要换牌了。"瞳人赖尿"即看人小便，有暗算之意；"㶶"粤语今作"嬲"，音 neu¹，高平声；"生滋猫"喻渴望已久；"扑斋"即"搏斋"，指教书先生；"便殿"指宣室，"睋"解接见，指贾谊遇赦回京后仍深受重视。

至于其他摹写民风之什，《嬉笑集》亦极尽揶揄讽刺之效，淋漓痛快，容易唤起小市民的共鸣。甲子本录旧十四首，《自由女》云：

> 姑娘呷饱自由风。想话文明拣老公。
> 唔去学堂销暑假，专嚟旅馆睇春官。
> 梳成只髻松毛狗，剪到条辫掘尾龙。
> 靴仔洋遮高裤脚，长堤日夜两头春。

此诗刻画 20 世纪 20 年代初期广州街头新潮女子的装扮，从服饰到心态都有具体细致的描写，足以反映推翻清王朝以后至改革开放初期的社会面貌。己丑本重录此诗，第四句"睇"改作"扮"，意思不通。诗中"呷"即喝，"掘尾龙"喻短发，"遮"即伞，"春"解走来走去，不知所为。又《新人物》云：

> 速成师范买文凭。着起番装未会行。
> 牛利一条啱够本，猫须两撇咁零丁。
> 带埋夹壁皮包袋，充硬镶金眼镜框。
> 名片街头挤列满，称呼仍系叫先生。

这是讽刺一切弄虚作假的世风。学历是买来的，刚刚学穿西装。"牛利"或指领带，留两撇胡子，提公事包，戴时麾的镶金眼镜。名片上有大量的头衔则是用来唬人的，末句揭穿他的假洋鬼子面具，称呼仍叫先生。又《走马灯》注"报纸有走马灯内阁因广其意"，诗云："至怕吊高唔到地，呢回想落落唔成"，论政之作，亦见辛辣。1923 年春，廖恩焘有《报纸每日登载议场种种色色因纪以四首》之作，刻画政坛丑态，其一云：

> 大家都为两蚊钱。半句唔啱嗌定先。
> 墨盒㪣穿成额血，茶杯打烂几牙烟。
> 直头烧到开花炮，错手伤埋起草员。
> 有个想趯唔得彻，飞嚟交椅当青砖。

此诗专写北洋军阀的议会政治，为了利益，大打出手。"嗌"解争吵，全句说一言不合先吵起来；㪣（den³）解投

掷,"花炮"指鞭炮,趌(liu¹)跑开,"唔得彻"即来不及,"交椅"即椅子。又其三云:

> 人齐正话敢摇铃。倒米提防个寿星。
> 猪仔也曾搬过窦,马骝咪又甩埋绳。
> 若唔趁早投成票,就怕耽迟出晒京。
> 内里有人烟瘾起,番归重赶去开灯。

此诗摹写议员的素质,唯利是图,谈不上什么政治理念,投票只是利益交换的手段,形势随时生变,而支持者也会变成倒米寿星(破坏王)了。"正话"解刚好,"搬过窦"喻移位,即改变主意;"马骝"即猴子,"甩埋绳"即掉了绳子,喻不受拘束;"出晒京"指全部离开北京,喻散伙;"开灯"指抽鸦片烟。写出了官场的乌烟瘴气。

二、廖恩焘粤语七律诗的诗律探索

廖恩焘《嬉笑集》用当代的粤语俗话写古典的七言律诗,不但语言不同,诗歌亦雅俗异趣。传统的七律诗经过长期的酝酿,并深受各个不同地域和方言的影响,早已发展成为成熟的体裁,无论字句、平仄、黏对、对仗、押韵等都有固定的安排,结构严谨,规限亦多。汉语诗律源远流长,由古体到近体,可以分为自然律、永明律、平仄律、拗律四个阶段。古代诗乐同源,诗歌原是音乐的附庸,诗律即乐律。汉代以后,古诗诵而不歌,乃逐渐摆脱乐曲的支配,以至独立蔚为大观,而诗律也就专注于语言节奏的表现了。

自然律以亲切平易的口语为准,不必刻意求律。例如曹植"清夜游西园,飞盖相追随"(《公宴》)、陶渊明"采菊东篱下，悠然见南山"（《饮酒》二十之五）之类，即跟我们日常的语言无别。钟嵘云："尝试言之，古曰诗颂，皆被之金竹，故非调五音，无以谐会。若'置酒高殿上'、'明月照高楼'，为韵之首。故三祖之词，文或不工，而韵入歌唱。此重音韵之义也，与世之言宫商异矣。今既不备于管弦，亦何取于声律耶？"明显是崇尚自然音韵，反对人工的声律。又曰："观古今胜语，多非补假，皆由直寻。"[1]虽为用事立说，但直寻之说，源于自然，实亦通于声律也。

永明律是在齐梁声病理论的试验基础上，以五言八句为主，锻炼律联，创制新声，摆脱平易凡近的语言节奏，追求一种高亢、亮丽、典雅、紧凑的音律，例如谢朓"馀霞散成绮，澄江静如练"（《晚登三山还望京邑》）、庾信"春洲鹦鹉色，流水桃花香"（《忝在司水看治渭桥》）之类，可以使人感受声音之美，比我们日常的语言更显精粹。刘勰引述齐梁的声律说云："凡声有飞沉，响有双叠。双声隔字而每舛，叠韵离句而必睽；沉则响发而断，飞则声扬不还，并辘轳交往，逆鳞相比。迕其际会，则往蹇来连，其为疾病，亦文家之吃也。"[2]意谓字句的声韵组合错综搭配则美，重复单调则吃，吃即有阻滞之意。

平仄律可以说是一种人工安排的音韵节奏，利用平仄、黏对构成对称、和谐的音感。唐人将齐梁析出的四声归纳为平仄两类对立的音质，配合单音节、双音节组成。日本遍照金刚云："律调其言，言无相妨，以字轻重清浊间之须稳。至如有

---

① 钟嵘著，陈延杰注：《诗品注》（香港：商务印书馆，1959 年 3 月），第 7—8 页。

② 刘勰《文心雕龙·声律第三十三》，参［南朝梁］刘勰著，詹锳义证：《文心雕龙义证》（上海：上海古籍出版社，1989 年 8 月），第 1218 页。

轻重者，有轻中重、重中轻，当韵即见。且庄字全轻，霜字轻中重，疮字重中轻，床字全重，如清字全轻，青字全浊。诗上句第二字重中轻，不与下句第二字同声为一管。上去入声一管。上句平声，下句上去入；上句上去入，下句平声。以次平声，以次又上去入；以次上去入，以次又平声。如此轮回用之，直至于尾，两头管上去入相近，是诗律也。"①轻重之论虽语焉未详，但明显已将四声二分了。唐诗从沈佺期、宋之问开始，逐渐摸索出一套公认的规则，抑扬顿挫，音调谐协，诗律乃日趋定型，杜甫《秋兴》八首一字不拗，表现七律成熟的风采，至善至美。

拗律相对于平仄律来说，乃是反对称、不规则的音律，加入更多人工的元素。拗律的试验亦由杜甫开始，韩愈、黄庭坚等更进一步，他们有意在和谐之外追求另一种拗折的音响，表现苦涩奇险、突兀瘦硬的意境，以至情绪波动、变化多端的节律，测试音韵组合的最高极限。王直方云："山谷谓洪龟父云：'甥最爱老舅诗中何等篇？'龟父举'蜂房各自开户牖，蚁穴或梦封侯王'，及'黄尘不解涴明月，碧树为我生凉秋'，以为绝类工部。山谷云：'得之矣。'"②二诗专用拗句，甚至对句同用下三平句，更是律诗的大忌，不顾流俗，因而表现出生新曲折的效果。

诗律之道，迭经四变，几乎没有多少可供发展的空间，后人写律诗，大抵亦只剩下守律一途，而加以若干平仄拗救的变化而已。廖恩焘以广东俗话写七律诗，由于语言的质性不同，

---

① ［日本］遍照金刚：《文镜秘府论·调声》（北京：人民文学出版社，1975年5月），第8页。
② 王直方：《王直方诗话》，载郭绍虞辑：《宋诗话辑佚》（北京：中华书局，1980年9月），第53—54页。所引黄庭坚二诗分别为《题落星寺》四首之一及《汴岸置酒赠黄十七》。

因此也产生了生新的感觉，尤以粤人粤语读之，更觉琅琅上口，趣味盎然，为古雅的诗律输入新鲜的血液。而方言文学亦得以大放异彩，有一新耳目之感。廖恩焘的粤语七律诗一般都恪守字句平仄黏对的限制，不敢逾越，因此绝大部分都是和谐的律体，完全符合平仄律的规定，参上引各诗，不另举例。拗律极少，只有寥寥几首，例如：

[1] 风吹海水呜呜声。唱只歌嚟送佢行。（《易水送荆轲》）

[2] 搭座栅嚟靠海边。浴场几咁会悭钱。（《海水浴场》）

[3] 江山打咕畀人坐，算命唔该话佢穷。（《李广》）

[4] 官都既要呃人做，田就唔慌到你耕。（《汲黯》）

[5] 懵鬼眼中冇日月，老牲（sɛŋ¹）肚里有乾坤。（《王猛扪虱见桓温》）

[6] 江山一冧鬼趣清。连靓老婆踢龟绳。（《范蠡载西施游五湖》）

在以上六例中，[1] 出句"呜呜声"乃下三平句；[2][3][4][5] 出句的"嚟"、"人"、"人"、"中"都犯了孤平；由于用在出句的位置上，可以宽容。[6] 的对句作平仄仄平仄平平，句式拗乱，令人费解。

廖恩焘的俗话七律诗在用韵方面比较特别，大抵是折衷平水韵与粤语，而以谐叶现代粤语为主，绝不泥古，且见创新。其中《广州即事》注明"四首全用一先韵"者，比较罕见，可见亦有遵守传统诗韵之意。话虽如此，其实用的仍是活语言，例如其一叶"年"、"冤"、"圈"、"捐"、"缘"五字，诗中有"鹅潭水浅艇兜圈"、"阔佬迎宾馆里捐"两句，"兜圈"

即转圈,按《广韵》"圈"字三读,上声阮韵求晚切,训兽阑;上声狝韵渠篆切,训养畜闲也;去声愿韵臼万切,邑名;本来都不读平声,读平声训圆圈、圈地义者乃后代的读音。又"捐"字非一般捐钱的捐,而是钻进去的意思,用的也就是粤语的口语义了。

廖恩焘的口语七律诗用韵之法有二:一是以平水韵为准,按照现代的粤语读音归拼为十二部,或独用,或合韵,随意通押,完全不必翻检韵书。由于七律只叶平韵,所以廖恩焘诗也只有平韵而没有仄韵。一是加入大量的口语词叶韵,因而显得生动。现在将《嬉笑集》两本所见的十二部韵及有关的口语词韵脚或释义或范例列后,以供参考。有些现已不用,亦不好解。

[1] 东冬合韵:窿(孔、洞)、松(蒙松)、春(两头春,走来走去)。

[2] 支微齐佳灰合韵:埋(住埋)、嘇(跳落嘇)、挤(放置)、批、嘥(浪费)、妹(疍家妹)、箅(lei[1],畚箕、竹笭)、哩(咪去哩)、迷(揾丁迷)、奶(二奶)、跛、呢(mei[1],跟呢)、呲(水缽拉埋再近呲)、堆(病到昏君咁氹堆)、瘀(tsœy[4],臭狐瘀)。

[3] 鱼虞豪合韵:捞、篎。

[4] 真文元寒删仙合韵:栏(养齐鸡鸭就成栏)、胗头(乳头)、顽(玩)、捐(钻进去)、仑(频仑)、颜(年纪挨边六十颜)。

[5] 萧肴合韵:蕉(焗蕉)、丢、票(落票)。

[6] 歌独用:傻、疴(排泄)。

[7] 麻独用:车(大炮车)、咩、爷(伯爷)、拿(伤痕)、欺(音虾)、瓜(捯手瓜)、渣、吧(一巴掌)、颐(pa[4],甩下颐)、揸(威揸)、屙(kɛ[1],大便)、者(虚词)、

孖、叮（几时轮到佢称叮）、啴（炮台难怪叫车啴）、啦（凿成湖后几离啦）。

[8] 阳江合韵：劏（宰）、狼（几咁狼）。

[9] 庚青蒸合韵：坑（乱乜坑）、生（先生）、悭（懵悭悭）、叮（丁点）、喱（閂［diu¹］哪喱［siŋ¹]，粗话）、檠（灵檠）、倾（谈话）。

[10] 尤独用：勾（生勾，活的）、兜、恼（嬲）、睺（盯住）。

[11] 侵覃咸合韵：含（虚含，热闹）、禁（耐用）、啱（合意）。

[12] 盐独用。

廖恩焘《嬉笑集》粤人读来一般没有问题，外省人可能就有些读不上口了。原因有二：一是有大量的方言词，外省人根本读不出来，亦不明白词语的含义，一知半解，很容易理解错误。其中尤以麻韵口语虚词最多，最难明白。二是有些诗粤语读来叶韵但北京话却不叶韵，有些连粤语本身也不叶韵，例如鱼虞豪、歌鱼、肴尤、阳仙、灰支鱼等，只能说廖恩焘失之大意了。《题诸葛武侯出师表后》二首之二云：

> 深深入到冇条毛。趁水搂鱼湿吓篙。
> 讲乜三分唔算数，托嚟六尺重称孤。
> 既然狗马人能做，必定江山你会箍。
> 抱住膝头哥唱野，该先唔着出茅庐。

又《朱虚侯刘章》云：

> 唱只耕田咁嘅歌。几乎吓坏老虔婆。

军师到底红须抗，兵卒谁知赤勝（lak^8）多。

险过剃头皇帝仔，快嚟帮手后生哥。

既然杂种都该死，索性锄头起势锄。

这两首诗粤语叶韵没有问题，但北京话豪韵"毛"、"篙"读－ao，虞韵"孤"、"箍"，鱼韵"庐"都读－u；又歌韵"歌"、"哥"读e，"婆"、"多"读－o，鱼韵"锄"读－u；皆不同韵。由此可见平水韵确有超方言的作用，协调南北的读音，方便创作和交流，不可轻废。其他《魏武赎文姬归汉》以尤韵"眸"协肴韵"包"、"巢"、"抄"、"茅"，乃肴尤混协；《书〈唐代丛书·虬髯传〉后》以仙韵"缠"叶阳韵"光"、"唐"、"装"、"王"，乃阳仙混叶；又如《雨花台》叶"灰"（灰）、"台"（灰）、"开"（灰）、"瘵"（鱼）、"追"（支），乃灰支鱼通协，可能都是不小心出韵所致，用粤语读都不叶韵。

律诗的特点是音调流畅，容易上口。说老实话，对于一般会写诗填词的人来说，开口成句，不假思索，而且几乎都是律句，写拗律反而是不顺口了。有时要刻意地摆脱律句，改易字词，以求新警，并不容易。这原因何在呢？大抵律诗用的是平仄律，平仄是声调简单的二分法，可以依轮换对称的方式构成人工韵律。汉语方言复杂，各地平仄的调值并不一致。例如北京话有四个声调：阴平55、阳平35、上声214、去声51，虽然没有入声，但却增多了轻声，所以北京话的四声除了表示调值高低之外，又跟轻声构成了轻重律的关系。粤语共有九个声调：阴平53、阳平21、阴上35、阳上13、阴去33、阳去22、阴入5、中入3、阳入2，粤语没有轻声，平上去六调除了表示调值之外，又跟入声三调构成了长短律的关系。由此可见，北京话和粤语的声调性质各异，参看下表：

	阴平、阳平	上声	去声	入声
北京话	平调、升调	降升调	降调	
粤语	降调	升调	平调	短调

或者我们可以这样说：北京话的平仄是以平调跟降升调、降调构成对比关系；而粤语的平仄则是以降调跟升调、平调以及短调构成对比关系。可见这两种语言平仄的特性根本不同，诗歌的音质亦异。进而言之，当代的白话文直接源于北京话，所以语句中含有高低轻重的节律，我们用粤语是无法读出来的。倒过来说，古典诗文是根据一种有入声的语言写出来的，语句里面蕴含了长短高低的节律，那么用粤语或其他方言来读可能就比较适合了。而这也可以解释白话文及文言文语言的背景不同、性质不同，因而产生了不同的音韵节奏、不同的语法语感，以至不同的思维结构等。

至于隋唐时代四声的调值，现在还没有定论，古代通行的歌诀云："平声者哀而安，上声者厉而举，去声者清而远，入声者直而促。"①又云："平声平道莫低昂。上声高呼猛烈强。去声分明哀远道，入声短促急收藏。"②根据这两条资料形象的描述，加上《文镜秘府论》有平声与上去入声二分之说，再从平、上、去、入这四个名称来考虑，我们大概可以初步推论出古代的平声可能是平调，上声是升调，去声是降调，而入声自然是短调了；而平仄二分则是平调及非平调的区别，即律诗乃是以调值平、不平来构成波动和节奏，从而产生对称、和谐的感觉。丁邦新《平仄新考》亦云："中古平仄声的区别就是平调和非平调的区别。平调指平声，非平声包括上、去、入三

---

① 参神珙引唐《元和韵谱》，载《玉篇》"四声五音九弄返纽图序"（台北：国字整理小组影元刻本，1982年）。

② 参明释真空《玉钥匙歌诀》，又载《康熙字典》"分四声法"（香港：中华书局影同文书局原版，1979年1月）。

声,其中上声是高升调,去声大约是中降调,入声是短促的调。"①亦与我们的推论一致。

律诗的平仄律确立以后,由于采用了简单的二分法,任何方言都可以利用平声和其他上去入三声构成一种对立的关系,例如北京话是平调和非平调相对,而粤语则是降调和非降调相对,通过诵读古人的名作,即可产生稳定的音感,久而久之,从而利用已有的音感进行创作。其他方言区亦可利用他们所熟悉的音感进行欣赏和创作,甚至相互交流。这有点像在电脑上可以利用各种不同的输入法,而最终的目标则是在屏幕上输入汉字。廖恩焘利用现代粤语写出了规范的七律,如果能加以注释,以及标出某些粤方言的读音,由于我们都有共同的语感因子,外省人要了解并不困难,最多就好像我们读元曲一样。但元曲用的是一种古老的语言,而粤语七律用的则是一种活语言,孰难孰易,应该也就不言而喻了。

平心而论,廖恩焘在 20 世纪之初尝试用粤语写典雅的七律,发展方言文学,以俗为雅,自然是有益的尝试。不过廖恩焘有时也超越了"俗"的尺度,在严肃的史论、政论背后,为了影射现实,表现激烈的感情,甚至引入了一些粗言秽语,可能就有点得不偿失了。

呢条老命几乎冻,好在閪边扔点亲。(《樊哈》)

几只貔貅守大营。龙须坎执剃局清。(《汉文帝幸细柳军》)

鬼揸咁样嘈喧地,火起番嚟閉哪喱。(《祖逖中流击楫》)

咪估簪花又挂红。草包瘾重势局凶。(《大花炮》)

---

① 丁邦新:《平仄新考》,载《丁邦新语言学论文集》(北京:商务印书馆,1998 年 1 月),第 80 页。

背心着到箍埋朓，颈领开啮突出胖。勒住太公真宝贝，碰亲老举当汤圆。（《海水浴场》）

若系揸胖真撞板，几乎睇髻要担梯。（《东妇》四首之二）

衣服思疑扁有撤，被铺想必味都全。（《东妇》四首之三）

以上都是见于《嬉笑集》甲子本的诗联，其中"闒"训女性生殖器、"屍"（geu¹）训男性生殖器、"閟哪喱"乃骂人脏话、"箍埋朓"指紧身裤子、"突出胖"指露出乳头、"太公"训男性生殖器、"老举"指妓女、"揸胖"抚弄乳头、"扁"（kɛ¹）指粪便、"撤"（mɛn⁵）训清洁。几乎都是低俗之作，低级趣味，使方言文学走入歧途，绝不可取。后来廖恩焘对此似亦有所省悟，所以在《嬉笑集》己丑本中，这些粗鄙的字句再没有出现，反而多了一些雅联，可以表现粤方言的幽情和雅韵。例如：

燕子入帘脏一下，莺哥见水恨双飞。（《胜棋楼》）

千年庚气埋冤鸽，一缕香魂化杜鹃。（《天宝遗事书感》二首之二）

咁靓宫娥嫁老番。琵琶抱住出榆关。收埋只髻慌人睇，较过条弦对鬼弹。（《王昭君弹琵琶出塞》）

人正淡如先日菊，花还靓过旧年枝。（《陶渊明采菊东篱》）

诗中"脏"训偷窥、"咁靓"解这么漂亮的、"收埋只髻"解掩藏发髻容颜、"较过条弦"调整琵琶的弦线音域、"鬼"指外族匈奴。"收埋"两句暗示文化差异。可见雅俗之辨只在一念之间，而俗也有高低之分，雅俗调和，始为佳制。

廖恩焘以粤语俗话写古典的七律诗,不但展现了方言文学的发展潜力,亦可增强传统七律的表现能力,古为今用,极具参考价值。

广州词人张叔俦生平考述及其词初探

　　张叔俦（1897—1969？）出身于词学世家，亦以书画诗词知名。1948 年崛起于广州词坛，在《岭雅》上发表了三十一阕词作。1949 年只身来港，参加坚社的聚会，唱和词林，也是坚社的重要成员之一。其后还出现于硕果社、风社的雅集，发表作品。可是生活穷困，在香港并没有找到适合的工作，1963 年黯然返回广州，少跟外人联系，不知所终。在这短暂的穗港词坛中，张叔俦就像一颗彗星飞掠而过。1947 年以前，不知道他从何而来？做过甚么？面世的作品很少，几乎一片空白。他只有在 20 世纪 40 年代后期到 50 年代初期比较活跃，知名于香港词坛，来往唱酬的友人也多。可是跟其他坚社词人相比，张叔俦生活潦倒，传记简略，词集也未能出版。说不定抑郁以终，可能也是造化弄人了。现在所能看到的，主要都是 1948 年至 1954 年在广州、香港刊物上所发表过的作品，词龄只有短短七年，偶然亮身一下，很快又消失于夜空之中。

一、家学渊源

　　张叔俦，原名成桂，字叔俦，号粟秋，番禺人。祖张立镛，擅画兰。父张德瀛（1861—1914），字采珊，号清音堂。光绪十七年(1891) 举人。长于诗词，画梅亦秀润不俗。著《词征》六卷，辨析词体源流、词调音律、平仄叶韵、补缀用

字之法，及历代词集及词家作品各项。① 又《耕烟词》五卷
（1921、1941），分别名为《阮俞笛谱》、《空中语》、《画禅外
篇》、《击剑录》、《纫兰剩稿》，深婉雅健，尤重音律及技法。
胡汉民《〈耕烟词〉序》云：

> 采珊师《耕烟词》及所著《词征》，曾印于广州。未
> 几，遇陈炯明之乱，板遂遗失。师词品近苏、辛，不屑屑
> 于南宋以后，异于粤中他词家。生平穷约力学，不遇，辄
> 以诗句抒发其怀抱。诗不存而存词，盖自珍也。《词征》
> 脱稿时，同里汪莘伯先生即许为创作而必传。汪先生固以
> 诗词名于粤者，人知其倾倒之不易。汉民仅八岁时（按，
> 1886），从师受《诗》、《礼》句读。其后格于人事，不复
> 能获文学之教于师门，每展遗编，未尝不引以为憾。迩者
> 人鹤同志谋再版二书，索序于余。嗟夫！废学多惭，赏奇
> 同快，犹是十馀年来之感想耳，岂能有益于师之所学耶？
> 民国十八年十月，汉民识。（1929）

1935 年，叶恭绰《广箧中词》选录张德瀛《耕烟词》一
阕，《长亭怨慢》"甲午暮秋感赋"：

> 正目断、辽东荒树，满径寒云，沉寥如此。柳意萧
> 疏，夕阳时候影凄楚。 袯孤鹤，还奈得、径途苦。试与
> 卷帘看，又几日、晴阴无据。 无据。暮西风一阵，翻把
> 飞鸿吹去。深杯漫举。空自抱、满襟愁绪。待说与、花底
> 前盟，奈辜负、绿阴门户。劝双燕归来，好觅杏梁幽处。

① 张德瀛撰：《词征》，《阁楼丛书》本，收入唐圭璋编：《词话丛
编》（北京：中华书局，1986 年 1 月），第 4063—4188 页。

论云:"采珊先生于词学研讨至深,所作《词征》六卷,深美平实,足与《艺概》抗衡。"①

张叔俦亦以词名,且为坚社健笔,可惜流落香港,生活艰虞,离港前把词稿托交汤定华(1918—2013),未能出版,亦未提及集名。《近代粤词搜逸》选录张成桂词八阕,均出《岭雅》,简云:"张成桂,字叔俦,番禺人。采珊孝廉子,能诗擅画。"② 1952年尝撰个人简介:"张叔俦,五六岁,广东高等学堂毕业,历任上海广肇公学、清远县立中学、东莞县立师范、香港西南中学国文、历史、常识、公民、图画教员。经香港教育司登记有案。"③ 生平记载十分简略。

二、张叔俦早年事迹

张叔俦生平事迹记载简略,仅散见于各家交往及载录。任友安《鹧鸪天》"南洋民党前辈张叔俦先生,癸巳除夜,冒雨过谈,和题汪胡手卷,赋此赠之"(1953):

> 北望云埋一半天。神州万里正凄然。施仁发政宜春字,感事怀人送旧年。 才八斗,策三篇。桃花孤赏句如仙。明朝风雨终当霁,且把今宵托古欢。

张叔俦先生,为光宣间密奉孙总理命在南洋各埠,奔

① 张德瀛:《耕烟词》,民国三十年(1941)铅印,《阆楼丛书》本,收入曹辛华编著:《民国词集丛刊》(北京:国家图书馆出版社,2016年10月),第二十一册。序中汪莘伯即汪兆铨(1859—1929)。又叶恭绰编:《广箧中词》(杭州:浙江古籍出版社,1998年5月),卷一,第632页。
② 余祖明编纂:《近代粤词搜逸》(香港,1970年),第78—82页。
③ 张叔俦《致林汝珩函》附件,手稿。

走革命之斗士。广东省番禺县人。其尊人与石星巢齐名，同出岭表大师陈东塾门下。光绪初，在省城设大馆，拥皋比者，垂三十年，一时诸生达才，颇多从游，汪精卫、仲器（按，汪兆铭，1878—1903）昆仲及胡展堂诸先生皆在焉。馆课八股应制文外，骈散诗古考据，尤为当时敏智者所好。叔俦年最幼，展堂尝为捉刀，而精卫则时时翼卫之。一日，课题"是非"二字燕颔格，叔俦构思未就，展堂代书"我是玉堂金马客；君非圭窦荜门人"，即此可见展堂抱负伟大，属吐不凡也。展堂举孝廉，叔俦与仲器、精卫同应道试，当时科举制度甚严格，童生试县府各五场，榜案有名，方得预道试，督学使者主之，须具官服，于天未明时，集合听点，持牌入场。冠者红缨无顶，为童生礼帽，亦名鞑帽，乃清初传流二百馀年，含有民族意义之名词也。服者，即外套，如今时之西装大衣，特其取材为丝织耳。入场时颇拥塞，叔俦冠挤落，被众践踏，失声哭，精卫为拾取拂拭戴之，戒勿哭。

展堂、精卫东渡，主持同盟会，叔俦在南洋各埠任宣传，民十年中山先生视师桂林，展堂任临时总统府文官长，叔俦随同出发，旋回师韶关。粤垣变作，电信队长麦莩楼深夜告叔俦，谓电线自清远起不通，叔俦叩展堂卧内，告之，展堂默然良久，曰：我先赴赣与汝为商，必要时大本营迁江西，文官处事与少炯商，参军处事与汉群商。汝为即许崇智，少炯即杨熙绩，汉群即吕超。展堂部署定，即偕林云陔赴赣；而大本营某团副忽叛变，叔俦几不免。嗣展堂长粤，延叔俦兼掌机要，忽得桂军沈鸿英函，请展堂赴海防司令部会议，寥寥未叙事由，且不盖章。叔俦疑有变，白展堂请戒备；展堂谓革命重诚信，勿过虑，叔俦卒密为部署而行。会议中，枪声突起，一时纷乱，卫队长黎乐思挟护展堂，冒弹雨下阶，登副车返省署，谋叛者以为展堂必回二沙头寓，乃在西堤官纸局布伏以待，展堂车驰过时，为所阻，车毁而展堂不在焉。卫兵力战，毙叛军高级官刘达庆、黄鸿猷等而乱定。展堂任立法院时，叔俦任秘书，在双龙巷养疴时，辄嘱邵元冲（按，1890—1936）、李晓生（按，1888—1970）以所赋诗，录交叔俦。①

案张叔俦年幼，似不及与胡汉民、汪仲器、汪精卫兄弟同读，而清朝亦于光绪三十一年（1905）废科举，张叔俦才八岁，殆亦不能与胡、汪等同预道试，戴童生礼帽。此说记载失实，或混杂他人事迹，未可尽信。案胡汉民八岁时（1886）入读大馆，师事张德瀛，光绪二十七年（1901）中举人，翌年赴日本法政大学留学。而汪兆铭亦于光绪二十七年以广州府县第一名考取秀才，其后亦于光绪三十年（1904）考取赴日本法政大学速成科的公费留学生。张叔俦少时即认识胡汉民，《得不匮室主人来书赋答》云："少小荒于嬉，砚田废不耕。壮岁稍学诗，六义惭未明。自得公针砭，遂窥著作庭。"② 张、胡二家交往频密，张叔俦深领教益，亦得到胡汉民的提拔及信任。辛亥革命时，张叔俦十四岁，任友安称"为光宣间密奉孙总理命在南洋各埠，奔走革命之斗士"，殆亦不确。

民国十年（1921）孙中山视师桂林，胡汉民任临时总统府文官长，张叔俦随同胡汉民出发，时年 25 岁。到粤垣变作，则指翌年 1922 年 6 月 16 日粤军炮击总统府事件，他慌忙逃难。迄 1923 年 3 月 2 日，始在广州重建海陆军大元帅大本营，

---

① 任援道：《鹧鸪忆旧词》（香港：天文台报社，1990 年），第 70 页。

② 《广东日报·岭雅》第十五期，广州，1948 年 8 月 9 日。陈寂、傅静庵主编，陈永正、李国明、李文约辑校：《岭雅》（广州：广东人民出版社，2013 年 12 月），第 158 页。

胡汉民长粤，张叔俦兼长机要。1928 年，胡汉民任立法院院长，张叔俦任秘书。任友安又云："《不匮室诗》成，展堂首持赠叔俦。泽存书库主人长汀陈群为精卫刻《双照楼集》时，叔俦移居姑苏，为之校字。"①《不匮室诗钞》四卷本初刊于广州，1931 年。而《双照楼集》则刊于 1942 年。张叔俦跟胡、汪交情深厚，往来不断。

张叔俦在广东高等学堂毕业，尝任教上海广肇公学。幼年时已见过廖恩焘（1864—1954），1931 年复于京沪词坛重聚，同时亦及见朱祖谋（1857—1931）、况周颐（1859—1926）等老辈。《鸥鹄忆旧词》引张叔俦云："一日，凤老语余云：'光绪中叶，黎藻泉太守招饮，值先君子于座上，遂相订交。'翌年癸巳（1893）恩科，先君子与黎国廉、文英华三人同中式，凤老已在外交界负时望，未赴试。黎国廉，号季裴，字六禾，有《玉蕊楼词》刊行。民初，首任广东民政司长，四年前以大地主，抑闷逝于香港，寿八十馀。文英华，字菊朋，今居香港之西环，已将九十。"

三、张叔俦与广州词坛

二战后，张叔俦任教于清远县立中学、东莞县立师范，广泛参与广州词坛的活动。1947 年，黄咏雩《梅子黄时雨》序云："丁亥咏木棉絮，暗公、六禾、颐庵、伯孝、叔俦、秋雪、纫诗同作。"② 同咏者即有张学华（1863—1951）、黎国廉（1874—1950）、陈融（1876—1955）、张叔俦、胡熊锷（伯

---

① 《鸥鹄忆旧词》，第 72 页。胡汉民撰：《不匮室诗钞》四卷（广州：登云阁铅印，1931 年）。

② 黄咏雩著，罗雨林主编：《天蠁楼诗文集》（广州：花城出版社，1999 年 7 月），中册，第 299 页。

孝，1880—1960）、冯秋雪（平，1892—1969）、张纫诗（1911—1972）等。

1948年4月22日，粤港词人云集广州，张北海（1899—1977）宴集同人于北园，词社酝酿初成，张叔俦参与盛会。首唱为詹安泰《醉蓬莱》，序云："戊子四月廿二日，张北海宴同人于广州之北园。黎六禾季裴、陈颙盦融、胡隋斋毅生诸老宿咸与焉。觥筹交错，行辈浑忘，庄谑杂宣，昔今在抱，爰赋此曲，以志胜缘。生不百年，清欢能几，刻此古音，殆不胜江山零落之感矣。"张叔俦和作《醉蓬莱》"北园宴集次六禾韵"云：

> 认麀离疏处，望子妩晴，飘儿呼酒。绿绣毿毿，伴云阴笼昼。柿叶催诗，银舟飞恨，醲芳韶犀首。破暖新荷，惊雷粉箨，赏吟时候。　几度融尊，易成间阻。不分斜阳，姊归啼后。贮久思量，问画栏眉柳。抱梦将阑，寻香偏懒，定花心相守。未算春过，重扶残醉，村垆沽又。

同作黎国廉、黄咏雩、胡伯孝、张树棠（荫庭，？—1960）、冯秋雪及刘景堂等。① 詹安泰词订为社课之首唱，领导广州词坛，揭开序幕。

其后黎国廉《与刘伯端书》明确订出首四期社课题目："此次第三期题雁来红〔第二次即以前中秋大作为题〕，成绩甚优，计张叔俦、冯秋雪〔二人和拙作韵〕、黄咏雩、朱庸斋、詹无盦〔二人尚未抄来〕均用原调，张荫庭两首，亦均原调，胡伯孝则三首〔一《蝶恋花》，两《水调歌头》〕，连

---

① 詹安泰：《鹪鹩巢诗、无盦词》（香港：至乐楼丛书第二十五种，1982年季冬），第464—467页。《广东日报·岭雅》第十一、十六期，1948年7月12日及8月16日。《岭雅》，第122，174页。

同大作及拙作共十二首，可谓盛矣。昨与咏雯等五人同游漱珠冈访杨议郎祠，即以为第四期题。"

根据黎函及《岭雅》所载，第二期社课以刘景堂《木兰花慢》"中秋夕对月歌坡公《水调歌头》感赋"为首唱，张叔俦《百字令》"和伯端兄中秋对月感赋戏效蓉渡词体却寄"和作。张叔俦词云：

> 流云吐彩，念芳韶荏苒，早过夏五。玉宇清寒吹梦坠，何处一声尺五。莫是紫云，宫商细按，音叶更番五。阑干拍遍，放歌聊效阳五。　　回首虎阜胜游，招邀俊侣，踏尽名邱五。扪石文箫留韵事，静夜星光三五。隐约前尘，年华易逝，又七分之五。今宵无寐，数残更漏敲五。

其他黎国廉《瑶台第一层》"中秋和伯端"、黄咏雯《瑶台第一层》"戊子中秋对月和六禾伯端"、张荫庭《虞美人》"戊子中秋"、黄耀燊（少痴，1909—1976）《月华清》"戊子中秋"、朱庸斋（1920—1983）《三姝媚》"中秋对月和刘伯端兼柬叶遐翁"等。①

第三期社课以黎国廉《霜花腴》"雁来红"为首唱，张叔俦《霜花腴》"雁来红次和六禾丈韵"云：

> 数丛疏密，伴蓼花、横斜乱影迷烟。临水芙蓉，集桐么凤，秋光斗尽娇妍。赋情往年，认醉痕、烘隔晴天。共鸡冠、艳色平分，绚霞匀脸两明鲜。　　还忆岸枫霜后，向茅亭一角，笑并娟娟。篱落黄昏，西风残照，园林遍掇红

---

① 戊子中秋在 1948 年 9 月 17 日。《广东日报·岭雅》第三三期，1948 年 12 月 27 日。朱庸斋著：《分春馆词》（广州：广州诗社，2001 年），第 32 页。

嫣。按筝弄弦，乍数声、飞坠江前。傍朱阑、为舞新妆，
待教邀凤仙。

同作冯秋雪、黄咏雩、张荫庭两阕、詹安泰；其他词调胡
伯孝三阕、刘景堂、朱庸斋、许菊初（1901—1976）、区季谋
（半园，1896—1988）、邓圻同（1926—2022）、陈璇珍
（1914—1967）、张纫诗等。①

第四期社课以黎国廉《少年游》"漱珠冈访杨议郎祠，用
姜白石韵"为首唱，张叔俦《少年游》"漱珠冈访杨议郎祠和
六禾丈"，和作胡伯孝、冯秋雪。② 又詹安泰《南乡子》"戊
子九月廿七日游漱珠岗，同行者黎丈六禾、胡伯孝、黄咏雩、
朱庸斋"。

1948 年 8 月 14 日，叶恭绰（1881—1968）东园雅集，
《琐窗寒》"归里经年，杜门不出。初秋，黎四丈暨伯孝、叔
俦、秋雪、咏雩、庸斋、寂园诸君见过东园，读画品茶，亦云
雅集。因成此解"，拟结词社，振起岭南词风，即订为首期社
课。张叔俦《声声慢》"叶遐翁约六禾、伯孝、秋雪、庸斋、
咏雩、寂园诸公东园雅集，率成一阕，再叠前韵"云：

---

① 《广东日报·岭雅》第二六、二七、二九、三十、三一、三二
各期，由 1948 年 11 月 1 日至 12 月 20 日，此期诸家反应最为热烈。詹
安泰词参《鹪鹩巢诗、无盦词》，第 474 页。黄咏雩《霜花腴》"咏雁来
红，与六禾、伯孝、荫庭、伯端、叔俦、庸斋、秋雪、纫诗、菊初、季
谋、君华、少痴、楚宝、奇桐同作"，增多了张君华、黄耀棨、卢楚宝
三人。《天蠁楼诗文集》，中册，第 306 页。朱庸斋《锁窗寒》"雁来红
与叶遐庵、黎六禾、詹安泰、黄咏雩、冯秋雪、胡伯孝、陈寂园、张纫
诗同赋"，又增陈寂一人。《分春馆词》，第 34 页。

② 《广东日报·岭雅》第二八、三十期，1948 年 11 月 15、29 日。
黎国廉《少年游》，《玉蕊楼词钞》（广州：蔚兴印刷场，1949 年）未见
收录。

浓阴葱郁，修竹檀栾，风镮深护松门。翌画帘栊，开轩待约朋尊。萧疏锁窗垂柳，袅微烟、新孕秋痕。霏玉屑，散维摩禅榻，花雨纷纷。　省识忘机鸥鹭，趁夕阳、刚好未近黄昏。枫荻江干，临流共惜栖群。还待楚骚心事，写兰荃、为赋王孙。凭眺远，念山河、重感暮云。

其他和作黎国廉《满庭芳》"叶斋雅集效东坡用三江韵"、胡伯孝《翠楼吟》"戊子七夕后三日，叶遐翁招集东园，适值日敌投降纪念日感赋"、朱庸斋《烛影摇红》"遐丈寓斋小集各赋"、冯秋雪《八声甘州》"叶遐翁召集词社感赋"、黄咏雩《高山流水》"过遐庵论词曲，因题其仿夏仲昭画竹"诸阕，①珠玉纷投，实为当日省港文坛的盛事。

张叔俦《蕙兰芳引》"重过村外酒家"：

宿雨乍收，向郊外、恣寻幽僻。看错落江蓠，犹是酒帘扬碧。柳条倦舞，问底事、流莺相隔。早密阴绿绣。锁断柴扃春色。　撼耳松涛，溅襟潭泻，小慰寥寂。便香醒村垆，争奈晚凉梦窄。孤吟谁伴，鹭鸶影只。蹲浅汀、斜睨似曾相识。

黎国廉《蕙兰芳引》"叔俦来词，依调和之"：

窥镜晚蟾，悄人在绣帘沉寂。见蝶影孤栖，低柳露凉细滴。霏虹断雨，淡暮景压秋无力。早倦蝉咽尽，往日筒荷欢迹。　坞隔萝风，屏回兰爇，泛恨烟碧。动罗簟清

---

①《广东日报·岭雅》第二十、二一期，1948 年 9 月 13、20 日。叶恭绰《遐翁词赘稿》，1959 年，第 64 页，词序文字据《遐翁词赘稿》订正。

商,犹有数声碎笛。流萤无奈,又随夜色。莲漏移,惊梦晓乌啼白。①

其中张叔俦跟黎国廉交情最为密切,唱和最多。

1948年杪秋,黎国廉约同詹安泰、胡伯孝、张叔俦、黄咏雩、朱庸斋于广州九曜园雅集。又黎国廉、胡伯孝、冯秋雪、张叔俦、朱庸斋等中央公园看菊。张叔俦为陈融绘黄梅花一帧。②

1949年2月12日元宵佳节,黎国廉《水龙吟》"元夕和张叔俦":

牡丹庭院犹寒,闹团蜂蝶纷来去。春归十日,月明千里,流光如许。饰翠新梅,描鹅娇柳,欲青还雨。叹金鳌迹往,繁华恨叠,华梦浑无据。　别有霞觞堪举。萃苍颜、素髭侪侣。猩屏麝鼎,遥吟低和,规模小庾。古事今愁,天津羼笛,渔阳挝鼓。但蓬莱影换,歌尘不是,旧游情绪。③

张叔俦原作未见,或在清远县立中学。黎国廉《尉迟杯》"北园春集,寄怀叔俦清远",张叔俦《尉迟杯》"客居中宿,春寒寡欢,六禾丈远寄《北园春集》词,喜惬怀抱,次和代札"云:

---

① 《广东日报·岭雅》第十八期,1948年8月30日。《岭雅》,第195页。

② 李文约编著:《朱庸斋先生年谱》(香港:素茂文化出版有限公司,2012年8月),第63,66页。

③ 《玉蕊楼词钞》卷二,第17页。

垂杨道。好策杖来伴闲花鸟。朋簪小约春游,重检行囊吟草。流莺笑语,翩掠过、依稀旧池沼。问今番、遣兴飞觞,去年词客谁到。 萍踪聚散无端,还剔尽、红蕖冷影孤照。旅梦江湖伤阔别,赢得是、钟残夜悄。风力劲、寒欺短裕,倩谁劝、深杯却自倒。待挑青细认归期,一卮先晋坡老。①

四、张叔俦来港

1949 年夏,张叔俦 52 岁来港。晤见黎国廉、刘景堂、廖恩焘、詹安泰、王韶生、朱庸斋等,词札往还,时常约聚。刘景堂住跑马地黄泥涌道 55 号三楼,《念奴娇》"和张叔俦菩园小集,兼呈六禾",注称"余居近菩园";又《清平乐》"次韵叔俦青山酒家小憩韵,兼呈六禾丈":

羊肠路转。云水蓬莱见。何事无缘逢对面。梦隔谢家庭院。 重来鬓老秋丝。旧情石帝能知。为报重阳近也,莫教错过良时。

注称"前月来游,路阻而归"、"廿年前屡从六禾丈来游,极登临之乐"。叔俦先生正拍,景堂初稿。②
同时黎国廉《少年游》"同伯端、叔俦菩苑小饮"。1949年 7 月 19 日己丑六月廿四日,黎国廉《霓裳中序第一》"荷

---

① 《中央日报·岭雅》第四九期,1949 年 4 月 25 日。《岭雅》,第525 页。黎国廉《玉蕊楼词钞》题"江楼春集",卷二,第 3 页。
② 刘景堂原著,黄坤尧编纂:《刘伯端沧海楼集》(香港:商务印书馆,2001 年),第 104,193 页。

花生日与伯端、叔俦市楼小饮约同赋"。①

张叔俦《忆旧游》"题《白门赏雪图》，用清真韵"，黎国廉《忆少年》"和叔俦《白门赏雪图》"：

> 无聊天地，无声风雨，无情帘幕。平原尽沉冈，但遥峰一角。　鹤氅丰姿驴背约。胜银屏，拥炉孤酌。扁舟漫乘兴，瞬楼台非昨。②

张叔俦《忆旧游》"题《吴苑访秋图》，用梦窗韵"，黎国廉《忆秦娥》"和叔俦《吴苑秋图》"：

> 霜天高。巧排秋艳妆萧条。妆萧条。携歌载酒，借慰无聊。　石奇狮老蟠堂拗。寒云野树枝相交。枝相交。旧家春梦，浅烘深描。③

黎国廉《少年游》"叔俦寄词，用毛东堂韵和寄"：

> 吟窗影并燕窥帘。人去暮愁添。隔水飞笺，行云遏韵，鹊喜绕孤檐。　鹭盟不共鸠声暖，十日峭风严。春雨杏花，几时归也，芳思满江南。④

张叔俦原作未见。此外黎国廉《行香子》"观弈和叔俦"、《声声慢》"和叔俦登高"、《菩萨蛮》"咏凤眼果和叔俦"三

---

① 《玉蕊楼词钞》卷五，第15页；卷三，第4页。后者词集题作"己丑荷花生日与客饮市楼赋"。
② 《岭雅》第五五期，1949年6月13日。《岭雅》，第595页。
③ 《岭雅》第五七期，1949年6月27日。《岭雅》，第618页。
④ 《岭雅》第六五期，1949年8月22日。《岭雅》，第712页。

阕，未刊稿，亦未见张叔俦原作。①

王韶生《虞美人》"海天眺望和叔俦韵"。②

1949 年 8 月 10 日詹安泰《与刘伯端书》后附《惜秋华》"六禾丈自香港寄示七夕后风雨连宵之什，奉和并简伯端、叔俦"。1949 年 10 月 11 日詹安泰《与刘伯端书》其二后附《水调歌头》"香港陪忏盦、六禾、仲晋诸老辈及伯端、叔俦兄、青萍弟集菩苑，并游太平山、浅水湾"。③

1949 年 8 月 30 日，廖恩焘《塞翁吟》"闰七月十六夜，约六禾、叔俦、伯端、武仲山楼小集，沮风雨不果来。按美成涩调赋寄"。④

1949 年 9 月 1 日，黎国廉《与刘伯端书》（其五）："再下星期六［即九月十号］拟邀量行诸子来舍下，继竹节联之兴。敬恳我公于是日正午十二时惠临，并拟约叔俦，惟曾五叔则不必。此公太迟滞，恐与诸人不相合也。"⑤ 案黎国廉住九龙塘德云道四号。

1949 年 10 月 6 日八月既望之后，刘景堂《与张叔俦书》（其一）云："叔俦先生：手示诵悉，大作《摸鱼儿》气韵甚佳，今日晤裴老，准如尊约，请届时莅菩苑同叙，顺呈拙作一阕，敬乞正拍。此颂台祺。景堂敬启。"附词《声声慢》"醉

---

① 《玉蕊楼词钞》卷五，第 15 页。未刊稿三阕参黄坤尧藏黎国廉词稿原件。

② 王韶生《怀冰室词》乙编，《怀冰室集》（香港：王韶生教授门人筹印怀冰室编辑委员会，九龙邓镜波学校印刷部，1971），第 217 页。

③ 黄坤尧藏詹安词稿原件，青萍即陈湛铨（1916—1986）。参《刘伯端沧海楼集》，第 345，362 页。

④ 廖恩焘《影树亭和词摘存》（广州：蔚兴印刷场承印，1949年），第 2 页。

⑤ 黄坤尧藏黎国廉函件原稿，量行即招湛铨（1894—?）。参《刘伯端沧海楼集》，第 365 页。

酒芙蓉和六禾丈"，景堂初稿。①

　　1949年10月25日，黎国廉《与刘伯端书》（其六）："大作深情婉约，词学正宗，诵之欣佩。但全首是押庚青入声韵，而落字则江阳入韵，似宜改之，以归一律。乞酌之。旬日弟词兴略少，且亦无文友接触，得瑶章令人兴奋。叔俦全无消息，昨晤了因，谓与彼及仲晋常晤。隋斋亦已返港否？天气甚佳，迟数日又重阳，当有登高之兴，但是日星期，未审清暇否？乞示悉，定一日期，最少可在菩苑也。专复。敬颂伯端词长大安。六禾敬上，廿五。"② 隋斋即胡毅（1883—1957），著《绝尘想室诗草》。了因即黄梓林（1872—1962）道长。

　　1949年10月30日重阳节，张叔俦有登高之作。黎国廉《与刘伯端书》（其七）："星期二准十一点四十分〔冬季时间〕弟到菩苑会谈，并乞转告叔俦为祷。"附《声声慢》"和叔俦登高"：

　　　　迷林归燕，戴屋行蜗，天涯去住无端。未到斜阳，秋容却已阑珊。翩鸿漫宜照海，怕低窥、惊觉愁颜。闲眺远，早银云桂落，玉露枫寒。　阅遍风光流转，问南飞孤鸟，何日巢安。画角声中，那堪回首家山。登楼可怜四望，纵囊萸、也负雕栏。萧瑟甚，叹哀时、词客未还。③

五、坚社词课

　　张叔俦云：1949年后，"余避地来港，晤六禾丈，丈设竹

① 黄坤尧藏刘景堂函件手稿。参《刘伯端沧海楼集》，第99页。
② 黄坤尧藏黎国廉函件原稿，了因即黄了因。参《刘伯端沧海楼集》，第365页。
③ 黄坤尧藏黎国廉函件原稿，未刊稿。

· 68 ·

节社于九龙塘寓庐，凡吾会城之相知者皆应约往，凤老亦矍铄来临，余始获再晤。未几，六禾丈归道山，凤老遂于其坚尼地道私邸，再开竹节诗社，春秋佳日，觞咏留连，声气通南洋各岛屿间"。案廖恩焘住香港坚尼地道二十五号。

"未几，改竹节诗社为词社，初仅伯端、罗慷烈、王韶生、张纫诗及余等六、七人，继而参加者众，多至数十人，海外各城堡，多有邮书请益及唱和者，因名其社曰坚，盖既取意于其所居之路名，而亦隐示其壁垒实不可拔也。每月社集，举行一次，与会者各以所成词互阅，而就正于凤老及刘伯端先生，凤老每批却导窾，无不悉中肯要。与伯端先生持论，亦无不相合也。"

"叔俦年近七十，躯干伟大如淮泗间人，颇善饭，能尽豚蹄鸡鸭各一，粉角若干笼，数年前避地来港，为坚社军锋。"①

1950年10月19日，廖恩焘《满江红》"重九和粟秋，步韵梦窗'淀山湖'之作"。②

1950年冬，刘景堂《念奴娇》"重九与友约登赤柱峰，未赴。岁暮独来，不胜俯仰今昔之感。诵柳耆卿'霜风凄紧，关河冷落'词句，更难为怀也"，稿本字句多异。尚有《念奴娇》"忏盦招饮山楼，同座诸子各呈一阕，仍用《登赤柱峰》韵，兼邀纫诗同赋"。③ 张叔俦《念奴娇》"呈凤老，用刘百端先生《登赤柱峰》韵"，词云：

> 座中健者，问谁师秦七，谁宗黄九。何似稼轩雄奇

---

① 《鹧鸪忆旧词》，第164—165，72页。

② 廖恩焘、刘景堂：《影树亭词、沧海楼词合刻》（香港，1951年），第14页。

③ 黄坤尧藏刘景堂词原件手稿。又《刘伯端沧海楼集》，第118，193页。

笔，势竟摧枯拉朽。此意云何，直如长剑，光气充牛斗。吟情勃发，正当山月升后。　丈独汇合众流，闲来得句，笑指门前柳。扪虱纵谈天下事，风采依然似旧。可是少年，咸阳豪侠，贳尽新丰酒。会当痛饮，莫教贻笑犀首。

同作廖恩焘、王韶生、罗慷烈（1918—2009）、张纫诗等，也由此启动了坚社第一期的社课。

张叔俦坚社词课之什，1951 年冬有《过秦楼》"石塘晚眺"、《酷相思》"和书舟"、《忆旧游》、《喜迁莺》"春山看杜鹃，依梦窗过希道家看牡丹韵"；1952 年有《南浦》"春水"、《声声慢》"观舞"，共撰七阕。

1949 年 11 月，广州大学在香港成立分教处，原中文系主任马小进（1888—1951）聘请朱庸斋至香港该校教书，担任词学课程教授。朱庸斋随刘伯端、张粟秋拜访廖恩焘。廖恩焘《虞美人》"伯端、粟秋偕朱君庸斋见过，欣然口占"：

> 刘须溪便名翁早。张耒吟称老。燕钗蝉鬓慰华颠。磨剑应知朱十正狂年。　一盒我却情先忏。送日长谣禁。眼中荆棘卧铜驼。翻觉词坛未造霸才多。

注云：

> 伯端六十有四，粟秋长一年，蜕岩《如梦令》云："月似二年前好，人比二年前老。"梅溪《寿楼春》云："自少年销磨疏狂。"[1]

---

[1]　《朱庸斋先生年谱》，第 72 页。廖恩焘《影树亭词集》未录此阕，当为佚词。

廖词以"张翥吟称老"比喻张叔俦，案刘景堂比张叔俦长十年，廖说误记。

1950 年 2 月，广州大学分教处取消词学课程。5 月，朱庸斋由香港返广州。廖恩焘《花心动》"送朱庸斋还羊城，依声梦窗'入眼青红'之作"、① 张叔俦《台城路》"送庸斋兄返穗城"均以词送行。张叔俦词云：

> 相逢犹记过菩苑，清谈在亭凹处。燕与春闲，车因路曲，遥蹑层峦几许。游踪细数。问何事匆匆，便须归去。念否前途，半程风更半程雨。　天涯同是倦旅。笑身如泛梗，人笑沤鹭。水隔螺青，杯浮蚁绿，空忆高阳俦侣。离愁最苦。奈难勒征鞭，共商吟句。冈听孤蛩，背人深夜语。②

1950 年，刘景堂《与张叔俦书》（其二）云："叔俦我兄：又不晤经旬，至念。昨得凤老《送春词》，想已径寄。弟适亦赋一阕，可称不约而同，非和作也。附后呈教。前允写寄尊作，久未得，奉想已忘，云何太懒耶。弟近废征逐，颇少出。下星期两点，能与我同访凤老否？希示覆，俾相候也。此颂台祺。弟堂顿首，十八日。"附词《摸鱼子》"今岁送春，兼送远人，读义山'人生那得轻离别，天意何曾忌险巇'诗句，不禁泫然也。叔俦词长正拍，景堂初稿"。③

1950 年 8 月 20 日庚寅七夕后，张纫诗《谒金门》"张粟秋有'行不得'、'留不得'、'归不得'三阕；又得伯端不寐

---

① 《影树亭词、沧海楼词合刻》，第 11 页。
② 黄坤尧藏张叔俦词原件手稿。又载李文约编著：《朱庸斋先生年谱》，第 72—73 页。错字略多。
③ 黄坤尧藏刘景堂函件手稿。参《刘伯端沧海楼集》，第 108 页。

词三阕；秋心无着，因以'眠不得'、'寻不得'、'听不得'遥和粟秋，及答伯端三首"。① 刘景堂《张叔俦和郑叔问〈谒金门〉"行不得"、"留不得"、"归不得"三阕。张纫诗又赋〈十六字令〉"行"、"归"二阕。余今拈"行"、"留"、"归"三字，依纫诗调，兼和叔俦》：

> 行。借问，天涯路几程。无人应，愁煞鹧鸪声。
>
> 留。檐燕，多情语不休。黄金尽，十步九回头。
>
> 归。春尽，家园事事非。西窗烛，同剪更难期。

粟秋词长正拍，景堂初稿。② 可见当时张叔俦去住为难，但跟香港词坛的交往相当密切。

1950 年 11 月 8 日，刘景堂《与张叔俦书》（其三）云："叔俦我兄：归诵《高阳台》大作，确多清句，惟有一两字尚欲面商者，下星期二〔即十四号〕下午两点半，请到舍偕往再访风丈也。弟亦近得《三姝媚》一阕，已减少数夕睡眠，奈何奈何。此颂台祺。弟堂拜上，十一月八日。澜洲兄已归未？请代致候，并定纫诗之约。"附《三姝媚》"秋燕"。③

1950—1952 年间，张叔俦《浪淘沙》"燕子和水心原韵"、《清平乐》"登香港太平山"、《虞美人》"和水心韵"、《采桑子》"题竹和水心"、《临江仙》"海浴和水心韵"、《太常引》"和水心原韵"、《人月圆》和郑天健（水心，1900—1975）《东珠集》词七阕。《虞美人》"和水心韵"云：

---

① 张纫诗：《仪端馆词》，载《张纫诗诗词文集》（1962 年），第38 页。

② 黄坤尧藏刘景堂词原件手稿。又《刘伯端沧海楼集》，第 101 页。

③ 黄坤尧藏刘景堂函件手稿。参《刘伯端沧海楼集》，第 110 页。

短檠夜半凄凉影。溽暑心仍冷。百花绚烂闹春时。谁识孤松还抱岁寒枝。　年来便有新吟草。忍说归都好。漪兰休向曲中弹。可奈庾郎憔悴老江关。（1950）

《采桑子》"题竹和水心"云：

岁寒自唤松梅伴，作态斜敧。原不随时。劲节由来没个知。　故园骤雨多番洗，休再寻思。归路都迷。写尽平安寄与谁。（1952）

词情悲苦，无家可归。可是郑水心并无任何回应。①

1951 年，刘景堂《与张叔俦书》（其四）云："叔俦我兄足下：昨奉手教祗悉，顷代取得格式纸二张，请誊入，应如何填写，恐贵校当明了也。我兄何日有暇，并乞示知，俾约谈。此候台祺。弟堂上，八日。附近词一首呈正。"《鹧鸪天》"秋日过玉蕊翁觞咏之地，缅怀旧迹，泫然成歌"。②

1951 年硕果席上为黄伟伯（1872—1955）贺寿，张叔俦《少年游》"寿伟伯八十"云：

天南地北，吴根越角，鸿爪遍东西。行锦归来，奚囊收拾，一集纪游诗。　秋来好、深山小住，闲趣乐清时。玉局雄才磻溪鹤，算同与、寿瑶巵。③

---

① 方宽烈编：《二十世纪香港词钞》（香港：香港文学研究社、香港东西文化事业公司，2010 年 9 月），第 174—176 页。郑天健：《东珠集》，载《水心楼诗词遗作集》（香港，1986 年），第 45—46 页。
② 黄坤尧藏刘景堂函件原稿。参《刘伯端沧海楼集》，第 124 页。
③ 《硕果诗社》第三集（香港，1951 年），第 61 页。黄棣华伟伯：《负暄山馆选刊词抄》（香港：仁记印务馆，1953 年）。

1952 年，刘景堂《鹧鸪天》"叔俦怀归，赋此慰之"：

> 多病工愁各自伤。新词一曲苦吟商。惊心岁月人应老，入梦家山路倍长。　从落月，照空梁。但随行脚莫思乡。秋风处处鲈鱼美，好待黄花劝客觞。①

张叔俦来港后任教香港西南中学，经香港教育司登记在案。1952 年，张叔俦《致林汝珩函》云："碧城吾兄足下：浃旬未晤，驰系良殷，遥想起居，敬承迪吉。日前与诸生有梅窝之行，偶得《沁园春》一阕，录呈正拍。弟学校迄今尚未继续送关聘，如有文学校，敬请予以介绍。南华处未谂有办法否？乞与汤兄一商如何？手此敬承动定。弟张叔俦顿首，九日。"拟托林汝珩（1907—1959）转请汤定华（1918—2013）协助申请教席，介绍工作。汤定华函告云："一九五二我是九龙华南中学副校长，但校内派系复杂，我亦因意见离开，故结果帮不到叔俦。我之走是香港教育界一大新闻。"张叔俦函中抄录作品《沁园春》"游梅窝"一阕，并附个人简介。②

本人亦存有张叔俦《沁园春》"偕诸生泛舟梅窝"手稿原件，词云：

> 子好游乎，吾语子游，其乐只且。驾扁舟一叶，听其所止，轻沤数点，聊与相于。微雨东来，四山俱暝，涤去尘襟强半无。新晴后，看淡妆浓抹，何必西湖。　此中待结茅庐。有岭上、闲云可自娱。更因风飞絮，随波上下，杂花生树，绕屋扶疏。小住为佳，及时行乐，人世真如过

---

① 《刘伯端沧海楼集》，第 129 页。
② 参函件原稿。张叔俦《沁园春》"游梅窝"一词二稿，其后改作《沁园春》"秋日游浅水湾拟稼轩"，内容或异。

隙驹。流连久，向空山笑问，容我移居。

1953 年，张叔俦在硕果社席上再度出示此词，改题《沁园春》"秋日游浅水湾拟稼轩"，题目大异，连地名都有所改动。而且《硕果社集》四集修改略多，也可以视作另一首作品。

1953 年，张叔俦在硕果社席上，《满江红》"自题小照"云：

> 六十馀年，算赢得、吴霜盈首。笑往日、文章著述，尽堪覆瓿。凫鹤尚忧长短胫，身名休说功人狗。问当年、列戟□为郎，今何有。　　原不羡，彭篯寿。也不慕，公锄富。只闲邀俊侣，欢然诗酒。秋月春风休放过，灌园且约扶犁叟。愿馀生、从此老溪山，能偿否。①

1954 年 1 月 2 日，坚社同仁为廖恩焘伉俪贺寿，出席者有刘景堂、任援道、林汝珩、区少幹、曾希颖、张叔俦、罗慷烈、汤定华、王季友、王韶生十人，皆各有词。除张纫诗外，群贤毕至，也可以说是坚社的最后一场盛会。任友安云："□□□□年元旦后一日，为先生八十晋九岳降之辰，先生即席赋《临江仙》一阕，题曰：同人醵饮祝余初度，因以姓氏分嵌成词，敬为声谢。"词曰：

> 老朽寿齐胡果，诸公才媲香山。刘歆任昉主骚坛。林逋翔鹤健，区册泛舟宽。　　纠正群言曾巩，工吟三影张先。比红儿早成百篇。画梅楼笔妙，应并二王传。

---

① 《硕果诗社》第四集，《词选》（香港，1953 年），第 6 页。

注云："九老会中胡果年八十九，为诸老冠，余今年亦八十九，老荆八十六。""罗虬赋诗百篇，曰比红儿。"① 廖恩焘在词中把张叔俦比喻为"工吟三影张先"。

1954 年 5 月 20 日，刘景堂《与张叔俦书》（其五）云："叔俦词长大鉴：昨午四点电话致学校，云兄已课罢云归，怅怅。顷奉大函及尊作数首，诵之再四，诚如所论较年时大有进步，至佩。惟《浣溪沙》寒食清明分用，似不细。且以寒食对酒旗，亦微嫌不工，请酌改更佳。弟亦得《踏莎行》一阕附呈大教。久不晤韶生兄，乞代致念。此颂台祺。弟端顿首，五月廿日。"并附《踏莎行》"乳燕飞飞"一阕。②

1954 年，刘景堂主持环翠阁周末茶座二年。环翠阁西餐厅在皇后大道中的中华百货公司阁楼，其后改建为连卡拉佛大厦。吴天任（1916—1992）《〈自怡悦斋诗〉序》云："余避地南来，亦忝承邀为书楼任讲，因得以时亲炙讨论。暇日辄从丈（叔文）与陈少汉、李我生、刘伯端、冯毅庵、张叔俦、熊鲁柯、王韶生、余少帆诸君子，茗集市楼，把杯谈艺。丈虽近耋老，而出语滑稽，俳谐杂作，举座为欢。"③ 名流汇聚，张叔俦亦在茶座名单之内。

六、张叔俦返广州

1957 年，张叔俦尝返广州，晤黄咏雩，并称拟往南洋。黄咏雩《八声甘州》"不晤叔俦九年矣！丁酉季夏，把袂市楼，云将之南洋。倚声叙别，次韵和答，并柬沧海"：

---

① 《鹧鸪忆旧词》，第 35 页。
② 黄坤尧藏刘景堂词原件手稿，未刊。
③ 俞安凤伯扬、俞安萧叔文：《三十六溪花萼集》（香港，1973 年），第 2 页。

看鲲鹏击水正图南，迷阳笑吾行。暮相逢又别，难销今夕，休问茫汀。小阁松风六月，寒翠拂屏笙。为尔持杯酒，翻劝长星。　世事十年变幻，付鼓琴昭氏，何有亏成。奈樽前白发，摇首不成声。试徘徊、风花观世，算此身、还较落花轻。人天事、水流花去，漂泊无程。①

张叔俦擅画。1960 年刘景堂（1887—1963）《吕邓张为写"水仙图"，赋此答之》一首，即由吕灿铭（1892—1963）、邓芬（1894—1964）、张叔俦合作。②

汤定华函告云："自端翁逝世后，他即告贷无门，黯然返广州从其子女，时粮荒时代。""张叔俦临上省，我送他车，除了留下词稿一本由我保管后即不再回来了。这是在省来信，我亦不敢招待他回港，事实上我亦无能力也。"张叔俦回函地址为"广州市福庆坊"，邮戳上日期为 1963 年 8 月 30 日 16 时。案刘景堂卒于 1963 年 11 月 15 日，则张叔俦离港当在刘景堂逝世之前，不是卒后。

1954 年甲午，风社双周雅集，弄月吟风，挥毫绘素，1967 年丁未上元社庆，倡印《风社诗画集》、辑录书画篆刻绝律词曲之作，刊出张叔俦词四阕、诗一首。1969 年己酉，《风社诗画集》二卷出版，选刊张叔俦《虞美人》"采菱"一阕，或为最后出现的作品。

邻娃约划瓜皮艇。领略横塘景。塘中浮出小红菱。摘得归来好与细调羹。　鸭儿昨日红裙裹。宜作盘餐助。剥

---

① 黄咏雩：《天蠁楼诗文集·天蠁词》（香港：春秋出版社，2012年 5 月）；又见《天蠁楼诗文集》（广州：花城出版社，1999 年 7 月）。
② 《刘伯端沧海楼集》，第 227 页。

将紫角两和匀。转觉天厨滋味逊三分。①

张叔俦名列风社词曲作者，共 12 人。《风社诗画集》二卷附"历年参加本社文友姓名录"（1969），全 109 人，已故周仲良、岑季翘、陈志杰、陈璇珍、陈新圭、雷质民、曾子唯、刘三才、刘孔淳、钟叔苍，共十人。张叔俦仍在名录之内，似未闻任何逝世消息。《法曲献仙音》"依调和陈璇珍女词人"云：

> 月落参横，雨过潮咽，并入凄清庭院。夜寂无眠，地遥偏隔，孤窗听残更点。甚近似、江南燕。人生总多怨。
> 寄怀远。念前尘、深杯曾劝。重检点、襟上酒痕尚染。海岛忽相逢，话离踪、蜜炬频剪。只惜当年，旧吟朋、音讯都断。恐他时觌面，见了不如休见。

方宽烈《二十世纪香港词钞》作者简介云："张叔俦（1885—1987），广东番禺。"生年已误，卒年未知所据。② 大抵张叔俦返广州后已无消息，《风社诗画集》所录或为离港前作品，尚待考证。

七、《张叔俦词辑稿》

《张叔俦词辑稿》约得六十三阕，其中《岭雅》录词三十一阕，以写赠黎国廉十五阕最多，次为刘景堂、胡熊锷、冯

---

① 赵可、陈希农、苏希轼、陈崇兴、易静中编辑：《风社诗画集》（香港：风社，1967 年 10 月）。《风社诗画集》第二卷（1969 年 10 月），第 85 页。词中"裹"、"助"二字以粤语叶韵。
② 方宽烈编：《二十世纪香港词钞》，第 350 页。

平、黄咏雩各二见，叶恭绰、朱庸斋、陈寂、詹安泰各一见。《坚社词课》录词十阕，仅《念奴娇》"呈凤老，用刘伯端先生《登赤柱峰》韵"提到廖恩焘及刘景堂，自是他在香港词坛中交谊最深的前辈。《二十世纪香港词钞》录词九阕，而和郑水心韵七阕。《硕果社集》录词七阕，其中《少年游》为黄伟伯贺寿一阕。《风社书画集》录词五阕，《法曲献仙音》"依调和陈璇珍女词人"一阕。又个人庋藏张叔俦原稿《台城路》"送庸斋兄返穗城"及《沁园春》"偕诸生泛舟梅窝"各一阕，其后《沁园春》"秋日游浅水湾拟稼轩"语句改动较大，暂时视作两阕。

张叔俦词中标注去声者六见，"慢忆前尘，旋［去声］生幽怨，伴短檠闲守"（《醉蓬莱》）、"闲里徘徊，都忘［去声］宾主"（《古香慢》）、"重来莫忘［去］觞俎"（《买陂塘》）、"念倦客、江关诗赋无心作［去］"（《买陂塘》）、"更深宵碎滴，微闲［去声］寒杵"（《齐天乐》）、"而今休作［去声］旋风舞"（《霜叶飞》），其中"旋"、"忘"、"作"、"闲"四字都是两读的多音字，张叔俦标注去声。张德瀛《词征》中亦多谈及音律，家学传承，值得注意。

黄咏雩《天蠁词》的"事与流花去"

——《岭雅》的时代记录与粤港词坛的盛世

黄咏雩（肇沂，1902—1975）在广州经营米业和运输，关怀民生，是一位有理想、有抱负、有策略、有责任感的商人。1925 年省港大罢工期间，黄咏雩力排众议，安排粮食入口，稳定了广州的粮食供应，因而崭露头角，后也参与地方的政治工作，促进教育事业的发展。此外更夙负才情，风度翩翩，精擅诗词，长袖善舞，知名于粤港吟坛。1919 年拜简朝亮（1851—1933）为师，复参与汪兆镛（1861—1939）微尚斋的雅集，加以喜欢到各地旅行，开阔胸襟，拓宽视野，结识大批的诗人长者，还商榷问学，甚至接触到大量的金石文物，眼光敏锐，精于判断。因此黄咏雩才学相通，文德兼备，盱衡时局，他悲天悯人，他的诗词写出了时代的忧患，反映社会的脉动，深受大家喜爱。据统计，《芋园诗稿》得诗 1294 首，词 180 阕，文 25 篇。黄咏雩虽说历劫馀生，而成果丰硕。经历了 20 世纪五六十年代土改、肃反、"文革"等多次激烈的政治斗争，黄咏雩屡被抄家，身陷囹圄，珍贵的文物藏品荡然无存，幸诗词稿本亦端赖很多有心人的护持，①才得以保留下来，天祐斯文。

---

① 参钟国强《抢救〈天蠁楼诗词〉稿本追记》，黄咏雩著，罗雨林主编：《天蠁楼诗文集》（广州：花城出版社，1999 年 7 月），下册，第 295—299 页。

　　黄咏雩固以诗鸣,其诗内容宏富,气象雄豪;其实他的词作更为出色,甚至表现出词体的当行本色。不仅感情真挚,以婉约为宗,而且意象清新,风韵迷离,词法多门,千娇百媚,传递出一种刻骨相思的感觉,如一缕琴音轻轻地流过,挑动读者的心弦,读来人天交感,心灵触动,在长年累月的积累当中,蓦然回首,达至一种恰好忽然相遇的生命境界。这就是词境,一种艺术的陶冶,随手拈来,不假修饰,自然是上品;如果能通过学习手段和人生历练,以达成一种意境,写得好的,当然也是珍品了。自清末民初以来,粤港词坛就是朝着这词境的方向而努力的,经过几代作者的努力,不断追求传统词学中的流风馀韵。

　　黄咏雩词作不多,但却表现得玲珑精致。上文说得词180阕,其实只是一个概括的数字,并不准确。编者罗球(雨山,1899—1972)云:

　　　　予编录《芋园诗稿》十卷,程君维增录存补编四卷,曰《燕歌集》。朱君庸斋选录《天蠁词》第一、第二卷,予补录第三卷,予与程君续录第四卷,曰《怀古集》,予为之注。辛亥(1971)春日雨山附记。①

　　黄咏雩诗词集的编排方式比较特别,1971年他仍然健在,但却委托罗球、程维增、朱庸斋等编订自己的诗词集,严加选订,因此弄出了几个不同的本子。例如《天蠁词》分为三篇,第一篇《横江集》收录1929—1944年的词作64阕,第二篇《芋园集》收录1945—1951年的词作56阕,共得120阕。壬辰(1952)二月,朱庸斋《后记》云:"右《天蠁词》二卷,

————————

① 罗球《附记》,《天蠁楼诗文集》,中册,第246页。

凡一百二十阕，南海黄君咏雩，自己巳至辛卯所作，而余为之选录者也。"①《天蠁词》稿本恰符此数，而《天蠁楼诗文集》（花城本）则将附录70年代的作品9阕塞进了1944年作品后面，则为73阕，编排上显得混乱。第三篇《海日集》收录1935—1966年词作，只得36阕。辛丑（1961）正月，黄咏雩《作者后记》云：

> 壬辰二月，新会朱子庸斋选钞吾词，自己巳至甲申，题曰《横江集》，用乡名也。自乙酉至辛卯，题曰《芋园集》，志园名也。两集分两卷，计得词一百二十阕，署曰《天蠁词》。家藏天蠁唐琴，尝以名吾楼，并以名吾词。番禺叶子遐庵，曾为题额题耑。庚子春日得明贤王海日先生海天旭日砚，东莞容子希白为篆海日砚斋额，适赣州罗子雨山续选《天蠁词》历年剩稿，遂以斋名题曰《海日集》，编为三卷，嗣有倚声，以次补录，故不列阕数。②

黄咏雩得砚在庚子（1960），而罗雨山编选《海日集》所收乃晚年作品，包括过去的删稿及新作。第四篇由程维增编选《怀古集》27阕，罗雨山注释。案以上四集成于众手，安排比较奇特。《天蠁词》稿本末附录9阕，计共得词64＋56＋36＋27＋9＝192阕，比所说的180阕多出了12阕。③

黄咏雩早年词作不多，1929年得词17阕，全是与家人北游之作，以纪行及怀古为主，时约27岁。1930—1938年才得

---

① 朱庸斋《后记》，参黄咏雩著：《天蠁词》（香港：春秋出版社，2012年5月），第141页；又《天蠁楼诗文集》，中册，第324页。

② 黄咏雩《作者后记》，《天蠁楼诗文集》，中册，第326页。

③ 黄咏雩著，黄汉清评注，何邦泰审定：《天蠁词》（香港：中国艺术出版社，2007年）一册，亦称得词180阕，余尚未及见。

13 阕，可见早年并不热衷于填词。此外，第四篇辑录历年北游词作《怀古集》27 阕，殆属早年练笔之作，怀古寄意，哀沉激越，兼而有之，分别摹写河北、山东、河南、山西、陕西、四川、湖北、江苏、浙江、北京等地的名胜风光，表现强烈的历史情怀。1938 年 10 月为了逃避战祸，36 岁的黄咏雩举家迁港，先住九龙南京街，后迁弥敦道，至 1942 年 1 月香港沦陷后始回广州，在港住了三年多，得词 23 阕，黄咏雩认识了很多粤港词坛中的老辈，很多也是避难来港的。黄咏雩与江孔殷（1864—1952）、杨玉衔（铁夫，1866—1944）、黎国廉（六禾，1874—1950）、叶恭绰（1881—1968）、黄佛颐（1886—1946）等名家唱和切磋，词境大进。1941 年复与夏承焘（1890—1980）唱和。黄咏雩在 40 年代的词作最多，尤其是 1945—1949 年间，大批粤籍词人云集广州，唱酬无虚日，而这也是黄咏雩词作事业的高峰期。50 年代以后，即 48 岁以后，词作渐减，1950—1951 年尚存 26 阕，而 1953—1974 年间却只馀 23 阕了，可见政治运动与文化活动的升降态势互为因果，通过数字变化，亦依稀可辨了。

黄咏雩早期作品风华绮靡，婉约雅正，想象多姿，寄托深远，可以折射出不同阶段的生命境界，色彩缤纷，悟识妙谛。《朝中措》云：

> 万鳞寒皱碧天纹。海气淡黄昏。沉睡鱼龙不醒，玉箫吹裂哀云。　重帘掩梦，曲栏凭晚，又负芳樽。风雨无人管得，飞花试与敲门。（壬申,1932）

《朝中措》写出一片宁静的境界，上片摹写黄昏景色，若有所待，带出一些悲哀的气氛。下片颇有华年虚度之意，所待之人并没有出现，结拍"风雨无人管得，飞花试与敲门"二句似无理取闹，但意象新颖，在风雨中敲门，可能还是保留了最后的一线希望。此词写情恰到好处，可以唤醒沉睡中的青春；但上片如果解为对时局的喻意亦未尝不可，尤其是在"九一八"之后，鱼龙沉睡，裂笛哀云，国难方殷，谁与敲门，其实都可以有不同的演绎方式。《惜分飞》云：

> 叶叶怨梧啼碧雨。滴碎秋心更苦。孤闷凭谁诉。危巢冷月昏鸦语。 春在天涯芳草路。好梦浮云遮住。酒醒知何处。金鸡不放明河曙。（丙子,1936）

《惜分飞》坦露心声，充满悲苦的情绪。上片"怨梧"、"孤闷"、"危巢"等诸般意象，烘托"滴碎秋心更苦"的主题，都把人推向绝境，也许还是一个闷局。下片把希望寄托在远方，可是前景迷茫，"好梦浮云遮住"，也看不到任何的亮光了。此词明显亦是寄意于时局之作。《鹧鸪天》云：

> 但说相思总殢人。谁知红豆暗生根。有缘可许仍相见，无语不成还是嗔。 缄此恨，付行云。飘镫梦雨黯春魂。鸳鸯自抱红绫被，龙麝亲封钿盒尘。（戊寅,1938）①

《鹧鸪天》写词人对感情的执着，上片红豆传情，期望有缘可续。下片感到绝望，希望结束幽恨的感觉，末拍"鸳鸯自抱红绫被，龙麝亲封钿盒尘"，色彩缤纷，意象华美，甚至想把美丽的回忆都锁在钿盒里面，痴想绝妙。

1938年底，黄咏雩来港避难，一住三年多，得词23阕。除了诗词写作之外，其间还参加了很多文化活动。例如1940

---

① 以上三词参《天蠁楼诗文集》，中册，第257，260，261页。

年4月的广东文物展览会，黄咏雩提供了十五件文物参展，包括著名的唐代天蠁琴。1941年有《千春社席上呈朱聘三、江兰斋、卢袞裳、卢湘父、俞叔文、黎季裴、杨铁夫、胡伯孝、郑诏觉、叶遐庵、黄慈博、陈觉士、卢岳生、李凤坡诸子》七律，①几乎全是当时香港文化界中的精英和长者。因此，黄咏雩在诗中记录了大量的社会活动及文化情怀。但在词体方面，黄咏雩几乎完全不谈任何事件或当前社会局势，他只是着重表现个人的内心世界，在风雨飘摇中铸炼出纯粹的感觉，其实也就是呼唤大时代的体验，唤起共鸣。

> 已死苍天浑莫问，万事于人何有。（《百字令》"题杨铁老行看子"，1938）
>
> 惆怅几番花落，叹无多生意，谁惜谁矜。（《八声甘州》"吊王半塘，约霞公、双树、六禾、慈溪同作"，1938）
>
> 醻粉缃桃娇欲笑，也作媚人春色。（《念奴娇》"九龙除夕"，1938）
>
> 呼起云雷寒碧动，夔龙醒也夜沉吟。（《黄钟乐》"己卯铜鼓"，1939）
>
> 檐花敲落灯花碎，霜点鸳鸯瓦。问伊谁、更会铜铃说话。（《玉人歌》"寒夜闻檐马，和玉蕊、慈溪"，1940）
>
> 落花飞絮天如梦，说与春残蝶不知。（《鹧鸪天》，1941）
>
> 笑啼怎称新欢意，秋扇成悲诧。（《玲珑四犯》"次夏瞿禅韵，拟梅溪"，1941）
>
> 萧条树树秋声，故家门巷人烟少。（《水龙吟》"秋日

---

① 《天蠁楼诗文集》，上册，第275页。

咏落叶和心叔、瞿禅", 1941)

由以上八组词句可以看出, 黄咏雩就很擅用词的意象和语言, 跟前辈词人周旋了, 从而也表达了个人的心声, 在抗战的时代, 刻画离乱的感觉, 百般滋味。例如"已死苍天"、"无多生意"是表绝望的;"媚人春色"就有点讽刺了, 写出不太协调的香港笙歌的繁华感觉; 而"呼起云雷"则是想大声疾呼唤醒沉睡的群众了; 至于"檐花霜点"、"落花飞絮"写出内心微弱的颤动, 而"笑啼怎称新欢意"代表寄人篱下的日子, 总有无限委屈, 而"故家门巷"一片萧条, 自然亦是有家难归了, 词题中的心叔即任铭善 (1913—1967), 之江大学文理学院毕业, 夏承焘的学生, 当时在上海租界的之江大学任教。词境, 其实也反映了复杂的心境, 而诸词亦交织成黄咏雩战时特有的香港经验。

1942—1945 年抗战的后半时段, 黄咏雩回到故乡横江, 有时亦到广州、中山等地, 亦得 23 阕。词中除了书写个人抑郁情怀之外, 亦多与黎国廉、黄佛颐、马复 (1880—1964)、张学华 (闇公, 1863—1951)、黄任恒 (1876—1953)、朱庸斋、陈寂 (午堂, 1900—1976) 等酬唱, 此外跟外地持续唱和的尚有香山杨玉衔、申江叶恭绰、永嘉夏承焘等。

那堪抬眼望天涯, 天涯处处生芳草。(《踏莎行》 1942)

天与人儿浑懵懂。家山更堕虫沙梦。(《蝶恋花》 1942)

遮眼屏山山外雾。江山却被残红污。(《蝶恋花》 1942)

花落何曾回一顾。残阳故故红无数。(《蝶恋花》

1942）

便摘得青梅，一樽椷酴，酿作人间酸楚。（《金明池》
"癸未小黄山馆饯春"，1943）

烟花正作江山梦，梦也只应无据。（《摸鱼子》"初
冬，六禾邀同慈博，过泮塘茗话，雨窗倚此"，1943）

木末年光，边关戍火，海桑晴浪影交加。秋声何处，
燕子未还家。寒飙急、丁宁沟水，流怨天涯。（《多丽》
"红树"）

以上七组词句充满战时的辛酸感觉，但黄咏雩借此探寻兴
亡的契机，写出了不同的心境，有悲愤的，有懵懂的，有酸楚
的，有流怨的，百般滋味，都上心头，而词笔尤为精练，掷地
有声，亦为佳制。其中《横江集》中《虞美人》"铃儿花和伯
端"词，①盖与刘景堂唱和之作，似在战后1946年左右，或当
移置于《芋园集》中。

战后国土重光，名贤汇聚，诗酒风流，词社蜂起，而广州
词坛更呈现出一片兴旺的盛世景象，《芋园集》刻画当年词社
的活动，令人神往，约得词40阕。1946年秋，郑春霆
（1906—1990）与马小进（骏声，1888—1950）、冯小舟、胡
景苹（1904—1965）、吴纫秋（？—1962）、张纫诗（1912—
1972）、许菊初（伯干，1901—1976）、黄独峰（名山，
1913—1998）、麦汉永（1902—1978）、黎葛民（1893—
1978）、方人定（1901—1975）、杜如明（少牧，1909—）、莫
铁（1899—1977）等共组越社。朱庸斋、刘景堂等亦先后加
盟。越社荟萃书画诗词篆刻名流雅集，盛时社友达二百八十馀

---

① 《虞美人》见《横江集》，《天蠁楼诗文集》，中册，第280页。
又参刘景堂《虞美人》"六禾约赋铃儿花"，刘景堂原著、黄坤尧编纂：
《刘伯端沧海楼集》（香港：商务印书馆，2001年），第90页。

人，亦属重要的岭南词派。①黄咏雩《望海潮》"越秀山怀古"下片云："有人高处凭栏。念绿眉绣盖，翠鬣珠鞍。金粉醉浓，莺花梦浅，狂歌惊起痴顽。眼底水天宽。且与移沧海，作我杯盘。斟酌无穷世事，今古几悲欢。"②此乃社课之作，黄咏雩对前景的期望亦殷，预料将有一番作为，意境雄豪。当时此调和者极多，几乎人各一阕，相互竞作，蔚为盛况。

同时，黄咏雩《湘江静》"余习之以仿梅溪此词见示，适与华峰、雅选、芳浦晓渡北村，欹篷倚和"、《八声甘州》"初春偕六禾、闇公、荫庭，复与慈博探梅北郊，小酌甘泉山馆。荒城废垒，野草斜阳，惘然不胜今昔兴替之感，约演耆卿此调"（丙戌，1946）、《玉楼春》"和曾酌霞"、《八声甘州》"甘泉山馆宴集，赋赠任公"诸词，可见当时以词相交者尚有余鸣传（习之，？—1976）、张学华、张树棠（荫庭，？—1960）、曾昭桦（酌霞，1906—1951）、李济深（任潮，1885—1959）、甘华峰、何雅选、区芳浦（1891—1951）等。

战后陈融（颙庵，1876—1955）再次主导广州吟坛，词人来往亦多，黄咏雩出入于黄梅花屋，也很活跃。1946年黄咏雩《月中行》"丙戌西园席上，颙庵命赋撷华词，为拟清真此解，并示六禾、仲衡、方子、酌霞"，则席上还有麦朝枢（仲衡，1896—1973）、吕方子等。1947年陈融《夏雨新晴，木棉作絮狂飞。词家云：南方风物，声咏所遗，不遇可惜，盖为词以彰之，继有称诗者，余得一律》云：

难得晴天晴有絮，偏非雪地雪留痕。虹光海日前身

---

① 李文约编著：《朱庸斋先生年谱》（香港：素茂文化出版有限公司，2012年8月），第47页。

② 黄咏雩《望海潮》"越秀山怀古"，《天蠁楼诗文集》，中册，第298页。

事，鸱影江山一缕魂。宁可风怀让杨柳，几曾衣被慰黎元。词人老作英雄语，越峤声坛定一尊。

即以木棉絮为题，邀集名家赋诗填词，陈融诗末二句注称词人"指六禾翁"，足以领导"越峤声坛"，公认黎国廉是当时广东词坛的领袖。诗后附词有张学华《玉漏迟》、黎国廉《留春令》、刘景堂《水龙吟》、张树棠〔白云樵子〕《水龙吟》及黄咏雩《梅子黄时雨》五阕，其他张北海（1877—1977）、佟少弼（1911—1969）、曾酌霞三家赋诗。① 黄咏雩《梅子黄时雨》序云："丁亥咏木棉絮，闇公、六禾、颐庵、伯孝、叔俦、秋雪、纫诗同作"，词云：

> 飞絮流光，又风袅落花，梨云吹碎。看百越关山，夕阳如醉。岁月岂无迟暮感，英雄自有飞腾意。谁料理。冷暖世情，如许多事。　应是。匡时经纬。念繁华好梦，蒿绣酗倚。待衣被人间，欢颜相视。堪笑杨花无气力，一生漂泊随流水。春归矣。鹧鸪乱啼声里。②

此词借木棉絮兴感，木棉竞高，亦叫英雄树，花絮飘飞，自有渴望飞腾之意。下片期待"匡时经纬"及"衣被人间"，更欲有所作为，造福社会，当时黄咏雩任职广州地政局助理秘书及经营仁丰米机，致力于民生工作，他对时局还是相当乐观的；但结尾漂泊春归，其实还是笼罩着深沉的哀感。此词恫瘝

---

① 陈融：《黄梅花屋诗稿》（线装本，1948 年）。又《黄梅花屋诗稿》，附《读岭南诗绝句补编》（何耀光、叶恭绰序。余祖明跋。香港：至乐楼丛书第三十二种，1989 年），第 67—71 页。

② 《天籁楼诗文集》，中册，第 299 页。《黄梅花屋诗稿》（线装本）"关山"作"山河"，并缺小序，第 35 页。

在抱，实为佳制。

黄咏雩跟《岭雅》的关系也很密切。1948 年，张北海任《广东日报》社长，开辟《岭雅》专栏，该专栏发表大量诗词作品。而黎国廉、叶恭绰亦拟结词社，提倡岭南词风。① 五月四日，叶恭绰《与刘伯端书》云："愚在省时，本拟标一社名，以资维系。嗣意见不一中止。"

1948 年 8 月 14 日，黎国廉、胡熊锷（伯孝，1880—1960）、张叔俦（1897—1969?）、冯平（秋雪，1892—1969）、黄咏雩、陈寂、朱庸斋等在叶恭绰的东园住所聚会，倡结词社，振起岭南词风。叶恭绰《琐窗寒》即订为首期社课。七月中旬，黎国廉《与刘伯端书·其二》亦云："十日前叶裕甫邀同叔俦、伯孝、寂园、庸斋、咏雩、秋雪，在伊寓茗谈，拟结词社，并力嘱弟首唱。"② 案叶恭绰《琐窗寒》序云："归里经年，杜门未出。初秋黎四丈偕伯孝、叔俦、秋雪、庸斋、咏雩、寂园诸君见访东园，读画烹茶，亦云雅集。漫成此解，仁俟应声。"又词末注云："此词和者数家，惜已失去。"其实此词和作俱在，计有黎国廉《满庭芳》"叶斋雅集效东坡用三江韵"、胡伯孝《翠楼吟》"戊子七夕后三日，叶遐翁招集东园，适值日敌投降纪念日感赋"、张叔俦《声声慢》"叶遐翁约六禾、伯孝、秋雪、庸斋、咏雩、寂园诸公东园雅集，率成一阕，再叠前韵"、朱庸斋《烛影摇红》"遐丈寓斋小集各赋"、冯秋雪《八声甘州》"叶遐翁召集词社感赋"、黄咏雩

① 陈寂主编：《广东日报·岭雅》，广州：1948 年 5 月 3 日刊第 1 期，逢星期一刊出。第 46 期起改由《中央日报》刊出，广州：1949 年 4 月 4 日；至第 71 期止，1949 年 10 月 3 日。今所见尚欠第 14、58 两期。《岭雅》刊载时贤诗词文章及诗话专栏等，作者一百七十馀人。
② 黎国廉《与刘伯端书·其二》，《刘伯端沧海楼集》，第 363 页。

《高山流水》"过遐庵论词曲，因题其仿夏仲昭画竹"诸阕，①珠玉纷投，实为当日省港文化的盛事。

其实在叶斋雅集之前，粤省词人云集广州，词社酝酿初成，略具规模。首唱为詹安泰《醉蓬莱》，词序云："戊子四月廿二日，张北海宴同人于广州之北园。黎六禾季裴、陈颙盦融、胡隋斋毅生诸老宿咸与焉。觥筹交错，行辈浑忘，庄谐杂宣，昔今在抱，爰赋此曲，以志胜缘。生不百年，清欢能几，刻此古音，殆不胜江山零落之感矣。"和作有黎国廉、黄咏雩、张叔俦、胡伯孝、张荫庭、冯秋雪及刘景堂等。② 其后黎国廉更于《致刘景堂函》中明确订出首四期社课题目："此次第三期题雁来红〔第二次即以前中秋大作为题〕，成绩甚优，计张叔俦、冯秋雪〔二人和拙作韵〕、黄咏雩、朱庸斋、詹无盦〔二人尚未抄来〕均用原调，张荫庭两首，亦均原调，胡伯孝则三首〔一《蝶恋花》，两《水调歌头》〕，连同大作及拙作共十二首，可谓盛矣。昨与咏雩等五人同游漱珠冈访杨议郎祠，即以为第四期题。"③ 根据黎函及《岭雅》所载，第二期社课以刘景堂《木兰花慢》"中秋夕对月歌坡公《水调歌头》感赋"为首唱，和作有黎国廉《瑶台第一层》"中秋和伯端"、黄咏雩《瑶台第一层》"戊子中秋对月和六禾伯端"、张荫庭《虞美人》"戊子中秋"、张叔俦《百字令》"和伯端兄中秋对月感赋戏效蓉渡词体却寄"、黄耀燊（少痴，1909—1976）《月华清》"戊子中秋"；又朱庸斋《三姝媚》"中秋对

---

① 参《广东日报·岭雅》第二十、二一期，1948 年 9 月 13，20 日。又叶恭绰词收入《遐翁词赘稿》，1959 年，第 64 页，词序文字据《遐翁词赘稿》订正。

② 詹安泰：《鹪鹩巢诗、无盦词》（香港：至乐楼丛书第二十五种，1982 年季冬），第 464—467 页。又参《广东日报·岭雅》第十一、十六期，1948 年 7 月 12 日及 8 月 16 日。

③ 据黄坤尧藏黎国廉函件手稿。

月和刘伯端兼柬叶遐翁"。① 第三期社课以黎国廉《霜花腴》
"雁来红"为首唱，和作冯秋雪、黄咏雩、张叔俦、张荫庭两
阕、詹安泰；其他词调尚有胡伯孝三阕、刘景堂、朱庸斋、许
菊初、区季谋（半园，1896—1988）、邓圻同（1925—2022）、
陈璇珍（1914—1967）、张纫诗等。② 第四期社课以黎国廉
《少年游》"漱珠冈访杨议郎祠，用姜白石韵"为首唱，和作
有胡伯孝、张叔俦、冯秋雪。③ 其他各期社课可考者如下：

黄咏雩《摸鱼儿》"和元遗山雁丘词"，和作有黎国廉、
黄耀榮、朱庸斋、冯秋雪、张叔俦、胡伯孝、刘景堂、许菊
初。此期词课由黄咏雩首唱。

黎国廉《古香慢》"偕同社诸子漱珠冈赏桂赋"，和作有
胡伯孝、张荫庭、冯秋雪、张叔俦；又黄咏雩《高阳台》序
云："与六禾、伯孝、无庵、庸斋漱珠冈看桂花。"④ 案詹安泰
《南乡子》序云："戊子九月廿七日游漱珠岗，同行者黎丈六

① 参《广东日报·岭雅》第三三期，1948年12月27日。又参朱
庸斋著：《分春馆词》（广州：广州诗社，2001年），第32页。

② 参《广东日报·岭雅》第二六、二七、二九、三十、三一、三
二各期，由1948年11月1日至12月20日，此期诸家反应最为热烈。
詹安泰词参《鹪鹩巢诗·无盦词》，第474页。又黄咏雩《霜花腴》"咏
雁来红，与六禾、伯孝、荫庭、伯端、叔俦、庸斋、秋雪、纫诗、菊初、
季谋、君华、少痴、楚宝、奇桐同作"，增加了张君华（1901—1962）、
黄耀榮、卢楚宝三人。《天蠁楼诗文集》，中册，第306页。朱庸斋《锁
窗寒》"雁来红与叶遐庵、黎六禾、詹安泰、黄咏雩、冯秋雪、胡伯孝、
陈寂园、张纫诗同赋"，又增陈寂园一人。《分春馆词》，第34页。

③ 参《广东日报·岭雅》第二八、三十期，1948年11月15，29
日。又黎国廉《少年游》，《玉蕊楼词钞》未见收录。

④ 参《广东日报·岭雅》第三六期，1949年1月17日。又参黄
咏雩《高阳台》小序："己丑秋日，与六禾、伯孝、无庵、庸斋漱珠冈
看桂花，依刘叔安体。"《天蠁楼诗文集》，中册，第337页。案：己丑
当为戊子，误记年份。

禾、胡伯孝、黄咏雩、朱庸斋。"或亦属同游赏桂之作。①

黎国廉《无闷》"寒夕",和作有冯秋雪、张叔俦、胡伯孝、张纫诗。②

张纫诗《凤凰台上忆吹箫》"除夕"、胡伯孝《寿星明》"除夕社课"、黎国廉《祝英台近》"除夕用梦窗均"、张叔俦《应天长》"除夕用梦窗韵",未标首唱,殆亦属同题唱和之作。③

黎国廉《云仙引》"吊钟花",和作有胡伯孝《绛都春》、张叔俦《汉宫春》、廖恩焘《鬲溪梅令》"咏瓶中吊钟花"。④

刘景堂《清平乐》"答友人招隐之章",和作有胡伯孝、黎国廉。⑤

黎国廉《碧芙蓉》"春阴",和作有詹安泰、张叔俦、胡伯孝,又刘景堂《壶中天慢》、黄咏雩《南乡子》。⑥

张瑞京《浪淘沙慢》"别粤中文友",和作有胡伯孝《临江仙》"和黄芋园韵送瑞京词长赴台湾"、冯秋雪、邓圻同,又朱庸斋《三姝媚》、黄咏雩《临江仙》"己丑秋日饯别张瑞京"。⑦
此期《岭雅》临近尾声,1949 年 9 月中旬,张瑞京设宴孔雀

---

① 《鷦鷯巢诗、无盦词》,第 475 页。

② 参《广东日报·岭雅》第四十期,1949 年 2 月 21 日。

③ 参《广东日报·岭雅》第四五期,1949 年 3 月 28 日。

④ 参《中央日报·岭雅》第四七、四九期,1949 年 4 月 11,25 日。

⑤ 参《中央日报·岭雅》第四八期,1949 年 4 月 18 日。

⑥ 参《中央日报·岭雅》第五一期,1949 年 5 月 16 日。詹安泰《碧芙蓉》"春阴和六禾丈韵",《无盦词》失收,参余祖明(少帆、苏圃)纂辑:《近代粤词搜逸》(香港,1970 年),第 89 页;又《朱庸斋先生年谱》,第 69 页。

⑦ 参《中央日报·岭雅》第七十期,1949 年 9 月 26 日。又朱庸斋《三姝媚》"瑞京词长有台北之行,赋此话别,并希正和",《朱庸斋先生年谱》,第 70 页;《三姝媚》"送友",《分春馆词》,第 34 页。黄咏雩《临江仙》,《天蠁楼诗文集》,中册,第 338 页。

酒家，与穗中文友话别，与会者尚有傅静庵（1914—1997）。后词社遂废，而黄咏雩亦以此词告别了旧时代。词云：

> 相见些时还又别，乱中休问行藏。荃魂兰性一襟香。玉蛆酣醉梦，粉蠹蚀年光。　暝色高楼成怅望，关山无限斜阳。云罗哀雁各低昂。人烟黄叶瘁，海气绿尘凉。①

此词上片反映战乱频仍，政治腐败，但词人洁身自爱，所谓"荃魂兰性一襟香"，本质上不会改变，而去留也是各自的选择了。下片暮色四合，感慨苍凉，而故人远行在即，结语的人烟海气，情景交融，看来前景还是相当暗淡的。

以上《岭雅》可以反映1948、1949年间粤港词坛的互动和盛况，人物众多，艺术水平亦高。当时两地来往方便，完全没有签证或出入境的限制，詹安泰、朱庸斋曾经来港寻找工作机会，最后失意而回。黄咏雩集中社课之作亦多，始终参与其事，反映了他对时局的感觉十分敏锐，而词情厚重，委婉动人。

黄咏雩的词作分为五期，即早年作品，共得57阕；中年战时居港之作，得词23阕；战争后期返回广州之作，约得23阕；战后复原之作多见于《芋园集》中，约得40阕；50年代以后乃晚年作品，亦得49阕。总计得192阕，各期的表现相当平均。其中以第四期即战后1945—1949年之间最为活跃，名家汇聚，光辉熠熠，配合越社及《岭雅》大量及频繁的唱酬活动，恰好反映了粤港词坛中的盛世。黄咏雩词各期都会围绕着一班不同的词人，亦师亦友，交游广博，《天籁词》记录了很多词人的名字，看来也是粤港词史的实录，值得重视。而

---

① 黄咏雩《临江仙》见《海日集》，《天籁楼诗文集》，中册，第339页。

黄咏雩亦是粤港词坛中的名家之一，游走于婉约与豪放之间，庄重雅正，表现当行本色，情韵悠扬，哀响动人，亦具名家风范。

詹安泰的词学体系

概　述

清末民初词学特盛，词家辈出，而词论词学的大家名家亦多。五四以后，现代白话的新体文学代兴，旧体文学渐趋没落。惟词学传承不绝，实在也是异数。其中《词学季刊》、①《同声月刊》、②《词学》、③《中华词学》④ 等，推动近百年来词学的持续发展，影响尤大。至于近代的词学名家，曾大兴列出了上卷王国维、胡适、胡云翼、冯沅君、俞平伯、浦江清、

---

① 龙沐勋编辑：《词学季刊》（上海：民智书局、开明书店，1933年4月到1936年9月；上海：上海书店重印合订本，1985年12月），共十一期，另第十二期残存稿样一卷。创刊号栏目有图画、论述、专著、遗著、辑佚、杂俎、近人词录、现代女子词录、词林文苑、通讯、杂缀、附录、补白等。

② 龙沐勋编：《同声月刊》（南京：同声月刊社，1940—1945年），计四卷39号。

③ 夏承焘、唐圭璋、施蛰存、马兴荣主编：《词学》（上海：华东师范大学出版社，1981年11月），现刊至第五十二辑（2024年12月）。第一辑栏目有论述、文献、特载、书志、丛谈、词苑等。

④ 吴熊和、喻朝刚、曹济平、王步高主编：《中华词学》（南京：东南大学出版社，1994年7月、1995年12月、2002年5月），共三辑。第一辑栏目有宏观纵览、词论研讨、宋词考论、明清词说、韵律研究、海外撷英、词坛耆宿、词苑新葩、词籍评介、词坛信息等。

顾随、吴世昌、刘尧民、缪钺、王仲闻；下卷朱祖谋、况周颐、郑文焯、夏敬观、龙榆生、任中敏、唐圭璋、夏承焘、陈洵、刘永济、詹安泰，共二十二家。①曹辛华列出了梁启超、王国维、吴梅、陈匪石、汪东、胡适、胡云翼、龙榆生、夏承焘、唐圭璋十家。②这两份名单虽然难免还有所遗漏，但早期重要的词学专家，大致已备。20 世纪 80 年代以后，大量的词学研究者冒起，著述日多，而词学几乎更成了当代的显学。

案词学之名，早见于清江顺诒（1822—?）辑《词学集成》八卷。《凡例》云："撮其纲曰源、曰体、曰音、曰韵，衍其流曰派、曰法、曰境、曰品。"③龙沐勋《研究词学之商榷》指出词学的具体内容，可分八项：

> 取唐宋以来之燕乐杂曲，依其曲拍而实之以文字，谓之"填词"。推求各曲调表情之缓急悲欢，与词体之渊源流变，乃至各作者利病得失之所由，谓之"词学"。词学包括词乐之学、图谱之学、词韵之学、词史之学、校勘之学、声调之学、批评之学、目录之学八项。④

其后龙榆生《词学十讲》，则分别讲论唐宋歌词特殊形式

---

① 曾大兴：《词学的星空——20 世纪词学名家传》（石家庄：河北人民出版社，2009 年 1 月）。

② 曹辛华：《20 世纪中国古代文学研究史·词学卷》（上海：东方出版中心，2006 年 1 月）。又曹辛华、张幼良著《中国词学研究》（福州：福建人民出版社，2006 年 6 月）则仅列梁启超、王国维、胡适、胡云翼、龙榆生、夏承焘、唐圭璋七家。

③ 唐圭璋编：《词话丛编》（北京：中华书局，1986 年 1 月），第四册，第 3209 页。

④ 龙沐勋《研究词学之商榷》，《词学季刊》第一卷第四号（上海：民智书局，1934 年 4 月），第 1—17 页。

和发展规律、唐人近体诗和曲子词的变化、选调和选韵、论句度长短与表情关系、论韵位安排与表情关系、论对偶、论结构、论四声阴阳、论比兴、论欣赏和创作，共十讲。①

唐圭璋、金启华《历代词学研究述略》列出词的起源、词乐、词律、词韵、词人传记、词集版本、词集校勘、词集笺注、词学辑佚工作、词学评论十项。②

刘扬忠《宋词研究之路》："将他们的说法相加，去其重复，并统一称谓，共得如下十二项。"③ 即词的起源、词乐、词律、词韵、词的声情、词人传记、词集版本、词集校勘、词学典籍目录学、词集笺注、词学辑佚、词学评论。综合各家学说，可见词学的内容十分丰富，只要与词有关的，几乎无所不包。现在我们总结词学的具体内容，主要包括词乐、词律、词韵、词史、词籍、词选、词话、词论、词作，以及鉴赏十项。

詹安泰（1902—1967）早岁即为著名词人，饮誉粤港词坛，交往亦多。中岁复以词学名家，并获陈中凡（1888—1982）的推荐，1938 年被破格聘为国立中山大学的教授，接替陈洵（1871—1942），主讲词学。1949 年以后，为了配合新时代古典文学的教研工作，詹安泰转而研究《诗经》和《楚辞》，发表了多篇著名的论文及专著《屈原》等。1957 年遭遇反右派斗争之后，他又重新专研词学了。詹安泰的词学著述以词律、词论、词籍、词话及鉴赏为主，自成一家之言，亦见通人之论。

詹安泰兼具词人及学者的身份，词学自成体系，其《词

---

① 龙榆生：《词学十讲》（福州：福建人民出版社，1988 年 7 月）。
② 唐圭璋、金启华《历代词学研究述略》，《词学》第一辑（上海：华东师范大学出版社，1981 年 11 月），第 1—20 页。
③ 刘扬忠编著：《宋词研究之路》（天津：天津教育出版社，1989 年 7 月），第 17 页。

学研究》一书，原拟涵括论声韵、论音律、论调谱、论章句、论意格、论修辞、论境界、论寄托、论起源、论派别、论批评、论编纂，共十二章。《词学研究》的《绪言》论云：

> 声韵、音律，剖析綦严，首当细讲。此而不明，则虽穷极繁富，于斯道犹门外也。谱调为体制所系，必知谱调，方得填倚。章句、意格、修辞，俱关作法，稍示途径，庶易命笔。至夫境界、寄托，则精神命脉所攸寄，必明乎此，而词用乃广，词道乃尊，尤不容稍加忽视。凡此种种，皆为学词所有事。毕此数事，于是乃进而窥古今作者之林，求其源流正变之迹。以广其学，以博其趣，以判其高下而品其得失；复参校古今人之批评、学说，以相发明，以相印证；是者是之，非者非之，其有各是其所是而非其所非者，为之衡量之，纠核之，俾折衷于至当，以成其为一家言。①

詹安泰的词学是兼顾填词与学词说的，融会各家之说，更多的是个人的经验之谈，显得博大。可惜只完成了七章，其中论境界、论起源、论派别、论批评、论编纂五章未能完稿。此外，詹安泰在《宋词研究》第五章《宋词的艺术形式》中，也开列了一份"大纲"，包括第一节声韵、第二节音律、第三节调谱、第四节语言、第五节结构、第六节寄托，除了第一节声韵讲述详尽，接近完稿之外，其他都只列大纲而已。② 这两份大纲的篇目大同小异，由于《宋词的艺术形式》过于简略，

---

① 参汤擎民整理：《詹安泰词学论稿》（广州：广东人民出版社，1984 年 1 月），第 4 页。本书主要分为上编《词学研究》及下编《宋词研究》两部分。

② 《詹安泰词学论稿》，第 393，413—414 页。

仅备参考而已。现在我们简介詹安泰《词学研究》十二讲的主要观点，至于未完稿的部分则参考其他已发表的论文，重建詹安泰的词学体系。

一、论声韵

声韵包括论声、论韵两部分。声者，即平上去入四声。詹安泰杂引众说，明确地反对当时严守四声之说。论云："窃意既名填词，则受声律所限制，自不可免，必欲摧陷而廓清之，则亦不成其为词矣。惟四声无或出入，似亦过于死执；况古人名作正多，必以数家为准，门户似亦太隘；既不能施诸歌唱，协诸管弦，则除拗调拗句加以严守外，即仅依平仄填倚，亦不失其真美也。"① 主张除了基本平仄格律及个别拗调拗句之外，其他不必拘泥于四声，亦为通达之论。至于词韵问题，亦是见仁见智之说，互有不同。詹安泰认为："协韵或宽或严，不能例视。自其宽者言，则匪直诸凡古韵可以通转者皆得互协，甚且有协以方音，似与本音相去甚远者。自其严者言，则不惟拘于本韵，即阴阳清浊，亦须细加明辨。"② 其后在严协中有"以发音限用韵"，即鼻音韵尾（－m、－n、－ng）不容混协；及"以四声宫调限用韵"，指出某些词调必须限协入声、上声、去声等。至于宽协，则有上去入通协、平入通协复自协、句句用韵而以平上去三声通协、以方音协韵等，各有举例。詹安泰《无盦词》严守声律规范，可与词论相互印证。

此外，詹安泰《宋词研究》第五章《宋词的艺术形式》，第一节"声韵"，亦依一声、二韵分述。一声专论"宋人声韵

---

① 《詹安泰词学论稿》，第 19 页。
② 《詹安泰词学论稿》，第 24 页。

说及其影响"，主要引录李清照、张炎、沈义父等，说明去声字的重要及入声字的用法等；又论"宋人协律不限于声字"，主张填词不必严守四声，却不能不注意平仄。二韵分论韵书及押韵，而押韵又分严叶、宽叶、方音叶、短句韵、句中韵、换韵、重韵、起结同字协韵、全首同字协韵，内容相近。① 其他《中国文学上之倚声问题》亦专论声韵，分为"论严守四声说"、"论局部守声说"、"破守声说"、"词学发扬与改革之两大途径"诸端，并建议"一、就形以求质，使声情吻合；二、变质以求形，使声乐吻合"。② 两项主张，期望当代词学有所发展，有所提升。又《论填词可不必严守声韵》也是一贯的主张，可以参看。③

二、论音律

专论词乐问题，主要有五音十二律、五音演变及其读法、宫调及谱字、律吕配谱字之异同、雅俗调名之不同、犯声过腔、宫调与声情之关系，共七项。这些都是比较古典的词乐常识，现代很多学者可不大注意了。

三、论调谱

首先介绍调名源起；其次讨论《词律》、《词谱》及徐棨

---

① 《詹安泰词学论稿》，第393—412页。

② 詹安泰《中国文学上之倚声问题》，原刊《中山学报》第一卷第一期（1941年11月），第5—92页。收入詹伯慧编：《詹安泰词学论集》（汕头：汕头大学出版社，1997年10月），第15页。

③ 詹安泰《论填词可不必严守声韵》，载《文史杂志》5卷第1—2期合刊（1945年1月），第8—47页。

《词通》、《词律笺榷》、林大椿（1881—1956）《词式》等。除了唐宋词调之外，詹安泰主张兼取元明以后的词调，论云："惟时至今日，则词根本成为文人欣赏之具，已无协乐之可能，则虽非元人以上之词调，若明之杨升庵、清之纳兰容若等所制之新调，亦不妨兼收并蓄。均之不能协乐，则明清人之制作与唐、宋、金、元人之制作何择焉？只须注明来历，俾谨于择调之士，知所去取可耳。"① 源流本末，清清楚楚，亦属通达之论，以理服人。

四、论章句

詹安泰云："积字成句，积句成章，故论词之格局之先，必先求字、句与章法。"在用字方面，首要辨识多音字的音义区别，例如"思想"（平）、"芳思"（去），"睡觉"（去）、"知觉"（入），"中兴"（读若众），"斤斤"（读仅，去声），"大较"、"较然"（音角，入声），"无尽藏"（音脏，去声），"泥"（作软缠用时读乃计切，去声），"凝"（作固结用时读牛孕切，去声）；次论添、减、偷、衬之字，多用虚字；而虚字又有单字、两字、三字之类；此外生僻字及方言土语词亦多，有"晒"（同晒，助辞）、"幁"（陟孟切，开张画缯也）、"挼"（奴讹切，又奴回切，两手相切摩也）、"擪"（同绝，断也）、"耍"（嬉也）、"舀"（音拗）、"矬"（昨和切，短也）、"拚"（判）、"趯"（散走）、"赚"（稚陷切，逛骗）、"尀"（不可）、"尽"（任）、"絮"（濡滞不决）、"劄地"、"瞇膜"（随意）、"端的"（的确）、"假饶"（纵令）、"不成"

① 詹安泰《论调谱——词学研究之三》，《武汉大学学报》1984 年第 2 期。收入《詹安泰词学论稿》，第 70 页。

（难道）等，"虽不尽可以效法，而亦不可不知者"。①

句法由一字句至九字句，组织多样，此外尚有折腰句、尖头句、偶句、叠句、复句等。

章法有单调、双叠、三叠、四叠，以至摘遍（晏几道《泛清波摘遍》）、转踏（洪适《番禺调笑》）、联章（欧阳修《采桑子》）、大曲等。

五、论意格

詹安泰论云："章句仅言成章，意格则畅论命意用笔之各种方法，已较章句作进一步之讨究。譬之绘理：章句言其点线体面之构造而已；意格则论其正侧俯仰疏密之态势也。譬之兵书：章句言其军旅营伍之组织而已；意格则论其进退攻守静动之阵容也。故章句只道其常，意格则兼究其变；章句易明，而意格难知；有一成不变之章句，而无一成不变之意格。"

意格相当于阵容态势，变化灵活，并无成法，可分命意及用笔两类。命意：清新、高妙、幽远、沉挚、层深、超奇、空灵、婉曲、含蓄，共九项。用笔：全篇、起、结、过片。詹安泰云："用笔之法，上述略具规模。尚有古人不加明言，可由揣摩而仿佛其一二者：一、一气直注，不加穿插，脱换虽多，主位不变者，如柳永《卜算子慢》下阕'脉脉人千里'。……二、虚实相生，正反互用，一挑一刷，开阖灵快者，如晁补之《水龙吟·次韵林圣予惜春》'问春何苦匆匆'。……三、将明本旨，先自矜持，故作腾拿，层层跌入者，如冯延巳《蝶恋花》'六曲阑干偎碧树'。……四、正言若反，欲愁不愁，忙

---

① 詹安泰《论章句——词学研究之四》，《中山大学学报》1981年第4期。收入《詹安泰词学论稿》，第71，76页。

里调情，似怨非怨者，如李清照《满庭芳》下阕'从来，知韵胜，难禁雨藉，不耐风揉'。……五、意有所属，语不专注，借人映己，映实于虚者，如苏轼《江城子》：'门外行人，立马看弓弯'，不说自己钟情，而说行人痴望；如辛弃疾《念奴娇·书东流村壁》：'楼空人去，旧游飞燕能说'，不云重来有人琴之感，而云'旧游飞燕能说'；又：'闻道绮陌东头，行人曾见，帘底纤纤月'，不谓前事涌现眼前，而谓'行人曾见'。……六、意直语曲，无露不缩，逆写倒装，弥见笔力者，如张先《醉垂鞭》'昨日乱山昏，来时衣上云'。"①

六、论修辞

詹安泰论词之修辞与作风，可分四派，曰拙质（白描）、曰雅丽（辞藻）、曰疏快（流利跳荡）、曰险涩（新僻）；其他词之修辞与方言名物、词之修辞与诗歌、词之修辞与散文，以至词之修辞诸现象，包括配置辞位（重叠式、蝉联式、回环式、排比式、回文式）、表现声态（呼应式、敲问式、告语式、开阖式、白描式、婉曲式）、增扩意境（拈连式、映衬式、譬喻式、铺张式、袭用式、双关式）、变化本质（替代式、化成式），各列若干辞格及举例。

七、论境界（原缺）②

过去本来以为詹安泰没有专文谈论词的境界，其后张福清

---

① 詹安泰《论意格——词学研究之五》，《暨南大学学报》1980年第3期。收入《詹安泰词学论稿》，第98—116页。

② "原缺"为詹安泰《词学研究》中未完成部分，现参考其他已发表的论文重建，下同。

发现了《词境新诠》及《论词心》二文，并"怀疑此文就是
詹安泰先生'论境界'的原稿"。① 《词境新诠》一文分为：
一、境界之形成；二、词的境界；三、境界之分析；四、论隔
与不隔，共四章。詹安泰论云："窃意境界之形成，第一为
'情趣'，第二为'表现'。假如以情趣属内，则表现属外；以
情趣为实感，则表现为形相。""故自其内在言之则为情趣，
自其形相言之则为表现。非表现则境界无由出，非情趣则境界
无由生。境界者，盖统所由生之情趣与所由出之表现而言者
也；故情趣与表现同为形成境界之要素。"又论词的境界云：
"举凡词境之完成，亦有三种必经之阶段。第一、感受：词人
写词，不问其为阅览景物时有所感触，抑枯坐时心波自动，抑
受情事映照而有所追忆，总必由'感受'作起点。第二、酝
造：将既得之感受持续而又加增与此有关之观感以使内蕴更为
深广也。第三、别择：酝造既富，于是不能不有所别择。别择
之标准，通常以联想所及者与初感受者是否适切以为断。"又
云："窃意词境之分析，不当在'有我'、'无我'或'同
物'、'超物'上着眼，当求其境界所由形成之故而细为区别。
括而为言，词人措境，可分两种：一为纯真之境；一为惝恍之
境。惝恍之境，复可分为两类：其一、暗示，言在此而意在
彼，作者不敢明言而又不得不言时用之。其二、虚摄，以所欲
表现之情景总摄而虚化之也。此种境界，有三种特有之作用：
1. 不粘着于一事一物，使读者可连类无穷。2. 不为时际所
限，使读者兴悠远之思。3. 浑括影像，使读者得揣摩言外之
旨。惟此种境界，最适切'意内言外'之旨，故高明之作家
每视为最高之境界而究心焉。"又综论王国维（1877—1927）
隔与不隔及朱光潜（1897—1986）之显隐说云："窃意王氏之

① 张福清《试论詹安泰先生的〈词境新诠〉》，参"纪念詹安泰先
生国际学术研讨会"论文，潮州：韩山师范学院，2010 年 12 月 20 日。

隔与不隔，正犹余所假定之惝恍之境与纯真之境。所不同者，王氏以为优劣之标准，而余则以为隔之境有优劣，不隔之境亦有优劣，隔与不隔系境界问题而非优劣问题耳。""是知文字上之浅明或艰涩，与境界之'显'或'隐'，'隔'与'不隔'，似难一律而论。以文字之能浅明，即认为境界之'不隔'；以文字之涉艰涩，即认为境界之'隔'，遂用以衡该词之优劣，似未免囿于一偏之见也。"① 在前贤的基础上析论词境的诸般形相，后出转精。

《论词心》析为五项：一、"婉约的"与"豪放的"；二、软性的美，女性的美；三、苦闷的，感伤的；四、恋爱的，追慕的；五、艺术的创造，不是实际的人生。结云："词人尚有一种矛盾的心理得在这儿附带说明的：即是对那越是渺茫的体会得越真切，要使人从真切中感到渺茫；越是真切的抒写得越渺茫，要使人从渺茫中感到真切，这就所谓'惝恍迷离之境'，所谓'可解不可解之间'。"② 关于词心词境的具体描述，拿捏得也很准确。

詹安泰早年有《无庵说词》78 则，其后删订为《读词偶记》47 则，而仅新增柳永词说 1 则而已。即以传统词话的形式说明词体的特点，评论唐宋名家词人和作品，往往都牵涉情景、意境的讨论，极像《人间词话》。兹举四则为例：

1. 令词最重情意。情深意厚，即平淡语亦能沉至动人。否则镂金错采无当也。

2. 写景言情，分之为二，合之则一。善言情者，但写景而情在其中；善写景者亦然，景中无情，感人必浅，其能摇荡

---

① 詹安泰《词境新诠》，《文教》1947 年第一卷第一期，第 99—110，98 页。

② 詹安泰《论词心》，《子曰丛刊》（上海：子曰社），1948 年第一期，第 36—38 页。

心魂者，即景亦情也。温飞卿之"江上柳如烟，雁飞残月天"、孙孟文之"片帆天际闪孤光"，冯正中之"细雨湿流光"，何尝不是景语，而情味浓至，使人低徊不尽。作令词固当会此，读令词亦当会此。唐五代人小词之不可及多在此等处，不独写情之拙重而已。

3. 突如其来，戛然而止，不粘不脱，若即若离，此词中甚高境界，应于气格神味中求之。

4. 词家有所谓"留"字诀者，亦非奇创。盖犹欧公所谓"拟歌先敛，欲笑还颦"耳。为欲"最断人肠"，故"先敛"，故"还颦"，不则尽可直笔写下，谁为拘管者？又安所用其"留"耶？"留"与"顿"有别，或以"留"为留下遥顶者，非是。①

以上四则分别提出情深意厚、情景交融、气格神味，以及"留"与"顿"有别诸说，都能带出深远的境界，逗人遐想。又詹安泰对于当代词坛的发展，亦希望创新意境，写出不同的品味。

---

① 詹安泰（署名祝南）《无盦说词》（78 则），《文学》第一期（广州：中山大学文学院院刊，1947 年 7 月）；收入张璋、职承让、张骅、张博宁编纂：《历代词话续编》（郑州：大象出版社，2005 年 11 月），第 1322—1330 页。又《读词偶记》（47 则），《文学遗产》第 145 期，1957 年 2 月 20 日，收入詹安泰：《宋词散论》（广州：广东人民出版社，1980 年 11 月），第 121—126 页。本文所引第 4 则"留字诀"似针对陈洵的词说有所发挥，《读词偶记》删去。陈洵《海绡说词》"贵留"云："词笔莫妙于留，盖能留则不尽而有馀味。离合顺逆，皆可随意指挥，而沉深浑厚，皆由此得。虽以稼轩之纵横，而不流于悍疾，则能留故也。"又"以留求梦窗"云："以涩求梦窗，不如以留求梦窗。见为涩者，以用事下语处求之。见为留者，以命意运笔中得之也。以涩求梦窗，即免于晦，亦不过极意研炼而密止矣，是学梦窗，适得草窗。以留求梦窗，则穷高极深，一步一境。沈伯时谓梦窗深得清真之妙，盖于此得之。"《词话丛编》第五册，第 4840—4841 页。

詹安泰《与刘伯端书》（其二）云："屡蒙见惠大作，清而不流，厚而不涩，浙、常之长，一炉共冶，曷胜叹慕。弟颇思别出生辣一路，由生辣以寻重拙大之义；而才力不胜，迄无所就，甚多愧也。或当再向苍质处走耳。"①

饶宗颐《詹无庵词集题辞》即认同生辣、苍质之说，论云："余读其早岁《蝶恋花》小令，拗折瘦劲中，极温馨丽密之致。虽以子野之发越，而骨力稍逊，未极高骞；小山之怨慕磊落，尚未能迥出慧心，开向上一途。揆君之意，似欲以盘空硬语，写窈窕绵邈之哀思。昔晁无咎谓'山谷小词固高妙，然实为著腔子唱好诗'。盖讥其以诗为词。君所作则绝无其诨亵之病，而清劲跌宕过之。"②

何耀光《鹪鹩巢诗、无盫词合集序》云："其词则初宗白石，继学梦窗，辛辣处殆过其诗。亦欲随古翁、述翁之后，安排椎凿，以力破馀地也与。"③ 可见詹安泰对传统词作力主情景融和的意境，而对当代的作品则向往生辣、苍质的词境，反映世相，变化面目。又饶宗颐、何耀光则分别指出詹词"清劲跌宕"、"力破馀地"的风格，境界自高。

八、论寄托

这是詹安泰的第一篇学术论文，赶在最后一期的《词学

---

① 詹安泰《与刘伯端书》（其二）撰于1949年10月11日，载刘景堂原著，黄坤尧编纂：《刘伯端沧海楼集》（香港：商务印书馆，2001年），第362页。

② 饶宗颐《詹无庵词集题辞》（代序），《詹安泰词学论集》，第1页。

③ 何耀光《鹪鹩巢诗、无盫词合集序》作于壬戌（1982）孟秋之月。收入《詹安泰纪念文集》（广州：广东人民出版社，1987年4月），第53页。

季刊》上发表，① 附于 30 年代词坛的大家名家之末，知名天下。此外，詹安泰《宋词研究》第五章《宋词的艺术形式》列出了第六节"寄托"撰写大纲：一、有寄托、无寄托的说法。二、寄托和时代环境的关系。三、寄托的本事。四、考明寄托和穿凿附会。五、其他。② 詹安泰《论寄托》指出：

> 自常州诸词老论词专重意格，叠言比兴，力崇词体，上媲风骚，以深美闳约为主，以醇厚沉着为归，阐发"意内言外"之旨。于是寄托之说，霞蔚云蒸，倚声之士，咸极重视。

> 故工于寄托者，其为词也，乃多惝恍迷离，不落言诠，令读者骤遇之，仿佛在耳目之前，深味之，乃觉有悠远之义，不易知其情之所由生与其意之所专指。

> 读词须先抉别其有无寄托；欲知其有无寄托，则须具知人论世之明。

> 有寄托之词，大抵体属比兴，而矢口直陈不与者，既无所用其假借，其盘郁于中者，举宣泄乎外，一望了然，固不关乎寄托也。

> 能于寄托中以求真情意，则词可当史读。

> 论词之不能蔑视寄托，斯固然矣；然一意以寄托说词，而不考明本事，则易失穿凿附会。

以上六段申明寄托说的源起、寄托深化词境、寄托与知人

① 詹安泰《论寄托》，《词学季刊》第三卷第三号（上海：开明书店，1936 年 9 月），第 11—25 页。
② 《詹安泰词学论稿》，第 414 页。

论世、寄托与比兴、寄托求真情意、寄托要避免穿凿附会。詹安泰从不同的角度阐释寄托的特质和功效，言之有物，惝恍迷离，从而也就提升鉴赏的境界了。

九、论起源（原缺）

詹安泰在《宋词研究》的《绪论》中指出"商业经济的繁荣，市民阶层的扩大，这是产生词的主要原因"。又在第二章《宋词的起源》中以详尽的篇幅专谈词的起源、敦煌曲、唐五代文人词等，牵涉词体发展的方方面面。[①]

十、论派别（原缺）

詹安泰《宋词研究》第六章《风格、流派及其承传关系》属之。首先析论敦煌曲，《花间集》温庭筠、韦庄、孙光宪鼎足而三，南唐冯延巳、李煜词，宋初晏殊、欧阳修、范仲淹、晏几道等诸家的词风。次论宋词八派：真率（自然、森秀、高浑），以柳永为代表；疏放（高旷、清雄、明丽），以苏轼为代表；婉约（和婉、清丽、清新），以秦观、李清照为代表；奇艳（冶艳、秾丽、奇丽），以张先、贺铸为代表；典丽（和雅、富艳、工巧、浑成），以周邦彦为代表；豪放，以辛弃疾为代表；骚雅（清空、精妙、清劲、清刚、疏宕），以姜夔为代表；密丽（险涩、破碎、险丽、秾挚），以吴文英为代表。[②] 又《宋词风格流派略谈》简约文字，明确地列出了真率明朗、高旷清雄、婉约清新、奇艳俊秀、典丽精工、豪迈奔

---

① 《詹安泰词学论稿》，第 209，228—292 页。
② 《詹安泰词学论稿》，第 415—451 页。

放、骚雅清劲、密丽险涩八派，各派的代表词人同上所述。①

詹安泰 20 世纪五六十年代撰《温词管窥》、《李煜和他的词》、《冯延巳词的艺术风格》、《孙光宪词的艺术风格》、《简论晏欧词的艺术风格》、《清新含蓄》（晏殊词）、《谈范仲淹的两首词》、《谈柳永的〈雨霖铃〉》、《略谈苏轼的〈念奴娇〉》九篇，② 都是具体谈论作家作品风格以及鉴赏的问题，可以参看。

十一、论批评（原缺）

詹安泰《宋词研究》第七章《理论批评》，包括论词专著及专篇、词话等，只列大纲。附录《姜词集评》，辑录文献中的评语。③ 又参《刘熙载论词品及苏、辛词——词论札记》，詹安泰评云："说值得重视，并不等于是全盘肯定。刘熙载的词的三品论和苏、辛的看法，缺点还是存在的。"共有四项：

第一，他以"元分人物"为最上的提法，就使人难以捉摸。④（带有神秘色彩）

第二，三品论作为指导创作的思想，是一种革新；但作为一种批评原则，则未免简单化。（贬抑非苏辛派的作品）

第三，以人品判别词品，也只能说在思想倾向上大致有其一致性，不能看成绝对化。（有时前后判若两人）

---

① 詹安泰《宋词风格流派略谈》（上、下），香港：《大公报·艺林》1965 年 2 月 20，27 日。收入《宋词散论》，第 52—50 页。

② 《宋词散论》，第 138—217 页。

③ 《詹安泰词学论稿》，第 452—453，457—474 页。

④ 刘熙载《艺概》云："'没些儿嫛姗（珊）勃窣，也不是、峥嵘突兀。管做彻元分人物。'此陈同甫《三部乐》词也。余欲借其语以判词品。词以'元分人物'为最上；'峥嵘突兀'犹不失为奇杰；'嫛姗勃窣'则沦于侧媚矣。"《词话丛编》第四册，第 3710 页。

第四，就初期的文人词看，写风花雪月，写儿女私情，写生活细节，写一时感触，很少接触到有关国计民生或其他具有社会意义的问题。（艳科小道，怎样评价）

结语云："我认为要以人品判别词品，还应该附带一些必要的补充说明，是不能过于简单化或者绝对化的。"① 詹安泰揭出刘熙载三品论明显的缺陷，思考细密，批评中肯，极有见地。

十二、论编纂（原缺）

詹安泰《宋词研究》第三章《宋词的作家作品》列出专集二百八十目；总集则有毛晋（1599—1659）《宋六十名家词》、侯文灿（1647—1711）《十名家词集》、王鹏运（1848—1904）《四印斋所刻词》、《宋元三十一家词》、江标（1860—1899）《宋元名家词》、吴昌绶《双照楼景刊宋元本词》、陶湘（1871—1940）《续刊景宋金元明本词》、朱祖谋（1857—1931）《彊村丛书》、赵万里（1905—1980）《校辑宋金元人词》、周泳先《唐宋金元词钩沉》、唐圭璋《全宋词》等；选本介绍宋人选录宋词，有曾慥（？—1155?）《乐府雅词》、黄升《花庵唐宋诸贤绝妙词选》、《中兴以来绝妙词选》、周密（1232—1298）《绝妙好词》、赵闻礼《阳春白雪》、何士信《增修笺注妙选草堂诗馀》、武陵逸史《类编草堂诗馀》六种，有所评述；注本介绍宋人注宋词的，尚存傅幹《注坡词》、胡稚笺注《无住词》、陈元龙注《片玉集》三种，其他已佚的五种。② 参看《从宋人的五部词选中所看到的一些问题》，专论

① 詹安泰《刘熙载论词品及苏、辛词——词论札记》，《文学评论》第三辑，1979 年；收入《宋词散论》，第 99—120 页。
② 《詹安泰词学论稿》，第 293—315 页。

《乐府雅词》、《花庵唐宋诸贤绝妙词选》、《中兴以来绝妙词选》、《阳春白雪》、《绝妙好词》五种，指出"从中窥见宋词发展的过程和不同流派的宗尚"、"从这些选本所标志的宋词发展的阶段看，无疑以黄升的选本为最有价值"，"而这个选本却无任何人替它笺注过"。① 至于詹安泰整理的词籍，则有《李璟李煜词》、《花外集笺注》两种，② 兼重批评和鉴赏，考证翔实，表现艺术的采光，亦为典范之作。

以上析论詹安泰《词学研究》十二讲的课题，其实也就重建詹安泰的词学体系，全面建构 20 世纪的词学工程，内容广博，富赡精工。综合来说则可以析为体制、命笔、意境、文献整理四大部分。

体制部分定位于音乐文艺、流行歌词，抉发词体声韵、音律、调谱的特质，自然有其独特的表现形式，呈现本色，尤重于艺术规范，不同于其他文体。

命笔部分包括章句、意格、修辞三项，主要表现词体的语言技巧及组织结构，其中意格一项尤为重要。意格表现词体的阵容态势、精神气貌，也就是构思的具体呈现，这要比声律体制的要求更高了。在 1948 年时代变幻、世局交替的重要时刻，龙榆生《近三百年名家词选·后记》论云：

> 唐宋人词，以协律为主，其所依声谱为寻常坊曲所共肆习，文人寄兴，酒边命笔，红牙铁板，固可一一按拍而歌也。宋南渡后，大晟遗谱，荡为飞灰，名妓才人，流离

---

① 詹安泰《从宋人的五部词选中所看到的一些问题》，《文学遗产》第 447 期，1963 年 1 月 13 日；收入《宋词散论》，第 44—51 页。

② 詹安泰编注：《李璟李煜词》（北京：人民文学出版社，1958 年 3 月）。詹安泰笺注，蔡起贤整理：《花外集笺注》（广州：广东人民出版社，1995 年 12 月），书前有 1936 年的自序，初稿完成已久，时隔六十年后始能出版。

转徙，北曲兴而词渐为士大夫家所独赏，一时豪俊如范成大、张镃之属，并家畜声伎，或别创新声，若姜夔之自度曲，其尤著者也。嗣是歌词日趋于典雅，乃渐与民间流行之乐曲背道而驰，骎衍为长短不葺之诗，而益相高于辞采意格，所谓"词至南宋而遂深"，实由于是。……夫所谓意格，恒视作者之性情襟抱，与其身世之感，以为转移。三百年来，屡经剧变，文坛豪杰之士，所有幽忧愤悱缠绵芳洁之情，不能无所寄托，乃复取沉晦已久之词体，而习相用之，风气既开，兹学遂呈中兴之象。①

龙榆生面对世局的剧变，白云苍狗，很多美好的事物都在迅速地消解当中，词体成为生活中仅馀的寄托，而意格的悬念也就更是充满悲情了。詹安泰的处境跟龙榆生有点相似，除了执着心中的一番痴想之外，他对现实也是完全无力反抗的。意格说其实都反映了他们心中深刻的构想，即幽忧愤悱缠绵芳洁之情，尊重词体的生命，在词学体系的建构中自然占有重要的地位了。

意境部分主要有境界、寄托两项，而这更是近代词学的核心价值所在，从常州派张惠言（1761—1802）、周济（1781—1839）到王鹏运、况周颐（1861—1926）、王国维等，各有深刻的论述。杨柏岭《晚清民初词学思想建构》亦云：

"重拙大"乃是王鹏运、况周颐对"词格"的一种解读和丰富。况周颐曾明确用"体格"、"气格"等范畴限定这类术语，赵尊岳也明确提出况周颐"其论词格曰宜重拙大"等。尽管，况周颐也使用过诸如词心、词境等

① 龙榆生编选：《近三百年名家词选》（上海：上海古籍出版社，1982年6月），第225页。

术语，但比较而言他更为看重词格这个层面。可以说，像"穆"、"顽"及"深静"等词体品格，既是"重拙大"的补充，也是"重拙大"的发展。……其中始终贯穿一个词学思想，这就是"浑成"二字。……他在《宋词三百首序》里有过明晰的总结："词学极盛于两宋。读宋人词当于体格、神致间求之，而体格尤重于神致。以浑成之一境为学人必赴之程境，更有进于浑成者，要非可躐而至，此关系学力者也。"①

词家对意境和寄托都有不同的追求，可见由重拙大，以至体格、神致、浑成，都是意境和寄托的具体呈现，所谓生辣与苍质，亦复如是，而詹安泰自然更有他所独特向往的境界了。

文献整理部分包括起源、派别、批评、编纂各项，代表很多不同的工作范畴，有待努力，而且还可以因应学者不同的才性和兴趣，各有所尚。詹安泰崛起于 20 世纪 30 年代的词坛，承先启后，兼具词人与学者的双重身份，并全面建构当代的词学体系，着重整体表现，融会贯通，全情投入，推动整个 20 世纪词学工程的前进，厥功至伟，贡献良多。

---

① 杨柏岭《晚清民初词学思想建构》（合肥：安徽大学出版社，2004 年 9 月），第 348—349 页。

第二编　香港诗词综览

《全粤诗》 与近代香港

——近代香港对粤诗发展的影响

　　广东僻处岭南，面向海洋，侨乡众多，中西交往频繁，因此形成了独具韵味的岭南文化。自鸦片战争以后，复经太平天国以至辛亥革命等，粤人往往更走在风气之先，或倡言革命，或建议保皇，人才辈出，改朝换代，轰轰烈烈，气壮山河，影响近代历史的发展至巨。广东通行粤语、潮语、客语三种方言，与普通话的差异很大，既远绍古代汉语风神，亦各具本身的方言特色。至于生活习俗、音乐戏曲、饮食文化、游艺玩乐等，更多与中原异趣。因此反映于岭南诗风，雄奇博健，清丽深婉，雅俗共赏，风采迷人；近代诗人大家名家之多，亦足以争霸中原，构成独具一格的岭南诗风。

　　香港岛在鸦片战争后被英军侵占，再经由《南京条约》割让给英国，香港近代史的起点刚好就是中国近代文学的起点。《全粤诗》近代部分的编纂和研究，可以反映近代岭南地区及省港澳的诗学精粹，表现广东独特的文化面貌；同时更可以整理大量被忽视的文献资料，包括岭南诗歌丰富的纪事咏史及文化采色、岭南文学独有的艺术风貌、粤语方言活泼多姿的语汇句式、中西文化的交流经验，以至诗歌流派的比较等，通过大量的作品加以印证，可能就会得出很多意想不到的新知和创获。因此，《全粤诗》近代部分编纂完成之后，我们深信：一、加强一般人对粤诗的认识；二、有利于大家对中国文学视野的开拓；三、加深对近代中国的社会发展、民主政治、科技文化，以至商贸经济的认识；四、加强了解香港、澳门同胞及海外华人山水相依、荣辱与共的民族情缘。此外更可与《全粤诗》古代部分的科研项目连为一体，古今相接，相互支援及深化彼此的研究工作，予人重新认识广东，认识港澳，认识近代史，认识近代社会的机会，提高整体的文化品位和艺术旨趣，琳琅满目，眼界一新。

近代粤诗，在岭南诗史乃至在全国诗坛上都取得辉煌的成就。究其原因，主要是跟岭南的特殊地理位置及环境有关。岭南地区濒海，早就与世界各国有来往，进行经济贸易，并建成庞大的通商口岸，同时也是国内经济发展较快的地区，率先与西方展开文化交流、思想接触，深受西方经济文化的冲击，直接影响了岭南诗人的思想、行为和创作，发展成为社会变革的重要舞台，这些都在粤诗中得到真实的、具体的反映。例如鸦片战争在广东首先爆发，张维屏是较早地以诗歌反映抗英斗争的诗人，其诗格调高昂，正气凛然，同仇敌忾，可以说是中国近代诗史的第一人。同时尚有黄培芳、彭泰来、徐荣（驻广州汉军正黄旗人）、冯询、梁廷枏、谭莹、何玉成、陈璞、何仁山、梁信芳等，均以诗歌代刀枪，谴责英国等以鸦片荼毒中国，声讨其侵略之暴行，支援军民对外的抗争，讽刺清廷官吏的怯懦无能。以上诸家出生年代稍前，编入《全粤诗》的清代部分，也就不必重录于近代部分了。①太平天国时期，广东直接受到战火的洗礼，此时诗歌多伤乱忧世，沉郁顿挫，更能表现粤诗传统的雄直风格。

---

① 中国近代文学一般都以龚自珍（1792—1841）作起点，因为龚氏卒于鸦片战争之后，可以算作近代；而周济（1781—1839）卒于1840年之前，自然列入清代了。《全粤诗》所定标准不同，黄培芳、张维屏等诸家卒于1840年之后，比龚自珍晚多了，但仍然归入清代。

广东是清末变革思潮及维新运动的发源地，黄遵宪、康有为、梁启超三家同是甚享盛名的诗人，主张诗界革命，更造新声。其他张荫桓、何如璋、郑观应、胡曦、谭宗浚、潘飞声、邱逢甲、丁惠康、麦孟华、邓方等分别从不同的角度刻画社会历史的状况。至于学者诗人简朝亮、陶邵学、何藻翔等，倡经世之学以救国，诗作伤时忧世，在艺术上也很有成就。

广东主张策划革命、推翻清朝者亦多，例如陈融、廖仲恺、胡汉民、叶恭绰、汪兆铭、陈树人、朱执信、李仙根等，活跃于民国以后的政坛，诗名卓著，影响尤大。

至于继承传统诗风方面，则有梁鼎芬、曾习经、罗惇曧、黄节四家，他们可以说是"同光体"粤派的领袖人物，他们长期在北方活动，称为岭南近代四大家，并以清苍幽峭、深婉幽秀的诗风，与闽赣诗派，鼎足而立。而南社诗人亦有黄节、邓实、蔡守、苏曼殊等，兼融唐宋，文采风流，当然也是近代诗坛的名家了。

早期的香港文人，大抵以外来文士为主，例如王韬、潘飞声、胡礼垣、黄世仲等，多在报刊发表政论、小说，或宣扬新政，或推动革命，深为时重。他们亦多从事诗歌创作，虽然不尽是广东或香港作家，但他们的作品自亦可视为香港文学的重要组成部分。辛亥革命以后，民国肇造，很多清朝的遗民避居港澳，例如姚筠、吴道镕、陈伯陶、苏泽东、林鹤年、①张其淦、梁洤、丁仁长、罗濂、②汪兆镛、伍铨萃、张学华、何藻翔、赖际熙、桂坫、黄佛颐等，感时伤事，皆有诗作传世。他们多有个人的诗集传世，其馀则见于1916年的《宋台秋唱》。

此外英人宝庇舰长夏德，亦有《别青山寺诗》五律四首寄住持僧显奇和尚，可见文化交流之盛。诗云：

> 别矣青山寺，平和系我思。
> 空谷寄禅悦，深山绝尘缁。
> 清泉流汩汩，绿树影依依。
> 田园村落绕，皆仰佛扶持。

---

① 广东近代诗坛有两位林鹤年，其一林鹤年（1858—1924），字朴山，茂名人。入读广雅书院，师从名儒梁鼎芬、廖廷相（南海，1842—1897）等。后任梅坡书院院长及两广优级师范学堂教习。辛亥后壮游北地，归粤后以地方不靖，避居澳门，亦是清朝之遗老。著《居思草堂诗钞》、《文钞》、《四库全书表文笺释》、《读礼要义》、《毛郑异诂》、《东北游行日记》、《居思课馀录》等。参章文钦笺注：《澳门诗词笺注》（民国卷上）（澳门：澳门特别行政区政府文化局，珠海：珠海出版社，2003年9月），第244页。方宽烈：《澳门当代诗词纪事》（澳门：澳门基金会，1996年3月），第473页。其二林鹤年（1879—1938），字寿荃，惠来人。余祖明云："光绪茂才。民国任本邑县长，有政声。著《鹤庐诗文集》。"参《广东历代诗钞》（香港：能仁书院丛书，1980年1月），卷八，第779页。

② 罗香林云："罗濂别字濂庵，顺德人。清季尝橐笔北走汴燕，无所就。入民国，居港授徒，阅九年乃去。所著《勺庵诗文集》，多在港所作，怀古诸古体如《游九龙宋王台》、《谒九龙侯王庙》等篇，皆可诵。惟其诗终以五律为胜。如《坐汽车匝游港山》云……又如《约游青山，将到急水门，阻风不渡，至清水湾看海浴》云……皆能曲状香港景物，诗亦清新可喜。"注云："见罗濂著《勺庵文集》所载《勺庵小传》（自传）。"《香港与中西文化之交流》（香港：中国学社，1961年2月），第205，219页。

别矣青山寺，静默随予躯。

心神起万象，体态绝尘污。

市井伤离乱，深山面浮屠。

忱恐浑忘却，助我惟真如。

别矣青山寺，警惕刻我衷。

修得心是狱，悟却色皆空。

逢逢忆暮鼓，袅袅念晨钟。

妒恨悉捐尽，凡众涤愚蒙。

别矣青山寺，仁慈泱我躬。

佛力弥天广，群辜匝地泅。

皈依三宝训，超脱万劫烽。

谁得受持者，西天乐无穷。①

　　五四运动以后，1923 年，赖际熙、俞叔文（1874—1959）、李海东（1891—1973）等设立学海书楼，专以藏书及讲学为主，保存国粹，邀请清季的翰苑名流主讲，主要有陈伯陶、赖际熙、朱汝珍（清远，1869—1942）、区大原（南海，1869—1945）、岑光樾（顺德，1876—1960）、区大典（南海，1877—1937）、温肃（顺德，1879—1939）七位前清太史，均名重一时，风气渐开，迄今不绝，现在每周还有市民定时听课，充实知识，可以说是香港文化的中流砥柱。1925 年，金文泰（Sir Cicel Clementi，1875—1947）任港督，雅好汉文。

---

　　① 夏德诸诗大约作于 1927 年之前。罗香林云："夏德信奉佛教，长于中国文学，书法亦佳，尝奉公率舰至港，闻新界青山有禅院之胜，因往参佛。食素食，衣法衣，随诸僧侣上堂诵经，住一星期，撰《别青山寺诗》四首。归英后，书寄住持僧显奇和尚，词意敦懿，洵佳构也。"注云："见林大魁编著《青山禅院大观》显奇与夏德摄相题记及附录。"《香港与中西文化之交流》，第 206，219 页。

1927年，香港大学创设中文系，赖际熙为首任院长，即以经史子集及古文词章教导学生，专研国学，沟通中西，培育人才，尤足以抗衡五四以后的白话文运动，重整学术，文明日新，而汉学基础亦日趋稳固，甚至更向多方面发展了。当时主导香港诗风者尚有陈步墀（饶平，1870—1934）的绣诗楼，尝编刊《绣诗楼丛书》三十六种，多在香港出版。又刘景堂（番禺，1887—1963）沧海楼虽以词著名，但一门三世，先后也出了刘子平（1884—1970）、刘景堂、刘叔庄（1894—1952）、刘德爵（1909—1990）四位诗人，皆有诗集传世，水平亦高，更是香港20世纪百年文学的骄人成就。廖恩焘（归善，1865—1954）《嬉笑集》现存甲子本（1924）、己丑本（1949）两种，内容不同，惟同以粤方语写古典的七律，推陈出新，创作方言文学，亦具特色。同时江孔殷（南海，1865—1950）、邓尔雅（东莞，1884—1952）等，移根港岛，风雅相承，后来都是香港著名的诗人了。

至于澳门的情况也值得注意。葡萄牙人约于1553年开始租住澳门，但地域狭小，本土文风不盛。明清以来，汤显祖（1550—1616）、张穆（1607—1686?）、屈大均（1630—1696）、僧迹删（1637—1722）、印光任、刘世重（?—1702）、李珠光、李遐龄（1766—1823）、蔡显原、钟启韶（1771—1823）、魏源（1794—1857）、何绍基（1799—1874）、谭莹（1800—1871）、潘仕成（1800—1873）、鲍俊、罗蕙屏、刘熽芬、康有为（1858—1927）、邱逢甲（1864—1912）等都有来往澳门的诗作传世，但多属过客身份，不好算作澳门诗人。其中吴历（江苏常熟，1632—1718）学道三巴寺，著《墨井诗钞》、《三馀集》、《三巴集》，自是澳门早期重要的诗歌史料。梁乔汉（顺德，1851—?）尝于1900年在澳门设馆讲学，著《镜湖杂咏》五十首。郑观应（香山，1842—1921）

所建郑家大宅尚存，著《罗浮倚鹤山人诗草》、《罗浮倚鹤山房谈玄诗草》、《倚鹤山人晚年纪念诗》。又汪兆镛、张学华等长期寓居澳门，促进当地的文化教育，贡献亦大，当然都是澳门诗人了。此外，20世纪20年代冯秋雪（1892—1969）、冯印雪（1893—1964）、刘君卉（1892—1976）等创办雪社；《雪社》第一集在1925年出版、第二至六集合刊在1926年出版，作者尚有黄沛功、梁彦明（1885—1942）、周佩贤、赵连城（1891—1962）等。战时来澳避难的文人更多，可以择要甄录。例如廖平子（顺德，1882—1943）尝自编诗刊《淹留》四十期、《天风》十四期，每期亲自缮写十五册，订装求售，收回笔润十元，以维升斗，虽然时间不长，却深具传奇色彩。1944年5月21日，业馀文社在天真茶楼举行第一次聚会，与会者郑谷诒（1865—1960）、伍权公、朱子勉、崔凤朋、林荫民、李仲予、吴弼臣、张楚楠、李仲明、潘学增（1899—1992）等，每月雅集一次，出版社刊五十期。1946年结束。他如李供林（1878—1979）、李星阶（1868—1956）、欧祥光、胡景石（1898—1987）等亦多参与香港诗社的活动，可以辑录，搜罗遗佚。港澳一衣带水，诗人来往频密，身份不容易确定。如果一并算入，包含面可能更广泛、更具代表性了。

《全粤诗》的编纂原定以辛亥革命为下限，很多晚清遗老的作品不能录入，甚为可惜。此外，香港、澳门自开埠以来，文化发展与广东不尽相同，深具地方色彩，且有很多外省诗人移居港澳，自亦可以视作港澳地区的作品，那也是《全粤诗》所不能包容的。因此，港澳作品似可另辟专区，既可视作《全粤诗》的延续部分，同时亦可自成一区。不过，很多时候诗人游走于省港澳之间，有时地域的身份并不容易确定，有待学者指正。

《全粤诗》标榜一个"全"字，但"全"是不可能的。

由于文献散佚，有些诗甚么时候冒出来都不知道，加上全国的报纸杂志资料又多，诗作诗话层出不穷，甚至成批地涌现，自成体系，辑录不易，也是不能掉以轻心的。苏轼说"此事古难全"，我们深有同感。因此，"全"只是一个长远的目标，也是大家努力的方向，现在只能说是奠基而已。千里之行，始于足下，希望经过若干世代的努力，我们可以刻意求"全"。

《全粤诗》近代部分收录诗作，大抵是按时间先后顺序汇编，选择有价值的岭南诗集，加以校点。近代时期比较短暂，前期多与清代重叠，后期则与民国并世，有时很难划分清楚。因此，我们订出诗人的生年上限：1835 年之后，1885 年之前；卒年下限：1900 年在世，1949 年或稍后止，享高寿者跨越几代，只能列作个案考虑。《全粤诗》收录原籍岭南的诗人，也兼收个别原籍外省而出生于岭南，或生平主要活动于岭南及落籍岭南这三类诗人的作品。

《全粤诗》以诗为主，不收序跋传状、题咏后记等。但近代部分以诗集为主，考虑到诗集的完整性，保留原来的参考资料，因此会将序跋传状、题咏后记等附录于后。

香港近代诗词的人文景观

——综述香港近代诗词发展和诗坛面貌

诗词，也就是一种传统的文艺形式，在香港的主流文化中，绝不起眼，毫不发达，看起来更完全没有地位。不过，在固有的传统文化之中，诗词仍然有很多支持者。因此，诗词在现代社会中仍然有她所独具的魅力，构成小众的文艺，进而提升个人的文化素养、审美能力，增进智识，以至对提高语文能力，都大有帮助。人文化成的意义，在于潜移默化，移风易俗，渐渐显出功效。香港开埠初期人口不多，只有五六千人，以渔民为主，文化不彰。其后逐步踏入世界的舞台，打造出著名的金融中心，构成东西文化交流的中心，虽说是时世使然，恰逢航海时代的来临，得天独厚，其实也是人才汇聚的必然结果。

自1840年以来，中国战乱频仍，由鸦片战争、太平天国、戊戌政变、辛亥革命、北伐战争、抗日战争，以至国共内战等，每一次人事及制度上的改变，都会牵涉香港，带来新一批的移民及资金，造就香港不断的繁荣，在绝境中创造奇迹。香港的诗词也是在这种种的变局和机遇中壮大，香港没有甚么杰出的本土文化，一切都是从外地移植过来的，甚至连通行的粤语、英语、普通话等也是这样，大家习用而不自知，通过海内外民族的融合，渐渐也就创出自我的个性和文化特色了。香港的诗词汇聚来自全国各地的人才，经历几个不同的时代，亦因此而赖以壮大。香港诗词相对于本地多元活泼的流行文化来说，虽然薄弱，但比较其他地区来说，仍然人才辈出，表现卓越，具有丰富多姿的人文景观，成就显赫。

香港诗坛的分期

近代香港诗坛大约经历了三个时代：清末民初、五四运动与抗日战争、战后的本土建设及文明重建，前后跨度各占三十年左右，可以分别表现出不同时期的世局变化和文学生态。

一、清末民初

香港诗坛长期以来都是由外来文人结合本地文人所带动的，初期主要是以报界和商界为主，有王韬（1828—1897）、胡礼垣（1847—1916）、潘飞声（1858—1934）、陈步墀（1870—1934）四家。文人办报的健笔很多，鼓吹新政，解放思想，诗词乃馀事矣。王韬1862年抵港，1874年创办《循环日报》，逐渐揭开香港诗坛的序幕。胡礼垣十岁来到香港，并在香港大书院（即中央书院、皇仁书院）毕业，1885年创办《粤报》，倾向维新思想。潘飞声1894年来港任《香港华字日报》编辑，1900年创办《实报》，刊登了很多诗词作品，文采风流，影响最大。陈步墀乃商界代表，科场失意之后，1905年由潮州来港，协助父兄打理乾泰隆的米业生意。1908年广东水灾，陈步墀以《救命词》三十首刊于《实报》，呼吁赈灾，字字血泪，感动人心，一举成名。陈步墀除了出版个人的诗词八集之外，还编成《绣诗楼丛书》三十六种，这是香港出版的第一套丛书，保留了大量清末民初的名流墨宝及文化史料，价值巨大。以上四人都是晚清的香港诗人，各有诗集传世。其中王韬《蘅华馆诗录》保留了近代中、日诗人交往唱和的众多作品；胡礼垣宣扬维新思想，潘飞声《在山泉诗话》则评论清末的诗坛，人物繁多；陈步墀

《绣诗楼诗》各集的序跋题辞唱和中更展现了早期香港诗坛广泛的交游网络，各有所成。

　　辛亥革命，民国肇建，香港诗坛成了遗老的天下。陈伯陶（1855—1930）隐居九龙城，潜心著述，表现故国之思。1916年9月17日以祀宋末遗民赵秋晓生日为题，写诗填词，有吴道镕（1853—1936）、张学华（1863—1951）、汪兆镛（1861—1939）、黄佛颐（1886—1946）等十一人，怆念时艰，悲怀身世，孤臣孽子，蝉鸣鹃泣。其后参与唱和者有丁仁长（1861—1926）、张其淦（1859—1946）、何翙高（1865—1930）、黄日坡（1855—1929）、苏泽东（1858—1928）、赖际熙（1865—1937）、李景康（1889—1960）、梁洎（1861—1918）等，编成《宋台秋唱》一书，①前后参与唱和者三十五人，家喻户晓，脍炙人口，而宋王台几乎更成了香港人在异族统治下感怀故国的精神象征，不断地在香港诗词中出现。又黎国廉（1874—1950）、刘景堂（1887—1963）均于辛亥革命前夕来港定居，深负词名，对促进香港词坛的发展，贡献亦大，与潘飞声、陈步墀可以合称为早期的香港"四大词人"。

二、五四运动与抗日战争

　　1919年五四运动以后，白话代兴，但香港文人负隅顽抗，不肯轻易放弃文言写作，而诗词逐渐兴起，诗人亦多，香港反而成了保存传统文化的基地。赖际熙任香港大学中文讲席，②为了弘扬国粹，挽救沉溺的人心，乃于1923年与洪兴锦

---

①　苏泽东编：《宋台秋唱》（香港，1917年初刻；1979年重刊）。
②　香港大学创设于1911年，翌年增设文科，并聘赖际熙、区大典二太史，讲授中文经史。参罗香林：《香港与中西文化之交流》（香港：中国学社，1961年2月），第223页。

（1883—1937）、俞叔文、李海东等创设学海书楼，聚书讲学。
1927 年任香港大学中文学院首任院长，以教授传统国学经史
子集及古文辞章为本，育才甚众。温肃（1878—1939）忠于
清室，奔走南北，除了在学海书楼讲学之外，1929 年至 1931
年在香港大学任教哲学、文词两科，亦负诗名。

　　黄伟伯（1872—1955）经商之馀，历游南北，1927 年来
港定居，筑负暄山馆于九龙塘，经营地产，流连文酒，提倡吟
咏，著述亦多。其他如陈竞堂（1864?—?)、①江孔殷
（1864—1951）、俞叔文、叶佩瑜（1875—1952）、何恭第
（1879—1941）、李景康、陈君葆（1898—1982）各家亦各有专
集传世。当时的诗社活动也很蓬勃，战前有正声吟社（1931—
1932）、②蟾圆社（1936—1937）、千春社（1939—1941）③等。

---

　　①　陈竞堂，字贷粟，广东宝安人。1910 年任元朗讲席，1922 年退
休，获享政府长俸。著《克念堂诗稿》、《诗鸣阁唱和集》、《贷粟轩稿》
二卷（香港：香远印务局，1924 年），集中有和陈伯陶、苏泽东《游宋
王台两首》、《宋王台一首》及其他香港诗，尤多写元朗及蚝田风光。
　　②　参《正声吟社诗钟集》（香港，1932 年）。陈谦《海隅诗话》
云："正声吟社是寓港的文人随意组合，未有在港府注册，亦不收月费，
杂用开支统由黄伟伯一人负担。每次雅集后，佳卷送《华字日报》刊
登。"载《香港旧事见闻录》（广州：广东人民出版社，1989 年 8 月），
第四十六章，第 344 页。
　　③　卢湘父《千岁宴十周年纪念大会开会词》云："回忆己卯年
（1939），朱汝珍、江霞公两太史，倡诗社于孔教学院，星房虚昴，则叙
会而敲诗钟。维时如黎季裴、郑洪年、叶恭绰、李景康、杨铁夫、叶茗
孙等，皆一时名士。而湘父与俞叔文，亦在其列，合计千馀岁，因号曰
千春诗社。"参《香海千岁宴耆年录》（香港，1965 年），第 47 页。又
参 1941 年，黄咏雩《千春社席上赋呈朱聘三、江兰斋、卢衮裳、卢湘
父、俞叔文、黎季裴、杨铁夫、胡伯孝、郑韶觉、叶遐庵、黄慈博、陈
觉是、卢岳生、李凤坡诸子》一诗，载《天蠁楼诗文集》（广州：花城
出版社，1999 年 7 月），上册，第 275 页。

战时短期来港避难的诗人很多，例如杨圻（1875—1941）、①叶恭绰（1881—1968）、吕碧城（1883—1943）、柳亚子（1887—1958）诸家，人物往还，为香港诗坛注入了新元素，自然也有很大的刺激作用了。此外，当时的报纸杂志很多，例如《天文台》（半周评论）、②《大风》（旬刊）③等都兼载大量居港或旅港文人的诗词作品。可惜未几香港沦陷，大批的文化人先后逃离魔掌，风流云散，万马齐喑，一切又渐趋沉寂了。

三、战后的本土建设及文明重建

1941 年香港沦陷以后，黄伟伯、谢焜彝（1877—1958）等在围城中筹组天风社（1944—1945），④1945 年复与伍宪子（1881—1959）、冯渐逵（1887—1966）组硕果社。50 年代以后由何直孟（1886？—1968）、吴肇钟（1896—1967）、韦汪瀚（1897—1972）、许菊初（1901—1976）主持。1947 年至1966 年间，出版《硕果社》九集，录得诗人七十三家，其中很多都没有专集传世，只能靠诗刊保存作品。硕果社诸子以顺

① 参程中山《杨云史香港时期（1938—1941）诗文纪事及其集外佚诗辑录》，载《中国文化研究所学报》（香港：香港中文大学中国文化研究所，2006 年），第四十六期，第393—432 页。
② 《天文台》由陈孝威（1892—1974）在 1936 年11 月创办，1949年4 月停刊。1950 年10 月9 日在香港复刊，1973 年停刊。
③ 《大风》由宇宙风社、逸经社同人合办，社长简又文（1896—1979）、副社长林语堂（1895—1976），编辑陶亢德（1908—1983）、陆丹林（1896—1972）。1938 年3 月5 日创刊。
④ 谢焜彝《序》（《硕果诗社》第三集）云："回溯十五年来，初结蟾圆社，甫及二十八会而声沉。再组天风社，又仅一十六期而云散。"参《硕果社》第三集（香港，1951 年）。又参冯渐逵《春日宴天风吟社》，载《冯渐逵诗存》（香港，1966 年），第 16 页。案此诗编于乙酉年，即 1945 年。

德籍作家为多，雄霸香港诗坛二十馀年，是香港最具影响力的诗社。

战后香港诗坛一片兴旺，名家辈出，加上国共内战，1949年以后逃港者尤多，香港诗坛几乎都成了"右派"的天下了。而诗社更如雨后春笋般涌现，此起彼落，十分热闹。著名者有业馀文社（1946—1950）、健社（1951—2000）、青社（1952）、风社（1954—1969）、春秋诗社（1957—1976）、披荆文会（1958—1990）、瀹社（1959—1964）、旅港清游会、南薰诗社（1977—1979）、锦山文社（1972—1991）、鸿社（1973—1980）、愉社（1974—1998）。而词社则有坚社（1950—1955）、海声词社（1963—1984）、芳洲社（1967—1968）、岁寒词社（1969）、乙卯词社（1975—1976）等，可以代表不同的文学群体，其中很多诗人、词人以至书家画人等都是相互往还的，名单重叠的很多。他们纯是依兴趣结社，自由组合，易聚易散，通过写作和吟唱，出版刊物，浪荡江湖之中，自然也就起促进诗艺的作用了。其他以诗刊作联系的，尚有《变风集》（何古愚辑，1950）、《鸡鸣集》（1951）、《现代诗钞初集》二卷（李景康编，1955）、《现代诗选》第一集（1956）、《亚洲诗坛》（郭亦园编，1963—1980）、《网珠集》（郭亦园编，1964）、《网珠续集》（郭亦园编，1969）等，这些诗刊总集网罗作者极多，除了港澳台之外，还远及亚洲菲、越、泰、北婆、星马、印尼诸邦，以至英、美、墨、加各地华人，颇有古诗人采风之义，在抒发时代的悲情之外，回望故国河山，同时也兼带文明重建的积极意义了。诸书且有互补的作用，总计可得三四百人，不过其中有些不是香港的本地作家，用者宜有所区别。此外《联大文学》、《岁华》、《绿水青山尽是诗》三书也选录了香港中文大学师生的诗词作品，或亦可供补遗之用。①

战后来港的诗人、词人以学者为多，任教于大专院校，有伍俶（1897—1966）、郑水心（1900—1975）、曾克耑（1900—1975）、陈荆鸿（1902—1993）、熊润桐（1903—1974）、曾希颖（1903—1985）、何敬群（1903—1994）、王韶生（1903—1998）、梁简能（1907—1991）、王淑陶（1906—1991）、陈湛铨（1916—1986）、吴天任（1916—1992）、饶宗颐（1917—2018）、罗慷烈（1918—2009）、苏文擢（1922—1997）等。其他名家有廖恩焘（1864—1954）、李家煌（1898—1963）、张叔平（1898—1982）、韩穗轩（1902—1992）、余祖明（1903—1990）、李家炜（1904—1975）、郑春霆（1906—1990）、张纫诗（1912—1972）、翁一鹤（1912—1993）、傅子馀（1914—1997）、潘小磐（1914—2001）、陈凡（陈百庸，1915—1997）、劳天庇（1917—1995）、高旅（邵元成，1918—1997）等，从事各行各业，不拘一格，各领风骚，丰神俊朗，兼容不同的政见和流派。此外，番禺刘氏一门风雅，三代能诗，除了刘景堂以《沧海楼词》鸣世外，刘子平（1883—1970）、刘叔庄（1894—1952）亦享盛名。刘德爵（1909—1990）生前虽不以诗示人，但融贯中西，阅历世情，佳作琳琅，成就特大，深得隐逸诗人之旨。周策纵论云："予于德爵其人，既交臂失之；今读其诗，岂可再失之交臂？予昔年与友人书，论陶渊明之为人及其诗，谓皆由于生不逢时，于无可奈何中归于隐逸。实缘挚情之挫折，不因推理而了悟，故

---

① 参《联大文学》创刊号（香港：香港联合书院中国文学会编，1958年12月）；邓仕梁等主编：《岁华——香港中文大学三十五年中国语言及文学系教师文艺作品集》（香港：香港中文大学中文系，1998年12月）；蒋英豪主编：《绿水青山尽是诗——崇基的诗·诗的崇基》（香港：香港中文大学崇基书院，2002年）。

能感人深切，与理学家及学者之诗大异其趣。予于德爵之为人与诗，不免有同感焉。盖受庄子与渊明之影响甚深，而以近体诗之律绝出之，与李贺、李商隐又不同，可谓自成一格，此其可贵也。"① 四方八面涌来的诗人、词人共同缔造了香港诗城的高潮，保存国粹，相对于内地沉寂的诗坛来说，香港自然是生机勃发，特别显得一片青葱翠绿了。

在这一个时期中，香港与台湾交往频密，台湾诗人来港者多，诗集中亦多见摹写香港的诗词作品，反映社会民风及诗坛交往，计有薄儒（1896—1963）、梁寒操（1899—1975）、刘太希（1899—1989）、涂公遂（1905—1991）、高明（1909—1992）、李猷（1914—1996）、汪中（1926—2010）、陈新雄（1935—2012）诸家。刘太希、涂公遂二家居港日久，甚至具有香港诗人的身份，亦足以反映香港诗坛的文化采光。

香港的诗风及流派

香港诗人众多，但以外来的移民为主，加上近代中国政局屡变，香港其实就是逃亡者的乐园，在英国人的管治下，可以获得短暂的栖息。香港第一位诗人王韬就是因被清廷通缉而来港的逃犯，其诗以缅怀故国及江南故人为主，写本地的生活题材比较薄弱。后来经过了多次的内乱，香港先后成为革命分子、清朝遗老、左派、"右派"、汉奸、富豪地主以至粤闽居民、归国华侨的安居之所。香港开埠历史稍短，本身传统文化的底蕴不深，碰上西风东渐，资讯发达，商业繁荣，言论自由，法制健全，民生安定，香港就像一张白纸，反而是最容易吸收外来文化的地方，取长补短，充满调和融合的色彩。因

---

① 周策纵《〈番禺刘氏三世诗钞〉序》，载黄坤尧辑：《番禺刘氏三世诗钞》（香港：学海书楼，2002 年），第 4 页。

此，形之于文学，香港的诗风亦是以传统与现代相结合为主，表现多元格局，包容异己，显出开放精神，不拘一格，畅所欲言。此外，逃亡者在借来的时空下，过去的辉煌已经不复存在，往往显得谦卑和忍让，珍惜友谊，以期获取更广阔的生存空间。因此，除了意识形态革命与保皇、左翼与右倾之争外，香港的诗风基本上是百花齐放的，明显地缺少理论上的争拗，甚至很难，而且也不必影响别人。加以诗词这个行业无利可图，除了一些茶馀饭后的小风波外，也就完全没有任何人事的冲突了。诗词可以还原为纯粹的艺术，温柔敦厚，自抒怀抱，让诗句在小众中流转，表现平和之美，自得之乐。宗唐或宗宋，明白或隐晦，悉随尊便，大隐于市廛之中，思想自由驰飞，各适其适，多姿多彩。

香港诗歌的流派极多，表现不同的诗风和理念。诗人一般都是独立的个体，大家亦各有其思想情操及审美观念，几乎自成一派。至于组织诗社，一般并不是建基于共同的文学理念，而是以联谊为主，冀遇知音，借此排遣旅途上的寂寞而已。加以家居狭窄，社团多在酒楼中相聚，如硕果社先在黄伟伯九龙塘的豪宅中举行，后来韦汪瀚就只能在酒楼中会客；坚社的雅集能在何香凝坚道的府第中举行，只能说是异数，后来廖恩焘逝世，刘景堂就移往寰翠阁茶座中与诸子论词了。所以诗社其实也就是茶局或饭局，有贤主人出钱出力最好，否则就要大家科钱相聚了，因此这样的诗会全是兴趣小组，易聚易散，随时组合，感情的因素多于理论建设，很难凝聚共同的诗学理念。至于大学教育方面，教师也只能在短暂的课堂上自我发挥，随缘启发，下课后各散东西，诗词也不见得有任何特殊的魅力。因此，香港的诗坛多是出于自发的个人的好尚，师生也不见得能维持长久的关系，很难打造独特的流派和品味。

现在回顾香港百年诗词的流派，在短暂多变中也许还可以

看出一些端倪。例如硕果社、坚社讲求雅正，温柔敦厚，显得
平和，格调自高；健社不拘一格，雅俗共赏，甚至提倡粤语白
话诗，写出社会怪状；春秋诗社以亲台诗人为多，仕途失意，
思乡情切，有时会表现强烈的家国情怀；海声词社以女性词人
为多，婉约芳馨，神魂悠荡，则又别具华洋大都会的迷情境
界。至于郭亦园客居香港，放眼世界，选编《网珠集》、《网
珠续集》、《亚洲诗坛》诸集，遍及寰宇重要的华人社区，采
诗观风，气象雄豪，最为博大。披荆文社、鸿社、锦山文社等
以商界为主，联络交谊，出钱出力，尊重文士，愈显包容的风
度。风社沟通诗书画界的联系，旅港清游会登山临水，重现自
然之美，亦见怀抱。此外，香港诗坛以宗唐为主调的，有潘飞
声、陈湛铨、苏文擢、潘小磐、谢启睿（1919—1999）诸家，
绮丽销魂，风华绝代。而宗宋者则有曾克耑、熊润桐、陈荆
鸿、劳天庇诸家，建构诗句的表现力和响度，骨格亦高。其他
专攻魏晋者，则有伍俶、梁简能、刘德爵、饶宗颐诸家，逸韵
幽姿，高情古朴，遗世独立，意象翩飞。至于以粤语及民俗入
诗者，则有廖恩焘、郑贯公（1880—1906）、翁一鹤（1912—
1993）、张江美（1914—2007）、陈一豫（1927—2019）诸家，
雅俗共赏，且见谐趣，剖析社会现象，具有深刻的写实力度，
笑中有泪。而高旅诗词深得聂绀弩（1903—1986）诗的神髓，
风格相近，嬉笑怒骂，光怪陆离，刻画荒诞的人事，具有深刻
的批判精神，自然也表现出浓厚的家国情怀了。

香港近代诗选

《香港名家近体诗选》由何文汇、何乃文、洪肇平、黄坤

尧、刘卫林等选编，① 收录香港二百家诗人的近体诗作品，过世的诗人由后人提供资料，或由编者选录；当代的诗人则由作者自行选录及投稿，授权出版，但年龄要达四十岁（按：截至 2003 年）以上，每人限十首。所谓近体诗指的是五七言绝句、律诗及五言排律，不收古体，全部要求合律。本书大体展示了香港诗歌的独特风貌、香港诗歌发展的轨迹、历史事件、社会人事、自然风光、人生百态等，自然也是香港诗人的心灵记录，相信可以全面准确地提供认识香港诗坛的基本资料。现在选录王韬、胡礼垣、陈伯陶、黄伟伯、伍宪子、刘子平、伍俶、韦汪瀚、刘太希、许菊初、黄相华、熊润桐、王淑陶、郑春霆、刘德爵、劳天庇、谢启睿、高肯赐、苏文擢、陈一豫二十家的作品，包括不同的内容和风格，以表现香港的独特面貌为主，尝鼎一脔。此外，加选的廖恩焘用粤方言写成的七律白话诗，批评北洋政府，嬉笑怒骂，亦见新意，最有地方色彩，可备一体。

这些诗词包含不同的内容，足以具体展现香港诗词中的人文景观。现在按诗意作简单的归类，分为七项，以便读者检阅。

一、反映重大的历史事件，例如胡礼垣《柬都督黎元洪》、廖恩焘《报纸每日登载议场种种色色因纪以四首》、王淑陶《抗战》、郑春霆《香港弃守，遄走澳门，留别诸友》、黄伟伯《日本人毁九龙城外屋宇辟作飞机场》、伍宪子《闻陈布雷之丧》、廖恩焘《广州即事》、伍宪子《己丑十月十日》、刘子平《双十感事》、黄相华《韩战》。

二、新来港者的飘零感觉，例如王韬《偶遭》、《一生》，陈伯陶《避地香港作》。

---

① 何文汇等编辑：《香港名家近体诗选》（香港：中文大学出版社，2007 年）。

三、摹写香港风光，例如陈伯陶《游杯渡寺》、伍俶《戊戌六月十日陪钟应梅、陈惠源诸先生游凌云寺》、刘太希《香港》、许菊初《雨中望鲤鱼门》、劳天庇《西塘晚步》、高莘赐《春聚沙田画舫》、陈一豫《七月一日登太平山，重过曩常游眺之地，徘徊有作》。

四、论诗之什，例如黄伟伯《乙酉五月廿一日组成硕果诗社赋呈谢焜彝、伍宪子、冯渐逵三人》、熊润桐《近日有所谓〈诗坛点将录〉者，竟尔涉及贱名，朋辈举以为问，走笔见意》、劳天庇《吴天任过寓谈诗有作》。

五、师友交谊，例如刘子平《挽罗旭和先生》、王淑陶《寿郑师谷诒》、郑春霆《和张纫诗己丑生朝》、苏文擢《挽徐复观教授》、陈一豫《夜不能寐，悼念耀明诗老，时已永诀四十九日》。

六、生命的感慨，例如胡礼垣《湖海》，韦汪瀚《春云》，刘太希《偶成》，熊润桐《岁暮述怀》，刘德爵《幽居》、《宠辱》，谢启睿《无题》、《有所思》，苏文擢《大学宿舍偶题》。

七、反映社会百态，例如黄相华《木屋》。

此外，诗中也有很多佳联警句，可供吟诵细味，浮想联翩，感于时世，同时更带出深刻的生命思考。兹举十二例于下：

1. 投荒万里成浮海，奇绝兹游昔所无。（王韬）

2. 惆怅六朝弹指尽，山河举目有馀哀。（陈伯陶）

3. 应知得国求师友，安用忧时见肺肝。（伍宪子）

4. 楼栏初聚五星影，天海都忙再世人。（刘子平）

5. 旧事从头我自知。大都不与梦相宜。（伍俶）

6. 欲借西风吹梦去，盈盈一水托微波。（韦汪瀚）

7. 退一步思皆称意，作千秋想太劳生。（刘太希）

8. 残年顿感千忧集，奈此天回地动时。（熊润桐）

9. 百年生聚感苍茫。异俗殊言自一方。（郑春霆）

10. 山行踏尽崎岖路，巷口寻人补破鞋。（刘德爵）

11. 劫罅天留觞咏地，蛮陬聊认作江南。（高毓赐）

12. 思乡意在莼鲈外，处世材宜木雁间。（苏文擢）

结　论

　　1840 年鸦片战争以后，香港由英国管治，整体的社会发展步骤与内地的城市不同，文化上也由中西的相互碰撞、冲击，转而讲求协调和融合，讲求效率，面貌一新。尽管香港社会不断地朝多元的方向发展，但有些东西总是比较保守的，有时还要刻意保持原有的民族特色，不会胡乱求变。例如诗词艺术，读者作者虽然不多，不成气候，但总有一个传统的格调摆在上面，也就是一种特殊的品位，有一些规律来维系着诗词的感觉，不然过分的改变太不像话了。如果跟传统严重脱节，没有味道，也就说不上是诗词了。香港诗坛上承唐宋风流清丽的馀韵，兼挑岭南雄奇雅健的笔调，关怀天心时局，面向陌生多变的新世界，诗人辈出，内容广泛，在西风疾吹中傲然挺立，虽然谈不上创新体制，但也没有瑟缩于西方文化庞大的身影之下，一直都能稳守传统的阵地，在一个国际化的商业城市中营造出高情雅韵，李杜宗风，一灯不灭，晚清宋调，亦见嫡传。

　　过去香港不断地吸纳来自全国各地的诗才，香港的诗史与整个中国的诗史紧密相连，不分左右，不辨主客，不论流派，不管雅俗，大家摒除成见，逐渐地融为一体，通过诗艺的切磋，香港诗词早就在一个艺术的世界里统一起来了，甚至足以填补中国诗史残缺断层。香港近代诗词将近代和传统重新连接，共同构成了香港诗词中丰富亮丽的人文景观，展示香港近代诗坛特有的面貌和成就。

漂移的时空

——辛亥革命时期的香港诗坛

开埠初期，香港岛上人口不多，根据道光二十一年（1841）初步的统计，约有 3650 人，聚居于二十多个村落，其中主要是疍家人，约 2000 人，从事渔业，住在岸边船上，文化水平不高。道光二十二年（1842）《南京条约》签订之后，清廷割让香港岛，香港成为转口港，准许各国自由贸易，很多中国人为寻求发展，来港定居做生意。太平天国运动绵延十四年（1851—1864），先是粤人为逃避战祸，后来太平军战败，有很多人逃亡来港，到同治四年（1865）已达 12 万人了。王韬（1828—1897）因化名黄畹向太平军献策，被清廷通缉，幸获英领事庇护南逃，同治二年（1863）10 月 11 日从上海乘船抵港。同治十三年（1874）1 月 5 日在黄胜（黄达权，1827—1902）、伍廷芳（1842—1922）协助下创办《循环日报》，自主笔政，倡言变法自强。光绪十年（1884）获李鸿章（1823—1901）默许，始返沪定居。王韬兼擅诗文小说，尤长于时事评论，公认为香港文学的鼻祖，著《蘅花馆诗录》六卷。

潘飞声（1858—1934）于光绪二十年（1894）冬来港担任《香港华字日报》、《实报》报政凡十三年，到光绪三十三年（1907）离港赴上海国学莘编社工作止。在港期间撰《在山泉诗话》，其他有《说剑堂集》、《饮琼浆室词》、《春明词》等。

潘飞声著作宏富，文采风流，更善于交际应酬，推动香港的文化事业发展，贡献亦多。1911 年 10 月 26 日，潘飞声在上海有《送陈子丹先生归粤》二首，诗云：

> 巢父东征又忽回。重阳孤负惠山醅。
> 长江潈漾龙蛇影，吸取波光入酒杯。
>
> 鼙鼓声中得句迟。烽烟遍地欲何之。
> 杜陵弟妹乡关感，肠断江头送别时。①

时当武昌起义之后，时局动荡，前景迷茫，江头送别，不禁流露出深沉的沧桑之感。情景交融，神魂摇曳，深具唐诗的韵味。

陈步墀（1870—1934）失意于科场，终以未中乡试为憾。光绪三十一年（1905），清廷废科举，陈步墀乃弃学从商，来港协助父兄打理乾泰隆号的生意，长袖善舞，交游广泛。光绪三十四年（1908）五月廿三日，广东大雨，三江暴涨，堤围崩塌，哀鸿遍野。陈步墀撰《救命词》三十首，刊于《实报》，呼吁全港同胞筹款救灾，由名人题诗、名媛绣诗义卖，主持风雅，诗名大著，而影响更及于省、澳、汕头各地。关于赈灾的情况，参看《绣诗楼诗》卷二、三各诗，以诗存史，记录详尽。

香港早期诗人不多，主要有王韬、潘飞声、陈步墀三位，都有诗集传世。早期诗坛基本上都是由外来移民所主导的，在繁荣的商业社会中孕育出清新的文化气息，中西结合，新旧交

---

① 潘飞声《送陈子丹先生归粤》二首，参陈步墀原著、黄坤尧编纂：《绣诗楼集》（香港：中文大学出版社，2007 年），第 143 页。原稿见《卅家尺素》，署云："小诗奉送子丹挚友归里。老弟声拜手，九月五日。"《绣诗楼丛书》第十四种（1914 年）。

替，在古老的中华土地上，开启现代文明的窗口。这是一片漂移的时空，大家冷眼旁观，探索多姿多彩的新世界，通过经济的增长，大家也看到了中国政治文化发展的大方向。过去大家都认同香港是革命思想的摇篮、革命运动的基地，而孙中山（孙文，1866—1925）的革命事业更是从香港出发的。辛亥革命前的十次起义多少都跟香港有些关系，革命者或在港筹集资金，制定策略，或事后撤退至港，宣传教育等。辛亥革命之后，民国肇建，很多清室遗老来港避难，生活安稳，但也深深地感受到沦亡的惨痛，认为有必要重振中华文化，平衡西化观念，推广教育，移风易俗。因此，也就在这同一片漂移时空中，在革命的激情过后，大家又积极从事文化建设，宣扬传统价值的理念。

香港是一个让人勇于思考的城市，香港人在温饱之馀，理性地寻求整体的精神出路。国人后来经历了不同的历史阶段，其间香港是不同政见人士龙蛇混杂的地方，他们在港互相碰撞，互相消耗，更互相批评和学习，发出很多不同的声音，平衡各方面的想法。对于香港诗坛来说，经过好几代人的努力，本土力量渐次成熟，香港成为维持坠绪的地方，在港诗人自由吟咏，群才汇聚，显得特别热闹。而这一切的成就，其实也是从辛亥革命开始的。

宣统三年辛亥（1911），广州起义失败，而武昌起义的成功，掀开世局的新页，人心浮动，自然也有很多不同的憧憬。当时在港的胡礼垣、陈步墀都写下了重要的诗文作品，反映时局变化，宣扬不同的理念。此外，前朝官员及文人来港定居者亦多，如陈伯陶、张学华、赖际熙、俞安鼐、黎国廉、刘景堂等，学养高深，更协力促进香港文化教育的发展，在革命事业之外，开创了另一番的局面。

胡礼垣（1847—1916），原籍广东三水，十岁来港，就读香港大书院（即中央书院、皇仁书院）。光绪十年（1884）任职《粤报》。其后赴北婆罗洲与苏禄岛等地，策划开发工作。归港后参与创建香港文学会，提倡新政，倾向维新思想，希望世界大同，和平共处。著《新政真铨》、《梨园娱老集》、《诗集辑览》、《胡翼南先生全集》等。辛亥七月中旬，写成《满洲叹》七律一百五十首，历举顺治以来的专制之弊，尤重康乾之世，认为"文明必无专制，专制必非文明"，清朝政权已经病入膏肓，必然终结，乃于末首注云："〔乾隆〕在位既久，滋息繁多，且训政四年，古所未有，张皇粉饰，而专制之局遂习惯自然，竟成牢不可破。继之者嘉庆而道光、咸丰而同治，以至光绪之朝，虽屡经挫败，忧患频仍，然而南山可移，专制终不可改也。"批评君主专制之害，乃极端自私自利所致，变法亦无补于事，论云："开明专制四字，即其句解，试为分析其义，已自觉不通。今为直白言之，罕譬而喻，则开明犹云圣贤也，专制犹云盗贼也。世无有圣贤之盗贼，又安得有开明之专制哉？警告变法诸公毋为含糊蒙混之言所惑。"此外又指出清廷将民间集资的粤汉铁路、川汉铁路收归国有，激发保路运动，只能加速灭亡，"忽闻中央政府以铁路国有四字强行专制，瓦解民心，遂令革命军起，怨积毒深，若决江河不可收拾，谁秉国成，可为浩叹"。①结果导致武昌起义推翻了清朝政权，胡礼垣确有先见之明。跟着又撰《民国新乐府》，序云："民国军是年八月十九日由湖北起，至九月十九日，为时仅三旬，而反正之局大变。稽之史册，微特中国之所无，抑亦全球之所未有。且废君主为民主，由大暗而复其大光，万国大同，

---

① 胡礼垣：《诗集辑览》，载《胡翼南先生全集》（香港：胡氏书斋，1920 年初刊，1983 年重刊），卷三十八，第 28—32 页。参考张礼恒著：《何启、胡礼垣评传》（南京：南京大学出版社，2005 年 12 月），第 192 页。

和会之基，永远平等，自由之福，将于此是赖焉。常谓民权之立，易如反掌，今既不失所料，因用古今体，以平仄韵制为新汉乐府，得诗十二章，名曰《民国新乐府》，非徒志喜也，且以惩前毖后之词，为进化文明之劝。辛亥九月二十三日。"①其诗第十二章云：

> 今日人心知反正。太平万岁三旬定。
> 狂澜倒挽海隅清，戾气齐祛寰宇净。
> 公理强权天下平，变通久大时中圣。
> 岂徒中国复光华，将使六洲来善庆。
> 进化观摩信有神。果然除旧在知新。
> 公开万福功才大，私并三无道始真。
> 有志竟成今义士，自强不息后仁人。
> 转移皇极归民极，三十六宫都是春。

跋云："今民国军主义既合布置，又复井然，乃亟为此篇，附于《满洲叹》之后，虽然破除其事巨而简，建设者其事细而烦，深愿始事诸君善持其后，而识时抱道之士群出而共济之，以期于至善，则鄙人之大愿，庶乎其尽偿也。"②胡礼垣对民主进程的发展未免过于乐观，更没有想到日后的军阀混战，只是一时难以掩饰久旱甘露的喜悦之情而已。当时更有《柬黎都督元洪》云：

> 由来名下本无虚。盖世奇勋发轫初。
> 终见潜龙战原野，岂容老骥困盐车。
> 管宁有友能分席，温峤违亲竟绝裾。

---

① 《胡翼南先生全集》，卷四十五，第1页。
② 《胡翼南先生全集》，卷四十五，第9—10页。

见说壶浆遍三辅，不应久恋武昌鱼。

注云："义师起时，公老母尚在武昌，后随瑞澂出险，然弗以乱大谋也。"① 此诗高度赞扬黎元洪（1864—1928）智勇双全，适时跟进革命的形势，背弃朝廷，连母亲都身陷险境，大义凛然，跟黎元洪被胁逼参与革命之说有出入。作者以为黎元洪是武昌起义得以成功的关键人物。而胡礼垣当年大量的诗作更是辛亥革命中的重要文献，反映了当时香港知识分子的观点角度。

宣统三年（1911），陈步墀风华正茂，文采风流，与香港政要来往亦多，并拟在商界大展拳脚。其诗《辛亥三月五夕为香江西商会五十年纪念之期，大燕来宾。港督水提将军、奥国王子及余皆与其盛。日本楠本武俊字和卿，号环溪，座谈最欢，翌晨以册索书，题此归之》云：

> 香江花气满城池。欢宴难逢我亦知。
> 萍水莫论宾主地，楚骚能赋国风诗。
> 十年商战抡人杰，三月春山听子规。
> 齐客异乡余最久，只惭持策负须眉。②

当时陈步墀来港已久，熟悉商业的运作，而诗中所见西商会五十年纪念的盛典，满城花气，贵宾云集。同年八月十六日，陈步墀率领香港实业团赴日本考察商务兼报聘，路经上海恰逢武昌起义，后来从上海返港了，没有按计划完成全部的旅程。《绣诗楼诗二集》卷三《游吴纪程》讲述全程经过，旅程前后共历二十四天，而这些日子刚好就是辛亥革命改朝换代的

---

① 《胡翼南先生全集》，卷四十五，第 16 页。
② 《绣诗楼诗二集》卷二，参《绣诗楼集》，第 123 页。

关键时刻。梁淯（1861—1918）先以长古一篇送行，诗中有句云："我为商界向君祝，以商救国天可擎。""爱君此行餍众望，以儒佐商专且精。博我学识事考察，宏我志愿恢经纶。"①宣扬"以商救国"、"以儒佐商"的理念。

作者又将此行旅途所经基隆、上海、苏州等地以诗为记，亦具纪实意义。《申江曲》云：

> 吴松江头初作客。秋风瑟瑟秋水白。
> 十里楼台黄浦连，六街车马红尘隔。
> 华夷齐向申中来。此疆彼界舆图开。
> 狡兔逋逃渊薮萃，泱泱海上何雄哉。
> 从来海上堪娱老。大官筑室斜桥道。
> 旅馆聊为公子游，酒门沿列佳人好。
> 佳人道是苏杭女。风月无人作持主。
> 底事吴娃与越娘，招摇竟与群花伍。
> 金融无计济仓皇。载愁未了扬子江。
> 我效铁崖吹笛去，不成声调断人肠。

注称"时沪金融大困，人心仓皇"。②此诗专写作者对上海的诸般印象，可跟《游吴纪程》同读。又《绣诗楼诗二集》刊于民国元年（1912）壬子，编入《绣诗楼丛书》第十种，亦有以诗传史的意味。陈步墀尝云："此辛亥前作也。吾经岁无诗矣！"③张学华云："得读君诗，时局沧桑，怆怀身世。余识

---

① 梁淯《子丹先生承举为香港实业团赴东洋考察商务兼报聘。先生大才，为众推重，此行当为实业前途放一异彩也。敬为长句，以送其行》，《绣诗楼集》，第139页。
② 原刊《绣诗楼诗二集》卷二，参《绣诗楼集》，第129页。
③ 参吴道镕《绣诗楼诗二集序》，《绣诗楼集》，第91页。

君恨晚，而犹幸斯文绝续之交，尚得留风雅一线之传为可喜也。"[1] 赖际熙亦云："航海以后，得山川之助，益以浑灏。山谷所谓波涛浩汗，挟以文章忠义之气，与笔俱下者，此是矣！"[2] 大抵他们都明白革命是不可逆转的事实，尤其是在这"斯文绝续之交"，必须启动文化的传承工作，以维坠绪；同时又互相扶持，发扬"忠义之气"，坚守晚节。陈步墀续刊《绣诗楼丛书》三十六种，弘扬传统文化，甚至更有意抗衡排山倒海、来势汹汹的新文化，虽然未能得到应有的重视，仅出于个人意志的坚持，默默耕耘，但其心甚苦，而其志亦可嘉了。

辛亥革命前后，清朝气数已尽，很多人都预感到大厦将倾，有意择木而栖，另寻乐土，而香港跟广东相邻，可以避开很多政治的争论，也就成为移居的首选了。陈伯陶历任要职，尝赴日本考察学务，回国后在南京创办方言学堂、暨南学堂。光绪三十四年（1908）任江宁布政使，不久即萌去意。张学华云：

> 宣统己酉，补授江宁提学使。公先迎养母太夫人在署，至是送亲归粤。入都陛见，时方厉行宪法，而异党潜滋，阴谋煽惑。公见时事日非，私忧窃叹，又以母老多病，遂乞终养归里。辛亥武昌难作，九月广州城陷，党人蜂起，汹汹欲致公，乃走避香港，奉母居红磡。寻丁母忧，移居九龙城。九龙古官富场，为宋帝驻跸地，公登宋王台，赋诗凭吊，感慨欷歔，署所居曰瓜庐。坐卧一小楼，湫隘人不能堪，布衣芒屦，日行田野中。村人咸知有

---

[1] 参张学华《绣诗楼诗二集跋》，《绣诗楼集》，第 145 页。

[2] 参赖际熙《绣诗楼诗二集跋》，《绣诗楼集》，第 146 页。

陈探花公，屏迹隐居。①

1912 年以后，陈伯陶移居九龙城署，潜心著述，以遗老自居。性嗜藏书，多收藏明清野史及万历后诸家奏议别集。著有《瓜庐文剩》、《瓜庐诗剩》、《孝经说》、《胜朝粤东遗民录》、《宋东莞遗民录》、《明季东莞五忠传》、《东莞县志》、《罗浮志补》、《九龙真逸七十述哀诗》、《陈文良公集》等。《避地香港作》云：

> 瓜牛庐小傍林扃。海上群山列画屏。
> 生不逢辰聊避世，死应闻道且穷经。
> 薰香自烧怜龚胜，藜榻将穿慕管宁。
> 惆怅阳阿晞发处，那堪寥落数晨星。

又《红磡新居成移家感赋》二首云：

> 翩然浮海复居夷。避地能安足疗饥。
> 莫笑章缝惊越俗，且欣鸡犬异秦时。
> 卜邻我正思羊仲，将母人翻讶介推。
> 今夕灯前儿女乐，街头言语学侏离。
>
> 牵萝补屋更绸缪。风雨漂摇幸勿忧。
> 人谓校书同马肆，天教终老得菟裘。

---

① 张学华《江宁提学使陈文良公传》，参《瓜庐诗剩》（香港，1931 年 10 月），卷首。又张学华：《暗斋稿》（广州：蔚兴印刷场，1948 年），第 19 页，删去了"公，屏迹隐居"五字。陈宝琛《清故荣禄大夫江宁提学使陈文良公墓志铭》亦云："辛亥九月，奉母避地九龙，养亲事毕，遂居焉，自号九龙真逸。"参《瓜庐诗剩》，卷首。

扫除一室谋非拙，突兀千间事已休。

回首先人庐墓远，不堪家祀涕长流。①

　　陈伯陶诗在九龙的山光水色中注入了亡国之音，尤为悲怆。所谓"生不逢辰聊避世，死应闻道且穷经"，沧海横流，而贞心可鉴，显然跟时代格格不入，甚至有些脱节了。在红磡新居二首中，其一写香港的异域风光，语言服饰各异。其二写风雨飘摇中，只能独善其身，很难再兼善天下，为苍生忧了。其诗多言志之作，自然也透露了他对辛亥革命的特有感觉。

　　张学华尝任国史馆协修、补授山西道监察御史、登州府知府、济南府知府。宣统三年（1911）四月，补授江西提法使，未抵任而国变。温肃云："三月请假省亲，循津浦铁路赴济南，游历下诸胜。主张汉三道署，遂登泰岱。"② 廖景曾云："闇公丈辛亥后遁迹海滨，先后十馀年，屏绝人事，以闇斋颜其室。每言孑遗之民，不当以文采自炫。间有所作，未尝出以示人。顾其遭际乱离，仓皇迁徙，牢愁自写，不能无所寄托，伤时感事，纸墨遂多。"③ 辛亥以后来港，协修《广东文征》。著《闇斋稿》、《采薇百咏》、《家乘》等。其诗《移官江西，将之都门。石孙约同毛稚云承霖、萧绍庭应椿、方鹤人燕年、丁容之兆德、周立之学渊，置酒衙斋，夜分言别，并以诗送行，依韵奉答》二首之一云：

　　　宦海升沉已惯看。浮云聚散亦无端。

----

① 陈伯陶《避地香港作》、《红磡新居成移家感赋》，参《瓜庐诗剩》，卷下，第25—26页。

② 温肃《檗庵年谱》，《温文节公集》（广州，1947年。香港：学海书楼丛书，2001年重印），第7页。

③ 廖景曾题辞。参张学华《闇斋稿》，卷首。

与君相见唯真气，此乐难常剩坠欢。

画里湖山他日梦，客边霜露晓天寒。

平生解诵王晞语，不羡人间作热官。

又《壬子初春得石孙青岛来书，作此奉答》云：

端居郁不乐，尺书从远来。

故人久阔别，时事日凄哀。

浮生若蓬梗，遁迹掩蒿莱。

誓欲谢人事，何处避氛埃。

感君意良厚，东望首屡回。

终负结邻约，怀抱向谁开。

春风不知恨，安能起枯荄。

悠悠尘世事，吾生已焉哉。

愿君保岁寒，莫借鬓毛催。

何日从君去，重寻劫后灰。①

张学华移官江西，济南赋别，石孙即黄曾源（1857—
1935），作者尝称"石孙官谏垣，直声震一时，领郡后时有退
志"，②故衙斋赠友诗中刻意宣扬友情的一股"真气"，甚至不
作热官，似亦已萌退志。壬子初春诗作于辛亥来港之后，浮生
断梗，人事氛埃，劫灰弥漫，尤为伤感，结语以"愿君保岁
寒"为勉，其实移官江西诗其二结语亦云："临歧忍泪无多
语，唯祝加餐保岁寒。"兴亡之感固然沉痛，而岁寒的名节更
为珍重。同年十二月，温肃来港，"暗赖焕文、陈子砺、张汉

---

① 张学华二诗参《闇斋诗稿》，第4—5页。

② 张学华《辛亥元日柬石孙太守》，《闇斋诗稿》，第3页。

三诸公，何翙高、岑敏仲里居，闻余至，亦来会，并获识陈子丹"。① 更是当年遗民的一次盛会。

赖际熙被派进士馆习法政，毕业授编修，充国史馆纂修，旋晋总纂。辛亥后移居香港，任教香港大学中文学院，矢志保存国粹，弘扬圣学。1915 年吁请港英政府划地数亩保存宋王台遗址，1923 年在香港般含道二十号创立学海书楼，1927 年应邀襄赞港督金文泰（Sir Cecil Clementi，1875—1947）于香港大学首创中文学系，经画冯平山图书馆。晚岁工诗，惜不多作，尤重史学。著《崇正同人系谱》、《增城县志》、《赤溪县志》、《荔垞文存》等。《崇正同人系谱序》云："自辛亥岛居，奄忽十年，值岛中商旅有崇正总会之设，得滥竽席末，周旋尊俎间，见吾系人物之蕃盛，气谊之亲睦，规模之闳远，事业之日新月异，于铄伟矣。畴昔泛漫无纪，今则萃聚一堂，如家族焉。"又云："兹谱之作，无省郡州县之区分，而会传志谱牒之通例，匪云创格，实守成规。相期续此篇者，祛其自贬之见，化其相轻之习，振迈远之精神，跻大同之盛轨，则区区楮墨为不虚矣。旧史官赖际熙序。"② 崇正总会乃香港的客家人组织，赖际熙以旧史官的身份，整理乡邦文献及史乘，团结族人，责无旁贷。

俞安鼐早岁负笈北京编译馆，在广州任职警务处。民国以后在港设塾课徒。1923 年与赖际熙、洪兴锦、李海东等创学海书楼。著《古文评注辨正》、《自怡悦斋诗》、《三十六溪花萼集》、《俞叔文文存》等。余祖明云："公独不习举子业，负笈译学馆，研求经世之学。鼎甲后不满于时局，遁迹香江，设塾课徒，绅商均遣子弟从游，馆规綦严，科目酌施今古，尤谆

① 温肃：《檗庵年谱》，《温文节公集》，第 9 页。
② 赖际熙撰，罗香林辑：《荔垞文存》（1974 年初版；香港：学海书楼，2000 年），第 26 页。

谆以辨华夷明体用诏诸生。今绅商侨领有声于时者，若邓肇坚、李福述、简悦强、刘镇国诸先生，与胡木兰、曹丽姬、简笑娴、周淑珍诸女士，皆当年受业。民国十二年癸亥，与赖荔垞、洪兴锦、李海东诸公创学海书楼，被推任司理。广罗图籍，开瀹民智，与香港冯平山图书馆并驾，骎骎乎有海滨邹鲁之风。"又云："曩在羊城，与丘仓海、黎季裴、刘伯端、陶质生、石懋轩为诗钟会。莅港后复与江霞公、叶遐庵、熊天翼、郑韶觉、李凤坡为文酒会，拈阄联句，视枚马无多让。"①广开风气，培养人才，亦见一时风流儒雅之盛。

刘景堂早年供职广东提学司署之学务公所，隶总务科。于黄花岗事起后来港，初佐俞安甫设塾教读，其后任港英政府华文署文案。公馀之暇，开始学词，多与陈步墀、黎国廉等唱和。著有《心影词》、《沧海楼词》、《刘伯端沧海楼集》等。《水龙吟》"和易实甫并次原韵"云：

> 谁填壹阕新词，笔花难写深深意。九霄路迥，佩环风袅，夜寒如水。销损华年，几番重数，酒酸愁滞。算于今依旧，白头勋业，都附与、金樽里。　脱尽朝衣耽睡。负年年、团圆蟾桂。同是天涯，劝君休问，人间何世。我爱婵娟，婵娟爱我，两情相倩。念相思千里，秋风纨扇，为郎憔悴。②

此词和易顺鼎（1858—1920）韵，写于民国元年（1912），这是刘景堂早期的词作，自言自语，写得比较直率。

---

① 余祖明《俞叔文先生传》，载《俞叔文文存》（香港：学海书楼，2004年），第1—3页。

② 原刊《香港华字日报·精华录》，香港，1912年11月27日，农历壬子年十月十九日。

上片写失意情怀，下片感伤时世。词笔尚欠圆熟。

又《貂裘换酒》"子丹先生以词寄示，依韵和之"云：

> 分付河桥柳，休管他、年年送别，暗销樽酒。天下英雄操不让，且醉旗亭话旧。算馀子、载车量斗。岁暮天涯霜雪紧，任销磨、铁骨何妨瘦。此中意，君知否？　禅心飞絮难参透。倦回头、乾坤苍莽，数逢阳九。鼾睡他人姑不问，只自同根煎豆。黯风雨、沉沉长昼。白发故人劳问讯，写新词、一曲都如绣。仰天啸，同携手。①

此词撰于民国元年，江山换代，表现风骨，语浅情浓，倍感亲切自然。上片天涯霜雪，下片批评时局。刘景堂南天一柱，因缘际会，推动清末词学在香港的发展，自亦有所贡献了。

黎国廉于光绪二十三年（1897）在广州创办位元堂。三十一年（1905）在粤以反对抽炮台经费被捕，又与梁庆桂（1858—1931）力争粤汉铁路事归商办被拘禁。民国元年（1912）任广东省教育司长，曾倡巨款办《岭学报》。晚居香港，住罗便臣道妙高台。案黎国廉早期词作罕见，《玉蕊楼词钞》所辑多属民国初年来港后所作。刘景堂云："余癸丑甲寅间，旅居香港。与六禾丈比邻。丈导余为词，析四声，辨雅俗。春秋佳日，唱酬无间。忽忽三十馀年，虽无所成，然得稍窥词之奥而不致歧趋者，皆丈力也。丈所为词，持律至严，

---

① 原刊《香港华字日报·精华录》，香港，1912年12月14日，农历壬子年十一月初六日。又参《绣诗楼集》，第264页。刘景堂原著，黄坤尧编纂：《刘伯端沧海楼集》（香港：商务印书馆，2001年），第181页。

审音精细，其造诣之深，实非余所能测。"① 黎、刘唱和主要在 1913—1914 年间，惜二家所存作品不多。现存集中多见 1916 年之后。又黎国廉亦尝于 1919—1923 年间与陈洵（1869—1942）唱和，编为《秌音集》，得词 128 阕。陈洵云："余年三十，始学为词，从吾家简庵借书，得见《宋四家词选》，则黎季裴所藏也。简庵为言，季裴工为词。后十馀年，余始识季裴，则赠余《倾杯》'沧波坐渺'云云，辞情俱到，知其蕴蓄者深矣。"② 张学华亦云："六禾老健，方提挈吟侣，倡设词社，江霞盦谓其箧中存词千首，岭南词客灵光独存，彊村表章梦窗，喜术叔同调，顾未见六禾词耳。"③ 可见黎国廉推动岭南词学，贡献亦大。《丁香结》"自辛丑后，中更十六年，词事销歇久矣。近与伯端朝夕唱酬，渐觉故弦重理，赋此为赠"云：

> 歌底持觞，茗馀翻墨，研炼细分铢黍。渐锦春虚度。几弃掷、彩笔红牙轻付。过江人未老，韩陵字、片石共语。风凄云紧，往事万感，新愁百绪。　今雨。唤醉胆秋吟，斗索蛮榆丽句。髣髴花间，规模柳七，俊才天赋。虹气寒吐夜月，翠佩纫香露。联簋灯清伴，尘外晨昏对数。④

此词写于 1917 年，上距辛丑（1901）刚好十六年，盖与刘景堂唱和而重新引发词兴。上片写填词心得，下片喜逢词

① 刘景堂《玉蕊楼词钞跋》，黎国廉：《玉蕊楼词钞》（广州：蔚兴印刷场，1949 年）。

② 陈洵《玉蕊楼词钞序》，黎国廉、陈洵：《秌音集》（广州：蔚兴印刷场，1949 年）。

③ 张学华《秌音集序》，载《秌音集》。

④ 黎国廉：《玉蕊楼词钞》卷三，第 11 页。

友，注称"依清真体五声"，依声辨律，亦见雅正。

可以说，辛亥革命促使大批人才来港，开拓香港的文化视野。而诗人也顺势漂移到异域的时空中，一方面继承传统国学，保持民族的自信，开花结果；一方面也得面对强大的西方文化，兼容民主科学，择善固执，重整文明。

陈步墀绣诗楼所藏名家墨宝及其交游网络

——清末民初香港文坛交往录

　　陈步墀（1870—1934），字子丹，号慈云、云僧。同治庚午年八月初七日生，广东饶平（今汕头市澄海区隆都镇前美乡）人。幼攻举业，系广东潮州县学优廪生，以文章自负。惟失意于科场，而清廷旋亦废科举，陈步墀乃弃学从商，来港协助兄长打理生意。其父陈焕荣（1825—1890），咸丰元年（1851）在上环文咸西街 27 号铺开设乾泰隆号，经销出入口米业、中国土特产，兼营南北洋航运。长兄陈步銮（1843—1921），字子周，号慈黉，同治十年（1871）在泰国曼谷创立陈黉利行，光绪二十一年（1895）在新加坡开设陈生利行。后来曼谷黉利总行设中暹轮船公司、黉利栈汇兑庄、黉利栈银行等，兼营航运及金融，业务遍及新加坡、汕头各地。光绪三十一年（1905）向港英政府登记注册为乾泰隆公司，增设乾昌利行（文咸西街 28 号）、黉利栈（文咸西街 29 号），促进香港的转口贸易，而乾泰隆公司更成了整个家族"香叻暹汕"跨国企业的旗舰。晚年在家乡创办成德学校，并在汕头购地建屋，推进市政建设。①目前澄海陈慈黉故居占地二万五千多平方米，乃是中西合璧的豪华府第，保存完好，复修后开放为旅

---

　　① 广东省立中山图书馆、广东省珠海市政协主编：《广东近现代人物词典》（广州：广东科技出版社，1992 年 10 月），"陈慈黉"条，第 307 页。

游区。①民间有"富不过慈黉爷"、"慈黉厝，皇宫起"之说。其旁即为陈步墀"阿少故宅"。

陈步墀继承父兄的产业，在香港营商致富，忠于清室，时常资助宣统皇帝以至太史遗老的活动经费，推动香港的慈善事业；同时又雅好诗文，长袖善舞，急人之难，交纳四方贤豪长者，可以说是 20 世纪初期香港文学史上一位重要的诗人。陈步墀乃陈伯陶弟子，交游广泛，与萧骙常（伯瑶）、潘飞声、赖际熙、温肃、刘景堂等诗文往还，交谊深厚。陈步墀尝任保良局总理，致力推动慈善事业。光绪三十四年（1908），广东三江暴涨，灾民流离载道，陈步墀成《救命词》三十首，刊于《实报》，并与女界合作，绣诗义卖，以为赈灾之用，而绣诗楼亦因此而名扬海内外。绣诗楼旧址在香港大道西乾亨台，其后易名为岁寒堂，在那可以远眺海港的船只。现存当时陈家的生活照片一百馀幅，可见其时生活富裕，地位显赫。

陈步墀编著《绣诗楼丛书》三十六种，保存大量清末民初罕见的文献，推动香港的文化建设，在改朝换代新旧文化交替的关键时刻，表现出严肃的道德意义和人伦思想。其中《绣诗楼诗》、《绣诗楼诗二集》、《茅茨集》、《宋台集》、《寒木春华斋诗》、《有光集》、《双溪词》、《十万金铃馆词》诗词集八种，现已辑为《绣诗楼集》。②《绣诗楼丛书》前十种成于宣统年间，多在广州刻印；其他成书于民国以后的，一般都在香港直接照相影印，诸书保留名家墨宝甚多，而陈步墀亦初步建构了早期香港文坛庞大的交游网络，函札往还，具有浓厚的生活气息，感情真挚，更能准确反映时代风貌、社会问题、

---

① 沈冰虹主编：《岭南第一侨宅——陈慈黉故居及其家族》（汕头：汕头大学出版社，2002 年 10 月）。

② 陈步墀原著，黄坤尧编纂：《绣诗楼集》（香港：中文大学出版社，2007 年）。

人物交往，以至综谈文艺掌故等，更是十分珍贵的文化遗产，单就原始史料价值而言，贡献亦大。

《绣诗楼丛书》编录《卅家尺素》31家（第十六种，1914）、《尺素续编》18家（第十八种，1916）、《尺素三编》23家（第二十三种，1919）三种，《岁寒堂寿言》24家（第二十四种，1920）、《刘太夫人荣哀录》6家（第三十一种，1923），都是名家书信。总计陈步墀所藏名家墨宝得59家，181函；其中以赖际熙26函最多，次为温肃13函，刘景棠（堂）12函，又张学华、孙雄各9函，潘飞声、萧甄常各8函，沈秉炎7函、陈伯陶6函，吴道镕、龙朝翊、瑞洽、王为幹各4函，王映奎、姚筠各3函，盛景璿、王蕴章、杨其光、赵从蕃、商廷修、船津辰一郎、梁于渭、王运嘉、费尚志、冯玉森、丁仁长、许振、何汝明、冯汉各2函，计共29家；其他陈启辉、姚梓芳、汤寿潜、徐琪、蔡有守、龙朝辅、萧永华、冯骏、梁淯、萧汉杰、方廷玑、李经羲、鲍恢、何炳堃、王寿民、高翀、江孔殷、梁松筠、邱炜萲、罗惇曧、韩希琦、刘扬芬、罗锦泽、陆廷昌、林其芳、陈仰于、陈修养、余瑛姿、冯文凤、黎湛枝各只1函者，亦达30家之多。书法有楷、行、隶、篆、草五体，以楷书、行书为多，诗文联画，各体兼备，自由书写，充分反映了广阔的写意空间，同时也有若干书法上的佳品，供人赏鉴。通过这批资料，可供考察清末民初香港社会的政治、经济、文化、学术思潮种种状况，以及国家民族的命运和发展情势。

《卅家尺素》两册，刊于1914年，陈步墀三十五岁。录存函札三十一家，殆皆属清末民初的名家之作，存亡绝续，死生新故，经历了沧桑世变，也就折射出多维的视角，反映了各自不同的处境。陈步墀《卅家尺素序》云：

陈子入世垂二十年，几欲尽贤哲而交游之，而事与愿违，徒以君子至斯未尝不见，既见而退，以文字相往还，此尺素〔之〕所由来，而卅家其大略言之也。此廿年中，值多事之秋，其身世若何，变故若何，不可得而知。惟以昔者壮，今已老；昔者老，今已故；动魄惊心，一若柠触于胸而不能自已焉。盖惧乎大雅云亡，古欢斯坠，故不能不拾其残幅而俾以久传也。岁在甲寅，出付石工，期月而成卷。吾知读其书而慕其为人，慕其人而益重其书，必有以陈子之情为不妄用者。①

《卅家尺素》仿效潘仕成（1804—1873）海山仙馆所拓《尺素遗芬》的体例，希望能结识当代著名的文人学者，并借此保留了大批跟他们交往的书信。面对二十年来晚清政局的波动，他们很多都以遗老自居，相互砥砺，洁身自爱。又陈步墀《大江东去》题词亦云："廿载交游期道义，富贵非吾知也。""况兼纸上云烟，毫端月旦，字字关文化。人自平权他敬让，礼学宣尼拜下。"②说明出版《卅家尺素》的动机所在，即以道义相期许，并借此保留一代的文献。陈步墀礼贤下士，乐善好施。半商半读，可以说是早期儒商的典型。"抑余结庐人境，名半读堂，肇牵车牛远服贾，谓之半商半读固可。生平不好新书，只尊古训，谓之半读，亦无不可。"③陈步墀早年专攻举业，《半读堂文存》还保存他所擅写的八股文，此外"半读"更蕴含丰富的寓意，除了宣示不会全职营商之外，同时也特别申明作者反对五四新文化运动的坚决态度，不好新书，恪遵

---

① 陈步墀撰，陆廷昌（灼文）书：《卅家尺素序》，《卅家尺素》（香港：《绣诗楼丛书》第十六种，1914 年）。
② 陈步墀题词，孙陈宠俞谨书：《大江东去》，《卅家尺素》。
③ 陈步墀撰：《半读堂文存序》，《半读堂文存》（香港，1919 年）。

古训。

《卅家尺素》首录陈伯陶二函。陈伯陶字象华，号子砺，晚号永焘、九龙真逸。广东东莞县凤㴇（翀）乡人。己卯（1879）科解元，咸安宫教习，记名内阁中书。壬辰（1892）探花，翰林院编修，南书房行走。历任云南、贵州等省副考官，江宁提学使，兼署布政使。他是陈步墀的受业师。晚年以遗老自居，移居九龙城，署曰瓜庐。著《瓜庐诗剩》、《瓜庐文存》等。附有宣统二年（1910）《庚戌二月入都陛见，道出香江，过子丹贤弟绣诗楼因题》五律二首，或非同时之作。①首函云：

> 顷接戴楫臣兄来函，并佳作四篇，捧读之馀，实深钦佩。似此天才秀发，定当一鸣惊人，贺贺。迩维文祺式燕，定叶颂祇。楫臣兄到省，时言高轩本拟来穗垣见过，因贵冗乡旋，是以未获一晤。陶拟月之初十左右北上，道阻且长，想异时把臂春明，再图良觌也。梅花仙院陶先君子所建，近因颓废改修。先君门人又拟为筑精舍其旁，俟落成后请邓莲裳观察撰一碑文，已蒙允许，唯刻未奉到耳。先君门人拟筑精舍所作小启，具有崖末，老弟观之，当悉其端绪。惠来百金，当寄去为匠人之费，异日策杖来游，又当添一重清话也。陶学问谫陋，本不足为人师，荷蒙执贽殷殷，徒增愧汗。送上殿试策贰本、楹帖一副，暨嘱书横额一方、佳作四篇，并嘱题玉照一帧，统祈察收。倚装匆遽，书不能工，希为汪谅。馀不一一，此请文安。唯照不备。愚兄陈伯陶顿首。七月初五日申。惠来洋馔饼食各件统已拜察，谨此鸣谢。又启。

---

① 陈伯陶二诗收入《绣诗楼诗二集》，陈步墀亦有和作《和子砺先生见赠原韵，送其北行》二首，参《绣诗楼集》，第114页。

　　戴楫臣即戴荃，字楫臣，广东东莞人，大约长于陈步墀十岁，跟陈步墀为同学友，交往密切，在给刘太夫人的挽联中署衔"蓝翎同知"。陈步墀有《题戴楫臣司马荃小照》诗相赠。①函中首先提到"并佳作四篇"，当指陈步墀的习作，其后"佳作四篇"一再出现，甚至阅后还要连同"送上殿试策贰本"等一并寄回给陈步墀，或可供科举考试参考。函中又提到精舍"落成后请邓莲裳观察撰一碑文"，邓蓉镜（1833—1901），字莲裳，广东东莞人，著《诵芬堂诗草》、《诵芬堂文存》，早卒，则此函当撰于光绪二十七年（1901）之前。陈伯陶感谢陈步墀"惠来百金"，协修梅花仙苑及拟筑精舍，故致函赋谢。此外《尺素三编》尚存陈伯陶二函。另《岁寒堂寿言》存贺联"知非自与年俱进，学道相期寿大齐"及《〈刘太夫人荣哀录〉序》（1923，癸亥孟春望日）一文。

　　《卅家尺素》录存陈启辉一函。陈启辉〔煇〕，字笃初，新会人，任侍讲衔翰林院编修。宣统元年七月十九日晚致函陈步墀，称已住北京两年，"现翰林院讲习馆期满，保荐人才十八人以丞参司道用，弟幸得与其列。已于七月十四日奉上谕着交内阁记名"，等待分发公职。又云：

　　　　如函付暹罗，想将此情节略为鹤珊道之，以慰各亲友期望之盛心。弟到京年馀之久，而得此效果，已是大而且

————————

　　① 陈步墀《题戴楫臣司马荃小照》云："十年以长则兄事，贫贱之交不可忘。古人有言如诏我，况复神笑留辉光。先生东官之豪杰。锐走雷霆智冰雪。衡虑天将大任身，断机皆成母氏节。忆余舞象与君亲。得君之诲如批鳞。韶光老我太容易，君已名震当时人。吾爱君言展君照。不仗冠裳显其妙。揭来我学绣平原，绘出肝肠无不肖。人间题照尽揄扬。我于文字无所长。但知卅年同学同甘苦，至今精神奕奕传馨香。"《绣诗楼诗》卷一，参《绣诗楼集》，第15页。

速，此皆仰蒙福荫也。粤省事故频仍，南望乡园，杞忧何已。贵府潮属又闻水灾甚重，天祸粤民，何至此极。铁路风潮，四川最为剧烈，目下政府已有转机，然若坚持到底，恐大局正不堪设想耳。京师地面尚称安谧，惟物价昂贵，应酬浩繁，大非昔比，人皆苦之。

此函反映清末各地的社会状况。鹤珊即陈立梅（1881—1930），又名抡魁，字惠芳，号鹤珊，在曼谷出生。光绪十五年（1889）由其父陈慈黉带返原籍读书，光绪二十九年（1903）接手管辖黉利各埠的企业，组建船队，促进东南亚的海上贸易。潮州水灾指光绪三十四年九月二十日（1908年10月14日）粤东沿海出现强台风，海潮暴涨，屋毁人亡之事，陈步墀绣诗楼亦积极助赈。陈步墀与陈启辉唱和亦多。

《卅家尺素》录存姚梓芳（1871—1951）函云：

子丹学长观察阁下：

弟于十七日由西省东归到香，造谒不晤，甚怅。前由龙君惠到大集，循诵再三，莫名钦服，不知顷日大稿又增几寸，如有续刻，尚乞再惠下副本，以资讽咏。愧乏琼琚之报，勉强取出办学两件，以塞厚爱，不觉惭愧也。弟正月拟北学于分科，以后如有惠教，寄京师延寿寺街潮州馆可到。何日再续诗人之话，不任企念。即请台安。弟制芳顿。十二月十七日。

姚梓芳肄业于京师大学堂（后更名北京大学），由西省来港，造访不晤。西省或指广西省，龙君即龙朝翙（1871—1922），广西桂林人。"惠到大集"当指《绣诗楼诗》，宣统元年刻于广州，编入《绣诗楼丛书》第三种，依新旧历计算，则此函亦当写于 1910 年初。姚梓芳乃潮州府揭阳县人，住京师延寿寺街潮州馆。

《卅家尺素》录存盛景璿（1880—1929）函云：

子丹先生词坛左右：

香海重游，获亲雅范。荆州甫识，又唱骊歌，比想德履清佳为颂。弟夜航明月，对皓影而倍切怀人；衡宇晨光，破晓色而独寻归路。从此露白葭苍，无日不溯洄于绣诗楼下耳。濒行承赐大集各刻，并荷佳柚分贻，谢谢。特将《三家词》，《魂粤》、《庐馀》两集，《焦山志》，番禺屈先生象托人带交仑西兄转呈，谅已得达。匆匆覆谢，并颂吟安。弟盛景璿顿首。①

盛景璿，字季莹，号剑人。精于骈文，写景意佳，函中写初访绣诗楼的感觉，文笔尤为优美。函中提到相互赠书，仑西即杨其光，号公亮，番禺人。擅诗词，工篆刻。著《花笑楼词》四种。② 另有题词《虞美人》一页。

《卅家尺素》录存徐琪（1852—1918）一函。③ 徐琪字玉可，号花农、涵斋，浙江仁和人，光绪六年(1880) 进士，广东学政、南书房行走，兵部左侍郎。光绪十七年(1891) 任广东学政，主持癸巳(1893) 科试，陈步墀获取进饶平县学第一名，徐琪是他的受知师。徐琪函云：

---

① 参陈步墀《虞美人》"盛季莹太守景璿寄赠屈翁山先生象，《粤东三家词钞》，《焦山志》，《魂粤》、《庐馀》两集，用《饮水词》韵作答"，《绣诗楼集》，第 247 页。
② 杨其光《花笑楼词》四种，编入《绣诗楼丛书》第五至八种（1909 年）。
③ 徐琪生于咸丰元年十二月二十九日，公历为 1852 年 2 月 18 日。

兄自辛丑（1901）以后，退闲索居，未离都下，因将烂缦胡同旧居之屋，稍稍修葺，小有花木，尚足自遣。甲辰（1904）随班祝嘏，蒙恩特赏三品职衔。丁未（1907）秋承两江端午帅以咸丰年间先君在扬州带勇迎敌受重伤，禀请赐恤，奉旨入祀江浙两省忠义祠，并赏给世袭云骑尉五十年。幽光潜德，至此复昭。想老弟闻之，定亦代为心喜也。年来大小儿骏以主事分度支部兼掌崇文门税差。二小儿骧以主事分陆军部，已得财政处二等科员，亦兼崇文门税差。三小儿兴寿以知府承戴文诚公调在第二初级检察厅行走，现已奏留以五六品推事候补。又承恭亲王赏识，派禁烟公所头等检察官。小鸟学飞，皆叼鸿福。□兄上年闰月〔宣统元年闰二月，1909〕又得第四子，现颇茁壮。大小儿有孙已七岁，亦入塾读书矣。兄精神一切尚如曩时，灯下犹能作小楷。兹特寄上石印三册，皆兄手书付印，其墓文和沈册中有先母一诗。拙作十律，另宝艺志喜诗及赏春吟，皆今年与恭亲王唱酬之作，并附一笑，以当晤言。此书每种多寄三册，以备转赠同门诸贤。匆匆不另函矣。兄现寓京城烂缦胡同南头路西，惠函交邮政局径寄，甚为神速也。

徐琪函写于宣统二年（1910）十二月初一日，函中历叙十年来京中的状况，住于京城烂缦胡同南头路西，"小有花木，尚足自遣"，诸儿皆有职务，生活安稳。戴文诚公即戴鸿慈（1852—1910），字少怀，广东南海人。同治十二年（1873）贡生、癸酉科乡试第一名举人，光绪二年（1876）丙子科进士，为清末考察宪政五大臣之一。抵华盛顿，偕端方（1861—1911）等谒见美国总统罗斯福（Theodore Roosevelt，1858—1919）。恭亲王当为溥伟（1880—1936），别名杨晋斋主，光绪二十四年（1898）承袭王爵，历任官房大臣、正红旗满洲都统、禁烟事务大臣等要职。

《卅家尺素》录存张学华（1863—1951）短札七函。张学华字汉三，晚号闇斋。番禺人。光绪十六年庚寅（1890）进士，授翰林院检讨，派充政务处行走。宣统三年（1911）四月补授江西提法使，未抵任而国变。辛亥以后避居澳门。其七即为《绣诗楼诗二集跋》。① 其六云：

> 昨友人自海南归，以邱、海二公影像见贻，特以移赠。时代虽远，风采隐然，知君好古，必乐为保存也。此请子丹先生吟安。学华顿首。初三日。

邱、海二公盖指明代邱濬（1421—1495）、海瑞（1514—1587）二贤，皆海南琼山人，合称海南双璧。邱濬文章经济，移孝作忠；海瑞乾坤正气，风骨奇特。陈步墀获赠照片，即填二词。② 此外《尺素续编》尚存一函及《岁寒堂寿言》的贺联。

《卅家尺素》录存赖际熙短札七函，连同其他各编合计二十六函，最多。赖际熙字焕文，号荔垞，广东增城人。少岁以增生就读广雅书院，光绪二十九年（1903）癸卯科会试，赐进士出身，充国史馆纂修。辛亥后移居香港，任教香港大学中文学院。其三为温肃过港约聚，其六"客中草草，又迫岁除；陈宠汉臣，犹守汉腊"，明示个人立场。其七温肃"寄来岩野父子照象二张"。其三云：

---

① 张学华《绣诗楼诗二集跋》（壬子十月，1912 年），《绣诗楼集》，第 145 页。

② 陈步墀《大江东去》"明琼山邱琼台先生濬遗像"、"明琼山海刚峰先生瑞遗像"二词，参《绣诗楼集》，第 267—268 页。

温毅夫今日到港，甚愿一见颜色，而又不便造访。〔不便之处公所知也〕今拟本日〔初十六下钟〕在舍下略具蔬笋，敬乞台从惠临，得一醉饱，勿弃为幸。子丹尊兄大人阁下。弟熙醉书。〔连日醉几不能支，醉刘伶醉死便埋却〕

"醉书"之说甚见豁达。其五略叙当年"在山顶教监督经书"，"监督"即校监 Chancellor，疑即当时港督金文泰，主讲经学：

顷承宠召，明日中午赏饭。但弟明日自五下钟至六点半钟须在山顶教监督经书。每星期只诃教一日，不便告假。西人时刻复有一定，不能先后。尊约所谓中午，是否可在四下钟以前，抑或可延至六下半钟以后？如何为便，乞先示之，以便遵照。免至两边窒碍，不能畅适也。此上即候子丹尊兄大人兴居。弟熙顿首。

罗香林（1906—1978）编《荔垞文存》，即从《卅家尺素》辑出 7 函、《尺素续编》3 函、《尺素三编》13 函，共 23 函，编成《与陈子丹书》一文。① 其实尚有《尺素三篇》、《岁寒堂寿言》、《刘太夫人荣哀录》各一函，又《诰封二品夫人陈世伯母刘太夫人德范》〔画像题辞〕、《刘太夫人诔文》（1922，壬戌），亦可补录。

《卅家尺素》录存蔡有守（1879—1941）函云："久闻收藏名画甚众，尤望摄影一一赐寄，以饫本社资料。"蔡有守字哲夫，号寒琼，广东顺德人。擅诗画金石，南社广东分社社

---

① 赖际熙：《荔垞文存》（罗香林序。香港，1974 年 1 月）。又编入《学海书楼丛书》第一种（香港，2000 年）。

长。清末参与国学保存会、国粹学报馆等。可见陈步墀收藏
之富。

《卅家尺素》录存孙雄（1866—1935）五函。孙雄字师
郑。江苏昭文（今常熟）人。光绪二十年（1894）进士，官学
部主事，大学堂监督、内阁中书等职。宣统二年（1910）刊刻
《道咸同光四朝诗史》。平生嗜书成癖，其眉韵楼藏书十万馀
卷。著《师郑堂集》、《眉韵楼诗话》、《旧京文存》等。其
一云：

> 去岁（1909）承赐书并宠题《诗史阁图》七古一首，
> 雅赡清新，允堪压卷。每与林琴南先生在大学中讲授馀
> 闲，辄诵讽大作，一唱三叹，如亲叔度之风徽。此诗已刊
> 入甲集。简端题词汇录许介珊先生诗亦已刊入甲集，惟限
> 于篇幅，未能多录耳。阁下平日吟稿甚富，务乞从速写示
> 数十首俾资模楷，且得刊入乙丙集内，以增诗史之光，切
> 盼切盼。兰史征君去岁在京与弟畅叙，至为沆瀣。渠现在
> 海上，函来亦甚念足下也。《四先生集》及大集乞多赐二
> 三部，俾得分示同志为幸。兹邮呈拙刻《诗史》甲集暨
> 诗话、骈文等覆瓿之作，均求莞正。《诗史》刊资倘荷鼎
> 力提倡，尤所深纫。

此函写于宣统二年（1910）八月初九日，孙雄刊刻《道
咸同光四朝诗史》中有林纾（1852—1924）所绘《诗史阁
图》，而陈步墀《昭文孙师郑先生雄得闽县林君琴南为绘〈诗
史阁图〉，征海内题词因应》一诗亦编入《诗史》甲集，获誉
为"压卷"之作，且深受林纾的赏识。而陈步墀刊刻《四先
生诗存》，辑录陈廷光（1627—1757）、陈士镳、陈多缘、许
之斑（1847—1910?）诸家作品，他们分别是陈步墀的祖辈及

业师，皆有诗名，可惜未能传世。孙雄选录许之斑作品辑入《诗史》甲集之中。函中还提到潘飞声，住在上海，宣统元年（1909）尝入京与孙雄晤聚之事。又孙雄《四朝诗史》、《眉韵楼诗话》所论陈步墀诗话二则，亦见录于《绣诗楼诗二集诗话》。① 信末更直言请求资助刊刻费用。

其二写于十二日，月份不详，孙雄自称"肝疾旧恙"复发，病中得"萧伯瑶先生大集拜读，极佩"。复称陈步墀所赠《题诗史阁图》长古："浩荡写来，追踪太白，感慨深挚，情韵苍凉。"评价极高。此外又提到："徐花农前辈时相过从，吾兄嘱书之件已为转交。俟花老执就，即行寄上。梁又农先生晤时，乞为道念。渠自著诗稿刻本，亟欲索观。"都可以反映他们跟萧熲常、徐琪、梁淯之间文字交往的情状。

其三写于辛亥革命之后 1912 年旧历四月初五，时局剧变。孙雄的住址在"北京烂面胡同南头路西常昭会馆"。函云：

> 去岁（1911）八月以后，时局变幻，不可思议。数千年政体，一跃而进于共和，进化之速，信出意想之表。吾侪何幸得生斯会。弟于冬初移寓津门，流离转徙，颇形困顿。旧历正月中旬，京津保均遭焚掠之劫。下走虽未罹酷虐，而损失之数，已不堪笔述。《诗史》甲乙集均已刊成，业托兰老邮呈郢正。惟吾兄大作，仅睹鳞爪，深以未刊入甲乙集为愧恨。现丙集已陆续付刊，尚乞速行邮示近年大稿，俾得迅速刊入，以增拙选之光，切盼切盼。〔甲乙集中民国伟大人物拟均抽出，另行编次，民国诗史业于日内登报

① 陈步墀《昭文孙师郑先生雄得闽县林君琴南为绘〈诗史阁图〉，征海内题词因应》及孙雄诗话二则见《绣诗楼诗二集》，《绣诗楼集》，第 117，94 页。又《四先生诗存》（1909 年），编为《绣诗楼丛书》第一种。

声明。〕下走从前所司学堂局署，今均辞职断绝关系，闲云野鹤，长为世外闲人。惟因南中无家可归，且图书万卷，均在都门，维持国学之坠绪，此志不敢少衰。并拟搜辑前贤暨近代名人著作有关掌故者，刊为有清史料丛书，窃附孟氏守先待后之义与史迁述往思来之旨。先生通人，得毋悯其遇而哂其狂乎。前得兰老来书，知阁下允助《诗史》刊资，俟大局稍定，即行设法汇寄。弟深感吾兄盛意，能于世局颠沛之馀，不忘扶学恤友人之意，用敢冒昧通笺，一述其私。

此文写改朝换代之后，孙雄一度流寓天津，损失惨重。同时宣示自己的遗老立场，甚至将《诗史》中跟民国有关的人物另行抽出，深恶痛绝，"长为世外闲人"。孙雄通过潘飞声获知陈步墀愿意资助《诗史》的印费，期望早日汇寄。

其四撰于壬子（1912）七月廿三日，表示汇款收到。函云：

　　道胜行内百元业已领到，拜谢拜谢。风雅道衰，干戈未息，神州有陆沉之叹，斯文增坠地之悲。执事古道热肠，不以世变而有移易，俾丛残之稿，得付雕镌，感佩之忱，曷其有极。走卧病津门，凡三阅月，近始痊可回京，迟迟作覆，职是之由，曾函告老兰嘱代为道谢，并道歉也。

其五写于癸丑（1913）修禊之辰，孙雄住址仍为"北京烂缦胡同常昭馆"，但"烂缦"前作"烂面"，未知孰是？

　　时局方艰，苍天犹醉，弟蜷居京国，无家可归。开府之萧瑟江关，遗山之流连野史，弟才实不逮古人，而身世之感颇觉相同。足下知我，当为感叹。去岁荷赐百金，以为《诗史》刊资。今裘葛已更，而《诗史》丙集尚未刊竣。临颖之馀，曷胜愧恧。

在感怀时局之外，孙雄又提到潘飞声、萧穀常、梁济等人，并盛称"又农书法诗才均足冠绝一时，南洲多才，至深佩仰，尚乞阁下广为介绍，搜罗珠玉，俾增《诗史》之光"。其他友人尚有徐琪、胡墨仙等。"徐花农侍郎与弟比邻而居，诗酒往还，殆无虚日。曾见大集，嘱为代索，都门同志，颇多钦仰芳徽。琐琐附述，乞赐好音。胡墨仙君近岁曾通音问否，其踪迹何如，亦希示及。"胡墨仙有椽笔，"藻笔丈二寸"，① 潘飞声居港之时，跟梁济、胡墨仙、陈步墀等时相唱和，交情甚笃。此函附有孙雄《子丹先生惠寄新刊〈绣诗楼诗集〉，谨题四律，兼述鄙怀》七律四首，陈步墀亦有和作。② 其后《尺素续编》、《尺素三篇》尚有三函，地址改为"西砖胡同卅八号常熟孙寓"。

《卅家尺素》录存龙朝翊三函、龙朝辅（1873—1909）一函。龙朝翊，号蛰庵，广西桂林人。饶平县知县，《岁寒堂寿言》附录《诰授通奉大夫陈子周先生暨德配刘夫人六旬晋七寿序》（1899），盖为陈慈黉夫妇贺寿之作，成就显赫，文笔刚健。陈步墀诗云："风尘未识荆州面，月旦已临蓬岛仙。"注称"邑尊视学到余家中"。后来龙朝翊赴海南岛任官四年，

---

① 陈步墀《三妙诗寄怀胡何二子香江》三首之三，注称"胡子有椽笔，何子善画梅"。《绣诗楼集》，第 55 页。

② 陈步墀《〈郑斋感逝诗〉题词奉寄孙师郑太史都门》四首载《宋台集》，《绣诗楼集》，第 180 页。又孙雄四律亦见《绣诗楼集》，第 278 页。

宣统元年（1909）有《留别澄迈》四律，陈步墀亦有和作。①
龙朝翊三函，同撰于宣统元年，其一"前月在黄冈查办斗案，
尘牍繁冗中奉瑶函，并绣词大集之赐，匆匆拜察"。函中还提
到陈慈黉，"令兄周翁老成厚德，梓里交推，得古稀之大年，
具箕畴之全福。则开东阁以延宾，指南山而上寿，既殷祝嘏，
宜有颂词，惟自愧不文，不足道扬盛美耳！"固有贺寿之意。
又指弟龙朝辅，"中秋前舍弟左臣将回桂应保送举贡之试，当
过香港，嘱其趋候，藉领教言"。信末"贤夫人请叱名道谢"，
即继室李氏（1877—1931），可见两家是十分相熟的。

其二写给陈慈黉、陈步墀兄弟，主要谈到其弟龙朝辅回到
广西后一病不起，并对陈氏兄弟所赠赙仪及挽章申谢，情辞恳
切，文笔亦佳。

　　子周子丹贤昆仲仁兄大人阁下：

　　　　月前续奉季方手书，适有弟丧，哀痛之际，未遑裁
　　答。顷辱慰问，复蒙厚赐挽轴，拜领临风，感铭积日。弟
　　久淡名心，忽遭家难。舍弟七月旋里，道出香江，曾有书
　　来，具言趋访季方，晤谈至快。既接清光，并承盛饯。曾
　　留三绝，借志泥爪，景慕之私，溢于楮墨。不期抵家半
　　月，一病不起。鄙人凉德，薄宦频年，兄弟二人，相依为
　　命。雁行中断，伤家境之坎坷；鸟倦知还，遂宦情之冰
　　冷。亟欲挂冠归去，披发入山，一卷《楞严》，忏悔平生
　　恨事。惟局于官守，重以债累，而亡弟遗孤，年仅五龄，
　　豚儿更稚，此身担负，谁与分肩？满志踌躇，寸心碎裂，
　　相爱如贤昆仲，何以教之？至隆赙本不敢领，脱骖之赠，

---

　　①　龙朝翊《留别澄迈》四律及陈步墀《邑尊龙赞侯太史朝翊以
〈留别澄迈〉四律见寄，次韵和呈》均见《绣诗楼诗》卷五，《绣诗楼
集》，第82—84页。

原为馆人，圣哲用情，与受期当。惟昨询诸绅士，佥谓此间旧俗，赙赠丧家，例无璧返，语为吉祥，只得愧领，悚谢曷似。载读挽章，情文悱恻，令我歌泣。词人妙笔，入人也深。愈知贤昆仲相爱之雅，发于天倪也。谨再拜复谢，专此敬叩兴居，诸乞爱照。不具。愚弟期龙朝翊顿首。

其三龙朝翊函云："顷畅谈至快。文斾明晨即发，恐不及走送。云情风度，思佩无已，深宵独坐，率成四截句奉答，录呈敲政。"《绣诗楼诗二集》题作《答陈子丹即送其行》，而陈步墀亦有和作《寿赞公四十，即用其送行原韵》四首。① 此外龙朝辅路过香港，"得遍观绣诗楼佳制"，亦致函及口占七绝三首赋谢。②

《卅家尺素》录存潘飞声五函。潘飞声（1858—1934）字赞思，号兰史、剑士，广东番禺人。光绪十三年（1887）赴德国柏林东语学堂任教三年。光绪二十年（1894）任《香港华字日报》主笔，光绪二十六年（1900）创办《实报》。直至光绪三十三年（1907）赴上海国学萃编社任总编辑止，居港凡十三年。其一《闻子丹观察诗集刊成，寄题二绝》自澳门寄出，即《绣诗楼诗》题词之作。其二《柳梢青》"奉题子丹社长《双溪词》大著，己酉七月飞声写于剪淞阁"，则为《双溪词》题词，均作于1909年。其三"小诗奉送子丹挚友归里。老弟声拜手，九月五日"，《绣诗楼诗二集》题作《送陈子丹先生归粤》二首，诗云：

---

① 龙朝翊、陈步墀唱和诸诗载《绣诗楼诗二集》，《绣诗楼集》，第105—106页。

② 龙朝辅《香岛遍观绣诗楼佳制，口占三绝》，参《绣诗楼集》，第279页。

巢父东征又忽回。重阳孤负惠山醅。
长江潋潋龙蛇影，吸取波光入酒杯。

鼙鼓声中得句迟。烽烟遍地欲何之。
杜陵弟妹江关感，肠断江头送别时。

宣统三年辛亥八月十六日（1911 年 10 月 7 日），陈步墀率领香港实业团赴日本考察商务兼报聘，从香港出发，拟经上海赴日本，回程再游北京、天津。恰逢武昌起义，时局剧变，到上海后取消行程，中间因误船去了一回苏州，然后就从上海返港了。《绣诗楼诗二集》卷三《游吴纪程》讲述全程经过，由 10 月 7 日决定动身开始，30 日返抵香港，连同筹备工作，前后共计二十四天。潘飞声诗中的"九月五日"即公历 10 月 26 日。其四云：

子丹仁老兄先生足下：

　　由澳返，拜领佳酿双瓶，前情未报，又叨厚惠，惭感奚似。弟因事羁，尚未成行，如到港定必奉诣，重拾坠欢。〔晤又农、楫臣、墨仙乞先道意。〕京师《国学粹编》已出，促其径寄尊处矣！读《四先生诗》，卓卓可传，而吾兄风义，尤近世所罕，心折之至。专覆。即颂大安！愚弟飞声顿首。廿三日。

此函提到澳门及《四先生诗》的出版，当属 1909 年之作。又函中提到梁渟、戴楫臣、胡墨仙等，都是当时交往频密的同道中人，在诸家函札中往往一再出现。其五云：

子丹仁兄知己足下:

读手示,承赐汇银币五拾元。天涯得此,何止鲍叔风义,直救燃眉之急也。犹忆去年商业困难,已仗巨款,迄未酬还。今又荷此厚情,将来何以为报耶!词纸尽已拜读,前寄示诗词集已分一份送图书馆,俾人人得读矣!专谢即颂大安。愚弟声百拜。十七日。〔少泉现已到港,拟日内偕行入都,再函通讯,又拜。〕

此札大约作于1911年,潘飞声一再感谢故人在经济上的支持,由此亦可见陈步墀疏财仗义,对当时很多著名的文人都有所资助。江孔殷(1864—1952),字少荃,或作少泉,号霞公。南海人。光绪二十一年(1895)赴京考试,参加公车上书。光绪二十九年(1903)癸卯科进士。1911年后赴港经商。英商英美公司代理人,经营烟业致富。1930年返广州。著《兰斋诗词存》。《尺素三篇》录存江孔殷一函,写有《题老兰"山塘听雨图"》二首、《游仙四首用王壬秋和辟园艳体韵》,庚戌七月(1910)撰。

《尺素续编》录存一函,附诗二首。

丹兄老友足下:

维舟岛上,重拾坠欢。良友多情,真铭五内。到省寓海珠酒店,倏忽逾旬,事忙未及笺候。弟今日往黄埔岛濂看山水。明坐车阅广九铁路。晚间或宿石龙。后日抵九龙。能否到港相访,迄未能定。大约初八九时招商轮下港,亦不过半日叙耳。至好亲朋文字挚交,旋见旋别,为之生感。近作二诗先写呈削。即颂大安。老弟声顿首。午节前一日,海珠楼上发。又农同候,匆匆不另函。

此函撰于1913年端午节前一日,主要叙写从广州到香港的行程。所附《返粤将登舟，沈节度枉过率呈》及《维舟香港，子丹社兄留饮奉赠，再示又农弟》二诗。案陈步墀诗词集中多与潘飞声唱和，附录作品十一首，但都溢出于《说剑堂诗集》及《说剑堂词集》之外。仅存《泊港上陈子丹招饮陶园，并示又农弟》一首，尚见于集中。潘飞声诗云：

> 青山如见旧家园。此地临歧屡断魂。
> 顾我频年别乡国，故人未老有儿孙。
> 乾坤扰扰身安托，文字荒荒舌尚存。
> 暂得重逢相痛饮，一宵酣醉即平原。①

此外《尺素三篇》、《岁寒堂寿言》各一函，分别录存《读〈文中子〉感题》（1918，戊午二月，年六十一）、《子丹仁兄五十生朝，寄诗奉祝》（1919，己未八月）二诗。

《卅家尺素》录存船津辰一郎（Tatsuichiro Funasu，1873—1947）函，船津辰一郎是佐贺县人，乃日本外交家，实业家。参加过中日甲午战争。其后在芝罘（烟台）、上海、牛庄、南京、香港、北京、奉天等地的（总）领事官任职。1915 年任驻北京公使馆三等参赞，后升至头等参赞。1919 年任驻天津总领事，并兼任朝鲜总督府事务官。1909—1911 年间任驻港日本总领事，住当尼道，跟陈步墀交情尤笃，诗词来往亦多。1909 年陈步墀有《重叠金》〔《菩萨蛮》〕"中秋同家笃初侍讲启辉访日本船津克己领事辰一郎，山中归途口号"、《明月生南浦》〔《蝶恋花》〕"八月廿一日克己领事宴余山中，出册索题，即席赠此"；1910 年有《船津领事席中井手三郎素行与马小进痛饮，夜阑联句，秉烛送归，因呈小进》、《船津

---

① 潘飞声：《说剑堂集》（上海，1934 年），卷二，第 5 页。

领事导游清风楼，观日妓小奴歌舞感赋》；1911 年甚至安排陈步墀率领香港实业团赴日本考察商务，访问团队已经出发了，船过基隆，再到上海，遇辛亥革命时局动荡半途而止，乃仓卒回港。离港后尝致函云：

子丹仁兄大人阁下：

　　自香港揖别，匆匆数月馀矣！每值花晨月夕，未尝不遥念丰神，景仰之怀，无时或释。近维起居禅吉，履祉康详，鸿运亨通，财源辐辏，为颂为慰！弟前在港时，诸蒙辅助一切，得以事事平允，毫无愆失，皆阁下襄赞之力也。临别之时，复尝雅爱，惠赐宝贵品多件，谨珍重收藏，不惟感我故人之厚谊，且足为愚弟传家之宝。仰承厚赠，慊仄殊深。弟每欲申函道谢，并候问起居。奈东奔西驰，无时休憩，并且一抵宁后，即为公私一切事宜羁缠不了。致笔墨懒亲，少函通问。忝在至交，敢希原宥。此后虽天各一方，而彼此神交不妨，以鱼鸿常达，借纾两地相思，是为祷切。专此。敬颂财安。弟船津辰一郎顿首。

此函撰于船津辰一郎调往南京工作之后，虽是一般客套说话，但情辞恳切，文笔畅达，亦属佳制。其后在陈步墀五十大寿时奉送梁于渭（1847—1912）的画作以为贺礼，"余得梁杭雪礼部画石二帧。子丹观察五十寿辰寄此奉贺。先生为其同乡，当乐赏之。弟船津辰一郎"。又为刘太夫人的丧礼致赠挽联。

《卅家尺素》录存萧瑽常五函、《尺素续编》三函。萧瑽常，字伯瑶，广东南海人，廪贡生，入读广州学海堂，为陈澧入门弟子，未获科举功名，自号南海老布衣。光绪十二年（1886）任职潮州海关，住在汕头。晚号遁愚、鳄浦寄渔。著

《萧斋馀事约刊》。陈步墀为其刊《遁愚墨妙》（《遗翰二种》，
1912—1913）、《铁帚集》（1916）、《海声——萧伯瑶先生遗
稿》（1916），分别编入《绣诗楼丛书》第十三、十九、二十
种，皆有存书。其一云：

子丹仁兄大人阁下：

　　初六日得诵琅函，并承惠赐《四先生诗存》五卷，
诗甚清醇可喜，佩谢佩谢。当即代送竹公、暨公，报璜公
矣。承谕绣诗楼题词，元作不亚次咏，古人谓目不能自见
其睫，此之谓也。将来拙稿若留，当存元作可耳！兹附上
《游郡城山林》十律，即希哂正赐和。此阁下珂里春游秋
望之区，不可不和作也。仑西如有兴，亦请和作，希为转
致是幸。倘佳作见赐掷来，当代交公报印入《诗界》，以
光报纸。昨接兰史来信，云沈孝耕法部荐伊到戴少怀司徒
处，为总编辑《国举〔学〕粹编》，定于三月初就道。弟
已复函送行矣！草草复谢，并颂春祺。弟𫘤常顿首。

此函作于宣统元年闰二月十六日，萧𫘤常收到《四先生诗
存》五卷，并代转赠在潮友人。又以新作《游郡城山林》十
律求和，仑西即杨其光。又称潘飞声获戴鸿慈聘任《国学粹
编》总编辑，将于三月赴北京工作。

其二先录《次韵陈芷灵〈杂感〉》四首，并将新作"《咏
史诗》十四首书作横幅"，又云：

　　弟赋闲无事，无处可行，无人可语，亦无病可养，古
人所谓天下废物者，弟之谓也。然目击时艰，深感将来必
有天地崩裂一场，为猿为鹤，为虫沙而后已？孟子曰定于
一，其斯之谓乎？然非鄙人所见也。《咏史诗》不知有伤

时忌否？尚祈订之。草草语无秩序，不足为外人道也。即
此敬请撰安。百益、仑西、梅石同候不另。弟遁愚顿首。
秋九，廿七。

此函作于秋九月二十七日，感慨时局，预料将有天崩地裂
的大变，是好是坏就不知道了。

其三自称"圆觉和南"，撰于清和四日。首先讨论岭南诗
史，跟着回应孙雄函中对他的诗作批评意见，表现谦和的风
度。论云：

> 孙氏诗函□□句过于直骤，遁愚亦自知，当时本欲将
> 小注删去，因已书就，故亦将就寄呈。若无小注，则囵囵
> 吞骨〔枣〕，不知所谓。今注之则实说其事也。能否嘱孙
> 君代删其注乎？所谓驷不及舌，非保身之道也。信内所
> 言，又农是何人？遁园是何人？希便示悉为祷。孙君所题
> 四律，金和玉节，雍容可爱。至伊欲取拙稿，容日检出，
> 呈交尊处转寄可也。兹将其原函寄还。尊序稿亦寄微尚，
> 祈统收为盼。

微尚指汪兆镛（1861—1939），字伯序，一字憬吾，自号
慵叟，又称微尚老人等，落籍番禺，为陈澧高足。光绪十五年
（1889）举于乡，辗转游幕于广东各县。辛亥革命后来往港澳
与广州之间，多住澳门。著《微尚斋诗》、《澳门杂诗》、《雨
屋深灯词》等。[1]

其四《吊邱仙根水部逢甲》长古一首，申明大义，气壮
山河。诗云：

---

① 参邓骏捷、陈业东编校：《汪兆镛诗词集》（广州：广东人民出
版社，2013年12月）。

死矣丘沧海，何与挂仙根。仙根水部我师友，前死在罗浮之山门。罗浮山高八千仞，昔尝寄诗罗缕道妙与我论。八十二章丹火诀，九九大还火热青可扣。青龙房六虎昴七，朱雀张二随翔蹲。至今铁桥之西石栈嵯，墓门松柏何鳞皴。昔者沧海君，手袖铁锥击狂秦。惜哉不中死其身。死在沙丘以丘姓，海人呼作丘沧海者即其人。仙根姓邱氏，邱丘迥殊伦。或云丘字孔圣讳，雍正御笔避书作邱云。汝辈高曾父祖皆邱姓，汝不邱姓黄泉何以见先人。是无亲。圣讳避书故干犯，是无师而无君。无父无君无师者，是不可以为人。仙根结发诵书史，且曾籍名为部臣。纵无净土不能死，效古归潜著书群。逸民岂肯假丘浑尘世，名教弊屣如毛轮。况尝斩蛟毗舍耶，原知大义之所伸。事业虽不成，气已凌秋云。何与于沧海，身名魂魄各两分。无知小儿乱污蔑，令余掩耳不忍闻。鸣呼水部兮仙根。罗浮古无诗人坟。君幸玉棺已早窆，皎皎乎不与盗跖争利，而为蜀犬之喈喈。

光绪二十一年（1895），邱逢甲（1864—1912）入潮，翌年冬归籍海阳（潮安），主讲东山书院，在潮汕居住近八年之久。光绪二十四年（1898），邱、萧二人初次唱和，邱逢甲有《汕头海关歌寄伯瑶》之作，说明汕头海关新、旧关形成及税收悬殊的因由，以及汕头口岸的经济现状等。[1] 其后邱任广东谘议局副议长，积极支持革命活动。民国元年（1912）2月25日卒。邱、萧二人唱和之作甚多。其五云：

---

① 参周修东《〈汕头海关歌寄伯瑶〉解读》，《潮学研究》新一卷第三期（潮州：韩山师范学院国际潮学研究会，2011年12月），第58—80页。

云僧老尊宿清鉴：年前得奉环章，谬膺扬诩，益增汗颜。初间接到惠赐大著一本、《石间集》一本、月分牌二张，拜领临风，弥深欣谢。细读尊作，似与前阅抄本，增咏古迹颇多，实与山川生色，如此亦不负此一游，殊可爱也。石间五律精絜遒紧，与梁药亭同一宗派，药亭自在，不求深造。石间则时求新颖，如"秋草惊忽绿，山灯染泪红"之类，又从陆鲁望脱出。又"寺楼高碍树，山鸟寂闻钟"，则与药亭"避人寒谷鸟，阅世早潮钟"同一枢轴，证之大雅，以为然否？三太史所书封面，各具精采。玉臣不求斗粟，自号淡盒，乱世隐退，尤见高尚可钦。拙作得吾师如此扶持，感深千古不尽矣？兹将和诗史题后二律另纸抄呈寄上，其迟之故，因次首奴、吴二韵，枯窘甚难着笔，已七八易稿，今虽差强人意，究未快惬。如能寄北，附刊众和之后，更为感祷。若因语意过激，恐有金刚怒目，当作罢论可也。新春以来，并无善境，上饶各村为虞美人之祸，受累不浅。隆裕后升遐，国家阳九，又作大丧，可胜叹哉！惟作达摩面壁可也。昨偶点诗，老衲心惟一片闲，夜惟一睡日三餐。雨花逃过恒河劫，笑指前身是阿难。今入辟支佛道，改名圆觉，并此附闻。草草。敬请道安。满菩提愿。癸丑惊蛰前三日，圆觉和南。

此函撰于民国二年（1913）惊蛰前三日。蒋易撰《石间集》，清宣统二年晨风阁刊本。函中称誉吴道镕玉臣"不求斗粟，自号淡盒，乱世隐退，尤见高尚可钦"。又和孙雄二律，希望能在北方发表，只怕观点过于激烈而已。至于"上饶各村为虞美人之祸"一句，虞美人似指罂粟花，即鸦片，借以喻上饶各村的毒祸。

《尺素续编》三函，其二、其三皆属长函。其三谈到刊印诗稿的问题。"再者遁愚尚有《铁帚集》一卷，《海声》一卷，现拟抄竣送与尊处，如不厌鄙陋，则采入《绣诗楼丛书》，得以攀附为幸。《铁帚集》系前在羊城之诗，《海声》则十年来汕头之诗也，但须秋冬间方可。"其后1916年都印出来了。

《卅家尺素》录存刘景棠三函①、《尺素续编》六函、《尺素三编》二函、《岁寒堂寿言》一函，共十二函。刘景堂（棠）字韶生，号伯端，别署守璞，广东番禺人。光绪三十四年（1908）任职广东提学使司署之学务公所，获交邱逢甲；邱逢甲有《题刘伯端德配范菱碧所画帐额二十四番花信图》七绝二首及《刘郎歌》七古一首相赠，甚表器重之意。宣统元年（1909）随父宦游南京，翌年父卒，乃扶枢归粤。宣统三年（1911）黄花岗事起后移家香港，初助俞安鼐（叔文，1874—1959）设塾教读，其后任华民署文案。刘景棠亦多与陈步墀唱和，《十万金铃馆词》及《茅茨集》中录存刘景棠早年佚诗11首、佚词7首。而《卅家尺素》诸编则录存佚诗13首、佚词3首，共16首。合计可得佚诗22首、词9阕。所著《心影词》，编入《绣诗楼丛书》第廿九种，1920年出版。其二短札云："拜读和章，佩慰无似，慷慨淋漓，自是后山嫡派。当已另录交《华字日报》刊登，俾有目共赏。如尚有新作，并望多示一二，以慰寂寥。"《尺素续编》刘景棠函其五录存词稿二阕，《念奴娇》"题李茗柯'寒夜听琴图'"云：

　　夜深庭院，正斜月侵帘，照人无寐。影落屏风银烛冷，谁抱冰弦自理。哀雁横空，涩蛩吟砌，都是伤心侣。知音何处，故人瀛海归未？　　那更断不成声，低徊似诉，别有深深意。流水高山成往事，莫问人间何世。素柱飘零，残丝冷落，身世知谁似。曲终无语，宿寒犹在衣袂。

《齐天乐》云：

年来无计寻欢意，依稀旧时情绪。画桨春寒，朱栏月黯，却记初相逢处。轻鼙软语。会妒煞枝头，燕俦莺侣。悄指双星，夜阑犹自照窗户。匆匆意长梦短，古今同感慨，环燕尘土。冷泪珠抛，深情藕断，犹忆当初分付。萧郎莫误。怕过了佳期，此情终负。草长江南，想伊归去路。

末云："近填长调二阕，录呈云僧词坛郢正。守璞稿。"①
二词约撰于1915年前后，《念奴娇》题写李茗柯"寒夜听琴图"，曲终无语，别有会人深意。李尹桑（1880—1945），原名茗柯，号壶甫、秦斋、鉥斋。番禺人。师承黄牧甫。尝与易大厂（1874—1941）、邓尔雅（1884—1954）等组濠上印学社。

《齐天乐》怆念江南的旧情，"画桨春寒，朱栏月黯，却记初相逢处"，珍惜初遇的感觉，轻鼙软语，佳期终负，天心人事，黯然魂消。此二词并没有编入刘景堂词集之中，幸赖《尺素续编》得以保存少作。

《尺素续编》其三云：

---

① 刘景棠其五函二词载《尺素续编》，编入《绣诗楼丛书》第十八种，1916年。又刘景堂原著，黄坤尧编纂：《刘伯端沧海楼集》（香港：商务印书馆，2001年），第182页。

　　子丹先生阁下：昨饫郇厨，感谢无既。顷与同人约赋小诗，录呈粲政。承允购开明社戏票，兹送上廿六、廿七贵妃床各一，共价六元四毫。请掷交来手。廿六演《沉香床》，廿七演《仇情记》，均海啸出色剧本也。此候日祉。守璞启。

《尺素三编》其一云：

　　子丹先生阁下：昨承惠多珍，拜领谢谢！荔枝佳极，弟虽在粤久，而罕尝此异味。彩云相丰韵犹存，当年容态可想。读公《咏莲》四章，尤觉香盈齿颊。弟适作《采莲曲》四首，顺呈粲正。诗集二尚未暇展读，海啸小影前因友人携往省城，昨已飞函促其寄还，再行奉赠。近有佳什，望示一二。敬请大安。弟棠顿首。

　　《尺素续编》其六云："兹史海啸君云有事欲谒台端，特为介绍一谭。"诸函反映民国早年的生活细节，他们都很欣赏开明社史海啸的演出，亦有追星意味。

　　《尺素三编》录存函札二十三家。其中有沈秉炎所赠汪瑔（1828—1891）所抄《般若波罗蜜多心经》，"光绪十年岁在甲申二月十九日越人汪瑔写"（1884）。汪兆铨（1859—1929）跋云："先君尝言：自馆阁体行，作小楷者无复古法。必由停云、松雪入手，始知古人结字用笔之法。平时不作小楷，惟岁书《心经》一二本耳。此本付季新四弟藏之。戊午冬汪兆铨谨记。"（1918）季新即汪兆铭（1883—1944），当年春日来港，刘景堂有《庆宫春》"春日偕季新丈登太平山晚眺，归饮酒家。与季丈别十六年矣，明日季丈复有远行，倚此相赠"。①
可是《心经》抄本没两年就转到陈步墀手上，有些奇怪。

《岁寒堂寿言》除了标榜宣统皇帝溥仪（1906—1967）的
御赐墨宝之外，还录存祖辈的文物，如班第、苏昌"为乾隆
癸酉科乡试重宴举人陈廷光立"的牌匾"重宴鹿鸣"（1753）；
刘大主考所赠对联"文章已久推先达，恩宠于今沛老成"；又
冯成修撰、劳潼书《恭祝大赞治郡司马即荣升朴翁陈老先生
大人六十荣寿序》，乾隆三十六年岁序辛卯仲秋吉旦（1771）。
关于父兄的文献，则有游显廷撰、杜炽勋书《恭祝诰授奉直
大夫加二级焕荣翁陈先生六秩晋二、诰封宜人陈母吴宜人六秩
晋一双庆荣寿序》（1876）；龙朝翊撰《诰授通奉大夫陈子周
先生暨德配刘夫人六旬晋七寿序》。其后才是个人贺寿之作，
有温肃撰、赖际熙书《诰授中宪大夫子丹三兄观察大人五十
寿序》；姚筼《恭祝诰授中宪大夫陈君子丹观察大人六秩开一
寿序》（1920）；许振《岁寒堂寿序》、《岁寒堂开并蒂芍药
记》等。

《刘太夫人荣哀录》则有赖际熙撰《诰封二品夫人陈世伯
母刘太夫人德范》〔画像题辞〕、赖际熙撰《刘太夫人诔文》
（1922，壬戌）、许振《诰封夫人陈太岳母刘太夫人诔文》。陈
伯陶《〈刘太夫人荣哀录〉序》（1923，癸亥孟春望日）、温肃
《〈刘太夫人荣哀录〉跋》（1923，癸亥四月）等。又刘太夫人
挽联 59 件、刘太夫人丧联 14 件。附录王景仁《挽先通奉公
文》〔孙婿许振谨校并书〕、田均《挽先通奉公联》等，都是
有关家族纪事及近代商贸发展的史料，可供参考。

陈步墀函札中辑存的诗词作品，《卅家尺素》41 首、《尺
素续编》21 首、《尺素三编》34 首、《岁寒堂寿言》14 首，

---

① 刘景堂《庆宫春》载《心影词》戊午词稿。参《刘伯端沧海楼
集》，第 49 页。

合计 31 家 110 首，得诗 100 首、词 9 首、曲 1 首。其中刘景堂（守璞、伯端）16 首最多，次为萧瓗常（岭海遗民遁愚）10 首，潘飞声 9 首，瑞诰（悔庵、斡难悔庵、斡难忏绮生）、林其芳各 8 首，王为斡（子良）7 首，江孔殷 6 首，黄映奎（花南道人、禺阳荒遁叟）5 首，萧汉杰（竹朋）、孙雄（师郑）、龙朝翊（蛰庵）各 4 首，杨其光（花笑词客）、龙朝辅各 3 首，丁仁长（松隐）、王蕴章（梁溪莼农）、吴道镕（淡盦）、陈伯陶（梅花村农）、鲍恢各 2 首，王寿民（八夕生）、何炳堃、李经羲（悔庵旧衲）、沈秉炎、姚筠、高翀、商廷修、梁松筠（玉乔）、盛景璿（剑人）、陈仰于（臣英）、陈脩养、冯骏、罗锦泽各 1 首。这批作品大部分都是写给陈步墀的，深具应酬意味，但也有少量属于自我表现的空间，彼此引为知音。而且诸作全是各家的墨宝真迹，尤为珍贵。有些在诸家诗文集中也没有收录，更可供辑佚之用，值得参考。

陈步墀《绣诗楼丛书》与晚清文学在香港的发展

一、晚清文学在香港的延续和发展

清末民初改朝换代之际，革故鼎新，大批广东的传统文化人移居香港。他们很多不满意革命，但又无法挽救沉沦的国运，乃以遗老自居，隐逸终老。他们出身举业，饱读诗书，精擅书画金石，且有很高的文学造诣，过去在中央或省政府机构任职，高官厚禄，驰骤风云，各有一番表现。来港后赋闲在家，感时哀世，形诸吟咏，组成各类型的雅集活动，推动诗文创作，弘扬国粹，同时也促进了香港文教事业的发展，使香港人才济济，形成一片兴旺的局面。

罗香林《香港与中西文化之交流》论云："第三时期香港之中国文学，以隐逸派人士之怀古作品为代表，而隐逸派人士又以陈伯陶、张学华、苏泽东、赖际熙、汪兆镛、吴道镕、丁仁长、何藻翔、桂坫、罗瀼等为代表，所作多含蓄凝练，大雅不群。"①诸家多属粤籍人士，古典文学的根基深厚，著述亦多。例如1916年创作的《宋台秋唱》，山河破碎，感慨兴亡，

---

① 罗香林著：《香港与中西文化之交流》第六章《中国文学在香港之演进及其影响》（香港：中国学社，1961年2月），第197页。

陈伯陶等乃以《九月十七日祀赵秋晓生日次秋晓生朝餗客韵》为题，凭吊宋王台，先后参与唱和者达三十五人，流露出浓厚的故国情怀。① 至于 1923 年创办的学海书楼，由赖际熙（1865—1937）、洪兴锦（1883—1937）、俞叔文（1874—1959）、李海东等发起，仿阮元广州学海堂讲学之意，专邀清季的翰苑名流莅临主讲，聚书论学，宏振斯文。著名的讲者有陈伯陶、赖际熙、区大原（1869—1945）、朱汝珍（1870—1943）、岑光樾（1876—1960）、区大典（1877—1937）、温肃（1878—1939）七家，道德文章，皆有可述，更以"保天下"为己任，②凝聚力量，复兴文化，也就构成早期香港文学的重心，迄今仍讲学不绝。③

1927 年，香港大学中文学院成立，赖际熙为首任院长，即以经史子集及古文词章教导学生，专治中国学术，沟通中西文化，任重道远，气魄宏壮。此外，他们也很着意于整理地方文献，例如吴道镕主编《广东文征》等，④斯文一脉，不绝如缕，孤臣孽子，天心可鉴。这些都可以说是晚清文学在香港的延续和发展。尤其是民国以后，白话风行，世风剧变；旧体文学花果飘零，存亡绝续，几无容身之地。香港的传统文化人在

---

① 苏泽东编：《宋台秋唱》（香港，1917 年初刻）。今据潘小磐重印本，与陈步墀《宋台集》合刊（香港，1979 年）。

② 顾炎武《日知录·正始》云："有亡国有亡天下。亡国与亡天下奚辨？曰：改姓易号，谓之亡国；仁义充塞，而至于率兽食人，人将相食，谓之亡天下。……是故知保天下然后知保其国。保国者其君其臣，肉食者谋之；保天下者，匹夫之贱，与有责焉耳矣！"参《原抄本日知录》（台北：明伦出版社，1970 年 10 月），第 379 页。

③ 参邓又同辑录：《学海书楼主讲翰林文钞》（香港：香港学海书楼，1991 年 10 月）。

④ 吴道镕：《广东文征》（香港：香港中文大学出版部，1973 年）。又许衍董：《广东文征续编》（香港：广东文征编印委员会，1986 年 9 月）。

艰苦的环境中奋力挣扎，抵挡潮流，自然更充满浓厚的悲情意味了。

1840 年鸦片战争以后，香港由英国人管治，不在王化之区，龙蛇混杂，思想自由，偏离中原的政治混战，为很多不同政见的各路英雄留一段缓冲地带，俾其陆续登场。所以革命的、维新的、激进的、保守的，以至遗老、汉奸、左派、"右派"等各式人物都会以香港为联络站或根据地，或过路，或暂居，北望中原，等待机会。香港兼收并蓄，和平共存，影响所及，也就呈现一种"杂文化"的局面。中西混杂，新旧混杂，雅俗混杂，忠奸混杂，舞影灯光，繁华似梦，扑朔迷离，莫衷一是。整个社会多元互动，不同的观点有时融合，有时排斥，彼此拉锯消长，异彩纷呈。香港熏染日久，人际关系灵活善变，若即若离，大多独善其身，显得现实，渐渐也就修成特有的地域色彩，而香港也就不同于其他的中国城市了。

在文学方面，晚清以来，各类文人出入香港，汇聚香港，尽管立场互有同异，但天涯羁旅，投赠问路，声气潜通，而诗文往往就是表现思想情怀的最佳载体，写诗填词可以充分地表现自我，广结善缘。因此，就是在革命成功、白话代兴以后，传统诗文仍然在香港不断地焕发出特有的魅力，左右文坛报刊以至学校的语文教学，文白兼赅，20 世纪 60 年代仍未绝迹，依然拥有广大的读者群。追源溯始，优质的旧体诗文自有其永恒的生命力，不容忽视，而百年以来传统文化人的努力亦值得敬重，他们耕耘播植，弘扬风雅，以诗会友，结成了一个又一个的文学中心。例如南社、粤社（广南社）、绣诗楼、正声吟社、千春社、硕果社、坚社、沧海楼等，往往都能文采竞秀，领导一时风气，在不同的年代中开花结果，培育人才，创出奇迹。惟时移势易，最终老成凋谢，后来古文没落，诗词势成绝响，白话成了现代文学的主流，以至口语横流，次文化俗文化崛兴，而传统诗文的清音雅韵亦将风流云散、湮没无闻了。

今之视昔，虽往者而已，但对于文采风流的旧时代，尤令人倍增向往之情。例如陈步墀营商致富，慈善为怀，行有馀力，乃仿潘仕成（1804—1873）海山仙馆遗风，独力编印《绣诗楼丛书》三十六种。其中固以个人及家族的诗文著作为主，但也辑录了大量师友朋侪的诗文墨宝，这些都是珍贵的晚清史料及乡邦文献，如果任其流失，将是无可弥补的，一去不回了。尤其是在清室覆亡、白话代兴以后，传统文化渐趋式微，旧体诗文亦不受重视的情形下，陈步墀坚持理念，力挽狂澜，斯文一脉，不求苟合，实在值得敬重。《绣诗楼丛书》虽未仿《海山仙馆丛书》搜罗或购置大量的孤本古本善本珍本，但陈步墀却专收清末民初天崩地裂世纪交替之间的时代声音及心灵记录，而且更几乎全是初次发表的著作，很多未及流传，甚至还未为人所发现。晚清社会动荡，兵祸连结，政府自顾不暇，哪有馀力推广地方文化？所以现在知道《绣诗楼丛书》者实在不多，香港及广州两地公私庋藏亦不齐备，这不能不说是晚清文学以至香港文化的重大损失了。

余祖明《近代粤词搜逸·补编续编弁言》云："百年以来，中原迭经变乱。香江为迁客骚人避地之所，其挖扬风雅有足述者，如绣诗楼主饶平陈步墀子丹，以端木长才，致陶朱伟业。民初在港岛别辟宾馆，礼招贤士。时则有陈子砺（伯陶）、张汉三（学华）、吴玉臣（道镕）、温毅夫（肃）、赖焕文（际熙）诸太史，梁杭雪（于渭）礼部、萧伯瑶（瑻常）广文、黄日坡（映奎）明经，与潘兰史（飞声）、刘伯端（景堂）诸公，冠盖云集，一时称盛。且广镌梨枣，成《绣诗楼丛书》三十馀种。余尝于其中录得萧伯瑶、盛季莹（景璿）、谢英伯（华国）倚声多阕，并得见主人之《双溪词》及《十万金铃馆词》各一卷，以续予词目。"①仅就词之一端来说，亦足以见一时之盛业，沾溉无穷了。过去交通不便，粤港文学僻处一隅，怀抱孤芳，语言亦异，除个别名人闻人外，粤港文坛一般罕与中原士大夫交往，诗词之学亦难北上，幽花开落，自生自灭，当然也很难引起中原文坛的注意，在文学史上占一席位了。

二、《绣诗楼丛书》编撰背景

陈步墀曾先后参加己丑（1889）、癸巳（1893）、乙未（1895）、丁酉（1897）、戊戌（1898）各年科试，以文章自负，屡获佳绩。其后负笈游远方，执业于陈伯陶、许之珽（1847—1910?）门下，可惜科场失意，终以未中乡试为憾。②

赖际熙《诰授光禄大夫子丹陈公行状》云："公善体父兄志，奋勉成学业，出就有司试。辄弁其曹，补博士弟子员。食廪饩，举优行。自居上舍，益勇往求精进，知学问之道，非得师友切磋攻错，成就不能远大。乃负笈游远方，执业于东莞提学陈伯陶、番禺许孝廉之珽门下，与澄海陈孝廉汝南、潮阳萧部郎琼珊，订文字交，讨论讲习，学益大进，然啬于遇。宣统

①　余祖明纂辑：《近代粤词搜逸·补编续编》（香港，1972 年）。

②　陈步墀《半读堂文存》卷上专录少作时文帖括，其中《我未见力不足者》注称"徐花农（徐琪，1849—1918）宗师科试取进饶平县学第一名"、《天下有道则政不在大夫，天下有道庶人不议》注称"恽次远宗师取录全省优生第十名"、《有天民者达可行于天下而后行之者也》注称"恽次远宗师取录饶平优行第二名"、《年已七十矣》注称"张文达（张百熙，1847—1909）公戊戌岁考取录饶平一等二名"、《子曰君子疾没世而名不称焉》注称"张文达公戊戌岁考覆试饶平一等二名"、《故大德必得其位必得其禄必得其名必得其寿》注称"张文达公取录饶平优行一名"。《绣诗楼丛书》第二十二种（香港，1919 年）。

初元，逢恩诏，始以明经贡于国。而科举亦已废止，公乃捐弃帖括之学，而致力于诗古文辞，与海内名宿，驰骋于词坛文围间，名乃大噪。"①案清代科举分乡试、会试、殿试三级。由于竞争激烈，童生先须通过童试，始能入读地方上的府学、州学或县学，称为生员，又称秀才，文中"有司试"指此。府、州、县学彼此不相统属，各分附学生员（附生）、增膳生员（增生）、廪膳生员（廪生）三级。初入学者为附生，有缺额时则递补为廪生或增生，廪生每年由公家给予廪饩银，可供维持生活。生员通过校内一年岁考、二年科考，成绩优异者第三年即可参加各省的乡试，又称秋试。乡试及格者称为举人，可以出仕任官。陈步墀未能考中乡试，失意于科场，只好弃学从商，来港协助父兄打理生意。宣统元年（1909），皇帝登基，颁布恩诏，特许恩贡府、州、县学增选廪生入京都国子监肄业。陈步墀得温肃荐引，以"广东潮州饶平县学优廪生"②名义纳资为"己酉恩贡生头品顶戴花翎候选道"，③虽属虚衔点缀，惟门户增辉，亦足为交游贤豪权贵之资。考光绪三十一年（1905）废科举，设学堂，停办所有乡试、会试及各省岁、科考试；则宣统不应复有恩贡之设，或此仅为安抚失意的士子而已。又陈步墀恩贡卷《宣统己酉应试卷宗》卷首详述祖宗世代；次为答卷，一题《传不习乎义》，一题《芃芃黍苗阴雨膏之义》，分别为四书义及经义题目。官批"淹通博雅，诗人之遗"八字。④

---

① 参赖际熙撰、罗香林辑：《荔垞文存》（香港，1974 年），第 71 页；邓又同辑录：《学海书楼主讲翰林文钞》，第 61 页。

② 参陈步墀：《广东恩贡卷：宣统己酉科》，今藏香港大学冯平山图书馆。

③ 参温肃撰，赖际熙书：《周伍西阡记》，《绣诗楼丛书》第三十二种（香港，1932 年）。

④ 《广东恩贡卷：宣统己酉科》。

陈步墀《半读堂文存》二卷。卷上全属县学的八股习作，时文七篇，赋诗五首，多属宗师评定的佳作；卷下古文序跋五篇。序云：

> 士之埋头书案，刻苦半生，果何冀乎？上焉者学古尚志，不仕王侯；次则掇巍科，登显贵，以伸其抑塞磊落之才，得之为宗族光，失之为闾里辱。呜呼，何其重也！人之于世，父母生之，师儒教之，君相用之。不顺于父母，如穷人无所归；师殁至心丧三年；三月无君，则皇皇如有求不得。居今日而谈此，鲜不谓之迂。存文而至于帖括，则迂之又迂。虽然，立于光天之下，受人一日之知，纵无鞠育之恩，要有本源之念。余少也不努力，老无能为。昔之试艺，散若晨星；今之古文，比诸片羽。本无足数，所虑吾持此以受知，此而不存，则知我者或因之而无所考证，是则罪之大者。今检时文若干首，附以古文，名曰文存，付之剞劂。文非可存，窃以为士先器识而后文艺，余不忘乎吾师吾君，亦犹不忘乎吾亲。则器识为重，非存其文，存其心耳！抑余结庐人境，名半读堂，肇牵车牛远服贾，谓之半商半读固可。生平不好新书，只尊古训，谓之半读，亦无不可。是在知者谅之而已矣！己未元旦，饶平陈步墀自序，时年五十。

序文作于1919年，殆即五四新文化运动前夕，现代白话文已经呼之欲出了，在举世反对八股文声中，陈步墀却印行了这批不合时宜的帖括时文，似有为八股辩诬之意。其实八股亦属文章作法，本非大恶，道理淹该，条达气畅，即为佳制。所谓束缚思想、桎梏人才，只是世风败坏，利禄熏心，弄虚作假，人性堕落而已，与文体何干？例如欧阳修以时文取科第，

中进士后始肆力于古文，承先启后，推动文运，尽其在我，从
容自得，也几乎完全不受时文的干扰。① 现代一切的考试制度
亦然，行之既久，都难保没有反智的缺点，要之但看个人的识
见和操守而已。陈步墀于知命之年，刊行少作，明显是带有反
抗时代的意味。虽明知其迂，不合潮流；惟表彰君亲师儒之
教，感激知遇之恩，示不忘本源，晓悟子孙，器识文艺，可为
心声。大抵八股文亦有性情之作，学古尚志，微言大义，这对
于世风日下、翻云覆雨的时代社会来说，不啻暮鼓晨钟，发人
深省。序文说理透彻，忠厚平实，亦足为八股文的谢幕之作
了。此外，作者又解释"半读"的含义，或谓半商半贾，或
谓但遵古训，不好新书，看来都有浓厚的反讽意味。

　　陈步墀交游广泛，长袖善舞，急人之难，与赖际熙、温肃
等皆为君子之交；尝任香港保良局总理，尤致力于推动慈善事
业。赖际熙《诰授光禄大夫子丹陈公行状》云："公广交游，
尚风义。四方名流至者，必殷勤款洽。而于骚人墨客、谪宦遗
民，尤加礼重。或遇有急，必称量周之；闻远近有义举，必竭
力协助。"温肃《陈子丹府君墓志铭》亦云："自辛亥后，朝
官遗老，避乱寓港者众。东莞陈提学子砺、番禺张提法汉三、
丁侍讲潜客、吴编修淡庵、闽陈劝业省三，皆重公行，通缟
素，而赖荔垞为尤稔。余之交公，因赖而深，三人者，遇必置
酒纵谈，盱衡世事，杂以嘲詈。然一有他客，公即沉默，亦不
作软媚态向人，其和而有执如此。余曩以徒亡在外，资用常不

---

① 欧阳修《记旧本韩文后》云："是时，天下学者杨、刘之作，
号为时文，能者取科第，擅名声，以夸荣当世，未尝有道韩文者。予亦
方举进士，以礼部诗赋为事。年十有七，试于州，为有司所黜。因取所
藏韩氏之文复阅之，则喟然叹曰：学者当至于是而止尔！因怪时人之不
道，而顾己亦未暇学，徒时时独念于予心：以谓方从进士干禄以养亲；
苟得禄矣，当尽力于斯文，以偿其素志。"参《欧阳修全集》（北京：中
华书局，2001 年 3 月），第 1056 页。

给，公时济其困。初第感其用情之厚，及观其他事，凡关于伦纪风谊拯灾振乏之事，知无不为，其轻重多寡，一准以义所当为，虽倾囊不惜。"① 摹写儒商士绅的神貌，淋漓尽致，可为世法。

　　光绪三十四年戊申（1908）五月廿三日，广东大雨，东、西、北三江同时暴涨，由清远开始，冲决大围，蔓延及于南海、三水、高要、鹤山、四会大兴围、南中顺之三洲围等地，危城摇撼，哀鸿遍野，陈步墀成《救命词》三十首，刊于《实报》，大声疾呼，筹款赈济。诗中摹写灾情，例如"桑田四府成沧海，那有楼台剩两楹"、"绿林忍下危城术，犹驾长龙劫女儿"、"阿娘缠足难兼顾，觅个浮缸贮子方"、"木桶飘流有小孩，黄金乞命付书哀"等，描写生命垂危，悬于一缕，救饥拯溺，亟待援手之况；可是还有人趁"水"打劫，埋没天良，此盗贼行为，尤令人发指。此外诗中还用了很多篇幅表扬善长，颇寓积极劝世之意，例如陈广守、张安帅（张人骏，1846—1927）、苏星衢、潘佩如、罗宝臣、东华医院、先施公司、实报馆、胡少遽、傅寿宜、蔡心农、吴文轩、歌者初一福、卢港帅（卢押，Frederick Lugard 1858—1945）等，上至官绅名流，下至商贩小市民等，出钱出力，十分热闹；甚至连"花丛侠气"的塘西妓女亦以缠头助赈，反映当时香港纯朴的社会风貌。② 至于香港妇女界亦举行赈灾卖物筹款，闺秀李玉芝、叶贤贞（父叶兰泉为香港厂商会创办人）、彭雪松、马慧君、钟禹庭等则在会场中绣诗义卖，由名人题诗，以绢刺绣，竞出高价，在没有电视的年代里，表现出最具有风雅特色的赈

---

　　①　《学海书楼主讲翰林文钞》，第 74—75 页。
　　②　陈步墀《绣诗楼诗》（岁在己酉镌于羊城。广州，1909 年），卷二。《绣诗楼丛书》原未编号。参陈步墀原著，黄坤尧编纂：《绣诗楼集》（香港：中文大学出版社，2007 年），第 29—31 页。

灾活动。其后更绣诗送往广州、澳门、汕头等地，卖物助赈，每得巨价。邱逢甲在广州，尝撰《赠慈善会诸女士》二首，诗云：

> 变现诸天善女身。华鬘缨络不生尘。
> 大千手洒杨枝水，来救龙荒百万人。
>
> 笙簧鼓吹文明气，不让娲皇止水功。
> 起陆龙蛇消劫运，黄金先铸女英雄。①

二诗高悬会场，赞扬绣诗善女，故分别以观音大士及女娲补天为喻，杨枝甘露，消灾解劫，自能激动人心，共襄善举。陈步墀《绣诗楼诗》中录此二诗，题作《赠诸女士》；并有和作《赈灾会场题邱仙根水部逢甲悬诗》云：

> 水部文名满天下，天教来会赈灾场。
> 新诗两首酬诸女，当读灾黎代表章。
>
> 诗赈兼成书赈功。碧纱人预为君笼。
> 若论咳唾皆珠玉，当值青钱百万铜。②

由于绣诗赈济的活动获得空前的成功，众口交誉；陈步墀也就将住所十万金铃馆易名为绣诗楼了，旧址在香港大道西乾亨台。杨守敬（1839—1915）为绣诗楼题额及诗集题签，陈步墀《谢杨惺吾太守守敬赠联并乞书绣诗楼额》云：

---

① 丘逢甲《岭云海日楼诗钞》（上海：上海古籍出版社，1982 年 9 月），第 261 页。
② 《绣诗楼诗》卷三，第 2 页；《绣诗楼集》，第 35 页。

千里迢迢寄雁行。爱人今见鲁灵光。

入门顿喜空前赐，挂壁应添满室香。

为有东床萝茑说〔谓黄逖先大令〕，愧无南海荔枝偿。

天涯我作无厌乞，重盼云烟几女郎。〔额为女士待绣〕①

黄逖先即黄志孚，擅篆隶，刚做了杨守敬的女婿，故诗中及之。又在绣诗诸女子中，李玉芝亦能诗，在会场中即与陈步墀唱和，例如"文澜欲压滔天势，争拜平原是可儿"，② 颇具气势。陈步墀《寄李玉芝女士香江》云：

生平重知己，归去忆针神。

自有慈悲泪，同为声价人。

江萍无定迹，花蕊是前身。

为尔诗楼筑，金铃懒护春。〔十万金铃馆改为绣诗楼〕③

情词恳切，意象优美，倾慕之情，溢于言表，这是由绣诗赈灾而带出的文坛雅韵，并由此而编出了《绣诗楼丛书》，表现更高层次的文化活动。清室覆亡以后，陈步墀并未入仕，亦非遗老，由于曾得恩贡生衔，眷怀故国，仍然一心忠于清室，捐献亦多。赖际熙《诰授光禄大夫子丹陈公行状》云："遭国变后，窜身孤岛，足迹不履都会，居恒郁郁，若有重忧者。每年万寿节，④ 必衣冠望阙叩祝。复集合多人，虔备方物，远致

---

① 《绣诗楼诗》卷三，第 6 页；《绣诗楼集》，第 40 页。

② 《绣诗楼诗》卷三，第 1 页；《绣诗楼集》，第 34 页。

③ 《绣诗楼诗》卷四，第 14 页；《绣诗楼集》，第 64 页。

④ 《清史稿·宣统皇帝本纪》云："光绪三十二年正月十四日，诞于醇邸。"又云："（十一月）戊子，皇太后懿旨，皇帝万寿节，俟释服后，改于每年正月十三日举行庆贺礼。"（香港：中华书局，1976 年 7 月）

贡献。值实录馆东陵捐修，则贡献尤巨。屡承传旨嘉奖，赏头品顶戴。赐御书'寒木春华'扁额，御书'福'方'寿'方，宠赉特厚。"1919 年己未八月初七日陈步墀五十寿庆，溥仪御赐"抱淑守真"、"寒木春华"、"福"、"寿"等匾额或墨宝，以为贺礼。① 陈步墀乃易斋名为"岁寒堂"，复辑《寒木春华斋诗》一卷，编入《绣诗楼丛书》第三十种。1922 年溥仪大婚，海上遗臣报效经费，由陈伯陶贡万元北上趋叩。而温肃 1924 年北上，随扈天津，疏请"端主德以恢大业"，进《贞观政要》讲义。1928 年东陵被盗，海外遗臣奏进巨款，亟筹修复。大抵这几次的贡献，陈步墀的捐助必多。惟伪满政权建立以后，南北暌隔愈远，海外遗臣老成凋谢，彼此亦不复联系了。

三、《绣诗楼丛书》与晚清文学

陈步墀《绣诗楼丛书》共三十六种，可能是香港第一套丛书。始编于宣统元年（1909），即广东水灾的翌年，绣诗楼之名早已腾誉省港了。《绣诗楼丛书》纸质不佳，易受虫蛀，线装书保存并不容易。全书残佚已久，学者或罕闻其名。余祖明《广东历代诗钞》云："因颜其居曰绣诗楼。性好结客，冠盖往来，款待殷勤，于是座客有以粤雅堂、海山仙馆开雕丛书之议进者，先生欣然听计。不数年间，刊成《绣诗楼丛书》三四十种，然大率自著诗词及往还书札，暨侪辈酬酢之作，与伍、潘二氏所刻名著，相去尚远。余得知较迟，多方搜罗，仅

---

① 宣统墨迹载陈步墀编：《岁寒堂寿言》，《绣诗楼丛书》第二十四种（香港，1920 年）。

得十七种。书品不齐，编号零乱，亦有不编次序者。"① 1973年黎晋伟《陈步墀与绣诗楼丛书》一文仅能列出二十种。② 1997 年关志昌撰《陈步墀》一文全部袭用黎晋伟说，亦为二十种。③ 大抵诸家所见不多，未能全面研究，所以很难说清楚《绣诗楼丛书》的意义和价值。现在《绣诗楼丛书》主要藏于广东省立中山图书馆、香港大学冯平山图书馆两处，连同本人搜罗所得，目前已考知书名者三十四种，尚欠第十四、二十七两种。

《绣诗楼丛书》前十种成于宣统年间，多在广州刻印；其他成书于民国以后，则多在香港直接照相影印，诸书保留名家墨宝甚多，单就原始史料价值而言，贡献亦大。《绣诗楼丛书》按性质可分四大类。

一是陈步墀著作：诗集有《绣诗楼诗》、《绣诗楼诗二集》、《茅茨集》、《宋台集》、《寒木春华斋诗》、《有光集》，共六种；词集有《双溪词》、《十万金铃馆词》，共两种；文集有《半读堂文存》，仅一种。

二是乡贤族祖及师友著作：陈廷光（1672—1757）、陈士镳、陈多缘、许之斑《四先生诗存》，王景仁（？—1909？）《小辋川诗集》，杨其光（1862—1925）《花笑楼词四种》，黄培芳（1779—1859）《粤岳草堂诗话》，屈大均（1630—

---

① 余祖明编纂：《广东历代诗钞》（香港：能仁书院丛书第一种，1980 年 1 月），卷八，第 784 页。

② 参黎晋伟：《陈步墀与绣诗楼丛书》，首载《广东文献》2 卷 4 期（台北，1972 年 12 月），第 110—113 页。又载《华学月刊》第十三期（台北：中华学术院国际华学会议秘书处编印，1973 年 1 月），第 8—12 页。黎晋伟未列陈步墀卒年，所列生年为 1867 年，亦误。其他传闻异辞，用者慎之。

③ 参关志昌稿：《陈步墀》，载《传记文学》第七十一卷第四期（总 425 期），刘绍唐主编：《民国人物小传》（台北，1997 年 10 月）。

1696）、陈恭尹（1631—1700）、梁佩兰（1630—1705）《岭南三先生书》，居溥《居少楠先生遗稿》，萧骐常（1836—1915）《遁愚墨妙》、《铁帚集》、《海声——萧伯瑶先生遗稿》，刘景棠（堂）《心影词》，许之斑《介珊先生遗墨》，许振《日东先生文》（《渊源集》），钟德祥（1847—1905？）《钟西耘太史书》等，共十六种。

三是书札墨宝：《卅家尺素》、《尺素续编》、《尺素三编》、《岁寒堂寿言》，共四种。

四是族谱及家人著作：陈廷光编《陈氏族谱》，陈用中、陈由勤《课孙草》，巫采兰《素绚女子课本》，陈步墀编《刘太夫人荣哀录》，温肃《周伍西阡记》，共五种。

《绣诗楼丛书》保留了清末民初一批重要的史料，而且绝大部分都是孤本稿本。可能他们都不是第一线的作家，尤其是僻处岭南化外之地，加以清亡以后，迭经战乱，文言没落，世风剧变，不大能引起学者的注意，散失了也就当作自然淘汰之类。例如宣统元年（1909）首刊的《四先生诗存》，陈步墀序其编纂缘起云："余叔祖晦洲公出宰直隶赞皇，晚归里门，泽及远近。重宴后得享大年，载之志乘。其孙璞亭公以明经为粤西浔州守，享寿八十有八。种玉公乃其又侄，坎壈青襟，吟醉一世。许介珊孝廉则番禺老宿，讲学于潮，余所受业。四子虽有著作，湮远之后，散失无存。余谓晦、璞二公，生平盛业，转掩诗名，固一憾事。而种玉公后嗣至于中绝。介珊师没后，世兄继逝，存者依伯氏以生，诗人末路，尤可悲矣！戊申（1908）冬归，亟搜残缺，以付枣梨，名之曰《四先生诗存》，词亦附后，庶几一鳞一爪，得见于时，聊慰步墀扬幽景行之意云尔！"

四先生即陈廷光、陈士鑛、陈多缘、许之斑，他们分别是陈步墀的叔祖及业师，皆有诗名，惜乎未能传世。陈多缘、许之斑生活困厄，自顾不暇，如果不整理出版，必将永远湮没无闻了。陈廷光二十二岁时膺康熙癸酉乡荐（1693），由中书改授赞皇令。乾隆癸酉科时（1753），年八十二时重宴鹿鸣，坐次为多士冠。传见《潮州府志·循吏传》。韩希琦序更申论诗歌传世之难云："虽然四先生之传，或无事于诗，或有事于诗；而当其作诗之时，亦必不预计此寂寞身后者之果传与否固也。抑余之所以序四先生之诗者，则尤不以四先生之诗而深重夫陈子之辑而存之之意焉，以为是举也，陈子悲四先生之既往，而不忍其文采之不见于后世，用意良厚，盖信乎有足多焉者也。而余于是乃别有所感矣！念伊古以来，贤人君子不得志于时，思托之文字之末，以自纾其愤懑不平之气，卒乃时过境迁，已弗克自传，而又不有人焉如陈子之于四先生然者，以代为之传。职此之故，名湮没而不彰，不可胜道也。遂不觉悲气沉沉，无端而来，袭余之心胸而不能自止焉。则陈子之所以辑四先生之诗而存之也，厥功不綦伟欤？"

由此可见，陈步墀《绣诗楼丛书》以慈悲为怀，独具慧眼，他没有选刊名家名作，标榜善本，锦上添花；反而是刻印乡贤师友中的佳作，扶贫济困，发扬幽隐，力挽沉沦，贡献更大。如王景仁、杨其光、居溥、萧颖常、刘景堂等诸家作品，亦仰赖《绣诗楼丛书》而传世。资源有限，最好是用得其所，尤其是在改朝换代之际，自然更能凸显文化工作的救亡意义了。我们要整理岭南文献及早期的香港文学史料，《绣诗楼丛书》还是有其不可替代的价值，此丛书的编撰构成了一个小型的文学社团，这代表了晚清文化在香港和海外延续及传播的艰苦使命。香港传统诗文的教育根基深厚，除了粤语的强势因素，完全不受干扰以外，其实早期清室遗老推广文教之功也是不可磨灭的，值得后学敬重。

《绣诗楼丛书》保留了很多清末的史料，例如辛亥革命前后几天上海商场的一些情况，恰好就在《绣诗楼诗二集》中有详细的记录。陈步墀除了来往香港潮汕之间，一般很少远行。1911 年 10 月，他原拟代表香港实业团赴日本考察商务兼报聘，从香港出发，经上海赴日本，回程再游北京、天津。恰逢武昌起义时局剧变，金融市场弥漫着一片紧张的气氛，他到上海后取消行程，中间因误船去了一回苏州，然后就从上海返港了。卷三《游吴纪程》讲述全程经过，他由 10 月 7 日决定动身，30 日返抵香港，连同筹备工作，前后共计 24 天，而这刚好就是辛亥革命的关键时刻，所以显得更有意义了。11 日梁淯作七古长歌《子丹先生承举为香港实业团赴东洋考察商务兼报聘。先生大才，为众推重，此行当为实业前途放一异彩也。敬为长句，以送其行》，有"以商救国天可擎"、"以儒佐商专且精"之语，勉励陈步墀登高望远，汲取日本经验，振兴商业，光大祖国。13 日陈步墀由香港启程。14 日抵基隆，夜深大雨，不能登岸。16 日抵上海，拜访正团长沈仲礼（沈敦和，1865—1920），至是始闻武汉事急，影响商场，金融震动，团员暂留上海，察看情况。21 日访潮州糖号，讨论当年糖业。归途遇同邑吴修亭，自武昌脱险，只身逃归。22 日取消访日行程，准备返港。陈步墀云：

> 按寓沪仅一星期，虽不足以云考察。而观其商场繁盛，全靠金融；钱庄本微，略有影响，倒累动逾数十万。平时贸易，漫无节制，所以致此，亦理财者一大缺点。至如巡警林立，车马喧而不挤。无清洁局之搜查，而地方亦不污秽。英马路以木为砖，平稳无匹，皆可喜者也。苏杭倡女，多趋于此。五达通衢，招摇不怪。哀哀穷民，有生

无养，斯可惜耳！①

　　上文批评上海金融市场的运作，颇有见地；而对上海市容的印象亦佳。至于哀怜倡女穷民，有生无养，虽是中国的老问题，然而也可以看出作者悲天悯人的胸怀了。24 及 25 两日旅游苏州，历览古迹名胜，得诗甚多。26 日得潘飞声（1858—1934）《送陈子丹先生归粤》两首，有"长江溁漾龙蛇影，吸取波光入酒杯"及"鼖鼓声中得句迟，烽烟遍地欲何之"等句，② 笼罩着浓厚的感旧伤离的气氛，写出对国事的忧虑，同时也有大乱将临的写实感觉。27 日登船放洋。28 日在船上与周寿臣（1861—1959）、陈泽覃、徐燮臣、陈少白（1869—1934）等畅谈。陈少白自武昌学堂逃归，述变事尤切。30 日抵港，知广州戒严，商场影响甚剧。这些资料都有助于刻画晚清的社会面貌，反映时代的风云变化，同时也表现了传统文人对革命的观感，让我们可以从不同的角度认识辛亥革命。

　　陈步墀的诗词集中还保留了大量时贤的序跋及唱酬诸作，有些在诸家集中也没有收录，可供辑佚之用。例如《绣诗楼诗》卷四有《寄怀黄晦闻征君节次题香溇访陆图韵》二首，写于 1908 年，香溇即香港，附黄节（1873—1935）原作《题陈子丹香溇访陆图》二首。黄节诗未入集，诸家辑佚亦未见。③ 诗云：

　　　　故国翻成海外洲。此间何处著名流。
　　　　谁知画里江山好，野树溪云入晚秋。

---

　　①　陈步墀《绣诗楼诗二集》卷三；《绣诗楼集》，第 142 页。
　　②　参《绣诗楼诗二集》卷三；《绣诗楼集》，第 143 页。
　　③　参马以君编：《黄节诗集》（北京：中国人民大学出版社，1989年 11 月）。马以君连前人辑录所得，共收黄节佚诗 186 首。

不见楼台霄汉间。游龙流水日回还。

孤筇独往知何许，一角斜阳赤柱山。①

又如陈步墀的诗词集中多与潘飞声唱和，附录作品 11 首，但都没收录在《说剑堂诗集》及《说剑堂词集》中。反而潘飞声却另有《泊港上陈子丹招饮陶园，并示又农弟》一首，作于 1913 年，惜又未见于《绣诗楼丛书》之中，实可互为补充。

民国以后，照相影印的技术开始流行，陈步墀乃将师友的书札原件及先贤墨宝影印传世，编成尺素三册，另《岁寒堂寿言》及《刘太夫人荣哀录》各一种。书札具有浓厚的生活气息，感情真挚，更能准确反映时代风貌、社会问题、人物交往，以至纵谈文艺掌故等，尤其是保存名家墨宝，更为珍贵。例如罗香林编《荔垞文存》，即从《卅家尺素》、《尺素续编》、《尺素三编》分别辑出 7 函、3 函、13 函，共 23 函，编成《与陈子丹书》一文。其实《岁寒堂寿言》中尚有 1 函，亦可补入。刘景棠（堂）《心影词》编入《绣诗楼丛书》第二十九种。刘氏晚年以《沧海楼词》鸣世，公认为香港首屈一指的词人。但早年作品除《心影词》外，其他散佚甚多。此外《卅家尺素》录存刘景棠（堂）4 函、《尺素续编》7 函、《尺素三编》、《岁寒堂寿言》各 1 函，合共 13 函。其中尤多附诗词之作。如果与陈步墀诸集附录的诗词合计，可以辑得刘景堂早年佚诗 22 首、词 9 阕，也有很大的价值及贡献。

附录：《绣诗楼丛书》三十六种总目

[1] 陈廷光（1672—1757）、陈士鑛、陈多缘、许之斑

---

① 参陈步墀《绣诗楼诗》卷四；《绣诗楼集》，第 52 页。

（1847—1910?）：《四先生诗存》（宣统元年绣诗楼镌，1909）

[2] 王景仁（？—1909?）：《小辋川诗集》（宣统元年，1909）

[3] 陈步墀：《绣诗楼诗》（岁在己酉镌于羊城，1909）

[4] 陈步墀：《双溪词》（宣统元年，1909）

[5] - [8] 杨其光（1862—1925）著：《花笑楼词四种》（《花笑词》、《归梦醒馀》、《华月词》、《锦瑟哀辞》，宣统元年，1909）

[9] 黄培芳（1779—1859）撰：《粤岳草堂诗话》（宣统二年，1910；刊入管林标点：《黄培芳诗话三种》，广州：广东高等教育出版社，1995）

[10] 陈步墀：《绣诗楼诗二集》（壬子，1912）

[11] 陈步墀：《十万金铃馆词》（甲寅，1914）

[12] 屈大均（1630—1696）、陈恭尹（1631—1700）、梁佩兰（1630—1705）：《岭南三先生书》（《遗翰二种》，壬子、癸丑，1912—1913）

[13] 萧瑗常（1836—1915）：《遁愚墨妙》（《遗翰二种》，壬子、癸丑，1912—1913）

[14] 江孝子诗集?①

[15] 居溥：《居少楠先生遗稿》（甲寅，1914）

[16] 陈步墀编：《卅家尺素》（甲寅，1914）

[17] 陈步墀：《茅茨集》（乙卯，1915）

[18] 陈步墀编：《尺素续编》（丙辰，1916）

---

① 温肃《致陈子丹函》（1914 年农历十月六日）云："此事与兄为江孝子刻诗集正同一用意也。"或即此本，惜未见。参陈步墀（编）：《尺素续编》（《绣诗楼丛书》第十八种，香港，1916 年）。案江逢辰（1860—1900）：《江孝通遗集》（民纪二十三年 [1934] 甲戌重阳日刘镜湖识）十九卷。桂坫序云："丁母艰，哀毁骨立，人称江孝子。"江逢辰诗集或尝刻入《绣诗楼丛书》，未敢遽定。

〔19〕萧瑢常：《铁帚集》（丙辰，1916）

〔20〕萧瑢常：《海声——萧伯瑶先生遗稿》（丙辰，1916）

〔21〕陈步墀：《宋台集》（戊午，1918）

〔22〕陈步墀：《半读堂文存》（己未，1919）

〔23〕陈步墀编：《尺素三编》（己未，1919）

〔24〕陈步墀：《岁寒堂寿言》（庚申，1920）

〔25〕许之琏：《介珊先生遗墨》（《渊源集》，庚申，1920）

〔26〕许振：《日东先生文》（《渊源集》，庚申，1920）

〔27〕疑即《广东恩贡卷：宣统己酉科》（1909）。

〔28〕陈廷光编，陈步墀纂修：《陈氏族谱》（庚申孟夏重刊，1920）

〔29〕刘景堂：《心影词》（庚申序，1920）①

〔30〕陈步墀：《寒木春华斋诗》（1932）②

〔31〕陈步墀编：《刘太夫人荣哀录》（癸亥温肃跋，1923）

〔32〕温肃（1878—1939）：《周伍西阡记》（辛未，1931）

〔33〕陈用中、陈由勤：《课孙草》

〔34〕巫采兰：《素绚集》（癸酉四月，1933）

〔35〕钟德祥（1835？—1905？）：《钟西耘太史书》（癸酉冬仲，1933）

〔36〕陈步墀：《有光集》（甲戌，1934）

---

① 温肃《题刘伯端心影词》编于《檗庵诗集》丙寅（1926）年后，参《温文节公集》，第276页。

② 温肃《题寒木春华斋诗集四首》编于1931年稿后，参《温文节公集》，第285页。诗中有"把卷更增思旧痛，春风无复入文良"句，可知必作于陈伯陶卒后。又有"试把周阡诸什诵，感人端不在多言"句，或更作于1932年后。

陈步墀《绣诗楼诗》与时代画卷

一、《绣诗楼诗》的时代刻画

陈步墀营商之馀，写作甚勤，对诗的兴趣尤为浓厚，至老不衰。陈步墀编成诗集六种，其中《绣诗楼诗》285 首（1909年）、《绣诗楼诗二集》130 首（1912 年）、《茅茨集》58 首（1915 年）、《宋台集》62 首（1918 年）、《寒木春华斋诗》50首（1932 年）、《有光集》31 首（1934 年），得诗共 616 首。为行文方便，本文总名之曰《绣诗楼诗》。此外尚有词集两种，《双溪词》72 阕（1909 年）、《十万金铃馆词》38 阕（1914 年），共得 110 阕。关于陈步墀的诗集，由于迭经战乱，散佚殆甚；加以文风交替，趋新厌旧；复以商业社会以现实利害为纽带，人去茶凉，旧朝的文士零落已尽，新朝又迭经世变，子孙复不知爱重，所以知者不多。其实《绣诗楼诗》与岭南诗风一脉相承，雄奇雅健，宣扬忠义之气，温柔敦厚。此外《绣诗楼诗》摹写时事，反映早期香港社会的特有面貌，富有时代特色，与香港的关系尤为密切。在清末民初大批的寓港诗人之中，深于诗学者固大有人在，但论作品之富，固执善道，表现出顽强的斗志，不同流俗的，陈步墀就是其类，其诗自有其个人风格。陈步墀崛起于 20 世纪初期的香港诗坛，可以自成一家，自今视昔，当然更应作适当的评价和定位了。

陈步墀早年（1893—1898）专注举业，擅写八股文，间有诗作，均属科试应制之什。《半读堂文存》卷上录存作品五首，例如《赋得辉光遍草木》得辉字五言六韵、《赋得飞蚊猛捷如花鹰》得鹰字五言八韵、《赋得瓶分陶菊夜联诗》得诗字五言六韵、《赋得满怀忠孝有天知》得知字五言八韵、《赋得圣寿宜过一万春》得春字五言八韵。① 由诗题可见，诸作宣扬忠孝、歌颂君主，完全是直线的思维方式，不容异议；主考官要求文笔洗练，结构平正，起承转合，自有一套固定的格式和腔调。这类作品着重表现写作的基本功，不见得是真实的抒情言志之作。

陈步墀写诗约始于三十七岁，起步稍晚，由来港营商至逝世为止，即1906年至1934年，诗龄长达近三十年，大抵皆属有为之作，有感而发。陈步墀诗反映社会现实，自有寄意，写出了思想变化的轨迹，其实也是诗人心路历程最真实的呈现。陈步墀诗古、近各体皆备，显得比较全面。这些作品分隶六集，大约分为三期，早期《绣诗楼诗》、《绣诗楼诗二集》写成于壮岁光、宣之际，此时陈步墀在商场大展拳脚，甚至拟向日本取经，发展乾泰隆的家族生意，他长袖善舞，意气飞扬，救急扶危，诗中写出怀抱。中期《茅茨集》、《宋台集》成稿于中年国变之后，那时中原无主，国家陷入军阀混战的乱局之中，忧患交侵，作者颇有避世之意，意欲远离是非，怀古伤今，感慨苍凉。晚年《寒木春华斋诗》、《有光集》老成凋谢，酬酢渐疏，洗脱纷华，尤多读书怀古之什，鹍泣蛩啼，哀音似诉。至于词集《双溪词》、《十万金铃馆词》两种均成于壮岁，伤春悲秋，红巾翠袖，尤多艳情及悼亡之作，显其才思敏捷，词风绮丽。

---

① 陈步墀：《半读堂文存》（《绣诗楼丛书》第二十二种，香港，1919年）。

岭南近代诗词丛谈

早期陈步墀诗多写 20 世纪初期的新景象、新事物，擅用七古长歌，振起不凡。例如《放脚歌为李班君女士昭作》云：

迷离扑朔走双兔。支那千载开云雾。

大发慈悲踏地来，观音身是菩提树。

菩提树，在西方。自西徂东为谁忙。

竭来二百兆女苦。观音为洒杨枝雨。

尔手虽全尔足伤，梃刃杀人猛如虎。

潜然一念起婆心。言教何如身教深。

刃耶梃耶许我说，愿舍骨肉毋相侵。

巍峨独立高千尺。点头听法皆顽石。

鼓荡文明震一时，谁谓平权无善策。

我闻如是觉如来。入林把臂心颜开。

安得菩提千万树，种遍二十世纪之舞台。

此诗写于 1906 年，陈步墀反对缠足陋习，这已是当时社会的共识，诗中所示不一定是革命家的豪情壮语。全诗多用佛家语，不仅流露菩萨心肠，主要还是体现男女平权的思想，开拓民智。末句揭开 20 世纪新时代的序幕，尤为雄放。照相是 20 世纪的新兴事物，陈步墀喜欢拍照，尤多与朋友合照，随后题诗其上，表现兴奋。《题照》云：

学书不成去学剑。一人之敌不足艳。

此君书剑学不成。辜负五采章身荣。

光学主人为扩照，美如冠玉嗤陈平。

昂然九尺食粟耳，一池吹绉何干卿。

卿是前生明月身。偶因被谪落红尘。

红尘扑面三斗俗，白发惊心两鬓银。

诗卷无多血呕尽，杖钱有百醉眠春。
素蛮笑我乐天子，多愁多病无其比。
万间广厦万丈裘，情深谁不及潭水。
忆昔曾游夫子墙。身体发肤无毁伤。
归来大畅天足旨，生憎此老殊倔强。
赐也年来不受命，亦能补短而截长。
非有鸿图震寰宇，但知鹤守凌风霜。
如斯碌碌老年华。恍然一梦如飞花。
对影自怜空色相，安得遗蜕还仙家。

此诗亦写于 1906 年，主要是刻画自我。前半首的诗人五采章身，误谪红尘，幸而家境富裕，相当自负。后半首畅述个人的怀抱，大庇寒士，大畅天足，尊师重道，表现"倔强"。诗中提到的素蛮即邓楚兰，精于刺绣，集中诗词屡见，佳人解语，看来还是相互欣赏了。《胡子春都转、沈凤楼、温佐才、廖子珊三观察、邝星池太守、张小屏大令同舟莅潮汕铁路开车礼有作》云：

海水迢迢绿靡涯。打船时作浪花排。
程途直欲穷千里，欢笑真堪拟六街。
不觉客愁新与旧，若添琶语妙还佳。
如斯行役无多会，拭拂车尘上锦鞋。

这是一首七律，写于 1906 年。潮汕铁路由华侨张煜南等集资兴建，1904 年 9 月动工，1916 年 10 月建成通车。陈步墀回乡观礼，六街繁华，人山人海，这是当年难得一见的盛会，所以显得特别兴奋。《振刷精神歌》云：

悬如衡平卧如尺。以手拨之声格格。

谬巧无他铁一条，专利美欧皆注册。

山甸吾友琢如君。亦有精神振刷人。

惠然赠我一小试，顿知有脚来阳春。

揭来我国病夫多。奈有形式无真何。

奄奄不绝息如缕，得斯勿药如嘉禾。

靴桥力是之电带，我已赞颂先吟哦。

此物无电如有电，灵通骨节降愁魔。

最宜黑籍老猿蹲。跳出沉迷无法门。

放下屠刀施振刷，精神奕奕逢羲轩。

我作短歌纪斯器，勿笑狂生好鼓吹。

君不见寰球医士七十人，齐声奖誉题名字。

此诗约写于1907年，"振刷"意即振作或整肃，写的可能是一种脚部按摩器，美欧皆已注册专利。此器能令人精神振奋，可作医疗用途，解救中国众多的病夫，表出宏愿。以上四诗见于《绣诗楼诗》卷一，题材广泛，视角新颖，富于生活气息，更有深刻的表现力，令人大开眼界。这些作品明显是受了黄遵宪（1848—1905）的影响，写出了新思维、新风格，表现岭南诗人特有的开放精神。对于现实环境，商人的触觉一般都很敏锐，深悟消长变化之道，以利于作出明智的抉择。陈步墀的立场虽然保守，但在诗中则通达明理，思考清晰，具有商人一贯灵活的表现手法。

1908年的夏天，三江暴涨，哀鸿遍野，陈步墀写下《救命词》七绝三十首，刊于《实报》，呼吁赈灾。前十首一诗一场景，专写灾民的流离惨状；后二十首则点名赞扬社会各界的赈灾义举。诸诗编入《绣诗楼诗》卷二，今选六首。

三千两拨捐廉款，一万犹提善后储。

正是广仁同自治，欢传节帅恤灾书。（谓张安帅）

聚财不易散财艰。八万捐金岂等闲。

我为穷民买丝去，家家绣出好眉山。（谓苏星衢）

东华合赈力肩任。一阅星期七万金。

谁谅炎天沿路劝，口焦足苦几绅衿。（谓东华医院）

所求朋友在先施。急难如君勇且奇。

独自乘轮向三峡，五千济众莫淹迟。（谓先施公司）

种福堪称初一名。捐金五十济群生。

不图拯救同胞说，出自歌喉老大情。（谓歌者初一福）

小娥来好肖英伦。犹有陈泉与玉珍。

勿谓花丛无侠气，好筹主义待斯人。（皆以缠头助赈）

《救命词》是陈步墀初登诗坛的代表作，救急扶危，振笔直书，纯是写实的笔法，语言浅白，与黄遵宪"我手写我口"的主张若合符节，脍炙人口，深获好评。吴道镕《绣诗楼诗二集序》云："其于诗，好之笃而出之诚挚悱恻也；诚不得已于情而有诗者也。"指出陈步墀诗由真性情流出，成就特大。《救命词》三十首中提到很多老牌的公司和社会上各色人物，第五首写歌者初一福，捐金而不欲人知；第六首则写塘西妓女，首二句共列出五个女子的名字，应该都是当年的名妓了。此外，在同时所作的《菩萨蛮·八妹校书缠头助赈，填此美之》亦特写八妹以卖笑钱恤灾的侠义场面，词云：

洪流漂出河边骨。侠风吹上瑶台月。妾姓是垂杨。白花侬住乡。　徐娘称妹八。独有须眉戛。惆怅一蟾圆。恤灾卖笑钱。①

《绣诗楼诗》卷三专写绣诗诸女士，具名者有名媛李玉芝、叶贤贞、马慧君、钟禹庭、彭雪松、何秀翘等，从而带出省港名流题诗写字争出巨价倾囊买绣的热闹场面，题诗者有陈赓虞、潘治盦、邱逢甲、黎国廉等。卷四是 1909 年春初回乡度岁的作品，摹写潮汕的历史山川和人物交往；此外亦多酬唱之作，有韩希琦、杨其光、蔡有守、黄节、梁涓、马骏声、陈启辉、谢英伯等。卷五亦多与友人唱酬之什，有萧甃常、邱逢甲、龙朝翊、宋彦成、萧汉杰等。

《绣诗楼诗二集》三卷，全属宣统年间的作品。② 卷一多属唱和之作，人物交往频繁。其中七古《道中古树广荫逾亩，行人便之，忽为强者伐去，诗以志惜》一诗写出环保思想，这是诗人的超前意识，当时教育尚未普及，不是人人能说的。"强者"与古树对立，古树完全没有反抗能力，强弱悬殊，深具反讽意味。

> 乡间树木如树人。木可成阴遮人身。
> 愚者爱私不爱树。旦旦伐之根尽去。
> 古树长生不知岁。相传已在高曾世。
> 几度栽培雨露沾，百般保护藩萝闭。
> 满株青翠自年年。受尽风雷亦未颠。
> 大器晚成因得地，良材经折更参天。
> 果然枝干纵横处。荫遍通衢叶无数。

---

① 陈步墀：《双溪词》（《绣诗楼丛书》第四种，香港，宣统元年 [1909]）。

② 陈步墀：《绣诗楼诗二集》（《绣诗楼丛书》第十种，香港，1912 年）。

绿意齐夸两腋凉，红轮弗觉当头曙。

六月炎炎如火时。行人止此喜扬眉。

便比甘棠思召伯，且防斫木来工师。

何来煮鹤焚琴辈。椷朴同伤靡遗类。

要他濯濯似牛山，不惜丁丁割人爱。

伐木原来自筑居。楼台平地起观鱼。

朝恼啼莺惊好梦，暮借呼卢挟彼姝。

龙钟父老莫敢言。四顾无人泪暗吞。

桑梓久亡恭敬礼，枌榆安有大公论。

可怜小树保难存。枉说扶持障一村。

请君试看行人苦，烈日当途尚叫冤。

这首诗说理明白，易于理解，颇有杜甫《古柏行》的韵味，而取材则别出新意。特别是"桑梓久亡恭敬礼，枌榆安有大公论"两句，借题发挥，深嗟人性沦亡。

陈步墀与日本驻港领事船津辰一郎交情尤笃。1910 年《船津领事席中井手三郎素行与马小进痛饮，夜阑联句，秉烛送归，因呈小进》云：

乱拨蛮声下薜萝。谁将莲炬送东坡。

凭高自觉青天近，对影其如白发何。

今夕有诗传海外，三更无月闷人多。

华年事业君堪羡，一卷名山铁砚磨。〔小进亦寓山中〕

又《船津领事导游清风楼，观日妓小奴歌舞感赋》云：

春在瑶台月在栏。轻风吹上紫骝鞍。

别为云想非非远，正是花时浅浅寒。

小住直当千日醉，论交难得两心欢。

剧怜旷代唐歌舞，偏与诗人客里看。

由这两首七律，可见陈步墀诗已经相当成熟，锻炼精湛，情韵绵长。潘飞声论云："子丹诗长篇见其雄健，近体则又以情韵胜矣。"①《绣诗楼诗二集》卷二、卷三均写 1911 年 10 月访日海程，因辛亥革命事起而滞留上海，未能成行。卷二全属诗作，卷三则为散文《游吴纪程》，记录港沪商情，议论纵横，且能指出政治经济社会民生的症结所在。

中期乃陈步墀丝竹中年的作品，包括《茅茨集》、《宋台集》两集，② 均用地名命意，前者喻心灵的归宿，后者则寓亡国之痛，一内一外，相互补足，深具象征意义。辛亥以后，陈步墀四载无诗。1915 年迁居山上，约当今香港湾仔春园街半山坚尼地道附近，署所居曰茅茨。《茅茨集》中写的虽然仍是日常生活及题赠唱酬之什，但也带有浓厚的避世意味。其中《茅茨杂咏》七绝十首可为代表，蜂蝶无争，心情恬淡，今录五首。

萧疏篱落不禁寒。补屋牵萝得静观。

爱诵道人姜白石，可怜垂老客长安。

五柳门边处士家。恍然陶宅是非耶。

山人输与无僮仆，只藉垂杨扫落花。

竹里移春暗度香。风光更好半闲堂。

---

① 潘飞声：《南船北辙录》，转引自《绣诗楼诗二集》引录诗话。

② 陈步墀：《茅茨集》（《绣诗楼丛书》第十七种，香港，1915年）；陈步墀：《宋台集》（《绣诗楼丛书》第二十一种，香港，1918年）。

前川历历明如画，几点晴山带夕阳。

浓阴镇日凉如水，可着羊裘六月天。
蜂蝶纷纷不飞过，恐扰幽人自在眠。

渭树江云隔万重。海天何处觅孤踪。
中原一发青山外，指点苍茫赤柱峰。

《宋台集》咏史寄意，怆怀君国，感慨兴亡，自然更具深刻的象征意义了。1916年《秋日同姚俊卿、张辉庭诸子重登宋王台，用辉庭韵》七律两首云：

重来凭眺又销魂。涛撼边城夕照村。
尚有高台征往宋，更无馀地吊亡元。
愁生国步艰难际，望断崖山上下门。
我欲牢骚问天帝，泛槎直到紫薇垣。

不见畸人郭橐驼。尚留名士渡江多。
招寻稚子同仙侣，踏破寒烟上翠萝。
片石苍凉馀帝业，一年容易又秋过。
从知古恨如今恨，便把长河作泪河。

姚俊卿即姚筠（1841—1927），张辉庭即张德炳，当日同登宋王台吊古。国步艰难，残山剩水，眼前完全是一片荒芜的景象，陈步墀长歌当哭，其实乃是摹写心境。此外1918年戊午年元月十六日《吊香江马场之灾》七绝四首也是值得注意的作品。

焚厩伤心古所知。不图浩劫到今时。
凭栏歌泣无端泪，洒向人间唱竹枝。

地震才惊落羽毛〔元月初三〕。天心示警凛寒刀。

如何玉石同萌蘖，烧尽牛山濯濯高。

春入连天不雨雷。祝融为患旱为灾。

可怜士女如云去，为斗繁华寂寞回。

浩浩平沙黯黯天。战场吊古有文传。

河山缥缈无亭长，愁绝招魂落照边。

诗中其一焚厩用《论语》问人不问马故事。其二指出正月初三刚有地震，天心叵测。其三写天气干旱，士女如云而去寂寞回，表示枉死。其四仿《吊古战场文》哭祭新鬼。1845年，港英政府在黄泥涌村开辟跑马地，1848年建成。过去马场分两种看台，洋人用的是由三合土建造的，华人用的则由竹棚搭建，自是种族隔离政策所致。1918年2月26日农历新年期间，马季新年度开锣的第二天，也是一年一度的周年大赛。当时华人看台人山人海，突然不胜负荷，塌了下来；竹棚下有许多熟食档，干柴烈火，也就烧了起来。结果烧死六百多人，成为香港赛马史上最大的惨剧。据说事后清理现场，竟然还检获几箩金饰，香港马迷的富有，令人吃惊。此组作品虽是纪实之作，但却有"天心示警"的寓意，事实上陈步墀着重刻画的是一份悲情，天下事不由人意安排，显得无奈。马场火灾象征繁华的消逝，与宋王台的悲情感觉也就不期而然地叠合为一了。

晚年陈步墀诗作渐少，而且减少应酬，除了家人以外，相熟的朋友所剩无多，诗情冷落。《寒木春华斋诗》多属20世

纪 20 年代的旧作，但要到 30 年代才能出版。① 过去陈步墀交
游广泛，广邀题咏，例如《绣诗楼诗》有韩希琦、陈启辉、
马骏声三序，复有谢英伯、潘飞声、萧瑑常、梁淯、萧汉杰、
杨其光、陈启辉、黄映奎（1855—1929）八篇题词。《绣诗楼
二集》则有萧瑑常、吴道镕、沈绍梅等三序；题词者汤寿潜
（1857—1917）、李经羲、王蕴章（1884—1942）、杨显范、陈
炳业、马征祥、苏绍瑗、胡礼垣、王锡侯、周之相、尹沛霖等
十一篇，排山倒海而来，十分热闹，喜欢别人的揄扬，以多为
胜。其后各集则减少序跋及题词，《寒木春华斋诗》除了温肃
的题词及宋宝琭的后记外，其他友人的作品未见载录。此外，
诗集中有两首集杜的作品《张云飞先生以画索题，集杜应之》
及《集杜题林芷湘孝廉其芳六十玉照》，追怀盛世，感慨今
昔，自然容易将杜诗引为同调了。又《感怀》五古十首，其
一云：

> 游鱼日在水，亦知水中乐。
> 飞鸟翔九天，亦知风是托。
> 人生天地间，温饱不为薄。
> 戴天不知高，履地不知博。
> 贵极求神仙，富极愈险恶。
> 营营戚戚中，真性日剥削。
> 既得复患失，无地可容脚。
> 不如听我言，美酒聊共酌。
> 俯视跃渊鱼，仰观入云鹤。

① 陈步墀：《寒木春华斋诗》。此集有温肃题词，其四云："把卷
更增思旧痛，春风无复入文良。"哀悼陈伯陶逝世。又陈步墀《温毅夫、
赖焕文两太史撰书〈周伍西阡记〉题后》一诗，均当为 30 年代继室李
氏卒后之作。

其三云：

> 鸡犬口腹驱，恋主难终身。
>
> 儒生贵谋道，岂能从他人。
>
> 我行马蹄北，茫茫采薇客。
>
> 我行马蹄南，杳杳谢枋得。
>
> 世界乱无象，鸣吠不明白。
>
> 愿言适乐郊，或居九夷国。
>
> 九夷尚有君，万里犹比邻。
>
> 去去莫复陈，客子情苦辛。

诸诗表明心迹，忧患日深，例如"真性日剥削"、"世界乱无象"等句，都写出了个人的世界观，严厉地批评现实的社会人事。

《有光集》尚友古人，探索古道幽光，惟以文天祥自勉，甘愿以死明志，洁身自爱。① 此集没有序跋，其前题诗一首：

> 沉沉大地沮洳场。已无安乐水云乡。
>
> 风檐展书不得读，古道空忆文天祥。
>
> 嗟哉运厄遘阳九。世事倒颠何不有。
>
> 万古填胸无限愁，百神在天如醉酒。
>
> 年来放笔学高歌。壮志销沉可奈何。
>
> 不肯低头与失足，白坚任尔涅还磨。
>
> 我闻士先器识后文艺。松柏不凋阅寒岁。
>
> 空山无人杜若春，嘉名肇锡从天帝。

---

① 陈步墀：《有光集》（《绣诗楼丛书》第三十六种，香港，1934年）。

人间动作亦云雅。谁是有光如君者。

此诗感慨时局，一片灰暗。诗中"嗟哉运厄遭阳九，世事倒颠何不有。万古填胸无限愁，百神在天如醉酒"云云，表现激愤。末句"有光如君"，写出对文天祥的景仰之意，自有托寓。又在《题素绚小照》七绝两首云：

> 恰似钱塘女素娴。春蛾淡扫月双弯。
> 问渠那得明如许，照到人间谢叠山。
>
> 叠山讲学艰难日，曾见曹娥江上碑。
> 谁是外孙谁幼妇，任人巾帼认须眉。

素绚即巫采兰，从陈步墀学诗，聪慧娴雅，格调清新。著《素绚集》，编入《绣诗楼丛书》第三十四种。诗中两次提到谢叠山，即谢枋得（1226—1289），宋亡隐居闽中，饿死不仕。著《文章轨范》、《叠山集》。陈步墀亦抱亡国之痛，故一再以叠山自况。

陈步墀晚年友人更少，《有光集》中及见者仅有温丹铭、邱炜萲（1874—1941）、赖际熙、宋宝璛、温肃、沈秉刚等，多写生活细节，题材日渐枯竭。陈步墀早年即好集唐、集句、集时人句、集杜之作，晚年更上层楼，进而有集苏、集韩、集黄山谷句（例如"万事当观失意时，摩挲石刻鬓成丝"）等作品。此外又有咏《李白》、《杜甫》、《韩愈》、《苏轼》"是非颠倒千古有，未若元祐前朝碑"、《黄庭坚》"天既生材复困材，先生潦倒何曾哀"、《陈恭尹》"平生大义郁成诗，操心虑患玉成时"等诗，借古讽今，议论世情，充满愤懑之情。其他"吞声哭子奈余何，近来涕泪何其多"（《哭陈云秋法部景仁潮安》）、"书者诚难赠更难，我心已当广陵散"（《邱君菽园赠钟西耘侍御德祥法书册子》）、"年年老物谁相惜，处处新愁托酒杯"（《寒食日怀温五》）等句，参透世情，语多沉痛，大抵都足以反映思想发展的轨迹。此外《赖荔垞太史赠罗浮藤杖》一诗也值得注意，诗云：

> 名山草木无不有。故人知我将黄耇。
> 一杖携来锡懒残，百朋未足喻深厚。
> 自从六十思耳顺，龙钟跨步何能健。
> 有石终防下井投，无钱安得将裘换。
> 人情至薄如履冰。颠危谁与惜飘零。
> 感君早有扶持意，珍重贻我罗浮藤。
> 罗浮主持君入定。一声木铎一声磬。
> 当今夷倭目无人，我欲借兹叩其胫。

此诗大约写于 1934 年陈步墀逝世之前。面对日本侵华，步步进逼，目中无人，陈步墀不禁悲从中来，也不能不借罗浮藤杖来痛击夷倭了。诗人一生缠绵故君，但溥仪却依附日本侵略者，与民为敌，在大是大非面前，陈步墀自然甚感痛心了。所以陈步墀最终也写下了反日的诗句，虽说是迟来的觉醒，可并没有执迷不悟。

二、陈步墀及其《绣诗楼诗》的历史定位

绣诗楼主人陈步墀是香港著名的儒商，曾经出任保良局总理，主持赈灾救济的工作。同时也是一位诗人，遍交海内外遗民名士，出版诗集六种、词集两种、文集一种，著作宏富。而且刻成《绣诗楼丛书》三十六种，保存国粹，贡献至巨。可是身后萧条，声名不彰，丛书散佚殆尽，知者亦少，这只能说

是时代的不幸。究其原因，大概有以下几点：

一、陈步墀身历改朝换代的沧桑巨变，辛亥革命时四十二岁，虽未入仕，却以清室的遗民自居，眷怀故主。加上商人的保守个性，很多观念一时间难以调整过来。在馀生的日子里，他只能说是时代的落伍者，与时代格格不入，安于市隐，能了解他的人并不多，而且各为其主，他可不一定需要别人的同情。

二、陈步墀幼攻举业，可惜屡试不中，仕途坎坷。三十岁时来港营商，幸得父兄馀荫，可以有所作为，但他心中似乎仍是以读书为尚，营商只是退而求其次的选择而已。香港在异族的管治下，与内地的政情不同，可以避开很多政治的噪音，增加了多元文化发展的空间。《绣诗楼丛书》保存国粹，符合少数遗老的品位，可惜却与广大的市民脱节，时移世易，以致未能引起任何回响。

三、新文学发展迅速，畅销书亦多，白话逐渐取代文言，成为主流。传统诗词日渐式微，后继乏力。后来整理香港文学的人，着眼点都在白话文学，传统诗文束诸高阁，只能成为小众的珍玩，自生自灭。陈步墀明知其不可为而为，精神可嘉，其情可悯。《绣诗楼丛书》虽能勉强出版，最终并不能进入广大读者的市场，只能在少数人手上流传，不容易保存。陈步墀虽然具有商业眼光，可他的事业并没有按市场的规律运作，可见文化的价值远远凌驾于商业利益之上。战时逃避战火，战后百废俱兴，未几又忙于政权更替，人人自顾不暇，《绣诗楼丛书》迅速散佚自是意料中事了。

基于以上三点原因，陈步墀想以个人的力量改变时代前进的轨迹，当然是不大可能的。如果不奢求太过，《绣诗楼丛书》其实可以反映孤臣孽子的一番苦心，延续文化上的一些理想。香港是一个步入现代又奉行多元的社会，文学更不应妄受意识形态的限制，画地为牢。我们现在研究香港文学的，应该有长远的眼光，从大文化的角度来看问题，流行的大众的固然是文化的宝贵部分，曲高和寡的亦不乏文化中的珍品，不宜轻言舍弃。陈步墀生而为清人，主要生活于光、宣之际，四十二岁面对改朝换代，我们自然要尊重他个人的抉择。忠于故君，其实也就是忠于自我，不见得是坏事。此外，他从三十岁起长期在香港营商，直至病逝，他的诗词作品绝大部分是在香港完成的，甚至跟清末民初香港的文化环境息息相关。因此，绣诗楼诗词质高量多，这不单是晚清文学的延续，同时更是研究香港历史、文化、社会、文学的第一手材料，值得开发。过去写过陈步墀的不多，大抵只有黎晋伟《陈步墀与〈绣诗楼丛书〉》、① 关志昌《陈步墀》、陈由亮《名士陈步墀》、陈作畅《陈步墀编著的〈绣诗楼丛书〉书目》等，② 除了介绍陈步墀的为人及《绣诗楼丛书》之外，几乎都不谈文学。其他评文学的人则侈谈绣诗救灾的佳话，亦多与文学无涉。

关于陈步墀的诗作，主要是善学唐人，尤善于仿效杜甫多变的气格，雄健与情韵兼胜，喜写才子佳人，风流自赏。此外，他又颇能在香港开放的大气候中，吸收新文化，反映新事物，语言浅易，贴近生活。早年弃仕从商，颇能摆脱传统的束缚，意气飞扬，节奏明快，其实更是充满前进的动力。而这些基本上都是延续清末粤诗发展的情势，兼采黄遵宪、潘飞声、邱逢甲、黄节诸家的优点，多写七古、七律和七绝，淋漓尽致，以气韵胜。国变以后与一班晚清遗老为伍，例如陈伯陶、赖际熙、温肃等，苦吟哀怨，感慨苍凉，惟以岁寒松柏自许，

---

① 黎晋伟：《陈步墀与〈绣诗楼丛书〉》，载《广东文献》（台北）2 卷 4 期（1972 年 12 月），第 110—113 页；又载《华学月刊》（台北：中华学术院国际华学会议秘书处）第十三期（1973 年 1 月），第 8—12 页。

② 陈由亮、陈作畅二文载《澄海文史资料》第十六辑（1997 年 10 月），第 85—91 页。

渐趋保守，困于一种精神假象之中，完全看不到前景，怀古伤今，欲振乏力，诗只是生活上一些点缀而已，渐显苍白和贫血，甚至陷入一种绝望的境界。加以人届暮年，友朋星散，除了嘲弄人生，鞭笞现实，慢慢也就气衰力弱，再也不能回应这个迅速多变的世界了，说来未免可悲。不过，这些都是作者至情至性的表现，忠于自我，没有弄虚作假，可以塑成永恒的形象，值得我们尊重。

陈步墀诗词八集，广邀题咏，早期序跋及题词均多，甚至大量附载唱酬之作，约有 52 人，得题 133 首，合计 227 首。其中萧穆常录 8 首、10 首、15 首之多，共 33 首；依次为刘景堂 16 首、姚筠 13 首、潘飞声 10 首、陆廷昌（1861—1938）10 首、梁淯 9 首等，因此构建了一个十分庞大的交游网络。这些作品诗、词、古文、骈文、函札、诗话兼备，摇曳多姿。有些作者尚未结集出版，因此得以附见于绣诗楼各集而流传。有些虽已结集，但仍足供辑佚之用，例如萧穆常、刘景堂、潘飞声、黄节等。有些固已收录于本集之中，但仍有前后期的版本异文可供校勘之用，例如邱逢甲。作者有尹沛霖、王为幹、王运嘉（？—1915）、王锡侯、王蕴章、吴道镕、宋彦成、宋宝璥、李玉芝、李经羲、沈秉炎、沈敦和（1865—1920）、周之相、林辂存、邱逢甲、邱炜蒬、姚筠、胡礼垣、马征祥、马骏声、张德炳、张学华（1863—1951）、梁淯、梁麟章（1856—？）、盛景璿（1880—1929）、陈伯陶、陈炳业、陈启辉、陆廷昌、汤寿潜、冯玉森、冯汉（1875—1950）、冯骏、黄必成、黄映奎、黄节、杨其光、杨显范、温肃、瑞浩、刘景堂、潘飞声、蔡有守、萧穆常、萧汉杰、赖际熙、鲍恢、龙朝翊、谢英伯、韩希琦、罗锦泽（1885—？）、苏绍瑗。吉光片羽，弥觉可贵。

陈步墀绣诗楼词与香港清末词坛

一、清末香港词坛的起步

香港岛本来只是几千人聚居的渔村，谈不上甚么文化建设。道光二十年（1840）鸦片战争之后，香港开埠，正式登上世界的舞台，同时也开创了历史的舞台。中国人要走入世界，走进现代化，香港是取经之路。加上内地战乱不定，不少人被迫逃亡来港。同治元年（1862）十月，王韬（1828—1897）来港，揭开了香港诗坛的序幕，此后就有很多诗歌写到香港。但香港词坛起步较晚，词人亦少，根据目前文献资料显示，清末词人居港者，主要有潘飞声及陈步墀二家，二人交情甚笃。潘氏乃海山仙馆潘仕成（1804—1873）的后人，驰誉文坛，久享盛名；而陈氏则编著《绣诗楼丛书》三十六种，包括多种词集，对香港词坛贡献尤大。

潘飞声，字兰史，号独立山人、剑士，别署老剑、老兰等。广东番禺人。光绪十三年（1887），尝赴柏林讲学，十六年（1890）返国。光绪二十年（1894）冬应聘来港，任《香港华字日报》及《实报》主笔，直至光绪三十三年（1907）赴上海国学萃编社任总编辑止，居港凡十三年。潘飞声著《海山词》、《花语词》、《珠江低唱》、《长相思词》四种,①均属早岁来港前之作。又《饮琼浆馆词》三十八阕,②宣统元年(1909)刊于北京,其前十六阕,由《蝶恋花》至《双双燕》当为来港后所作,多属赠妓、题画及与友人唱和之作,附录汪兆铨《摸鱼儿》、黄遵宪《双双燕》原作各一阕。《春明词》亦刊于北京,未见。③《说剑堂词集》一卷,叶恭绰选录潘氏作品,有潘飞声晚岁定居上海后所作新词四十五阕。④

潘飞声香港词作不多,一般都不写年份。例如《饮琼浆馆词》首阕《蝶恋花》"录别为银屏校书作",沈宗畸(1865—1926)云:"有人传诵其香海别某校书云:'客里云萍情绪乱。便道欢场,说梦应肠断。莫惜深杯珍重劝。银筝醉死银灯畔。 同是天涯何所恋。月识郎心,花也如侬面。东去伯劳西去燕。人生那得长相见。'右调《蝶恋花》。此词缠绵尽致,一往情深,置之子野、耆卿,不能过也。"⑤其中"银筝醉死银灯畔"句,死而无恨,情怀激越,在美人怀抱之中,可能别有会意。又《虞美人》"足病月馀,小楼寂处,维摩短榻,谢绝情禅。闻秀娘已别香江,而婵娘又为大力者负之而去。天涯绿树,偏迟杜牧之期;秋雨茂陵,谁疗相如之渴。扬州一觉,片石三生,偶拈短调写之,恐仍堕一重绮障也。"

---

① 潘飞声撰:《说剑堂集》(广州,光绪十七年[1891]刊。香港:龙门书店重印词籍四种,1977年6月)。

② 潘飞声撰:《饮琼浆馆词》,载《晨风阁丛书甲集》(沈宗畸序。北京,1909年9月)。

③ 夏敬观《番禺潘兰史先生说剑堂集序》云:"曰《春明》,刊于北都,流传未广,久且锓板,蠹蚀散佚。"参《说剑堂集》(夏敬观、叶恭绰序,谭敬跋。上海,1934年)。

④ 夏敬观又云:"近十馀年所赋,复不与焉。将刊君诗,遐庵因录其最者六十馀阕,授谭生附集后。"

⑤ 《灵蕤阁词话》,《饮琼浆馆词·词话》,第1页。沈氏引词编入《饮琼浆馆词》首阕,第1页。

词云：

> 天涯客病花飞散。说着心情懒。江头小别怨樊川。便忆尊前何事不相怜。　　秋风催白潘郎鬓。憔悴休重问。酒痕襟上认当时。除却当时明月没人知。①

此词表现艳情的本色，也就是词人所说的"绮障"，写的是香港的歌妓，相怜相知，情深款款。又《采桑子》"过秀娘旧居"亦云："惊心犹认妆台路。燕子帘前。淡月成烟。是处看花忆并肩。　　留香拟借陈思枕。偏又寒天。酒后谁怜。一样青灯两样眠。"缠绵悱恻，刻骨铭心，自然也是名士美人的韵事，渴望知音了。光绪二十八年（1902）三月，潘飞声尝游罗浮山，写下了《罗浮游记》，黄遵宪《题兰史〈罗浮游记〉调寄双双燕》云：

> 罗浮睡了，试召鹤呼龙，凭谁唤醒。尘封丹灶，剩有星残月冷。欲问移家仙井。何处觅、风鬟雾鬓。只应独立苍茫，高唱万峰峰顶。　　荒径蓬蒿半隐。幸空谷无人，栖身应稳。危楼倚遍，看到云昏花暝。回首苍波如镜。忽露出、飞来旧影。又愁风雨合离，化作他人仙境。

潘飞声《双双燕》"昔在菊坡精舍听陈兰甫先生话罗浮之游，云仅得'罗浮睡了'四字，久之未成词也。壬寅三月，余游罗浮，至东江泊舟望四百峰，横亘烟月中，觉陈先生此四字，神妙如绘，故于游记中记其事。而黄公度京卿以飘逸仙才，成词一首见寄，猿惊鹤举，惜不能起陈先生相诵也。寒夜

---

① 《饮琼浆馆词》，第 3 页。

无眠，独起步月，如置身五龙潭上玉女峰边，忽忆京卿原韵，意有所悟，拟和成稿，盖距京卿寄示时又易一寒暑矣。"可见和词已在一年之后，词云：

> 罗浮睡了，看上界沉沉，万峰未醒。唤起霜娥，照得山河尽冷。白遍梅田千井。见玉女、青青两鬓。恰当天上呼船，倒卧飞云绝顶。　仙洞有人赋隐。羡胡蝶双栖，翠屏安稳。烟扃拟叩，还隔花深松暝。谁揭瑶台明镜。应画我、高寒瘦影。指他东海火轮，只是蓬莱尘境。①

黄遵宪、潘飞声二词均以陈澧的"罗浮睡了"一句起调，借题发挥，象征中国沉睡未醒。黄词原作上片独立苍茫，在峰顶放歌；下片风雨迷离，担心会"化作他人仙境"，忧怀国事，揭出列强的野心，表现独醒的痛苦。而潘氏和词写月夜下的罗浮山水，上片极显狂放本色，歇拍"恰当天上呼船，倒卧飞云绝顶"，横放豪雄，仿佛再现李白谪仙人的神采。②下片则写仙境的高寒绝俗，不沾人间色相，表现罗浮出尘之美。而"东海火轮"指旭日初升之后，可能只是一般的尘境而已。二词立意不同，各有所悟得。案黄遵宪诗名极大，而词则仅存十

---

① 黄、潘二词均见《饮琼浆馆词》，第4，5页。案余祖明辑黄遵宪《双双燕》二首，其一固为黄作，而其二则为潘作。参余祖明纂辑：《近代粤词搜逸》（香港，1970年），第2页。

② 李白《陪族叔刑部侍郎晔及中书贾舍人至游洞庭五首》之二："南湖秋水夜无烟。耐可乘流直上天。且就洞庭赊月色，将船买酒白云边。"《全唐诗》（北京：中华书局，1960年4月），第1830页。

二阕,①全属长调,立意高远,且与香港词坛有些渊源。而潘飞声居港十三年,交游广泛,名气亦大,但词作不多,以艳情为本色,叙写个人生活经历,缺乏明显的时代及地域色彩。宣统元年(1909),潘飞声迁居上海,复有《柳梢青》"题陈子丹《双溪词》"云:

> 断送〔绝好〕韶光。花飞蜂〔蜂来蝶〕去,恼〔闲〕煞萧郎。十载填词,三生结想,此〔写〕恨偏长。
> 兰儿刺绣应忙。认秀句脂痕粉香。第一销魂,双溪合处,一段斜阳。②

陈步墀《双溪词》是清末香港首见的词集,而潘氏则为友人的词集题辞。潘、陈交谊深厚,唱和亦多,《柳梢青》下片首句注云:"子丹姬人素兰、楚兰皆绣其诗。"可见对陈家了解亦多。此词色泽鲜妍,令人意荡魂销,亦属佳制。二人词风相近,但陈词直抒胸臆,偏重纪实,稍欠潘词的风流潇洒、绮靡丽密。

清末过港文人很多,而朱祖谋(1857—1931)则首将香港写入词中。光绪三十年(1904)九月,朱祖谋任广东学政期

---

① 黄遵宪词有《金缕曲》、《贺新郎》、《摸鱼儿》、《买陂塘》、《双双燕》五阕。参吴振清、徐勇、王家祥编校整理:《黄遵宪集》(天津:天津人民出版社,2003年10月),第357—359页。陈铮编《黄遵宪全集》(北京:中华书局,2005年)辑十一阕。谢永芳《广东近世词坛研究》(上海:上海古籍出版社,2008年10月)复补《金缕曲》"甲戌同治十三年十一月五日观剧"一阕,共十二阕。第288—289页。

② 《饮琼浆馆词》,第八页。其中《双溪词》所载有些异文,兹附录于后。《双溪词》编入《绣诗楼丛书》第四种,宣统元年(1909)刊。参陈步墀原著、黄坤尧编纂:《绣诗楼集》(香港:中文大学出版社,2007年),第229页。

间，因事舟过香港，写下了《夜飞鹊》"香港秋眺怀公度"，这是寄怀黄遵宪人境庐之作，同时又把周邦彦的名作带入香港词坛，奇情壮采，呼唤人才。词云：

> 沧波放愁地，游棹轻回。风叶乱点行杯。惊秋客枕酒醒后，登临尘眼重开。蛮烟荡无霁，飚天香花木，海气楼台。冰夷漫舞，唤痴龙、直视蓬莱。　多少红桑如拱，筹笔问何年，真割珠厓。不信秋江睡稳，掔鲸身手，终古徘徊。大旗落日，照千山、劫墨成灰。又西风鹤唳，惊筇夜引，百折涛来。①

此词上片陷入一片愁怀难遣中，写香港初接触的感觉，蛮烟海气，天香花木，竟然是充满异色的新世界。冰夷是传说中的海底神人，这里自然是借代英人了。朱祖谋希望唤醒沉睡中的痴龙，正视眼前的蓬莱世界，刚好遥应黄遵宪"化作他人仙境"一句。下片面对香港割让的事实，红桑是传说仙景中难得一见的桑树，筹笔驿在四川北方的绵谷县，相传是诸葛亮出师北伐时的驻地，寓意于守土有责。第二句"不信"入题，对黄遵宪的掔鲸身手期望甚高，希望有所作为。可是清朝大旗落日，劫墨成灰，忧怀国事，词人只能陷入更深的感慨当中。歇拍波涛汹涌，不屈不挠。此词作意亦与周邦彦的原作相近，着意刻画心中的迷惘爱恨之情。朱庸斋评云："彊村《夜飞鹊》词，慷慨悲凉，奔放中有郁勃之气。起笔极重，写出阔大境界。'大旗落日，照千山、劫墨成灰'二句，惊心动魄，收处有无限感慨。匪独一时无两，自稼轩以还，未见有此雄深

---

① 朱孝臧著，白敦仁笺注：《彊村语业笺注》（成都：巴蜀书社，2002年1月），第153页。

高健之作。"① 翌年（1905）冬天，朱祖谋任满北归，经过香港往上海，又有《清平乐》"夜发香港"，词云：

> 舷灯渐灭。沙动荒荒月。极目天低无去鹊。何处中原一发。　江湖息影初程。舵楼一笛风生。不信狂涛东驶，蛟龙偶语分明。②

上片写香港寂静的夜色，同时也带出归乡之想。下片在江湖息影的旅程当中，内心思潮起伏，绝不平静。"不信"一辞再次出现于词中，显示朱祖谋个性的执着，不希望生命就这样无端地流淌而去。而蛟龙的意象一再浮现，他分明听到了香港呼喊的声音。朱祖谋香港词二阕挑动词人内心起伏的情怀，起步甚高。

二、陈步墀绣诗楼词

陈步墀大概是在光绪三十一年（1905）清朝废科举前后来港的，他半商半儒，长袖善舞，交游广泛，尤嗜诗词。清亡后更编成《绣诗楼丛书》卅六种，保存乡邦文献，发扬中华文化，贡献很大，当为香港文化名人。著有词集二种：《双溪词》七十二阕，《十万金铃馆词》③ 三十七阕，共一〇九阕，皆成书于辛亥革命前后，也就是清词的终局。而《十万金铃馆词》出版之后，陈步墀亦不复填词了。"双溪"在陈氏的故

---

① 朱庸斋著：《分春馆词话》（广州：广东人民出版社，1989年12月），第100页。

② 《彊村语业笺注》，第166页。

③ 《十万金铃馆词》，编入《绣诗楼丛书》第十一种，香港，甲寅（1914年）刊。《绣诗楼集》，第253—272页。

乡饶平，以此为词集命名，表示不忘根本；而"十万金铃"则有护花之意，保护传统文化。《双溪词》三卷，卷一前十二首写饶平的生活和风光，殆属少作。例如《摊破浣溪沙》"双溪水浅，缚筏为舟，路书所见"、《阮郎归》"县试得捷，用欧阳修韵"等。其他都是居港后的作品，《一剪梅》"夜访陆灼文村居有赠"云：

> 断续寒蛩断续风。花影青葱。月影朦胧。携筇人过野桥东。健到奚童。满到诗筒。　知有名流陆放翁。君是游龙。我是雕虫。天涯来与印泥鸿。喜绝相逢。愁绝飘蓬。①

陆廷昌（1861—1938）住黄泥涵村，与陈氏唱和亦多，此词重现清末的香港景观，充满田园风味。又卷三《重叠金》〔即《菩萨蛮》〕"中秋同家笃初侍讲启辉访日本船津克己领事辰一郎，山中归途口号"云：

> 红尘不到当尼道。山花野草回环妙。秋兴最今宵。有人云外招。　随缘联上国。诗酒萍踪集。归路已三更。多情月伴行。②

这是宣统元年（1909）陈步墀拜访日本驻港领事船津辰一郎的作品，同时还有《明月生南浦》〔即《蝶恋花》〕"八月廿一日克己领事宴余山中，出册索题，即席赠此"一阕。当尼道，自注为"山路名"。两年后陈步墀还率领香港实业团赴日本考察商务，团队已经出发了，船过基隆，再到上海，恰逢

---

① 《绣诗楼集》，第 236 页。
② 《绣诗楼集》，第 248 页。

辛亥革命时局动荡半途而止，乃仓卒回港。以上二词节奏明快，反映早年的港岛风光，很可以代表陈步墀的早期词风。

卷二《菩萨蛮》"无题十六阕"，今录其五及其十六两阕：

> 鞭丝夕照愉园路。钿车驻试凌波步。妆艳妒秋娘。新开花一双。　羡郎云带雨。幻作荷珠去。到处自团圆。人间无限缘。

> 十年梦觉襟痕酒。晓风残月章台柳。不说此时情。谁知薄幸名。　繁华容易了。色色空空妙。莫怪写词人。我闻如是真。①

这些都是艳情的作品，自然也表现了当时的现实生活，明显地带有花间的色彩，亦跟潘飞声的词风相近，只是少了一些潇洒及浓烈的感觉。陈步墀笔调质实，词风清浅，例如"羡郎云带雨，幻作荷珠去"，写欢场中的流动状态，比喻传神。又"十年梦觉襟痕酒，晓风残月章台柳"，写出色空如幻的境界，也是真情实感，自有新意的。

卷三《蝶恋花》"补题亡室断弦图六阕"，今录其二及其六两阕：

> 嫁得词人心也慰。虑泣芦花，病骨支离际。一事商量无别计。无侬媒妁言归妹。　儿女娇痴年纪细。遗我三儿，惨绝中儿逝。不分颠连如我矣。十年磨尽英雄气。

> 燕去梁空朝复暮。昔也双栖，今也天人路。追悼恩情徒絮絮。爱河滴血难消数。　夜半金风桐叶露。客邸无

---

① 《绣诗楼集》，第241页。

端，忽动秋声赋。最是老夫肠断句。披图泪湿衫如雨。①

这是悼亡的作品，语浅情长，自然亲切。其二多写生活细节，交代家庭变故，"不分颠连如我矣，十年磨尽英雄气"，"分"读去声，不分即无奈，人天相隔，中儿早逝，世故日深，英雄气短。其六客邸秋风，披图泣泪，"追悼恩情徒絮絮，爱河滴血难消数"二句，尤为浓挚，感人亦深。

又《莺啼序》"杨仑西《花笑楼词》四种题词"有句云："我忽想、照霞盛子，说剑潘郎，鮀浦髯公，香山吟客。飘零老大，相怜同调，搓酥滴粉浑闲事，已及身、共许千秋日。"这里提到清末杨其光（1862—1925）《花笑楼词》② 及陈步墀的词友盛景璿（1880—1929）、潘飞声、萧蓂常（1836—1915）、黄映奎（1885—1929）四家。案《双溪词》题词有杨其光《买陂塘》"江山依旧秋来瘦，只合先生吟眺"、潘飞声《柳梢青》"十载填词，三生结想，写恨偏长"、谢英伯（1882—1939）《黄金缕》"一卷新词声袅袅，等闲却把侬心扰"、盛景璿《虞美人》"绣丝刺碧映清樽，遮莫狂吟忙煞画楼人"四词，彼此引为知音同调，相许相怜。此外集中附录杨其光的赠词《菩萨蛮》、《虞美人》各一阕。

《十万金铃馆词》两卷，成书于辛亥革命之后，啼红怨绿，感慨兴亡，陈步墀题词《买陂塘》云：

> 黯冥蒙、满楼风雨。问谁来吊今古。故家燕子知何在，又值落花春暮。心漫苦。正如梦如烟，缭乱衷情絮。

---

① 《绣诗楼集》，第246页。
② 杨其光：《花笑楼词四种》，包括《花笑词》、《归梦醒馀》、《华月词》、《锦瑟哀辞》四集，编入《绣诗楼丛书》第五至八种，宣统元年（1909）。

填词觅句。借几个金铃，数声玉笛，哀断江头路。　天涯远，孰是骚坛盟主。萧刘应算同侣。当年香粉依然好，吟到白头官女。闲坐处。定怨绿啼红，会说玄宗去。人间莫住。便一卷泠泠，还须自爱，野鹤孤云趣。①

上片亡国之音，表现苦心；下片把填词视作生命的寄托，自注称许同侣"伯瑶、伯端"，即萧甄常、刘景棠（堂）二君，感于时局，婉约浑成。潘飞声词话称"子丹亦工词"，又《采桑子》"数阕亦极似王中仙"，②盖亦蕴含王沂孙的身世之感了。《绮罗香》"护花铃"云：

园卉千重，阑干六曲，色相和鸾差近。小弄轻圆，忙到一宵声紧。已生成、缀玉多情，休再道、司香无分。替东风、着力扶持，几番迢递报花信。　蛛丝斜罩屋角，同是芳心挂处，飘残红粉。寥落知音，说甚空中传恨。恐狂蜂、浪蝶飞来，更燕子、衔将春尽。怅高楼、疑雨孤鸣，梦回须细认。③

此乃咏物之作，借题寄意，格高调响，婉约浑成。上片塑造护花铃的辛劳形象，汇报花信；下片花残春尽，空中传恨，但梦回细认，仍是永恒执着的一点芳心。自是集中佳制。又《金缕曲》"凤公赠词，原韵寄答"下片结云："海内词宗存几辈，凄绝广陵散弃。剩两个、吟身天地。已时光韬连晦养。问谁来、桀犬将尧忌。珍重也，凭书几。"④凤公即瑞浩，字凤

---

①　《绣诗楼集》，第257页。
②　《绣诗楼集》，第256页。
③　《绣诗楼集》，第258页。
④　《绣诗楼集》，第259页。

伦，号悔公。满洲正黄旗人，监生。尝任广东盐运使司运同之职。世局沧桑，亦多凄苦之音。其后附瑞诰《金缕曲》一阕、《蝶恋花》二阕。

《十万金铃馆词》卷二多拜祭明代岭南遗民及名臣之作。《摸鱼儿》"家藏岭南三先生墨迹，感题其后"云："人间轮转兴亡局，身世飘零无主。"《明月生南浦》"明顺德陈岩野先生邦彦遗像"云："弹指残棋今似古。只少纲常，反道先生苦。"《大江东去》"明琼山邱琼台先生濬遗像"云："礼乐云亡，衣冠成古，不道如今日。"《前调》"明琼山海刚峰先生瑞遗像"云："不是痴狂，直凭忠爱，千载论臣则。"《前调》"明南海邝湛若先生露书扇"云："天上玉麟羁不住，浩气争来锋底。"① 诸词壮怀激烈，浩气长存，抒发内心的抑郁，同时也宣示了个人的遗民心迹，尽忠臣节。附录萧瑗常词二阕、刘景堂词七阕，皆唱和之作，彼此引为知音同调。

三、《绣诗楼丛书》与清末香港词坛的发展

陈步墀在香港刊印《绣诗楼丛书》三十六种，营商之馀，积极推动文化事业的发展。余祖明《近代粤词搜逸·补篇、续篇》弁言云："百年以来，中原迭经变乱，香江为迁客骚人避地之所。其挖扬风雅有足述者，如绣诗楼主饶平陈步墀子丹，以端木长才，致陶朱伟业。民初在港岛别辟宾馆，礼招贤士，时则有陈子砺、张汉三、吴玉臣、温毅夫、赖焕文诸太史，梁杭雪礼部、萧伯瑶广文、黄日坡明经与潘兰史、刘伯端诸公，冠盖云集，一时称盛。且广镌梨枣，成《绣诗楼丛书》三十馀种。予尝于其中录得萧伯瑶、盛季莹、谢英伯倚声多

---

① 《绣诗楼集》，第265—268页。

阁，并得见主人之《双溪词》及《十万金铃馆词》各一卷，以续予词目。"① 陈步墀对于发扬香港词业，贡献甚大。

《绣诗楼丛书》刊印的词籍有杨其光《花笑楼词》四种，萧莜常《遁愚墨妙》、② 刘景堂《心影词》各一种。③ 连同陈步墀的词集，合共八种，亦可见一时之盛了。

杨其光，字仑西，番禺人，著《花笑楼词》四种。《花笑词》辑录光绪十一年乙酉（1885）至三十一年乙巳（1905）间的词作。《归梦醒馀》记录自光绪二十七年辛丑（1901）至三十一年乙巳（1905）两度赴闽南的词作，多次路过香港。《减兰》"壬寅四月，余再赴闽南，道出香江，兰史招饮影芗阁，出梁秀娘抱琴图属题，席上赋此"云：

> 东风梦醒。谁把惊鸿留艳影。画到销魂。恰似初弦月二分。　双蛾漫蹙。解道潘郎能顾曲。一种情深。不抱琵琶爱抱琴。④

此词作于光绪二十八年（1902），殆属艳情歌酒之什。"潘郎"就是潘飞声，上文《虞美人》、《采桑子》都写到他与秀娘的亲密关系，后来秀娘离港，只留下一幅抱琴图像，因此潘飞声就请杨其光来题词了。又《百字令》"蚝镜校书徐玉卿有扁舟之约，余漫应之，感填此阕"云：

---

① 余祖明纂辑：《近代粤词搜逸·补篇、续篇》（香港，1972年）。
② 萧莜常《遁愚墨妙》，《绣诗楼丛书》第十三种，香港，壬子1912年。
③ 刘景堂《心影词》，编入《绣诗楼丛书》第二十九种，香港，庚申1920年。参刘景堂原著，黄坤尧编纂：《刘伯端沧海楼集》（香港：商务印书馆，2001年），第3—85页。
④ 《归梦醒馀》，第5页。

楼深人静，怪雨丝春昼，困眠帘际。薄拥氍毹伴不觉，好梦恼惊醒矣。推枕轻偎，揽衣偷笑，低把湘云理。娇羞如画，柔肠一缕吹起。　我正独抱孤琴，来游海上，青眼谁知己。何意酒阑高唱出，竟有娥眉心死。卓女情痴，相如志短，恐累卿蕉萃。祝卿休误，白头他日须记。①

蚝镜即澳门。佳人以身相许，两情相悦，缠绵春梦，软语温馨。可惜襄王无心，神女有意。此词迷于一段雾水情缘之中，难以自拔。但换头处"独抱孤琴"、"青眼谁知己"，却以高调出之，不忍误了佳人，有负三生之约。荡气回肠，一唱三叹，哀怨无端，亦归雅正。此集尚有《菩萨蛮》"子丹索刻双溪词客印，并撰词泐石侧"、《买陂塘》"题陈子丹明经《双溪词》集"两阕，亦附见于陈步墀的词集之中。《华月词》亦多相思艳情之什，不记年月，其中仅《水龙吟》"丙申七夕"注明时节，即光绪二十二年（1896），下片云："梦里生涯谁醒。话分携、欢惊愁证。佳期欲问，人间天上，可容重订。料得黄姑，苦人离别，定怜同病。对弯桥盼切，轻罗未换，受尖风冷。"②忏情之作，若有所待。《锦瑟哀辞》作于光绪二十八年壬寅（1902），全是悼亡哀伤之什，赋情亦深。

萧瑄常，字伯瑶，南海人，布衣。陈步墀为其刊印《遁愚墨妙》、《铁帚集》、《海声——萧伯瑶先生遗稿》三种，另有《萧斋馀事》，未见。萧氏负诗名，词不多作。《遁愚墨妙》录《明月生南浦》"奉和拜题陈岩野先生遗像原韵"、《虞美人》"奉和拜题陈独漉先生遗像原韵"、《高阳台》"梁药亭"、《石州慢》"屈华夫"、《如此江山》"陈独漉"、《金缕曲》"书海

① 《归梦醒馀》，第9页。
② 《华月词》，第10页。

雪《峤雅》后"，撰于壬子（1912）癸丑（1913）江山易代之际，共六阕，多与陈步墀唱和之作，坚贞自持，宣扬忠义之气。又余祖明辑录《菩萨蛮》"答兰史兼寄椒叟"、《月下笛》"于役驼江，仑西以词宠行，依原调次韵"二阕。后者词云：

> 霜骨槎牙，尖风雕瘦，灯前写影。罗襟泻酒。是我泪痕销后。叹潮阳、海外羁孤，与谁结、金尊吟偶。重唱关门柳。月流烟冻，遥情难剖。　百年去就，尽过眼繁华，几番叉手。吟怀欲寄，一缕不盈衣袖。况韩江、垂老飘零，早惆怅、瑶溪漫叟。拚今宵、刻尽窗南，画烛能醉否。①

此词系光绪十二年丙戌（1886），萧瑯常将赴潮州任职，杨其光临别赠行相互唱和之作，表现漂泊孤栖之感，情韵动人，字句尖新，工于铸炼。

刘景堂，早期或作景棠，字韶生，号伯端。辛亥黄花岗事起后来港。著《心影词》，辑录丙辰、丁巳、戊午（1916—1918）三年的作品，婉约浑成，其后复以《沧海楼词》鸣世，成就特大。陈步墀编入《绣诗楼丛书》，亦具先见之明了。此外，《十万金铃馆词》附录刘词七阕，殆属辛亥以后的作品，刘景堂并没有入集。

其中《满江红》云：

> 几日霜枫，暗煊染无边秋色。肠断处、几番虫诉，几番蝉咽。挑逗清商时序苦，侵寻旧梦繁华歇。更丝丝衰柳

① 《近代粤词搜逸》辑录萧词《菩萨蛮》一阕，第10页。《近代粤词搜逸·补录、续编》则补录《月下箔》、《高阳台》、《如此江山》、《金缕曲》四阕，共五阕，第3页。《花笑词》附录萧词亦题《月下箔》，第8页。案词调作《月下箔》误，当为《月下笛》。

带斜阳，人初别。　中原事，沉消息。前朝恨，付潮汐。
怅西风万里，故人头白。荒院滴残桐叶雨，寒汀卷起芦花
雪。正故乡风味忆莼鲈，归心切。

《大江东去》二阕，其一云：

> 长街十里。认旧游门巷，钿车如水。前度刘郎今老
> 矣，惆怅难寻欢侣。一瞥惊鸿，似曾相识，软步香尘去。
> 嫣然回倩，抵他千万言语。　犹记酒冷灯昏，那时相见，
> 悔不留伊住。秋月春花颜色改，又被等闲辜负。若照菱
> 花，还疑是梦，梦也终无据。从今心上，拚添一段愁绪。

其二云：

> 一春无赖，任风风雨雨，燕愁莺恼。吹尽吴绵春不
> 管，轻负韶华易老。杜宇催归，鹧鸪劝住，毕竟听谁好。
> 匆匆回首，今年翻恨春早。　不忍极目凭高，天涯绿遍，
> 尽萋萋芳草。只恐故园花落后，门外更无人到。旧恨初
> 消，新愁又上，难把眉峰扫。知伊何处，祗今音讯
> 都渺。①

　　三词均撰于民国元年（1912）前后，《满江红》"中原事，
沉消息。前朝恨，付潮汐"，写出江山换代的悲苦情怀，洋溢
着浓厚的乡愁，希望早日回到广州。《大江东去》二阕怆念江
南旧侣，"犹记酒冷灯昏，那时相见，悔不留伊住"、"吹尽吴
绵春不管，轻负韶华易老"，可惜音讯都渺，徒添一段愁绪。

---

① 辑自陈步墀：《十万金铃馆词》（香港，1914 年）。又《刘伯端
沧海楼集》，第 181—182 页。

刘词语浅情浓，寄托深远。

以上三家均赖《绣诗楼丛书》刊印传世，杨其光、萧甈常不住香港，而刘景堂则南天一柱，各有所成。他们的作品能在香港出版，因缘际会，推动清末词坛的发展，自亦有所贡献了。

清末民初来港的遗老、太史一般都以诗文的写作为主，诗人辈出，几乎都不填词。例如陈伯陶隐居九龙城，潜心著述，他所主持的宋台秋唱，团结一班文化人，怆怀故国，坚持气节。丙辰(1916)九月十七日，他们会聚在九龙宋王台下，祭祀南宋遗民赵必璟秋晓先生的生日，和作一诗一词，在感慨兴亡的主旋律之下，他们通过历史寻觅异代的知音，其实更重要的是寻找当代的知己，确认同志的身份。当日出席者十一人，其后望风而至补交作品的二十四人，编成《宋台秋唱》一书。① 陈伯陶首倡，和诗两首，题为《丙辰月十七祀赵秋晓先生生朝次秋晓生朝觞客韵》、《秋晓先生生日并祀偕隐诸公次前韵》；填词亦二阕，《贺新郎》"秋晓先生生日，前诗意有未尽，再次秋晓生朝答陈新绿韵"云：

> 一盏寒泉菊。痛当年、禾黍芒墟，邱山华屋。金甲神人云际见，厓海终沉玺玉。空泪洒、江流鱼腹。报国丹心长耿耿，奈三闾、未受王明福。嗟宋鹢，退飞六。　冬青树老寒芜绿。缅清风、晋室柴桑，周家菇竹。松雪斋中丹诏至，未肯餐芝商谷。赖君结、遗民一局。朱鸟悲呼江水黑，试招魂、为奏归来曲。濒海地，稻粱足。

此词用了很多历史上改朝换代的典故，引为同调，明知大

---

① 苏泽东编：《宋台秋唱》（香港，1917年初刻；1979年重刊）。

势已去，恢复无望，只好洁身自爱，保存贞节。全诗主题
"赖君结、遗民一局"，相互勉励，巩固归隐之志，不仕新朝。
又"再次前韵祀秋晓偕隐诸公"云：

> 旧里荒松菊。记诗人、海邦偕隐，菜羹茅屋。画像同
> 瞻文信国，应泣卷卷带玉。更节义、文章满腹。比似月泉
> 吟社合，变姓名、咸重罗公福。天地闭，籈坤六。　富场
> 水涨蒲萄绿。叹故乡、无人为作，祠堂修竹。南野西台哀
> 恸处，一例迁移陵谷。况虎斗、龙争几局。不有黄冠归里
> 客，旷千年、谁与论心曲。岩穴士，几蛇足。

其二祭祀宋亡后同时偕隐的名士，其实是期待当世诸贤共
同承担。上片以文天祥作大家的精神支柱。下片富场即九龙官
富场，"况虎斗、龙争几局"说明民国政局的波谲云诡，胜负
难料。案陈伯陶词极罕见，其他黄衍昌全和二阕，永晦（吴
道镕，1853—1936）、闇公（张学华，1863—1951）、黄佛颐
（1886—1946）各一阕，合计七阕。

同时居港词人尚有汪兆铨《惺墨斋词》、张学华《闇斋
词》、黎国廉《玉蕊楼词钞》、温肃《檗庵词》等，都可以说
是清末词风的延续和发展。今录汪兆铨《买陂塘》"落花辛亥
冬作"云：

> 乍惊心、万红飞尽。霎时新绿都换。东风浑未相催
> 逼，已自雨零星散。君莫怨。君不见经时，到耳蜂声乱。
> 珍丛东畔。算只有一枝，七星幡子，犹自向风展。　繁华
> 事，回首不堪重算。陈芳国里公案。杂花野草谁移植，曾
> 被满园都占。君莫叹。君试听兴亡，如说斜阳燕。休弹泪

眼。任落溷飘茵，都由自取，更倩阿谁管。①

以落花为喻，回望故国，表现一个朝代的结局，自以悲苦为主调，而注入漂泊的感觉了。此外，温肃词四阕，作年不详。今录《踏莎行》云：

> 雨造虫天，霜将雁字。薄寒不管花荣悴。宵长剩与睡相宜，奈无好梦如人意。　万态云翻，百龄电逝。西风却又吹愁至。愁肠相对日千回，细思有甚干卿事。②

秋心寂寞，幻化无端，充满生命的悲感。但"万态云翻，百龄电逝"，一切无可奈何，可能也是一种亡国之音，而端在读者的善会了。

---

① 汪兆铨：《惺墨斋集》（广州：超华斋，1919 年），词集，第 10 页。
② 温肃词仅得《贺新郎》"贺卢艺亭新婚"、《满江红》"题李星阁碧筒杯图"、《踏莎行》、《国香慢》"题羌郎画兰卷"四阕。温肃：《温文节公集》（温必复辑。广州，1947 年。香港：学海书楼丛书，2001 年重印）原刊诗集，第 27 页，重刊第 295，298 页。

刘景堂《沧海楼词》综述

——香港近代词坛的异军突起

一、刘景堂传略

刘景堂（1887—1963），又名景棠，号伯端，别署璞翁、守璞等。广东番禺人。刘景堂少与叔父刘子平（1883—1970）在端州（广东省肇庆市）官廨读书，后与胡毅（1883—1957）、朱大符（执信，1885—1920）、汪兆铉（1878—1903）、汪兆铭（1883—1944）等同就读于广州城北教忠学堂。汪兆铉早卒，胡毅、朱执信、汪兆铭等东渡，留学日本，奔走革命。而刘景堂则供职于广东提学使司署之学务公所，隶总务科，即广雅书局旧址。所游皆一时名士，如邱逢甲、俞安凤（伯阳，1871—1929）、俞安鼐（叔文，1874—1959）、况仕任（晴皋）、陈涛（伯澜）、覃寿堃（孝方）、沈养源、许少白、谭仲鸾等，公馀好为文酒诗钟之会。1908 年，刘景堂新婚，邱逢甲《题刘伯端德配范菱碧所画帐额二十四番花信图》二首云：

> 廿四番风转画叉。天教徐淑配秦嘉。
>
> 玉台一管生春笔，遍写人间称意花。
>
> 替花写照为花怜。六角流苏宝帐悬。

门掩东风春似海，刘纲夫妇是神仙。①

范菱碧乃范公诒②女，能诗善画，现存遗墨山水册页四幅。邱逢甲二诗既写她的才气，亦写新婚生活。刘纲吴下邳人，与妻樊云翘同入四明山仙去。刘景堂于黄花岗事起后来了香港，似亦有仙去意味。又邱逢甲《刘郎歌赠伯端》云：

刘郎年少何翩翩。诵诗喜我罗浮篇。
我今苍苍已在鬓，但觉年少如神仙。
龙蛇出地星坠天，欲持劫运惭我孱。
罗浮烧丹寻稚川，仙丹九转童我颜。
会当携手出劫外，重话开明龙汉年。③

此诗写于1910、1911年间。邱逢甲虽只有四十八岁，却显现老态。前四句借刘郎的翩翩年少回忆过往的神仙岁月；"龙蛇出地星坠天"句写出清末山雨欲来的政治感觉，一场大变革即将出现，他托言身体不好，其实也是回天乏力。罗浮烧丹有强烈的遁世意味，精神上向仙境移民。龙汉年是对未来国运的期望，结语自然亦带有强烈的无奈情绪了。

宣统元年(1909)五月，两广总督张人骏调两江总督，兼办理通商事务大臣。刘子蕃任总督幕僚，举家宦游江南，刘景

① 邱逢甲：《岭云海日楼诗钞》（上海：上海古籍出版社，1982年9月），第261页。
② 范公诒（1858—1904），字伯言，号洁盦，番禺人。光绪十七年（1891）优贡生。著有《两汉书旧本考》、《洁盦金石言》，收入黄任恒辑《信古阁小丛书》（1932，1934年刊)、《经义精华》（1898）、《粤东金石略补正》三卷、《汉书宋元刻本考》一卷、《水经注引用书目碑目存佚考》一卷，《洁盦诗文集》二卷、《洁盦遗书》等。
③ 《岭云海日楼诗钞》，第314页。

堂遂亦随父迁南京。其后刘子蕃在任内病逝，刘景堂扶柩归粤。宣统三年(1911)广州黄花岗事起，刘景堂移居香港。初佐俞安鼐设塾教读，后任华民署文案。公馀之暇，开始学词。当时张学华、黎国廉、俞安凤皆居港，唱酬甚乐；同游者尚有汪兆铨、陈庆森、许秉璋等。

刘景堂尝加盟南社，入社书编号703。柳亚子（1887—1958）《南社社友姓氏录》云："刘伯端，字伯端，福建闽侯人。"①盖指祖籍而言。《南社丛刻》第二十二集载刘景堂词《蝶恋花》、《金缕曲》二阕，后者为佚词。第二十四集则录刘景堂诗五首，全属佚作。②

刘景堂在港多与绣诗楼主人饶平陈步墀来往，每会必作，藻采缤纷，冠盖云集，一时称盛。陈步墀乃当时香港诗坛盟主，编撰《绣诗楼丛书》三十六种。陈步墀《十万金铃馆词》扉页有四十五岁立像，刘景堂题诗两首。集中二人唱和之作颇多，录词七阕，全属佚作。③《茅茨集》则录刘景堂诗九首，亦为佚作。同游者有王运嘉、萧觐常（伯瑶）、冯汉（师韩）、罗锦泽、冯玉森、梁湝、陆廷昌（灼文）、鲍恢、何星俦、冯文凤等。④1920年，刘景堂《心影词》亦由陈步墀刊行，编入《绣诗楼丛书》第二十九种。

刘景堂体弱，约于五十岁退休。并于香港沦陷前一年

---

① 参柳无忌编：《南社纪略》（上海：上海人民出版社，1983年4月），第222页。

② 陈去病、余十眉编，姚光印行：《南社丛刻》第二十二集，上海：南社，1923年12月。又柳亚子编，马以君点：《南社丛刻第二十三集第二十四集未刊稿》（北京：社会科学文献出版社，1994年4月），第431—432页。

③ 陈步墀：《十万金铃馆词》（香港，1914年），《绣诗楼丛书》第十一种。

④ 陈步墀：《茅茨集》（香港，1915年），《绣诗楼丛书》第十七种。

（1940）迁居澳门，继而远走桂平，一住三年。战后始由广西回粤，越社同人设宴欢迎，下榻迎宾馆，有《望海潮》"登粤秀山怀古"之作。回港后多与黎国廉、张学华、叶恭绰、陈融、詹安泰、胡熊锷（伯孝）、张叔俦、冯平（秋雪）、黄咏雩、朱庸斋、陈寂、张树棠（荫庭）、冼玉清等唱酬。1948年，张北海任《广东日报》社长，开辟《岭雅》专栏，发表诗词作品。黎国廉、叶恭绰亦拟结词社，提倡岭南词风。①

1949年，廖恩焘来港，与刘景堂一见如故，朝夕唱和。1950年冬共创坚社，社址设于坚尼地道二十五号廖府，每月一会。参加者有张叔俦、罗慷烈、王韶生、张宜（纫诗）、林汝珩、曾希颖、汤定华、任援道（豁庵、友安）、区少幹、王季友等人。坚社社课至1953年冬结束，共三年。案坚社同人或任教上庠，或以书画名家，或任职新闻界，或从事小说创作，多才多艺，词乃馀事耳！又除廖、刘二老外，诸家亦多有词集传世，例如罗慷烈《两小山斋乐府》、王韶生《怀冰室集》、《怀冰室续集》、林汝珩《碧城乐府》、曾希颖《潮音阁诗词》、张宜《张纫诗诗词文集》、区少幹《四近楼诗草》等。推动香港词风，影响至为深远。

1956年，章士钊来港，以何焯贤为介，晤面多次，唱和甚乐。章士钊有"海外词人数二刘"之句，注云："二刘者君（刘子平）与其从侄伯端。"②又有"况兼迁客擅诗馀"句注云："赵叔邕（按，尊岳，1898—1965）、刘伯端辈。"③此外，章士钊尚有《为刘伯端题沧海楼卷子》三首，其三"先

---

① 陈寂主编：《广东日报·岭雅》，广州：1948年5月3日刊第1期，逢星期一刊出。第46期起改由《中央日报》刊出，广州：1949年4月4日；至第71期止，1949年10月3日。

② 章士钊：《答刘子平三首》，参《章孤桐南游吟草》（香港，1957年），第18页。

③ 章士钊：《丁酉元日》，参《章孤桐南游吟草》，第29页。

后三家壮五羊"句注云："陈述叔（按，洵，1869—1942）
《海绡词》、黎季裴《玉蕊词》，并伯端《沧海词》为后
三家。"①

刘景堂一生淡泊名利，亦罕交接，专注填词，意境高妙。
此外，刘景堂也很注意理论建设，指导欣赏方法，对推动香港
词学的发展，贡献亦大。可惜僻处遐陬，民国以后未尝北上，
鲜与中原词坛往来，声闻远隔，致知者不多耳。其实就词论
词，《沧海楼词》允称当代名家，深得冒广生（1873—1959）、
胡汉民、叶恭绰、詹安泰、陈融、章士钊、黎国廉、廖恩焘等
名士词人的推崇，值得学者重视。

刘景堂以词鸣世，已结集者皆为词集，计有《心影词》
（原稿影本，1920）、《影树亭词、沧海楼词合刻》（铅字本，
1952）、《沧海楼词钞》（宋体字线装本，1953）、《沧海楼词》
（刘德爵抄本影印，1967）四种，全在香港出版。现在新刊的
《刘伯端沧海楼集》② 则包括其他未刊行的著作、家藏遗稿，
及辑佚所得，编为《沧海楼词》、《沧海楼词补编》、《沧海楼
诗钞》、《沧海楼文钞》、《沧海楼摘录》及《词意偶释》
六种。

《沧海楼词》是刘景堂的代表作。内又分《心影词》、《海
客词》、《沧海楼词》、《沧海楼词别钞》、《沧海楼词续钞》、
《空桑梦语》六卷，录词593阕，大体上乃作者定稿。又黄坤
尧辑《沧海楼词补编》一卷，乃据《十万金铃馆词》、《卅家
尺素》、《尺素续编》、《南社丛刻》、黎国廉家藏原稿、《广东
日报·岭雅》、《坚社词课辑》及刘景堂的词稿零笺等录入，

---

① 章士钊：《为刘伯端题沧海楼卷子》，参《章孤桐南游吟草》，
第32页。

② 刘景堂原著，黄坤尧编纂：《刘伯端沧海楼集》（香港：商务印
书馆，2001年）。

凡 79 阕。共 672 阕。

二、论《沧海楼词》

刘景堂一生专注写词，亦仅以词鸣世。词人往往执意于感情，或与诗人向往事功者不同。刘词凄迷婉约，语浅情长，一唱三叹，哀响动人。加以去取甚严，精雕细琢，应酬之作，绝不入集。其所手订者有《心影词》、《海客词》、《沧海楼词》、《空桑梦语》四稿，各具风貌。大抵《心影词》成于壮岁，多秋声变奏之调；《海客词》即事多感，慷慨抑郁；《沧海楼词》老成凋谢，多送春悲苦之音；《空桑梦语》由春徂秋，参透一生，哀艳绮靡，感人弥深。

刘景堂《心影词》约撰于三十岁。感于国变，遁迹香江，执意填词，美人香草，只是生命中的一种寄托。汪兆铨《惺默斋词》有《水调歌头》"香港赠刘伯端景棠"云：

> 麟角故人子，飘泊一相逢。酒酣为我起舞，高唱大江东。红豆相思春怨，黄叶凋零秋恨，分付墨花浓。丝竹中年感，哀乐太匆匆。　天如醉，人如梦，雨和风。者般景色无那，消尽蜡灯红。昨夜画筵顾曲，今日竹林高咏，都在泪痕中。绝顶望云海，相约更扶筇。

汪词大抵以叙事为主，写两代的交谊。词中有浓厚的遗老气味，但词人又怎能摆脱自己的时代呢？刘景堂则有《摸鱼儿》"七夕同辛伯、季裴、凤嗐诸公"词云：

> 近新凉，渐疏纨扇，秋光银烛如许。问蛛看鹊寻常事，旧曲喜翻新句。寻坠绪。怅会散天涯，难觅遗钿处。

似闻絮语，说胜似孀娥，青天碧海，埋恨自千古。 人间世，更有痴儿怨女。红墙斜角无语。银屏影冷灯灺，又是良宵虚渡。飘梦雨。算未抵罗巾，千点抛珠苦。双鸳湿露。剩耿耿斜河，绵绵幽恨，留取隔年妒。

刘词专写人间的幽恨，自然也反映了深刻的故国感情。面对无奈的时代，往事云烟，也就形成词人特定的"心影"了。《虞美人》"秋星"云：

楼台灯火人初静。上下相辉映。空庭独立意苍茫。万里寒云疏处漏孤光。 一弯眉月成心影。冉冉惊秋信。斜河无色雁飞寒。不觉天涯北斗又阑干。

又《点绛唇》云：

旧事重重，算来留得心头影。玉温香凭。泪湿罗衣凝。 水绕天涯，花落无人境。休重省。百年短景。容易风吹醒。

此二词都是"心影"最佳的注脚，旧梦随风，不留痕迹，我们大可以透过作品体会词人的深心。在《心影词》中，刘景堂以写秋情为主，例如《虞美人》秋词十六阕，分咏秋星、秋雨、秋江、秋山、秋曙、秋夜、秋旅、秋闺、秋寺、秋苑、秋砧、秋扇、秋柳、秋叶、秋燕、秋虫。借物为喻，自也印上个人色彩，渲染个人的情绪，例如"秋江"：

秋天万里轻云敛。江水澄如练。过帆点点最分明。流向天涯何处是归程。 西风卷起芦花雪。镜里飘香屑。

夜来清景更如何。倒影一轮明月万缘虚。

上片表面写秋江，其实却是个人生命的流动。下片芦花象征白发，一轮明月也就映照出生命的虚无感了。

其后又有《浣溪沙》"秋怀"二十阕，另《锦帐春》"秋痕"、《御街行》"秋阴"、《青玉案》"秋悄"、《虞美人》"秋吟"、《早梅芳》"秋趣"五阕；又《一丛花》"秋梦"、《风入松》"秋影"及《碧牡丹》"六禾约赋秋声，久不成调。夜来商飙骤发，凄警动人。敧枕无眠，起坐得此"，合共八阕，也就使《心影词》洋溢着一片秋情了。

《心影词》亦多写意之作，仿效白石小序，逸韵幽姿，风光淡荡，这是刘景堂特有的感性触觉，写出人间净境。《三株媚》序云："梦至广陌，植杏万株，花大如盖，彩缬缤纷。四五丽姝，酣戏其下，咸拾落瓣为扇，并举数瓣赠余。暖风轻拂，芳沁心脾，梦觉寻绎，殆仙境耶！词以记之。"此乃记梦之作，迷离幽隐，缥缈仙姿。又《鹧鸪天》"舟行失舵，荡漾中流，倚舷浩歌，海天相应"。《高阳台》"秋日作纸鸢之戏，天高风急，意不可留，因解其系而纵之，并送以词"。《临江仙》"临水村落有小娃，倚阑如有所思，戏赋此解"。此皆一时写意之什，游戏为文，丽质天生，相辉映发，意境高逸。

《海客词》虽成于壮岁，惟残佚馀稿，难以系年。卢沟桥事变以后，叶佩瑜（1875—1952）《虋饧盦诗钞》有《和守璞即事》云：

> 茫茫八表路谁平。大泽鸿嗷有苦声。
> 但许头颅拚铁血，自能廊庙保金城。
> 微闻海上诸歌舞，也念军前半死生。
> 莫谓沧江闲卧者，惊闻鼙鼓不瘦情。

案刘景堂《木兰花慢》"入秋以来，即事多感，倚此寄怀"云：

> 悄危阑倚遍，为红叶、惜秋光。怅劫后湖山，无人管领，轻付斜阳。寒螿。万千絮语，是谁家池馆最凄凉。一霎云朝雨暮，几回尘外沧桑。　神伤。画烛虚堂。凭翠袖、劝离觞。奈未歌先咽，低徊意尽，零泪双行。空梁。漫留倦燕，任天涯惊月又惊霜。闲检哀弦断轸，早知寥落词场。

又《水调歌头》"醉歌拟稼轩"下片云："君须记，华表语，鹤归来。人民城郭非是，青冢自累累。只道神仙最乐，橘里未收残局，沧海起尘埃。携手一长啸，洗眼看蓬莱。"情词惨恻，似与日本侵华有关。刘词意旨隐晦，多用象征手法，刻画心境。

《沧海楼词》辑录战后回港的作品，刘景堂已经六十岁了。刘景堂晚年所作已能摆脱沉重的家国情怀，超逸雄豪，达观顺变；但亲故死生之感，悼亡伤逝，忆友送妹，却又如影随形，啮人肌骨。归来以后，秋情渐减，但送春之作则日渐增多。例如《六么令》"归来两度饯春，均媵以词。今岁先得六禾赋寄春尽之章，顿触旧怀，黯然相和，并同用小山韵"云：

> 絮飞春尽，鱼浪香吹息。新阴渐遮行路，分染小阑碧。经眼流光一箭，去处难寻的。莫催离席。驿亭官柳，应识伤春旧词客。　谁念惊飞翠羽，误认金笼坼。无奈抛下繁枝，忍向菱花摘。回首山遥水远，泪引斜阳笛。老怀凄寂。危弦孤枕，一曲江南更相忆。

上片有感于春光的飞逝，繁华过眼，只剩下伤春的回忆。下片翠羽金笼，可能暗示政局的变幻无端，个人完全无能为力。"老怀凄寂"一句点题，缠绵悱恻，动人心弦。又《踏莎行》"题梁羽生说部《白发魔女传》，传中夹叙铁珊瑚事，尤为哀艳可歌，故并及之"云：

> 家国凋零，关山离别。英雄儿女真双绝。玉箫吹到断肠时，眼中有泪都成血。　郎意难坚，侬情自热。红颜未老头先雪。想君定是过来人，笔端如灿莲花舌。

梁羽生尝就刘景堂问词，其《白发魔女传》在 1958 年出版。刘景堂读后深有所感，即于底页题写此词。《白发魔女传》写明末朝野的正邪斗争，书中以卓一航和玉罗刹的爱怨纠葛为主线，以误会告终，分别隐居回疆授徒；而铁珊瑚玉箫声断，最后死于爱人怀抱，岳鸣珂远走天山，削发为僧，亦是感人的乱世情谊。刘词以雪白血红分写两段英雄儿女的感情；结尾的"过来人"感同身受，自亦暗寓无限的身世飘零之憾。《踏莎行》"送殿儿赴英伦"云：

> 绝峤分携，危楼独伫。萋萋草绿王孙去。老来别易见应难，临歧忍作伤心语。　病掩孤檠，梦回疏杵。千山万水愁风雨。东西南北总天涯，离魂随汝知何处！

词以情致为上。情之所至，不劳修饰，娓娓道来，自然感人。此词作于 1960 年，刘殿爵（1921—2010）假期结束，要回英国任教；当时刘景堂已经七十四岁了，忧患馀生，再见为难，临别依依，也就写下了这首深婉凄绝的作品。上片绝峤送行，天涯海角，老人在高楼上孤独地凝望。"萋萋"句出自王维《送别》："春草明年绿，王孙归不归？"有期待儿子归来之意。其后自念相见无期，不忍再说一些伤心语了。沉郁顿挫，欲语还休。三句经历了三层的反复，层层深入，锻炼感情。下片写老来的处境，多病缠身，一灯作伴；"疏杵"是传统诗词中的捣衣声，听来更添愁绪。"千山"句疾风骤雨，抽紧感情；"东西"句惯经漂泊，渐趋绝望；一张一弛，刻意渲染复杂动人的节奏。

《空桑梦语》写于 1956 年，刘景堂七十岁。张纫诗和作多阕，次为陈一峰（1881—1975）、林汝珩、王韶生等。"空桑"原有多义，本集但喻空桑三宿，指佛家悟境。此卷只有《鹧鸪天》、《浣溪沙》两调，包括花事、入梦、有怀、不寐、春晓、残春、送春、残宵、即事、离思、惜别、秋夜、倚楼、栽花、惜花、漫游等种种情节，由春徂秋，象征词人的一生，如梦如幻，哀感顽艳。这是刘伯端晚年刻意塑造的一个悲剧故事，用小令组曲协奏唱出，凄然欲绝，美不胜收。《空桑梦语》似乎有点《离骚》、《胡笳十八拍》的影子，大抵可以说是词人的自传，刻画词人的心路历程。此外刘景堂也写出了《鹧鸪天》、《浣溪沙》的曼妙风神，将小令之美演绎出来，烟水迷离，意韵清幽。七十岁以后，刘景堂词作顿减，《空桑梦语》自然是一个阶段的了结，为词人的词业画上优美的句号。《鹧鸪天》云：

> 春好无多且住佳。起持金盏劝飞花。从知镜里难留影，已惯天涯不问家。　流水远，夕阳斜。迷茫云树眼同遮。新声莫倚离人曲，弦柱频移感岁华。

此词是《空桑梦语》的首唱，原为和陈一峰的"送春"而作。在词人心中，岁序频移，一切的美好已成过去。"离人曲"即《离人梦》曲谱，由旧词谱成；刘景堂另阕《鹧鸪天》序云："甲午暮春，陈一峰、冯伯熙、方育万同集石塘别馆，此卅年前歌舞回肠地也。易剑泉以余旧词为制《离人梦》曲谱，播诸弦管，并付女弟子崔凌霄歌之。声激而怨，感余怀者甚深，赋此以纪其事。"又《鹧鸪天》云：

> 沧海楼高滞晓寒。人生随处且盘桓。景同短腊愁风急，情似游丝到地难。　虬箭急，兽炉闲。夕阳依旧锁双镮。花开花落关春事，不费词人泪眼看。

> 雨欲晴时泪未晴。残更催晓急春声。天心颠倒花开落，人事迷离酒醉醒。　情一往，目难成。鹧鸪残拍怯瑶笙。天涯处处生春草，知是离人第几程。

二词原题"沧海楼暮春即事"，张纫诗和词亦称"用沧海楼暮春即事韵"。词中所谓沧海楼高，鹧鸪残拍，都是即景残春，直抒胸臆，故云即事。《浣溪沙》"漫游"云：

> 夹路秋槐叶尚青。七香车转九龙城。游仙原是梦中程。　背月独行难避影，探花不约旧知名。何劳石上问三生。

这是《空桑梦语》的末章，刘景堂借游仙一梦，点化永恒的情缘。刘景堂词语浅情深，意象浑成，表现出很高的艺术成就，这不单是香港文学的代表，也是近代词坛振起的异军，将美学和哲思融合为一，写出不朽的生命。王国维"境界"之论，况周颐"词境"、"词心"之美，在刘景堂词中都有深刻完美的呈现，也是香港文学骄人的成就。

附录：沧海楼藏名家刻印

刘伯端遗物中藏清末民初名家刻印一批，分属十位印人，共十九件（六对）作品。

1. 李尹桑（1880—1945），原名茗柯，号壶甫、秦斋、�斋。番禺人。师承黄牧甫。尝与易大厂、邓尔雅等组濠上印学社。赠刘伯端印两件。

［劉印景棠，伯端］（一对）。茗柯刻为伯端仁兄正，己酉（1909）八月，茗柯制。

［笙歌清夢詞館］。癸丑（1913）六月，茗柯刻为笙歌清梦词馆主人正。

2. 师实。事迹不详。赠刘伯端印两件。

［景棠長壽］。法汉印以光洁胜者，近人唯赵益甫能之，今师其意，刻奉伯端先生。庚戌（1910）岁莫，师实。

［劉］。伯端姓印，实。

3. 虞民。事迹不详。赠刘伯端印一件。

［豈若含忍退讓］。辛亥（1911）孟夏，大雨连旬，道路浸阻，不能出户，刻此以消永昼。四月晦日，虞民篆于息影蓬庐。边款题云："仁者如射，不怨胜己；横逆待我，自反而已。夫子不切齿于桓魋之害，孟子不芥蒂于臧仓之毁。人欲万端，难灭天理，彼以其暴，我以吾仁，齿刚易毁，舌柔独存，强庶而行，求仁莫近。克己为仁，请服斯训。噫，可不忍与。岂若含忍退让。王文成语，仿水晶宫法。"

4. 邓溥（1884—1954），又名万岁，字季雨，号尔雅。东莞人。为名儒邓蓉镜第四子，少受庭训。尝留学日本习美术。回国后主持南社广东分社社务。著《绿绮园诗集》。赠刘伯端印四件。

［却采蘋花不自由］。伯端先生为余题邓斋摹印图，刻此报之。癸丑（1913）八月，尔雅。

［有人似舊曲桃根桃葉］。伯端词长属刻白石词句。癸丑（1913）九日，尔雅。

［未生身處一侖明］。伯端属，尔雅作。庚申（1920）九月。案：印中"侖"字难以辨认，或为"龠"字？

［遇竟忘是大還］。伯端属，尔雅。

5. 冯汉（1875—1950），字师韩，号邓斋。鹤山人。香港皇仁书院毕业，考入天津北洋工学院。甲午中日战起，任山海关后队电报领班。回港任香港民政局一等翻译及电影检查官。尝办香江女子书画学校。赠刘伯端印三件。

［衆芳蕪穢］。甲寅（1914）三月廿二，师韩采离骚经语，刻于邓斋。

［笙歌清夢詞館，似曾相識燕歸來］（一对）。师韩为伯端作。

［侯官］。葭管飞灰怀旧侣，中原回首倍潸然。已消万劫难逃酒，未了馀生且学仙。沧海月明唯见雁，故山华落不知年。闲看潮汐空朝暮，世事难平莫问天。师韩刻赠伯端，并录其旧作于此。案：边款所刻乃刘伯端佚诗。又另端彭侣续刻［滄海樓］于后。

6. 胡毅（1882—1957），字毅生，号隋斋。胡汉民从弟，游学日本，参与辛亥革命。晚居台湾。著《绝尘想室诗草》、《香脾集》、《隋斋印存》等。赠刘伯端印两件。

［心影词人］。暮云千里怅钗钿。残月三星欲曙天。解道词人肠断语，未容意境寂如禅。读《心影词》，刻似伯端先生两正。隋斋。案：边款所刻诗亦载集中，1925 年作。

［伯端詞翰］。毅生。

7. 彭侣（1901—?）。黄高年，字彭侣，斋堂为印林。新会人。中岁旅食津门，治印通于书画，兼具凝练遒劲及气韵生动之妙。著《治印管见录》、《刻竹琐言》、《黄高年藏古印》。1950年庚寅，冯康侯尝为刻“黄高年诗书画”、“彭侣五十后作”、“黄彭侣五十岁以后作”诸印。赠刘伯端印两件。

［劉景堂，伯端］（一对）。郑栋材赠伯端先生，彭侣。案：1946年，刘伯端尝为郑栋材撰对联两副。赠印治印当属同一年。

［滄海樓］。刻于冯汉［侯官］印另端。

8. 冯彊（1901—1983），字康侯，番禺人。深于艺事。晚年主讲香港联合书院等。著《冯康侯书画印集》。赠刘伯端印两件。

［滄海樓］。伯端先生正篆。己丑（1949）十月康侯刻于香江。

［前度劉郎，伯端］（一对）。伯端词丈清玩，少汉敬赠。丙申（1956）十月冯康侯刻。案：少汉即陈少汉（？—1977），南海人。广州岭南大学毕业。来港从商，晚耽吟咏，从刘伯端学词。

9. 卢鼎（1904—1979），又名燮坤，字鼎公。东莞人。毕生从事教育，尤耽艺苑，善书画金石。著《燕归馆词》、《学诗偶得》、《鼎公画论》、《书画篆刻杂谈》、《帖考》等。赠刘伯端印一件。

［劉、伯端，劉、融］（一对四面）。伯端先生，壬辰（1952）四月，鼎公。

10. 林千石（1918—1990），原名载，字千石，号印禅。鹤山人。卢鼎公弟子，擅书画篆刻。1949年移家香江，或栖迟于槟城、星洲之间。其书师法李邕，故以“北海书空”颜其室。1957年刊《林千石印集》，行刀朴茂，渊雅古遒。1970年移居温哥华、多伦多。赠刘伯端印一件。

［伯端止鈢，璞翁］（一对）。璞翁正篆，千石印禅。癸巳（1953）印禅。

香港番禺刘氏四家诗说

概　述

　　番禺刘氏一门共出了四位诗人词人，其中以刘景堂（1887—1963）的《沧海楼词》最负盛名。刘景堂《沧海楼词》婉约缠绵，意境幽远，倾倒众生，相信是文坛公认的首屈一指的香港词人。刘景堂在 20 世纪 20 年代的省港词坛中周旋于南社和绣诗楼之间，交游广泛，极享盛名。其后又在 50 年代的词坛中筹组坚社，推动词业，罗慷烈、王韶生等均从刘氏问词，成就卓著。刘景堂在黄花岗事起后来港，除了抗日战争时一度远走澳门及桂平避难以外，大半生都在香港生活及从事写作，可以算是道地的香港作家。

　　刘景堂除了以词名家外，其实他也写诗，但因发表不多，且为词名所掩，知者不多。此外，如果以刘景堂为中心，则一门三世，皆负诗才，例如叔父刘庸子平（1884—1970）、弟刘玑叔庄（1894—1952）、子刘德爵（1909—1990）皆有诗稿传世，各具风貌。

一、刘庸《空桑吟草》

　　刘庸（1884—1970），字子平，以字行，号桐薪。光绪九年癸未除夕日出生（1884），①1970年庚戌四月五日卒，享年八十七岁。刘庸长于刘景堂四岁，早年叔侄二人同读于端州官舍，即肇庆端溪书院，师事赵子茂先生。民国元年（1912）任宝安县长，二年（1913）任从化县长，六、七年间（1917、1918）任三水县长，虽三任县长，先后尚不满三年。来港任香港华民署二级增补文案，1914年8月7日入职，今存政府档案至1916年止，共三年。②其后得港督金文泰的赏识，升任香港副华民政务司，人称刘司宪。余祖明《广东历代诗钞》云："刘子平，字桐薪。番禺人。与犹子伯端、叔庄投身香港政府为幕客。公馀作文酒之会，数十年无间。"③刘庸身居要职，和文化界交往亦多。战前先后住坚道、九龙塘林肯道二号。战时往澳门、桂平避难。战后回港，复任香港副华民政务司，在当时来说应该是华人中的高官了。1948年春退休，前后任职港英政府共三十三年。其后迁居福佬村道三十九号四楼及漆咸道北长丰园公务员楼。诗中有《退休四月后得华民司杜德慰书有感，四用锄经堂常韵》云：

> 山丘容许又华堂。托世因缘讵有方。
> 一榻茶烟供卧起，九逵车马自纷忙。
> 栖尘久混蛟蛇窟，抱牍初辞凫鹜行。
> 蝉翼茧丝轻一掷，眼中翻覆百年常。

---

① 据陈垣著：《二十史朔闰表》，光绪九年癸未除夕日折合西历1884年1月27日。惟刘庸家中记录则为1883年2月4日，未详其故。
② 参考 Hong Kong Blue Book（1914—1916），刘子平（Lau Tsz-ping）时任 2nd Grade Supernumerary Writer。香港历史档案馆藏。惟仅此三年有记录，其他各年均未见刘庸或刘子平之名。
③ 余祖明编纂：《广东历代诗钞》（香港：能仁书院丛书第一种，1980年1月），卷七，第679页。

此诗首联"山丘华堂"喻兴衰无常，"托世因缘"则写出乱世浮生的感慨。颔联描写退休后闲逸的心境；颈联则表现从案牍劳形中的解脱感觉。末联参透世情，显得轻快。刘庸诗具有浓厚的写实风格，亦见洗练。

刘庸诗富于生活质感，据实直书，尤多写赠家人亲族之作，凭诗寄意。例如《阳儿九月来书，言太原苦寒，时已手冻欲僵。今三月绝音讯，意其寒而至病耶？课程迫而不暇书耶？抑道弗而邮难通耶？残腊暮年，怀念弥苦，深夜冷毡中成此二律》，阳儿即春阳，当时正在太原，1949 年岁暮，时局剧变，而前途难料；此亦杜甫"烽火连三月，家书抵万金"（《春望》）之叹。又《春荣美清在西湾新构一楼，余颜之曰烟舍。盖取李义山"亦拟村南买烟舍，子孙相约事耕耘"之意。为题一绝》，此乃 1951 年之作，其儿媳春荣、美清在柴湾新筑一室，刘庸名之曰"烟舍"者，乃据李商隐《子初郊墅》诗意。刘庸除多与刘景堂、刘玑唱和外，诗中还提到居港的侄辈刘伯华、黄惠英夫妇。其他住上海的有三嫂陶秀荪、侄女刘嘉蕙姜剑秋夫妇；住南京的有刘蘅静与郭威白夫妇、刘蕙缠、甥陈天锡（1885—1975）、陈仲经（1885—1973）、陈季梓（？—1949）等。他们多任政府要职，例如刘蘅静为国大代表，陈天锡、陈仲经任职考试院等。1948 年，刘庸退休以后，尝于三四月间赴江南探望家人，写下了很多纪行的作品。《湖上暮归》云：

> 万鹭纷纶下钓矶。湖山垂暮客心违。
> 落霞乱尽苍波色，谁与人间返夕晖。

注云："此诗为余抵江南三月廿六日游玄武湖归后而作。时则湖山黯色，星月匿辉，骇兽走于中皋，寡妇泣于长夜，冥冥方届，惘惘何从。兰成所谓'日暮途远，人间何世'者非欤！"注引庾信《哀江南赋》序暗喻时局，冥冥惘惘，一片灰暗，深具象征意义。当然，这也表示了诗人对政治的忧虑。

现存刘庸诗大致分为两期：前期 1942—1944 年，多写战时桂平的流亡生活。后期 1948—1952 年，作者立足香港，盱衡世局，面对新旧时代交替，感慨兴亡，刻画浓厚的家国情怀，尤多论政之作。当时内战激烈，民生艰困，尘寰扰攘，诗人自也无法置身事外了。例如《报载易阁事有感》、《自江南归》四首、《己丑三月廿八夜梦中得"鹏来谊舍人何去，鹃到津桥气已更"二句，醒而足成此律》、《感事，己丑十月十日》八首、《哀粤沪被炸》两首、《哀越吟》四首、《哀战争》四首等，风云变幻，而以平实的笔调出之，语言质朴，自可视作一代的诗史了。刘庸长期在港英政府工作，政治触觉比较敏锐，退休后无所顾虑，畅所欲言，自然也就敢于批评时局。"廿年衮阙何曾补，岁岁丝纶口血干"（《次和宪子〈挽陈布雷〉之作》）、"戡乱三年成积乱，安眠竟夕遽长眠"（《戴季陶》）、"空对英灵惭后死，廿年谋国负黄花"（《读于右任〈祭黄花冈〉》）、"不闻言罪己，只自负明时"（《书痛》）、"李花委地还偷白，蒋草迷天欲夺青"（《庚寅新年后作》），前二首写陈布雷、戴季陶相继自杀，乃是对时局的绝望。第三首议论党国元老，不留情面。后二首更以李花蒋草喻李宗仁、蒋介石的是非恩怨，表现激烈。1949 年《双十感事》云：

> 卅八年间肇转钧。自关哀乐度斯辰。
> 楼栏初聚五星影，天海都忙再世人。
> 何必絮风同上下，应知篮笔本艰辛。
> 蕨薇久已遗夷叔，不信西山有逸民。

在这天翻地覆、除旧布新之际，他对旧时代深感绝望，相对来说也就对新政权充满无限的憧憬了，甚至认为再也没有效忠旧政府的西山逸民了。又1950年的《十月一日》云：

> 岂意偕亡二代逢。却从易世见为公。
> 五星霄壤光芒聚，一德山河带砺同。
> 暴易以仁风自偃，兴由有废日初中。
> 均田治亦逾周魏，不待周星政可通。

刘庸歌颂新中国的"土改"政策，认为可以实现均田制的理想；这是当时众多知识分子所共有的虚幻感觉，经过实践证明，是非已辨，现在我们也不必苛责他们了。此外，刘庸与汪兆铭（1883—1944）同在癸未年生，且是同学友，对于千夫所指的故人，他往往也很婉曲地刻画离乱之感，所谓"滔天功罪从何说，生死交情进一哀"（《季新逝世四年矣，乱后归港，寻所贻"秋庭晨课图"，不获。秋夜忽于破笥中得之，披图泫然》）、"同年殊白骨，凄感重沉吟"（《夜读"秋庭晨课图"卷》），意在言外，也就写出他对历史的具体感觉了。

刘庸位居要职，与文人交往尤多，据集中唱和所见，主要有马复、章士钊、俞安韶、张宜、镜尘、黄强、邓瑞人、区少幹、曾希颖、黄天石等。章士钊（1882—1973）《答刘子平三首》尝有"海内词人数二刘"句，注云："二刘者，君与其从侄伯端"，[①]可见叔侄二人对香港文坛影响之大。刘庸专学西昆，显出风华；而又加之以宋诗的洗练，俞安韶称其诗有"后山之遗"（《次和叔文人日之作》自注）。复以今昔之感，盛衰之比，情怀郁勃，故佳句甚多，例如"风光不转人间世，

---

① 章士钊：《章士钊南游吟草》（香港，1957年7月），第18页。

炮竹还喧海外潮"（《戊子元旦寄怀秀荪嫂上海》）、"片念未归身是患，一年初了世如斯"（《人日得嫂书，追述十年前除夕事有感》）、"一饭凄闲容晚酌，春灯旋晕欲生澜"（《戊子元月九日，过谈晚饮，用欢澜韵》）、"始信文章通意气，要令风月属吾侪"（《次和曾仲则〈香江茶肆夜话〉并柬宪子》）、"弥天消息迷云狗，活国经纶重胆薪"（《再次和镜尘写怀》）、"笙歌不放兵尘入，海市依稀认太平"（《积雨霁后咏怀柬锄经》）、"偶过邻扉如旧识，却藏人海托长闲"（《爰居三年》），皆情深款款，切合时局，意蕴迷离，声音朗练之作，不但表现出深厚的诗学根柢，同时也写出了国共内战的悲情世界。

二、刘景堂《沧海楼诗钞》

刘景堂，又名景棠，谱名春融，字韶生，号伯端，多以号行。光绪十三年丁亥十一月初三日（1887 年 12 月 17 日）生，1963 年癸卯九月三十日（11 月 15 日）卒。早年任职广东学务公所，其得邱逢甲的器重，时为文酒之会；邱逢甲尝作《题刘伯端德配范菱碧所画帐额"二十四番花信图"》、《刘郎歌赠伯端》等诗赠之。① 1911 年黄花岗事起后来港，初佐俞安鼐（1874—1959）设塾教读，其后任香港华民署文案，1912 年 7 月 9 日入职，1932 年退休。② 战时远走澳门、桂平。1951 年与廖恩焘共组坚社，推动词学，社员有罗慷烈、王韶生、张叔俦、张宜（纫诗）、林汝珩、曾希颖、汤定华、任援道、区

---

① 参邱逢甲：《岭云海日楼诗钞》（上海：上海古籍出版社，1982 年 9 月），第 261、314 页。

② 参考 Hong Kong Blue Book 及 Hong Kong Civil Service List 各年记录，香港历史档案馆藏。案刘伯端（Lau Pak‑tun）的职位是 3rd grade Writer。

少幹、王季友等。刘景堂先后以《心影词》及《沧海楼词》传世，①语浅情深，婉约浑成，公认为香港首屈一指的词人，享誉最隆，而诗则罕有知者。

刘景堂《沧海楼诗钞》一卷，分写两本。首本六十六首；次本四十三首。两本编次互有同异，除去重复之作，溢出六首，计得七十二首。又陈少汉抄本四十四首，编次略与首本的前半相近；末又补辑新旧作品二首，综合三本共得诗七十四首。此外，刘景堂的佚诗尚多，今据陈步墀《卌家尺素》、《尺素续篇》、《十万金铃馆词》、《茅茨集》、《尺素三篇》、《岁寒堂寿言》诸书辑录早年的作品二十二首、②《南社丛刻·第二十四集未刊稿》五首、③ A book of Homage to Shakespeare 及《华字日报七十一周年纪念刊》各一首，④连同其他信札零稿及印石钩沉所得八首，已共辑得刘景堂诗三十七首。

刘景堂《沧海楼诗钞》存诗一百一十一首，可分为早年

---

① 刘景堂：《心影词》（香港，1920年），编入《绣诗楼丛书》第廿九种。《沧海楼词》已刊行者三种，一、廖恩焘、刘景堂：《影树亭词、沧海楼词合刻》（香港，1951年）；二、刘景堂：《沧海楼词钞》（香港，1953年），宋体字线装本；三、刘景堂：《沧海楼词》（香港：东雅印务有限公司，1967年），刘德爵钞本。

② 参陈步墀：《卌家尺素》（《绣诗楼丛书》第十六种）（香港，1914年）。《十万金铃馆词》（《绣诗楼丛书》第十一种），1914年。《茅茨集》（《绣诗楼丛书》第十七种），1915年。《尺素续编》（《绣诗楼丛书》第十八种），1916年。《尺素三编》（《绣诗楼丛书》第廿三种），1919年。《岁寒堂寿言》（《绣诗楼丛书》第廿四种），1920年。

③ 参柳亚子编、马以君点：《南社丛刻第二十三集、第二十四集未刊稿》（北京：社会科学文献出版社，1994年4月），第431—432页。

④ 根据美国黄秉炜先生提供的资料，刘景堂《英国诗人沙士比亚殁后三百载开会纪念》七律一首辑自 A book of homage to Shakespeare，1916年，第548页。此诗有 Herbert Giles 英译 Ode to Shakespeare，载 Gems of Chinese Literature（Verse），1923年，第270页。又参《华字日报七十一周年纪念刊》（香港，1934年10月），鸣谢第8页。

及晚年两期作品，风格各异。早年收录 1914—1919 年的作品，得诗三十一首，主要是与陈步墀唱和及发表在《南社丛刻》的作品，连同稍后二三十年代所见两首，共得三十三首。20年代以后刘景堂致力填词，也就很少再写诗了。晚年收录了 1948—1962 年的作品，连同短札零缣，共得七十八首。1951年张宜（纫诗）《明月逐人来》词小序云："秋心老却，风满小楼，得伯端和重阳长句，闻搁诗笔二十馀年矣，赋此酬之。"①前后两期之间明显有一条中年搁笔的分界线，不相衔接。案刘景堂 1911 年来港，始学填词，年约二十五岁。《心影词·自序》云："余少喜倚声，困于簿书，未能致力。辛亥移家海峤，与六禾昕夕过从，复亲韵事，故余词与六禾唱和为多。"六禾即黎国廉，著《玉蕊楼词钞》。又刘景堂《玉蕊楼词钞跋》云："余癸丑、甲寅间，旅居香港。与六禾丈比邻，丈导余为词。析四声，辨雅俗，春秋佳日，唱酬无间。忽忽三十馀年，虽无所成，然得稍窥词之奥窔，而不致歧趋者，皆丈力也。"②大抵词体易臻涵浑迷离之境，而诗境则略嫌显豁直露，刘景堂舍诗取词，性向所异，自能深辨诗词二体的审美功效。衡诸《心影词》的才情和表现，风华绝代，独领风骚，他的选择应该是正确的。

　　刘景堂诗才早熟，词采华茂，信笔拈来，尤擅写精致典丽的七律。可惜生活狭隘，世故日深，他困于传统的诗体之中，迷于游仙的素材，以感慨兴亡为主调，转成呓语，也就很难有所开拓和突破了。晚年他在《沧海楼摘录》③中追记《余童时侍外祖母乩坛，所得长句，忽忽七十年》七律一首云：

---

　　① 张宜撰：《仪端馆词》（香港，1962 年），第 51 页。

　　② 参黎国廉：《玉蕊楼词钞》（广州：蔚兴印刷场，1949）。

　　③ 参刘景堂原著、黄坤尧编纂：《刘伯端沧海楼集》（香港：商务印书馆，2001 年），第 252 页。

偶寻禅客过溪湾。物本无情世亦闲。

几片西风吹皱水，一天凉露润空山。

我游碧海青天外，君卧白云红叶间。

俯仰无言惟一笑，相逢都是出尘寰。

如果这真是童年的作品，那么这可能也是刘景堂第一首的作品，说不定还是得力于扶乩神助的作品了。此诗写入道的境界，一片空灵，意境飘逸。首联"禅客"之喻与世无争，颔联以"皱水"、"空山"点染净境；颈联以大自然为背景衬托出尘之想，为末联"相逢一笑"造势。这类作品说不上深度，多读有得，琅琅上口，也就朦胧中感染到一股超脱的气氛和感觉。可见刘景堂早熟的慧根，也就很自然地把他引入词境中去了。又1918年的《梦中绝句》云：

东风摇曳白藕起。花落花开忘甲子。

海云四面拥仙山，日轮照耀霞光紫。

此诗辑自《梦江南》词小序，刘景堂云："余十载探玄，未得窔奥。昨梦境恍惚，兼得绝句云：……觉后点缀小词，以记其异。"词云：

东风起，吹滟白藕洲。花落花开忘甲子，仙山日出海霞收。何日得重游。①

以上诗词意蕴相通，都是仙意蹁跹的作品，进入一种

_____

① 《刘伯端沧海楼集》，第65页。

"恍惚"的忘我之境。心诚求之，可于梦中得句。作者故意神化其说，引人入胜。其实这只是潜意识的作用，作者意欲摆脱世情拘束，乃借大自然的山水酝酿空灵的文学境界，以超现实的感觉带领心灵飞升。刘景堂根柢甚佳，随手写来，毫不费力，自登高境了。又1914年《失题》云：

> 葭管飞灰怀旧侣，中原回首倍潸然。
> 已消万劫难逃酒，未了馀生且学仙。
> 沧海月明唯见雁，故山华落不知年。
> 闲看潮汐空朝暮，世事难平莫问天。

此诗附见于冯汉（1875—1950）刻印的边款之上。当时刘景堂约二十八岁，诗艺娴熟，照应周密；颔联"已消"、"未了"，虚字的运用出神入化，无懈可击。可惜只是国仇家恨，劫后馀生，黯黯牢愁，逃世的意味让人遁入一片虚无之中，这当然不是好的征兆了。1915年《怀金陵》云：

> 萧瑟平生庾信同。秣陵旧梦雨声中。
> 侵寻哀乐中年近，寥落田园世业空。
> 芳草又随残血碧，飞花都作劫灰红。
> 沉沉王气今消尽，付与蜩螗说晚风。

此诗辑自陈步墀《茅茨集》。刘景堂尝于宣统元年（1909）随父游宦江南，入张人骏两江总督幕，翌年刘名远病逝，刘景堂乃扶柩归粤。《怀金陵》一诗乃是借六朝兴废悼念消逝的青春，国运迷离和个人身世融合为一，感人自深。而这也是一首深染晚唐习气的作品，世事日非，韶华不再，很容易唤起读者的感伤情绪，但说穿了除了文字技巧之外，它还可以包装多少的现实和理想呢？当代诗词饱受非议的，可能就是这类似真犹幻的作品。又 1915 年《红叶》云：

> 叶叶凋伤玉露悲。却从衰老振丰姿。
> 淡妆入世嫌无味，醉态逢人强自支。
> 岁晚秋容凭慰藉，春前花事费相思。
> 也知绚烂无多日，赫赫何妨逞一时。

此诗亦辑自陈步墀《茅茨集》，全组共四首，这是第一首。作者以红叶为喻，由璀璨以归平淡，象征身世。首联以"却"字转接，盛衰之间，显得峭拔。颔联深于人情世故，亦属超脱悟道之言，尤以"醉态"写红叶，更觉传神。颈联人叶映照，引发自怜的情绪。末联"赫赫"象征炽烈的青春，极显悲壮。全诗跌宕生姿，自是咏物诗中的佳制。其二"堪笑落花判茵溷，飘零同是在人间"。不期然又引入色空如幻的人世愁情，显出悲苦了。其三、其四写的也是思想的困局，人世的网罗形成永恒的枷锁。又 1916 年《早起山行》云：

> 穿云拨叶寻幽径，万物欣欣足静观。
> 辞蒂花如初嫁女，争巢鸟似再来官。
> 流泉石冷慵朝汲，旭日霜晴破早寒。
> 笑我年年腰脚健，不须扶杖上层峦。

此诗辑自《南社丛刻·第二十四集未刊稿》。山行摆脱有形的世相，静观有得，显得热闹和活泼。中间两联对仗工整，句式灵巧，意象新颖，触觉敏锐，写出不同的格调，自然也是刘早年的代表作了。又 1916 年《英国诗人沙士比亚殁后三百载开会纪念》云：

偶因天籁发长吟。海外流传咳唾音。

当日阳春难属和，只今黄绢费追寻。

语多讽世能移俗，曲妙登场见苦心。

三百年来成绝调，五洲人共仰高岑。

此诗辑自 *A book of Homage to Shakespeare*，稍后更有 Herbert Giles（1845—1935）的英译。此乃应酬之作，用典颇多，表现平稳，但也不失大家风范，写出了他对异国诗人的仰慕之情。

综观刘景堂早年的诗作，可以说是七宝楼台，色彩缤纷。他苦心营构了一个迷幻的游仙世界，自我放逐，颇有远离时代的味道，更带有超现实的感觉，得失互见。如果说诗才应该兼顾感情和技巧两方面，那么刘景堂往往是以熟练的技巧掩饰空虚的生活，刻意求诗，所以不能持久，只得狠然割断了。

晚年指战后由桂平回港，刘景堂在填词之馀，重新写诗。但风格一变，他不再刻意追求精致典丽而又近乎虚幻的迷彩境界了，反而以游戏的态度出之，只就寻常的生活，有感而发，题材多样，感情浓郁，轻快自然，当然这也是思想圆融成熟的表现了。例如 1950 年《秋日偕梁邓高雷诸子过东普陀禅院，仍用前韵赋二绝句》，其一云：

门外风幡镇日吹。碧纱难认旧笼诗。

晚钟动后千林寂，回首人间饭熟时。

其二云：

夕阳西没暮生寒。归路扶筇出远山。

一抹秋空楼阁迫，雁行斜落代书颜。

其一摹写禅境，颇有诸法皆空之意。末句"饭熟"殆即黄粱一梦，但用俗语却显出生趣。又此句或仿邱逢甲"林腰一抹炊烟淡，知是人家饭熟时"，意境相近。①其二写出寺所见，末句用吴文英《高阳台》"山色谁题，楼前有雁斜书"的词意，专写秋山暮色，在紧逼狭窄的空间中生出飘逸的遐想。刘景堂晚年诗多写亲友情谊，尤多酬赠之作，例如致刘庸、马复、黄强、冯毅盦、熊公续、俞安鼐、王韶生、张宜诸作，皆以诗代柬，深刻动人。1952 年《感怀呈子平叔父兼寄叔庄》云：

> 了无人处一微哦。老眼昏时手自搓。
> 花近高楼先溅泪，桑生大海始停波。
> 祖年相守知行迈，歧路惊呼奈若何。
> 莫道庭槐未摇落，须知生意尽婆娑。

此诗盖出信稿。首联即写老态；颔联喻世运，漂泊无定；颈联希望亲人相互扶持；末联更写出浓厚的忧患感觉。又1954 年《贺韶生大兄续弦》云：

> 恩冤儿女又登场。翠阁茶边识淡妆。
> 曾是画眉描远黛，何须坦腹认东床。
> 婿卿相唤元无别，缣素同工各有长。
> 尘世米盐真味在，劝君莫羡绮罗香。

这大概是环翠阁茶座之间的戏言，专写王韶生夫妇的恩爱浓情，而结语除了祝福新人之外，同时也指出了柴米油盐的生

---

① 《山村即目》三首之一，参邱逢甲：《岭云海日楼诗钞》，第 133 页。

活实感,不假外求。暮鼓晨钟,发人深省,刘景堂以淡言出之,似不着意,特为高境。陈少汉在诗稿上眉批云:"甲午暮春,韶生续弦。一日,携妇到环阁星三茶叙,会各文友,端翁因有此赠。"至于游戏之作,托意于艳情,也有一种疑真疑幻的艺术感觉,风韵迷人。1960 年《水仙》二首,其一云:

> 一笑凌波便欲仙。占春宜在百花先。
> 未须扶起华清浴,隔坐吹香已破禅。

其二云:

> 小阁围灯夜未阑。四垂帘幕淡春寒。
> 粉容得酒香成晕,疑是瑶台月下看。

刘景堂晚年有咏水仙诗四首,吕灿铭(1892—1963)、邓芬(1894—1964)、张叔俦更各为绘《水仙图》。吕灿铭乃刘景堂姨丈辈,但少五岁。据吕灿铭《边缘歌赠伯端》所记,此图上题"凌波妙迹",当时尚藏于黄氏家中,实则游戏于边缘之外,不沾实相。诗中写的是花是人,看来也不必深究。刘景堂以词境入诗,风华绰约,掩映多姿,自然也是得力于晚唐超脱俊逸的风格了。至于其他应酬之作,亦成熟调,下笔不能自休,写了也没有放在心上。以下两诗作年不同,所赠对象不同,除了首联表现双方的关系之外,其他三联完全重复。可能是无心的,说不定更是有意,他认为这是对于故人最恰当的表述。1957 年《丁酉春日呈叔文兄》云:

> 十峰轩下旧鸥群。散作天涯落莫身。
> 有限年光增是减,无何日饮主兼宾。

岭梅信急催归客，沧海波翻起暗尘。

四十六年真一觉，鸡声风雨倍情亲。

又 1962 年《壬寅春日赋寄熊公续》云：

行吟我倦看花眼，多病君闲搏虎身。

有限年光增是减，无何日饮主兼宾。

岭梅信急催归客，沧海波停起暮尘。

五十年来同一觉，鸡声风雨倍情亲。

以上两诗都已收入《沧海楼诗钞》中，前者赠俞安鼐，十峰轩句回忆少年时代在广州广雅书局的一段交谊，来港后同时致力于推广文教的工作；后者熊公续与作者同年生，出身军旅，亦有揽辔澄清天下之志，看花搏虎，情趣相投。刘景堂对两人的感情同样深厚，同样真挚，诗但求达意而已，所以不嫌重复，也没有删去其中一首。可见他的意识思维已经超越了语言文字的局限，直探本心。无意求诗，所以更显得洒脱了。

三、刘玘《潜室诗稿》

刘玘（1894—1952），谱名春明，号叔庄，多以号行；又号潜室。光绪二十年甲午(1894) 十一月二十七日生，1952 年壬辰十月十二日卒，五十九岁。早岁同表兄陈仲经读书江南，来港后任香港教育署本地话学校的副视学官，1915 年 9 月 1

日入职。①战时亦同赴澳门、桂平避难。1945 年经澳门归港复职，善书法。刘玑晚年多病，1949 年左股骨伤，1951 年又患胸痛，1952 年在玛丽医院病卒。存诗稿一卷，陈融《读岭南人诗绝句》系传云："刘玑，叔庄，番禺。有《潜室诗稿》。"今从之。诗云：

> 埋忧海角托丛残。一室埙篪调各弹。
> 至竟酒悲成谶语，断肠最是月光寒。②

陈融首句的"丛残"指出刘玑的心事和寄托，案现存遗物中有《海藏楼诗》及其他清诗的抄本多种，用力甚勤。次句注称"乃兄工倚声"。第三句引录刘玑 1951 年《五十八生日》诗的末联，指为"诗谶"，表现追悼之意。刘玑原诗云：

> 七年生日未题诗。口燥唇干患日滋。
> 来去马牛真倦眼，经过鸱鼠岂相知。
> 殊方流浪空皮骨，积惨销磨只泪丝。
> 无几馀生拚一醉，却防又到酒悲时。

首联自注引 1944 年在桂平所作《五十生日》诗"口燥唇干来日难"之句，隔了七年始再写生日诗，故有忧患日滋之感。首联忧患馀生，"口燥唇干"喻生命中难以言说之苦。颔联显出倦容，颈联形神俱毁。末联"无几馀生"殆有不祥预

---

① 参考 *Hong Kong Blue Book* 及 *Hong Kong Civil Service List* 各年记录，香港历史档案馆藏。案刘叔庄（Lau Shuk – chong）的职位是 4th Sub – Inspector of Vernacular Schools。又档案所列出生日期为 1890 年 11 月 20 日有误。据《二十史朔闰表》，当换算为 1894 年 12 月 23 日。
② 陈融：《读岭南人诗绝句》（香港，1965 年），第 708 页。

感，虽以"酒悲"振起，写出感情的高潮，但在生日诗中作此等衰飒语，似亦有不祥之兆了。

余祖明《广东历代诗钞》录《剑兰》一首，小传云："刘玑，字叔庄，号潜室。伯端弟，在香江诗坛，埙篪并奏者数十年。"①此诗亦见录于集中，1948 年作。又 1946 年刘玑《叔文书来，谓家兄词及拙诗，堪称二难，答以绝句》云：

> 伯俏能当我亦惭。汝南枉许费追攀。
> 从今更作深深念，五岁真希一解颜。

虽是自谦之语，但当时文坛上一词一诗，兄弟齐名，传为美谈，自亦得意之至。1949 年，俞安萧任学海书楼常务董事兼经理，冬至日寄刘玑诗三首，并致函论诗云：

叔庄我师：
　　近作拜读。又报载桐薪丈七绝，咸有郁勃意。今昔之感，诗人同然。第处兹叔世，宜事过心忘，纵难无我，恐兹客气，殊不必也。直友之言，乞一念之。至日俞叔文尘稿。

又云：

　　公诗志菀结而词得清穆之气，诗境又深造矣。无拙作在巴人下里耳。然文之个性近若是。悯人悲天，固所不及。至于遭遇，事过境忘，但求平平放下。所志所几，或不及耳。勉成一律，以解公之牢愁也。

---

① 《广东历代诗钞》卷七，第 680 页。

案俞安鼐长于刘玑二十岁，辈分甚高，而师事之，言辞谦厚，且推崇备至。此乃古人风义，然亦足以见刘玑的诗坛地位。

刘玑《潜室诗稿》存诗一百二十七首，另医院中残稿一页，诗五首，合共一百三十二首。刘玑诗集前半补录桂平旧作十六首、澳门诗十一首。其他全属回港后的作品。刘玑已发表的作品不多，名气也比不上刘景堂及刘庸。诗集酬唱之作有马复、俞安鼐、陈融、张学华、冯毅盦、张宜、余祖明、莫俭溥、曾酌霞、邓瑞人、罗慷烈、区少幹等。刘玑诗多苦涩味，用语生新，瘦硬槎丫，似亦多效黄庭坚体，纯是宋诗格调。其诗《壬午予初至桂平，寓双江旅馆。劫后重来，仍寓于此。第馆址受炸，毁圮过半。主人处予于烬馀之斗室中，夜间北风大作。余既数遇寇，行李荡然，主人亦以被兵，无复被帐供客，第拥席自蔽，坐以达旦》云：

> 朔风遥夜拥桃笙。苦薜寒檠别有情。
> 长铗歌残归计晚，青毡持去压装轻。
> 匡床斗室仍前馆，淡月低星黯废城。
> 未厌邻鸡再三唱，江南旧梦本难成。

此诗写旅途苦况，一无所有，以反映心中一片荒寒虚妄的感觉。首联桃笙指用桃枝竹编制的竹席，左思《吴都赋》云："桃笙象簟"，《文选》引刘逵注云："桃笙，桃枝簟也；吴人谓簟为笙。"薜，木槿，其花早开晚落，仅荣一瞬，写实中亦寓象征之意。颔联"长铗歌残"指身无长物，"青毡持去"则用王献之"青毡故物"故事,①原指传家之宝,此句则喻为旧业荡然,"压装轻"故作轻松之态。颈联极写荒凉之境,末联对前景不存厚望。世乱方殷,来日大难,刘玑诗有一种悲苦的预感,而历史也给他不幸言中了。此诗一唱三叹,韵味深长,可称佳作。1945 年在澳门作《轮米行》云:

> 华第沉沉正黑酣。当街睡倒千万人。胡为家有枕藉不安寝,乃乐尘土为被石为绹。睡者感我问,一语一酸辛。自从担米过一百,已十八九甑生尘。今更二百几,谁能负山有力如虻蚁。昨者降温谕,公米轮复轮。担米一万六,齐民共平分。尔等须知官家米价实不菲,今乃忍割血本以福汝细民。恺悌君子民父母,吾民敢不拜此如天春。温谕降,轮复轮。午夜街中起,排比如鱼鳞。一人开步走,万众脚后跟。米站已在望,扃闭蒙天阍。九关踞虎豹,孰敢科头捋须叩其门。寅卯达辰巳,鹄立两足皴。忽然开跌宕,攀跻躐突相竞逾奔猿。先者得匀合,欢呼声讧喧。不足一饱宁遑计,已似庭中得悬狟。后者无所获,饥肠火烧难。为言守株待兔终何益,不如入山拾芋犹冀狙公援。

这是一首七古长诗,同时也是刘玑诗中一首力作,一韵到底,一气呵成。全诗可分五段:首段千万人整夜排队躺在街上轮米,一问一答,原来是米价暴升,平民负担不来。次段由"昨者降温谕"起,指公家米减价出售,诗中故作恩恤之语,实乃贬词,以收讽刺之效。第三段由"温谕降,轮复轮"起,

---

① 《晋书·王献之传》云:"夜卧斋中,而有偷人入其室,盗物都尽。献之徐曰:'偷儿,青毡我家旧物,可特置之。'群偷惊走。"(北京:中华书局新标点本,1974 年 11 月,第 2105 页。)案此条源出《太平御览》卷七〇八引晋裴启《语林》,原作"石染青毡",显出名贵。

写大家守秩序，表示平民的温驯。第四段由"寅卯达辰巳"起，写排队排了大半天，忽然米站售罄关门，于是秩序大乱，互相践踏，有人买到了米固然高兴，没有买到米的只好继续挨饿。末段两句，诗人以评论作结，批评轮米行动只是一种守株待兔的闹剧，他引杜甫"岁拾橡栗随狙公"（《乾元中寓居同谷县作歌七首》）的故事作结，以示悲愤。1947 年《送郑栋材兄赴英国》云：

> 三年簿领情亲日，青眼高歌见此才。
> 欲逐云龙难上下，得翔海鹤自毰毸。
> 天风渺渺看秋水，离绪萦萦接酒杯。
> 万里本无肤寸隔，相思一夕雁声来。

此诗写在一本小册页上，送给郑栋材（1917—2001），神采飞扬，书法精妙。诗也写得精致动人，照应绵密。首联"簿领"喻公职，写他与郑栋材同在教育司任视学官，相识三年；"青眼"句指欣赏对方的高才。颔联"云龙"自喻，有资历所限之慨；"海鹤"指郑栋材展翅高翔，"毰毸"形容鸟羽开张飞舞之貌，喻前途光明。颈联"秋水"句用《庄子》河伯观海故事，望洋浩叹，指出国可以大开眼界；"酒杯"句写饯别场面，离愁别绪，黯然于怀，而这只是节奏过渡的安排而已，目的是振起末联，写出馀味。末联喻友谊长在，中国香港和英国之间没有任何阻隔；"雁声"借代书信，鱼雁传情，可慰远思。刘玑诗精密严谨，用典准确，韵味深长，可供讽诵细嚼。

四、刘德爵《刘德爵诗稿》

刘德爵是刘景堂的长子。1909 年 4 月 26 日在广州出生，

1911 年随父来港。1930 年港大毕业，任教湾仔书院，① 1940年以后辞职，专做补习老师。香港沦陷期间，一度远走桂平。战后回港也没有工作。著有中国古典诗词译著一种。② 1990 年卒。刘德爵生前不以诗鸣，亦全不与诗坛来往，抱冲守璞，寂寞终身。

刘德爵不善应酬，平时来往的只有一位医生朋友。他每天抄书写字，数十年如一日，从不间断。1967 年版的《沧海楼词》也是他抄写影印的，不具名。他喜欢读书，记忆力尤佳；除通晓中、英文外，还自学法、德、意、西、日、俄诸国文字，有能力阅读各种外文。知识广博，洞澈世情。

《刘德爵诗稿》是他亲自写定的，存放家中，大概没有甚么人看过。他出生于著名的诗词门第之中，但刘德爵并不涉足诗坛，也没有像父祖辈风华绝代的表现。刘德爵很少出示他的诗作，所以显得神秘。惟刘庸《空桑吟草》中有《示德爵》云：

> 劲翮天长仍薮泽，何时寥廓起清音。
> 山河错绣劳归眼，日月飞梭警客心。
> 长物别无身健在，佳诗偶得日沉吟。
> 华年相伴衡茅晚，又听商声枫树林。

此诗写于 1942 年，在逃难的日子中，"佳诗偶得"，可能刘庸早就读过他的诗了。此外，现存遗物中尚有高贞白

---

① 参考 *Hong Kong Civil Service List* 各年记录，香港历史档案馆藏。案刘德爵（Lau Tak-cheuk）先任 Student teacher，1935 年起始任湾仔书院的正式教师。

② Lau Tak-cheuk: *Sitting up at Night and Other Chinese Poems*（Hong Kong: The Chinese University of Hong Kong, 1973）。

（1906—1992）赠画两幅，专仿溥心畬笔法。一为"见宋人有此画，为德爵吾兄仿其意。一九五二年十二月，贞白"。一为"白居易寄题盩厔厅前双松，贞白写。一九五二年十二月题赠德爵吾兄，贞白"。①零缣断简，也是他跟文坛来往的一些联系了。

《刘德爵诗稿》存诗一百七十四首，以七律一百一十四首最多，次为五律三十首、七绝二十五首、六绝四首、五绝一首。刘德爵诗大多数没有题目，就像《诗经》一样，只随意选取诗句首二字作题，这类诗占一百四十首；不过题目有时也会重复，例如《幽居》、《不论》、《荤荤》、《云烟》各两首。其他摘取诗中二字为题者十四首，另题《六言》四首。有题目者才十六首，分别题为《戏场》、《放歌》、《哀文人》、《遣兴》、《读东坡诗书后》、《读昌谷集》、《老树》、《迷涂》、《幽居》、《山居夜坐》、《汉武帝》、《地震》、《行路难》、《老境》、《风雨》、《隐者》等，较能显出作意。

刘德爵诗全是自抒怀抱之作，一首应酬记事的作品都没有。诗题或诗中全没有当代任何人名、地名、年月和时事。无迹可寻，根本不能作任何的考证。他是一缕超时空的幽灵，不杂人间色相，没有时代气息，纯以写意为主。刘德爵一生大隐于香江，大隐于市，可能比陶渊明还要彻底。刘诗稍欠文采风流，语言拙朴，说不上大家名家；但诗中却有一种孤怀独往的韵味，使他自成一家。刘德爵诗前无古人，后无来者，通达彻悟，无欲无求。求之于 20 世纪的香港社会，应该也算是诗坛的"稀有动物"了。

刘德爵诗托意于老庄禅佛，以梦呓般的语言，表现人生哲思。他看透了 20 世纪人类的心灵，不为物先，不为物役，充

---

① 参顾学颉校点：《白居易集》（北京：中华书局，1979 年 10 月），第 169 页。

满存在主义的悲情。诗中指点迷津，有时亦具宗教意味。所谓存在主义，就是在科学文明和社会制度的桎梏之下，人类的精神已被剥夺其本体存在。没有了本体存在，人也就被遗弃在一个毫无意义而又互不相关的物化的世界之中，难以用心灵沟通。生活只是毫无联系、没有过去未来的时间之流。人类的习俗、制度已经与它的根源脱节，人性迷失，找不到归宿。因而必须重新确认自我的存在。刘德爵诗深受存在主义的影响。他充分意识到他是生活于灰暗的、荒谬的、毫无意义而又没有存在理由的世界之中，充满了生命的焦灼感，他只能通过"主观"来突破心灵的局限。例如《近来》云："避地区区称小隐，忧天惘惘付空谈。"《撼树》云："有涯多事世，无赖可怜生。"可见早就有参透世情之意。《江南》云：

> 江南正是落花时。大块嘘风作五噫。
> 土偶无归桃梗去，飘零衰相旧天姿。

首句化用杜甫《江南逢李龟年》诗意。次句用《庄子·齐物论》"夫大块噫气，其名为风"，"大块"指大自然或大地。第三句用《战国策·齐策三》"今者臣来过于淄上，有土偶人与桃梗相与语"，土偶人乃泥塑的人像，而桃梗则是木偶人，象征人类在洪水中漂浮挣扎。末句"天姿"已成过往，只馀下"飘零衰相"，悲痛绝望。全诗象征一切都与传统和美好隔绝，漂泊无归。《地偏》云：

> 地偏心自远纷华。蚁蛭蜂窝亦作家。
> 穿隙尘埃看野马，喧池鼓吹听私蛙。
> 书从旧说求新义，辞托无根遣有涯。
> 细想人生应袖手，已惊石烂况抟沙。

首句化用陶潜《饮酒》"心远地自偏"诗意。首联远离纷华的人世，以蚁穴蜂窝为家。颔联出《庄子·逍遥游》"野马也，尘埃也"，形容云气的流动，而私蛙喧吹则象征议论纷繁。颈联读书解事，不必附庸俗见，自求适意而已，而这也就是存在主义的具体理念。末联世道迷离，海枯石烂，已经无可救药了。全诗乃经历了剧烈世变后的心路历程，惊心动魄。

刘德爵诗完全没有具体的时地人事的资料，难以系年。集中《行年》一诗大概作于七十岁，即 1978 年。而整本诗集表现出晚年的悟达和智慧，大抵也是 20 世纪 70 年代末期至 80 年代初期的作品。刘景堂等皆已逝，所以没有看过。

行年七十久忘形。荒草萧萧满户庭。
瓶插菊花虚室白，酒斟竹叶小杯青。
楼台明灭模糊影，岁月经过长短亭。
莫向槐宫嗟梦短，钩天乐好亦须醒。

此诗专写忘形境界，荒草萧萧象征孤独的心境。颔联把家居塑成一个自足世界，颈联则写外缘的时空，内外映衬，虚实互见。末联槐宫就是槐安国的蚁穴，出自李公佐《南柯太守传》，喻繁华一梦，根本不值得迷恋。《鸡唱》云：

鸡唱晓窗明。日长何所营。
寻幽闲看竹，养素或餐英。
居简而行简，心清并迹清。
尘缘真一瞬，三宿亦忘情。

此诗专写生活感觉，他满足于一个居简心清的世界；世途如逆旅，人生只是过客而已，尘缘三宿，何必留情。相对于

20 世纪人性的凶残和贪婪，商业社会唯利是图，迷失本性，刘德爵诗不啻暮鼓晨钟，可惜沉溺的人依然未醒。

刘德爵诗偏尚说理，语言枯槁，难免会犯上写诗大忌。哲学与诗的表达方式不同，语言亦异，要将两者调和起来，善用比兴，注入感性，显出深度，方称佳作。《风定》云：

> 风定水波平。虚舟随意横。
> 襟怀常自得，时序不须惊。
> 山色画中见，世情诗外轻。
> 一杯竹叶酒，几颗落花生。

此诗中间四句全是理笔，境界虽高，但语言泛泛，没有神采。幸而起结四句都是诗笔，充满象征意味，引发想象，也就把整首诗托起来了，血肉停匀，风神摇曳。又《红紫》云：

> 红紫如茵春草肥。黄蜂粉蝶逐芳菲。
> 数声清梵浮蓝寺，一片闲云绕翠微。
> 小水纵横穿径过，大鸢自在戾天飞。
> 游人各尽登临兴，作手嗟如陶谢稀。

此诗摹景细致，层次井然，包揽天地，真幻迷离，红黄蓝翠，色泽鲜妍，这在刘德爵诗中实属罕见的佳作。末联借题发挥，意在讥刺。一般人登临遣兴只是亵渎山水性灵，何来造境？何来造语？舍本逐末，此语不啻当头棒喝。《白发》云："倚梧自识忘弦意，遥看飞鸿入杳冥。"又《当牖》云："吾师濠上叟，知我亦知鱼。"天人意合，写出了忘形境界。现代诗人有时缺少的就是这些慧心和关心。

历史有它虚假掩饰的一面，贤者临文，亦所不免。刘德爵诗参透世相，但冷眼旁观，沧海横流，自也难掩一腔悲慨之情。《不论》云：

> 不论牛鬼与蛇神。扰扰皆非心所亲。
> 市上已无屠狗侣，江边且笑葬鱼人。
> 隋珠赵璧谁能宝，周鼎商盘岂足珍。
> 世换只馀灰认劫，水枯又看海扬尘。

此诗不劳实指，读者随意代入历史或时局，都可得会心。首联写人世扰攘，无可恋栈。颔联屠狗辈喻樊哙等豪杰之士，而葬鱼人则喻屈原等忧患馀生。颈联讥刺人性迷失于财富与权力之中，不克自拔。末联"灰认劫"指大三灾中火劫后的馀灰，出《高僧传》；"海扬尘"乃麻姑三返沧海桑田之喻，出《神仙传》；合起来指人世将有巨变。又《云烟》云：

> 云烟书画漫缘长。千卷徒为饱蠹藏。
> 数见不鲜徒久涸，倘来如寄且轻装。
> 西山已幸收薇蕨，北斗何劳挹酒浆。
> 青史是非成戏论，参军苍鹘看登场。

这首诗意有所指，却难落实。大抵前四句皆愤世之言。颈联以伯夷、叔齐洁身自爱为喻，北斗句出《诗经·小雅·大东》"维北有斗，不可以挹酒浆"，指大材小用；末联以滑稽戏喻世局变幻，是非难分。又《行路难》云："政失萑苻争越货，时危蛮触屡称兵。"萑苻指盗，藏身芦苇水泽之中；蛮触指蜗角相争，为小事而斗。所谓"翔鹤九皋声闻远，彻天为作不平鸣"，世途不靖，风云险恶，九皋遥鹤，声闻不已，哀哉！

刘德爵晚居跑马地蓝塘道，山色苍翠，人境幽深，隔断了红尘扰攘，颇得闲适之乐。诗中山居景物一切可亲，心潮平伏；雅趣幽思，即成高调。《拂拭》云：

> 拂拭铜炉自爇檀。书斋方丈膝能安。
> 窗明几净日方永，读画听琴兴未阑。
> 淡淡数枝兰竹静，泠泠一曲水云寒。
> 近城且识闲居乐，不共红尘一例看。

前六句描写日常生活，本来就很平凡；但是结联突然冒起，近城而不为红尘所困，"心远地自偏"的努力没有白费，也就显出诗人的不平凡了。又《幽居》云：

> 送青排闼有高丘。鸟语溪声与耳谋。
> 寒阒无俦凭鬼瞰，虚空生白赖天游。
> 书城坐拥近千卷，棋子闲敲满一楸。
> 花不着衣诸漏尽，任他去马与来牛。

《山居夜坐》云：

> 夜气笼群态，烟云入杳冥。
> 虫吟千树黑，蛾扑一灯青。
> 阅世观潮汐，呼天问醉醒。
> 无穷人事感，独坐数窗棂。

这些诗全以理境取胜，诗句着色以白、黑、青为主调，十分幽秘。《幽居》第四句出《庄子·人间世》"瞻彼阒者，虚室生白，吉祥止止"，"阒"训空也，喻清虚无欲，则道心自生；又《庄子·外物》云："胞有重阆，心有天游。室无空虚，则妇姑勃溪；心无天游，则六凿相攘。""阆"亦训空也，"心游"乃人心空旷，始能有所容也。读书敲棋，幽居养志。"花不着衣"出《维摩诘经》天女散花的故事，结习已尽，心无挂碍，而无穷人事自然也操之在我了。《山居夜坐》全用白描手法，不着典实，这在刘德爵诗中并不多见。《经霜》云：

> 经霜落叶一重重。独识青松性耐冬。
> 池水微漪供俯仰，山坡缓步得从容。
> 闲来累纸书驴券，梦觉有时迷蝶踪。
> 仙侣千年称小别，清风动地一相逢。

此诗充满意识流的情调，表现诗人内心纷乱而又缺乏逻辑联系的印象之流，几种不同的想法相互碰击，别开新境。首联欣赏青松耐寒。颔联山水怡情，从容自得。颈联"驴券"出颜之推《颜氏家训·勉学》引邺下谚云："博士买驴，书券三纸，未有驴字。"指语言故作繁冗高深，不及要旨。"蝶踪"则出《庄子·齐物论》庄周梦为蝴蝶的故事，齐一物我。末联用江淹《别赋》"驾鹤上汉，骖鸾腾天。暂游万里，小别千年"，写的就是仙凡之别；"清风动地"突然冒出了悟道的契机，灵光乍现。这在刘德爵诗的悲苦系列中极为罕见。又《凭几》云：

> 凭几随时觚自操。踌躇满志奏铅刀。
> 餐风但作蜉蝣计，枕曲安知蝶赢豪。
> 涉世东风吹马耳，钓江夏日着羊袍。
> 管弦交响西来乐，似听松声万壑涛。

此诗首句出《淮南子·主术训》"操其觚，招其末，则庸人能以制胜"，"觚"为剑柄。次句借用《庄子·养生主》庖丁解牛的成功感，摆脱了个人的渺小和悲苦，把握要害，踌躇满志。颔联餐风枕曲，顺应自然。颈联"东风吹马耳"句出李白《答王十二寒夜独酌有怀》诗之二，指对世事充耳不闻；钓江句则以严光披羊裘钓泽中自喻，安于归隐。末联突然飘来西方的管弦乐，自是神来之笔，表现惊人的想象，中西古今，一体流行，时空的跨度很大。

刘德爵诗悟彻天人之际，处处都是充满智慧的语言，触境生春，灵光乍现。《云烟》云："云烟天上占风雨，蛮触人间改版图。变化从来新意少，笑看造物画葫芦。"人间天上，云烟版图，皆是虚幻无根，何来新意？《宠辱》云："山行踏尽崎岖路，巷口寻人补破鞋。"上句故作狂言大言，下句突然变得渺小卑下，千山万水踏破铁鞋难道就只为访寻巷口的补鞋匠吗？情节的落差很大，显出幽默感，世情无奈，有时只能自我解嘲而已。由此可见，刘德爵在诗中上下求索，所要追寻的是求真访道的决心，而非刻意求诗。诗只是一种工具，他利用诗的意象来提供思想腾飞的动力，试图冲破传统语言文字所能表达的有限空间；此外他又利用诗中的典故试图扩充意义，从有限中追求无限。诗让他的心灵在冥漠无垠的宇宙中驰飞想象，翱翔漫游，自由自在，得大解脱。

五、结论

在 20 世纪的百年忧患中，香港番禺刘氏三世一共出了四位诗人。他们多任政府公职，以馀力为诗，各有造诣，各具风格。刘庸诗兼学西昆及后山，深得唐宋之长，情韵兼赅，炼字炼意，其写实之作，关心时局，感慨兴亡，议论深刻。刘景堂诗专攻中晚唐的贾岛、杜牧、李商隐等，托意于仙道和咏史，华美富赡，凄婉动人；早年刻意求工，晚年则向往朴素自然的境界，摇曳多姿，风格多变。刘玑诗多学黄庭坚体，结构谨严，精致动人，表现生涩的意境，瘦硬槎丫，不落俗套；但忧患馀生，有时难免即以悲苦为主调了。刘德爵诗暮鼓晨钟，参透世情，写出魏晋风神萧散的意味，同时也是 20 世纪超时空的幽灵，既有东方古典的玄思，也有西方存在主义释出自我的理念。不过他所遵用的仍然是传统的格律，而老庄禅佛的典故又往往流于幽深曲折，意有所隔，看来也就很难引起普通读者的兴趣。

硕果社与 20 世纪初中期香港的诗词江湖

　　香港自开埠以来，中西交流频繁，传统与现代迭相消长，文化亦渐具新貌。复以近代政局动荡，文人来港者众，感于时事，见诸吟咏，言为心声，而诗歌尤为深刻，足补史乘残缺。香港诗社活动相当活跃，辅之以诗钟对联、书画印刻，琳琅满目，表现不同之时代情怀及社会风貌。有时主持雅集者乃富商巨子，雅好文才，美酒佳肴，词曲艳发，谈笑风生，采丽竞繁，自然也是引人入胜的风雅活动了。战前有正声吟社（1931—1932）、① 蟾圆社（1936—1937）、千春社（1939—1941）、天风社（1944—1945）等，此起彼落，各领风骚。硕果社崛起于沦陷期间（1945），活跃于五六十年代，虽属民间组织，未经注册，惟以诗会友，入会资格严加审核，推动文运，灿然可观。1969 年以后，老成凋谢，渐次停顿。发起人有黄伟伯（1872—1955）、谢焜彝（1877—1958）、伍宪子（1881—1959）、冯渐逵（1887—1966），是为前四子；后期何直孟（1888—1968）、韦汪瀚（1897—1972）、吴肇钟（1896—1967）、许菊初（1901—1976），则为后四子。1947—1966 年间，出版《硕果诗社》第一集至第九集，辑录诗人作

---

　　① 　陈谦《海隅诗话》云："正声吟社是寓港的文人随意组合，未有在港府注册，亦不收月费，杂用开支统由黄伟伯一人负担。每次雅集后，佳卷送《华字日报》刊登。"参《香港旧事见闻录》（广州：广东人民出版社，1989 年 8 月），第四十六章，第 344 页。

品七十三家，其中很多人都没有专集传世，诗集对于保存一代文献，至关重要。此外知人论世，反映时代，亦可以呈现40—60 年代香港诗词的艺术成就及社会风貌。硕果社诗人群具有承先启后的时代意义，尤多从事于文教工作，发扬坠绪，指导后学，推动香港诗词的发展，成就至大。

硕果社的创始人是黄伟伯。黄氏原名棣华，字荫棠，号伟伯，以号行。广东顺德人。名儒简朝亮弟子，光绪二十年（1894）举秀才。尝赴江苏泰兴县佐簿书，南归后在佛山设馆授徒。配室招淑卿为香港殷商招雨田女。乃来港从商，初业保险，后以营运起家，往大连营商，遍游日本及全国各地。1927年回港定居，筑负暄山馆于九龙塘施他佛道十五号，经营地产。先后组正声吟社、岁寒诗社、蟾圆社、天风社等。1945年与谢焜彝、伍宪子、冯渐逵共组硕果社。尝为张学华刻《采薇百咏》、《闇斋稿》等。著《负暄山馆诗草》、《负暄山馆纪事诗钞》、《鸡鸣集》、《负暄山馆选刊词钞》、《负暄山馆联话》、《负暄山馆十五省纪游诗钞》等。1955 年 4 月 3 日在诗社雅集中逝世，葬荃湾永远坟场。生前自营生圹，撰诗刻墓碑上。一生交游广泛，雅好吟咏，诗词甚多，今《硕果诗社》五集中存诗一百五十二首、词二十六阕，乃晚年所作而未及印行者，尚可补录。

硕果社创始于香港沦陷末期的烽火危城之中，穷极无聊，乃以诗会友，声气潜通而已。黄伟伯《序》（《硕果诗社》第一集）云：

蛰居香海凡十馀年，恒与朋辈唱酬为乐。惟自天风社解散，而后雅会不常，诗声久辍。一日谢焜彝、冯渐逵二君同过敝庐，入门即曰："艰困韶光，何以遣此？"余曰："排遣之方，莫如重结诗社。"二君韪之。余遂披衣而出，偕二君往访伍宪子，以组社事告之。宪子首肯者再，又介其戚陈介行入社。越日，假宪子寓斋为首次雅集之所。因时局之不靖，词客之云散，莅会者寥若晨星。爰以"硕果"二字名社，非自矜也，盖有感也。两月以后，乃得沈仲节欣然参加。再历数月而寇氛告靖，招量行、李凤坡先后归自濠镜、曲江。旧雨重逢，联翩莅社，诗友已达八人矣。继而诸友互相作介，又不期而集者，凡十馀人，遂有今时之盛况。①

历叙硕果社成立的经过，主要是由黄伟伯、谢焜彝、冯渐逵、伍宪子四人牵头，招揽来港诗人，逐渐扩大。"硕果"之名盖取义于《易经》的《剥卦》上九爻辞："硕果不食，君子得舆，小人剥庐。"王弼注云："处卦之终，独存不落，故果至于硕而不见食也。君子居之，则为民覆荫；小人用之，则剥下所庇也。"②大抵是以君子自许，覆荫于下。当然这也可能跟俗语"硕果仅存"有关，自哀身世，同时亦有感于诗词国学渐见零落，存亡续绝之意。

谢焜彝，名耀伦，字焜彝，号炼公，以字行。广东番禺人。早岁辍学，从事金融业。暇则读书，尤嗜诗词。工书，妙得刘石庵（刘墉）味厚神藏之趣。性随和，富风趣。著《随庐诗词集》，未见。《硕果社》六集录其诗一百零三首、词二十一阕。

伍宪子，原名庄，字文琛，号宪盦，笔名梦蝶，斋名博浪楼。广东顺德人。少从简朝亮及康有为游，潜心经史掌故性理词章之学，鼓吹君主立宪。1904 年来港佐徐勤（1873—1945）

---

① 《硕果诗社》第一集（香港，1947 年）。
② 参李学勤主编：《十三经注疏·周易正义》（北京：北京大学出版社，1999 年 12 月），第 110 页。

办《香港商报》，主持笔政，加入保皇党。1909 年赴新加坡任《南洋总汇报》主笔。翌年回广州办《国事报》。1913 年在北京办《国民公报》。袁世凯聘其为总统府顾问，但其反对帝制。1919 年回香港接办《共和日报》，又创《平民周刊》。1928 年往美国三藩市主持民宪党《世界日报》。1935 年为纽约致公堂创《纽约公报》。1936 年回国商谈民宪党与国社党合并事，达成草约。1945 年任民宪党主席，翌年与国社党合并，改称民社党，由张君劢任主席，伍宪子任副主席。1947 年选任国民政府委员，未就。8 月民社党改组，伍宪子任主席。晚年流寓香港，1956 年任教联合书院。著《论语读法》、《孟子读法》、《经学通论》、《尚书源流》、《国学概论》、《中国近百年史纲》、《辛亥革命信史》、《美国游记》、《中国民主政治》、《梦蝶文存》、《梦蝶诗存》等。《硕果诗社》七集录其诗 144 首。《美国游记》中附诗极多，都是战前的作品，可以参看。

冯渐逵，名鸿鬻，字渐逵，以字行。广东顺德人。年十六，父早逝，即以家学课徒奉母。1927 年移居香港，创立三达学校。1936 年受聘官立女子师范学校、汉文中学、圣保罗中学等校教席，毕生从事教育，因材施教，桃李满门。《硕果社》九集录其诗二百首、词六十八阕。遗著《冯渐逵先生诗存》，以社课作品为主，由其女冯影仙刊行。

由此可见，前四子各有所长，黄伟伯营商，谢熴彝醉心书法，伍宪子从政，冯渐逵则从事教育，他们都擅长于写诗填词，加以丰富的人生阅历，寓意深刻。尤其是前四子的相互配合，善于组织，因此也就能吸引高水平的人才，相忘于江湖之中，逃离于战火之外，不废吟咏。因此，在香港 50 年代的诗坛中，他们都是深孚众望的领袖。硕果社雅集每两星期一会，积稿至五十期，则酌量选刊社集。大约两年即可以印行一册，一直维持了二十年，十分难得。何直孟《序》（《硕果诗社》

第八集）云：

> 我硕果诗社之创立，忽忽将十八年矣。乙酉之春，黄伟伯、谢焜彝、伍宪子、冯渐逵四君，经始其事。而沈君仲节、李君凤坡辈，续加盟焉。后此时贤同道，声应气求，颇极一时之盛。始雅集伍宪子家，而黄伟伯家。后复移会市中酒家，则中山韦君汪瀚，实纪纲之。社例每两星期一会，积五十会，汇选诗稿，付刊一集。①

陈祖曦（1914—1998）《序》（《硕果诗社》第九集）云：

> 爰倡选刊第九集之议。夫九者，极数也，数极爻反，岂果至极而硕无朋哉！易者，逆数也，贞下起元，其占可逆睹矣。何之老成，韦之雅量，吴之霸才，许之逸致，岂尚不足以继往开来者耶？抑遇合之术，固有不同也。吾闻夫前四子之壮举，创硕果之先；吾想夫后四子之胜概，昌硕果之盛，硕果岂竟系而不食若匏瓜欤！仲尼有曰焉能。仲尼已矣，春秋谁作？春秋无作，则诗未可亡，诗未可亡，则硕果犹可仅存，后四子追思之慎，辨之明矣。②

这两篇序文简述硕果社的活动情况，以及对文化前景的忧虑。黄伟伯逝世之后，硕果社的社务、雅集及出版等改由后四子何直孟、韦汪瀚、吴肇钟、许菊初共同负责，而主其事者乃韦汪瀚。后四子诗风不同，"何之老成，韦之雅量，吴之霸才，许之逸致"，各具神采，相辅相成，以维坠绪，因此也可以维持60年代艰苦经营的局面。

---

① 《硕果诗社》第八集（香港，1962年）。
② 《硕果诗社》第九集（香港，1966年）。

韦汪瀚，名兰生，字汪瀚，以字行。广东中山人。长袖善舞，弘扬风雅，承前启后，全始全终，他是硕果社后期的主持人。诗集未见。《硕果诗社》九集录其诗五百零一首、词十三阕，数量最多，可以自成专集。

何直孟，名绍庄，字直孟，以字行。广东南海人。幼随父炯堂同游简岸读书草堂，誉比孔门曾子。民初任广府中学教席，1931 年来港办九龙建文师范中学，自任监督。沦陷期间将学校转让内迁。晚年回港定居，终身从事教育。病终九龙，年近九十。诗集未见。《硕果诗社》第三至九集录其诗一百八十二首。

吴肇钟，字唯盦，号白鹤道人，所居曰听剑楼。广东三水人。少从黄林开、朱子尧两拳师游，尽得师法，为白鹤派宗师。陈融尝延聘家中，教诸子弟。1930 年来港任黄冷观（1887—1938）所办之中华中学体育主任。战时在澳门设馆授徒，西洋拳师与之较量不敌，名乃大噪。回港后创白鹤体育会，任会长。门人遍及南洋群岛。性豪迈，工诗，精医，书法劲秀，尤擅行草，取法王羲之、李北海（李邕），并拟梁鼎芬之瘦挺体势，跌宕纵逸。著有《白鹤派拳经剑说》、《白鹤草堂诗词初集》。《硕果诗社》九集录其诗一百三十五首、词四十三阕，殆属晚年作品，可供补录。

许菊初，名伯幹，字菊初，以字行。广东番禺人。牙科医生。少通文翰，雅爱临池，见知于江孔殷太史。战时避兵澳门。加盟广州越社，对客挥毫，一挥而就。违难香江，除参加硕果社外，又加入披荆、南薰诸社，古稀矍铄，分韵赌酒。尝撰《红叶诗缘》及《柳如是》曲本，才情雅俊，传唱一时。著《晚香楼稿》，未见。《硕果诗社》第三至九集录其诗一百零四首、词五十二阕。

大抵后四子的诗名比不上前四子，除吴肇钟外，其他都没有诗集传世；加以老成凋谢，很快就湮没无闻了。其实除了前后四子之外，《硕果诗社》诸集中存诗在百首以上者尚有沈仲节、李景康（1889—1960）、陈荆鸿（1902—1993）、潘小磐（1914—2001）四家，他们都是第一集就出现的诗人，除了李景康早逝，作品出现七集，其他三人由始至终，九集都有作品，①或可称之为外四子。这几家兼具学者身份，门生众多，陈荆鸿、潘小磐更得享高寿，影响及于20世纪八九十年代。我所拥有的《硕果诗社》九集都是潘小磐在愉社雅集中赠送的，使我有机会亲炙前辈的芳华，临文神往，至为感激。

《硕果诗社》九集共有七十三位作者，不过有些作者并没有诗词作品，仅见诗钟作品，例如李精一、招肃若、车月峰、盛献三、守中、陈卓凡、梁端卿、苏希颐八家。因此，《硕果诗社》著录诗词作品的诗人实得六十五家。此外有些作家出现一两集之中，并不见得活跃，作品甚至少至两首，例如陈介行两首、左端本七首、苏文雪四首、俞叔文十首、潘佩缳两首、劳纬孟两首、李荻秋四首、吴天任十七首、陈湛铨两首、张叔俦诗一首词七阕、廖伯鲁十六首、谢启睿两首、苏文擢六首、王淑陶十九首、朱子范十二首、孔铸禹十四首、李达良诗十一首词二阕、徐静远七首、梁药山十首、梁朗秋三首、陈其浩八首、陈乐天九首、崔云岩五首、缪香城八首，共二十四人。这些大抵都是点缀雅集的作品，可能只是应酬之作，道不同不相为谋，诗人自有所选择，不一定要沾硕果社的光。除了梁药山以下六人出现在第九集无法判断之外，其他人后来都没有跟硕果社走在一起，看来也不必勉强看作是硕果社诗人了。如果再删去这批在硕果社中不大活跃的诗人，那么硕果社比较可靠的社员可能就只剩下四十一家，几乎可以减去一半。我们

---

① 《硕果诗社》九集皆有选录者尚有韦汪瀚、吴肇钟两家，合共五家。

如果要研究硕果社的整体风格及诗学成就，不妨就以此四十一家为准，可能显得比较准确。

硕果社四十一家，除了上述前四子、后四子、外四子之外，其他尚馀二十九家。他们的作品并不超过百首，有些可能低至九首，例如黄相华（1902—2002），但因分别在《硕果诗社》第一至三集出现，所以也就算作硕果社诗人了。有些只出现在某一集之中，例如第九集，但因作品超过二十首，也可以算入。计有招量行、梁颂豪、郑璧文、潘学增、黄相华、何小孟、唐煦春、谢逸旵、梁觉民、黄彼得、梁简能、杨舜文、刘拔茹、何镜宇、黄少坡、温中行、陈秉昌、何敬群、周谦牧、胡景苹、曾念祖、何叔惠、欧阳杰、郑春霆、周孝廉、张纫诗、陈祖曦、张方、黄云聊等。

从籍贯的分布看，硕果社 73 人中，多是由外地来港的诗人，其中又以粤籍诗人为主，而顺德诗人尤多，占 25 人，李景康《梁简能诗集序》云："丁亥（1947）仲春，予自赣南抵港，其时硕果诗社坛坫初盛，邀予加盟，予亦欣然参与其间，乃一览同人县籍，顺邑者竟逾半数，方悟顺邑之诗人辈出，今昔皆然也。"① 大抵是前四子以顺德籍为多，因此邀约的对象亦稍有所偏了。其他番禺、南海各 13 人，中山 7 人，新会 4 人，三水、鹤山各 2 人，台山、东官、吴川、琼东各 1 人，又外省江西、桐城各 1 人，不详者 1 人。看来完全没有香港人在内，可见五六十年代本土化的特色并不明显。参看下表：

---

① 李景康：《李景康先生诗文集·百壶山馆文存》（香港，1963年；又学海书楼丛书第 7 种重刊，2003 年），第 22 页。案梁简能《简斋诗草》（香港，1983 年）未收此序。

地区	人数
顺德	黄伟伯、伍宪子、冯渐逵、陈介行、潘小磐、梁颂豪、郑璧文、潘学增、黄相华、何子孟、梁觉民、左端本、苏云雪、陈荆鸿、梁简能、潘佩缳、何镜宇、陈卓凡、梁端卿、温中行、苏希颐、苏文擢、陈秉昌、何叔惠、欧阳杰（25 人）
番禺	谢焜彝、李精一、沈仲节、车月峰、谢逸刍、俞叔文、盛献三、许菊初、张叔俦、谢启睿、朱子范、陈祖曦、崔云岩（13 人）
南海	招量行、李景康、招肃若、杨舜文、李荻秋、何直孟、吴天任、黄少坡、廖伯鲁、周孝廉、徐静远、张纫诗、梁药山（13 人）
中山	韦汪瀚、刘拔茹、王淑陶、曾念祖、郑春霆、陈其浩、缪香城（7 人）
新会	唐煦春、陈湛铨、梁朗秋、陈乐天（4 人）
三水	吴肇钟、周谦牧（2 人）
鹤山	劳纬孟、胡景苹（2 人）
台山	黄云聃（1 人）
东官	李达良（1 人）
吴川	黄彼得（1 人）
琼东	孔铸禹（1 人）
江西	何敬群（1 人）
桐城	张方（1 人）
不详者	守中（1 人）

《硕果诗社》选录作品一般以诗为主，各体兼备，第八集有排律《咏怀百韵》，作者沈仲节、许菊初、冯渐逵、潘学增四家，或有逞才竞胜之意。词作不多，一般视之为附录，计有黄伟伯 26 阕、谢焜彝 21 阕、冯渐逵 68 阕、沈仲节 6 阕、李景康 28 阕、潘小磐 26 阕、郑璧文 3 阕、潘学增 4 阕、韦汪瀚 13 阕、吴肇钟 43 阕、何小孟 1 阕、陈荆鸿 5 阕、梁简能 3 阕、

刘拔茹 8 阕、许菊初 52 阕、张叔俦 7 阕、黄少坡 4 阕、陈秉昌 19 阕、何敬群 39 阕、胡景苹 10 阕、曾念祖 54 阕、郑春霆 1 阕、李达良 2 阕、周孝廉 9 阕、张纫诗 12 阕、陈祖曦 6 阕。由数量考察，大抵以冯渐逵、曾念祖、许菊初、吴肇钟、何敬群五家为主。

序文十八篇：黄伟伯（1 集）、伍宪子（2 集）、潘小磐（2 集）、谢焜彝（3 集）、冯渐逵（3 集）、李景康（4 集）、陈荆鸿（4 集）、吴肇钟（4 集）、沈仲节（5 集）、许菊初（5 集）、胡景苹（6 集）、韦汪瀚（6 集）、何直孟（7、8 集）、郑春霆（7 集）、郑璧文（8 集）、陈祖曦（9 集）、黄云耼（9 集）。除了何直孟连写第七、八两集外，其他人各一集，各抒所见。

题签：李景康（1，6 集）、陈荆鸿（2，4 集）、谢焜彝（3 集）、吴肇钟（5 集）、胡景苹（7 集）、许菊初（8 集）、陈秉昌（9 集），这些都是硕果社中著名的书家，李景康、陈荆鸿各题两集，尤为杰出。

悱恻芳馨的邓芬诗词艺术

一、邓芬诗词作品的统计

邓芬（1894—1964）以画名家，兼擅曲艺，诗词次之，亦精于书法及治印等，多才多艺，感情丰富，且深负狂名，潇洒不羁。生平不善于营生，然而亦不愁生活，战时逃难四方，仍赖画笔得保温饱，且喜疏财仗义，结交不同阶层的人物，每多传奇故事。邓芬画作存世者较多，已结集者有《昙殊居士书画集》、①《邓芬百年艺术回顾》②二书，其他散佚者或亦不少，在不同的出版画册及著作中时有发现。③至于诗词方面，零篇散页，随写随弃，几乎未作任何的整理。目前经他亲自写

---

① 陈友篪（丙光）编印：《昙殊居士书画集》（澳洲均和有限公司，凝翠轩经售，1976 年 1 月）。

② 澳门市政厅文化暨康体部制作：《邓芬百年艺术回顾》（澳门：澳门市政厅，1997 年 8 月）。

③ 《岭南近代画人传略》载录邓芬的画作六幅，得诗二首，其中《采薇图》诗云："匹夫有责负耕锄。难弟难兄老若何。红粟已为周食尽，西山薇蕨又无多。己丑十二月，昙殊芬戏题。"（1949）此诗属个人藏本。参郑春霆著：《岭南近代画人传略》（香港：广雅社，1987 年 8 月），第 252 页。

定的，只有《妈阁寄闲杂咏》64 首、① 《水明楼忆事》25 首两本小册子，②作品数量不多。其他由后人从书画中辑录所得，主要有下列三项资料。这些资料各有所见，互参同异，合起来亦足以建构邓芬多姿多彩的艺术世界，以及恻恻芳馨的诗词胜境，在书画之外，另创一番天地。

（一）《昙殊居士书画集》9 首。

（二）《邓芬艺文集》载录《零珠屑玉水墨画册》2 首、《邓诵先先生手札》19 首、《阿赖耶室诗词文集抄存》75 首、《邓芬先生诗词搜逸》（潘兆贤辑稿）73 首；共得诗词169 首。③

（三）林近编：《藕丝孔居诗词编年》78 首。④

至于选集方面，《香港名家近体诗选》选录邓芬诗作 10 首；⑤《二十世纪香港词钞》则辑录邓芬词作 11 阕。⑥可见大家对邓芬的诗词作品都很重视。综合诸家辑录所见三百馀首，

---

① 邓芬：《妈阁寄闲杂咏》（庚辰自春至冬漫题，从心先生手录稿，1940 年），惟书稿后面亦补抄 1941 年的作品。

② 邓芬：《水明楼忆事》（从心先生存记），共十四个版面，收入《邓芬百年艺术回顾》，图版九。

③ 潘兆贤编印：《邓芬艺文集》（香港：采薇楼，1997 年 7 月），其中《阿赖耶室诗词文集抄存》乃邓修手稿，1965 年，陈明真藏。

④ 林近编：《藕丝孔居诗词编年》，载《邓芬百年艺术回顾》，第159—163 页。

⑤ 何文汇、何乃文、洪肇平、黄坤尧、刘卫林等编：《香港名家近体诗选》（香港：中文大学出版社，2007 年）。选录《肯随》、《世途》、《失路》、《癸未九月还佩楼自题小照》（1943）、《癸未九月水明楼忆事》、《庚子赠徐悲鸿》（1960）、《庚子立秋后怀避风塘》四首，共十首。

⑥ 方宽烈编：《二十世纪香港词钞》（香港：香港文学研究社、香港东西文化事业公司，2010 年 9 月）。选录《浪淘沙》"避风塘"四阕（1960）、《一丛花》"重阳后宿避风塘有忆"、《踏莎行》"壬寅小除夕"（1962）、《七娘子》"戊寅九月有怀"（1938）、《减字木兰花》"戊寅九月前意"、《蝶恋花》"壬寅六月十五夜赠行"、《南浦》、《酹江月》（1961），共十一阕。

去其重复，目前得诗 210 首、词 20 阕。

二、早期诗开新世界

邓芬诗才焕发，随口吟成，风格多姿，题材多样，具有深厚的文人气质。为了配合作画，他固然也写题画诗，深化画幅的意境。但更多时还是钟情于个人抒情写实之作，感于时事，有为而发。其中《无题》二首作于 1921 年辛酉，是目前可见的邓芬传世最早的诗作，刻骨相思，清新脱俗。

> 肯随红紫斗芬芳。别有鲜妍向日张。
> 粉饰尽除兰作佩，素餐应借菊为粮。
> 寒侵玉骨常思化，淡入娥眉妒不扬。
> 却下晶帘望明月，秦云何处想衣裳。
>
> 占得林园八月春。只应秋水与精神。
> 风流已误题红客，月色翻疑抟素人。
> 香梦夜长银蜡灺，断肠声急玉龙嗔。
> 却嫌洛下缁尘满，来伴天寒白屋贫。①

邓芬题画诗中喜欢引用李商隐的诗句，其实他早期的作品亦深得玉溪生精致典丽的风神。当时邓芬二十八岁，或是新婚前后赠妻刘琇之作。其一描画对方"鲜妍"的艳光，加上素妆的"兰作佩"及"菊为粮"，具有一种寒淡自持的本质，然后隔着水晶帘望月，画中美人丰姿绰约，也就若隐若现地呼之欲出了。其二首句将八月塑造出一片林园春色的景象，着力摹

---

① 邓芬《无题》二首辛酉作，参《阿赖耶室诗词文集抄存》，载《邓芬艺文集》，第 55 页。

写美人的神韵与姿态，甘愿舍弃尘俗，下嫁"天寒白屋贫"的书生。二诗注满喜悦之情，想象入神，写出美人高贵典雅的形象。同年邓芬获邀参加广东省美术展览，列名广东艺苑，崭露头角。

邓芬早期作品尚有《自画像》一阕，写在1922年的画幅上，题为"癸亥九月十五日三十初度倚声自祝"，也就是1923年的生日作品了，依格律当为《水调歌头》，词云：

> 红烛啼天曙，秋气上青枫。不堪三十年事，回首月明中。夭则周郎颜子，寿则钱铿李耳，生死一般同。愿为丹青老，人欲得天从。　恨蛇豕，怜鹬蚌，笑鸡虫。英雄割据无已，南北复西东。休问人间何世，最怕飘摇风雨，日暮怨途穷。领此一尊酒，沉醉菊花丛。①

起拍二句有声有色，气韵沉雄，写出三十岁英姿勃发的形象，跟画面相当合衬。上片举出历史上夭寿两类不同的人物，各有成就，活得出色，自然就"生死一般同"，表现豁达。而他则立志向丹青方面发展，希望天从人愿，写出新世界。下片指斥当时军阀混战的现实，世局迷离，飘摇风雨，不期然也染上一份悲哀的色彩，结拍自我开解，"沉醉菊花丛"则是从无奈中走出自我的新道路，显得相当自负。

邓芬很钟情于这幅早年的自画像，后来还六度题诗补字，勾勒时局的变化，感慨青春消逝，同时更写出岁月不饶人的感觉，渐见悲苦，显得无奈。1936年《丙子秋日香港补题》云：

> 惆怅高楼月自明。秋风吹冷故人情。

---

① 邓芬《自画像》，参《邓芬百年艺术回顾》，图版一，1922年作品。

> 醉死难逢千日酎，饥驱只为五侯鲭。
> 能为黑白眼同视，欲判是非心已盲。
> 莫愁卓足非吾土，生日何曾见太平。

当时邓芬四十三岁，早已步入中年了，人情冷暖，生活逼人，社会是非不分，内忧外患，末联更为悲哀，完全是一片末日的景象。1940 年《庚辰妈阁朱文公生日之日题》云：

> 有酒逢辰累十觥。鬖鬖华发换星霜。
> 承先庶孽惭家督，违难流民甚国殇。
> 合眼且温前度梦，低心又逐少年场。
> 闲中只伴丹青老，翻被蛾眉妒不扬。

此首遭逢战乱，流民载道。颈联回想"前度梦"及"少年场"，一切已成过往，尤为沉痛。末联"闲中"，无所作为，而"只伴丹青老"则是重申一向的素志而已。1943 年《癸未九月稿》云：

> 华灯低照画屏风。人面真能借酒红。
> 已拼死生畀豺虎，何须得失问鸡虫。
> 年居丽日当天午，秋遣繁霜入鬓中。
> 丛菊细看吾泪在，万方多难苦甘同。

此诗或题《癸未九月还佩楼自题小照》，当时已经回到广州居住，颔联二句颇有身陷虎穴忘怀得失之意，结语"万方多难"，在困境中看不到任何希望。1947 年《丁亥九秋》云：

> 明月昨宵悬。临风独怆然。

敢作千秋想，希留一面缘。

往事多疑梦，停杯笑向天。

这是邓芬生日诗中最后的一首作品了，诗六句，中间二句指出心中所想念的对象，当是《水明楼忆事》中的杨氏女子，当时已离世三年了，但美丽的倩影还是拂之不去。1954 年"拟得截句，惟嫌伤时，不足录也"，1958 年"一蹶长途，息偃匡床"，更是呈现出一片老态，难以为怀了。而我们也可以从这一系列的生日作品中追踪作者一生思想感情的轨迹，世道沧桑，变幻无常。

1926 年丙寅元旦醉题的《群鬼争食图》则是早期邓芬诗中写实的力作，抨击现实世界的丑恶，不留馀地。

终南进士方沔酒。以扇障面张笑口。好奇欲觇鬼纷纠。指缝故纵群鬼溜。鬼忘死活竞趋走。鬼面青黄朱白黝。鬼声娇嗔哭笑吼。世界已鬼谁良莠。鬼亡尊卑与牝牡。礼义廉耻鬼何有。日日蝇营复狗苟。争权夺利相杂揉。翻腾奔突火坑斗。丑态百出指难偻。讵觉钟馗瞰其后。天际伸彼巨灵手。一握群鬼如葱韭。启齿大嚼齿生垢。醒齺定作三日呕。嗟嗟尔鬼蚩蚩莫可究。炉边掷笔我且酌大斗。①

这是一首题画诗，也是邓芬画中的名作。七古二十一句，句句用韵，一韵到底。此诗欲擒先纵，故意先让群鬼从指缝中漏出来，以纵鬼为戏。跟着摹写周围群鬼争食的世界，不择手段，例如"鬼忘死活竞趋走"、"世界已鬼谁良莠"、"礼义廉

---

① 邓芬《群鬼争食图》，载《昙殊居士书画集》，第 19 页。又参《邓芬先生诗词搜逸》，第 120 页。

耻鬼何有"、"争权夺利相杂揉"等，把整个世界弄得一片乌烟瘴气，最后钟馗出来清理门户，把群鬼一把抓起来吃掉，却换来呕吐大作，原来就是吃鬼也不好过的。末二句以九言句作结，邓芬冷眼旁观，以饮酒解闷，映射惨淡的人世，而现实的丑恶比之群鬼的攘夺更为难堪，有过之而无不及，以致无可救药。此诗情节丰富，气韵生动，富有想象力及创意，从传统的画鬼诗中脱颖而出，诗画相辉，自然更引人入胜了。

三、《妈阁寄闲杂咏》

《妈阁寄闲杂咏》64 首，著录 1940 年其旅居澳门妈阁隐秀园及清平直街寄闲俱乐部一带的生活情事，尤多关涉世局之什及友侪死生新故之感，稍为完备，也是邓芬诗词作品传世较多的一年了。其中有些更是 1941 年的作品，当是稍后补录进去的。又此集的诗词多属集句作品，例如《诉衷情》"集白石道人"三阕、《鹧鸪天》"集白石道人句"、《写怀集唐人句，庚辰秋夕》十首、《悼许天民，集元好问句四绝》、《挽梁季宽丈致广，集元遗山诗句六首》、《集放翁小除夜杂咏》八首、《夏日集剑南诗》十七首、《妈阁遇故人并赠鲍少游、王济远，集剑南句》，共得词四阕、诗四十六首，其他自制的仅得十四首而已。从这一本册子的集句作品中，可见邓芬熟习唐宋诗词，他特别爱读元好问、陆游及姜夔的作品，几乎随手拈来，运用自如了。他的弟子以学画为主，能写诗词者不多，相对来说就是欠缺文化素养，同时也写不出更深层次的神韵了。

1941 年，邓芬在《秋江图》扇面的背页题诗一首云：

晤语无人与遣愁。空堂卧对一灯幽。
飘零自是关天命，局促常悲类楚囚。

乐事久归孤枕梦，歌辞散落满江楼。

天涯稳住归心懒，风月佳时事不休。

注称"比来集句独多剑南诗，妈阁客中画馀约积有二千首。右录一律为诗，君轼吾兄雷公两正，辛巳七月，从心先生芬"。① 可见当日澳门闲居时集句之作多达二千首，可惜都已散佚，无从寻访了。

《妈阁寄闲杂咏》多题赠之作，第一首《眉妩》"赠文姝翠璩将之羊石"，词云：

> 记卷帘款恰，挂席相催，无计阻归去。欲问人间世，飘摇甚，连宵听尽风雨。此心似水。况百年、光景如驶。最怜尔、锦幄初温夜，抱灯景儿睡。　来日朱门深闭。莫梦随云散，身作萍寄。楼上黄昏月，江干暮，生涯谁念神女。避兵异客，恨未曾、因梦留住。叹无主荷花，生日后、又秋至。

案此词原稿字句改动甚大，有些地方还看不清楚。又此词或题《赠行调寄百宜娇》，则异文更多，几乎重新写定，另作一首了。②《眉妩》与《百宜娇》同调异名，"避兵异客"句依《词谱》亦当叶韵。《眉妩》乃在澳门送文翠璩北归之作，

---

① 邓芬《秋江图》扇面，参《邓芬百年艺术回顾》，图版十八，1941 年作品。

② 邓芬《赠行调寄百宜娇》词云："怅卷帘通款，渡口临分，流水送将去。忍问伶俜事，飘摇甚，连宵风雨无已。此心似水。况百年、身世如寄。最怜尔、锦幄初温夜，独牵引离绪。　何日朱门深处。莫梦随云叶，身逐风絮。无赖扬州月，江干暮，湔裙多少游女。避兵异客，恨未能、先作归计。甚无主荷花，生日后、渐秋至。"参《邓芬先生诗词搜逸》，载《邓芬艺文集》，第 121 页。

羊石即广州的别称。① 同时邓芬尚有《诉衷情三叠，集白石道人句赠别文娘》之作，此外在《致张君华函》中也提到文娘的故事。

> 君华六兄：前函谅达，何不一复，念念且盼。词中人已深闭鸰笼，不能越出，思一见亦无由。初其人拟返羊石，因连日阻风未果，故曾得屡召在东亚廔上，凭阑私语，讵为鸰疑有药师之约，遂即日除牌。〔国难时期，未免过虑，即近笑话了。〕昨闻姊妹花告知，已入精神病院。尝梦里相呼也。我正感老去不堪游冶，岂尚有狂奴故态，足为妮子眼中物耶！往日销魂，录中又增一页，而梁季宽丈必曰，又来作孽矣。不料遭逢多病之身，宁有不以小词报其雅爱乎？风尘知己，其胜前恭后倨之大人先生们，曷胜慨叹也。此致吟安。《诉衷情》三叠如何，请拍正。芬顿首。季兄笔均此不另述况。君华六兄雅鉴。②

文中"东亚"指东亚酒店，在澳门新埗头街 1A 号，现址还在营业。"季兄"指区季谋。而文娘自然就是邓芬的"风尘知己"，最后未能回到羊石，反而为鸰母所逼，入了精神病院，事颇怪异，个中原因亦不得其详了。又邓芬在《鹧鸪天》"有赠，集白石道人词句"有"雁怯重云不肯啼。阿琼愁里弄

---

① 羊石即五羊石，邓芬《寄李铢斋广州》诗有"羊俱化石天应老，珠已投江陆亦沉"句可证，载《妈阁寄闲杂咏》。

② 邓芬《诉衷情三叠，集白石道人句赠别文娘》及《致张君华函》参《邓诵先生手札》，载《邓芬艺文集》，第 26—27 页。按，张君华（1901—1962），番禺人，喜诗词书法，精于鉴藏。

妆迟"句,"阿琼"当亦指文翠璚而言。① 邓芬对友人反复细说这位澳门的风尘知己,可见感情真挚,而感人亦深了。

《妈阁寄闲杂咏》中提到当时交往的名流有吴伟佳、邓祥(新马仔,1916—1997)、许天民(？—1940)、梁致广(季宽,1876—1940)、陈融(颙庵,1876—1955)、杨圻(云史,1875—1941)、李尹桑(钤斋,1882—1945)、鲍少游(1892—1985)、王济远(1893—1975)等。《挽杨云史,妈阁秋初挽寄香港》云:

> 酬简初逢袖海堂。近闻封事有遗章。
> 呕心已鬼同长吉,避乱何人识幼安。
> 万里江山恐日蹙,几时寇盗得天亡。
> 先生不朽攘夷颂,埋骨非吾土亦光。

杨圻著《江山万里楼诗词钞》,战时来港避难,在简经纶(1888—1950)的袖海堂金石书画社中结识邓芬。1941 年 7 月 15 日病逝于九龙法国医院,临终前尝集《焦氏易林》而成《攘夷颂》,② 申明抗战必胜的理念。陈融著《黄梅花屋诗稿》等,战时举家避难越南。1939 年秋托廖侠怀(1903—1952)转交邓芬诗三首:

> 老优满腹古丹青。商我江干买醉亭。
> 酒后一笺拘柳媚,红氍梦觉又重听。

---

① 邓芬《鹧鸪天》"有赠,集白石道人词句",末题"词长诸兄拍正,意谓如何。前离人稿。季谋、君华两兄。昙芬顿首"。参《邓诵先先生手札》,载《邓芬艺文集》,第 39 页。

② 杨圻《攘夷颂并序》,1941 年 7 月 7 日作,原刊《大公报》,1941 年 7 月 18 日,参程中山《江山万里楼诗词钞续编》(香港:汇智出版有限公司,2012 年 10 月),第 378—380 页。

敝袖残缣一寸无。六观如是客心枯。
三巴飘泊渔山子，肯为颐园补一图。

海边何地可盘桓。慰子江湖画骨寒。
闻道风怀犹在柳，和烟和雨上阑干。①

陈融第一首回忆当年听曲《梦觉红楼》；第二首客中求画；第三首"闻道风怀犹在柳"，专写邓芬的风流韵事。邓芬《寄答颐庵陈协公见问三首用元韵》云：

杨柳江头不断青。春风依约过旗亭。
十年画壁成陈迹，唱到魂销亦厌听。

自笑如今锥也无。故园北望眼将枯。
支离骨立风尘里，欲起重泉郑侠图。

莲花思茂柳思桓。曾寄天涯问暖寒。
忽诵三巴飘泊句，知公情重早相干。

邓芬诗中感谢故人情重，同时更借北宋郑侠所绘《流民图》为喻，似亦不甘老于丹青，而有以画报国，反映人民流离失所的惨况。杨圻、陈融都是当代赫赫著名的大诗人，邓芬相与酬唱，自亦功力匹敌了。其他李尹桑、鲍少游、王济远等亦为当时的书画名家。

四、《水明楼忆事》

《水明楼忆事》25 首专录其跟"九月初三"赋别的一段

---

① 陈融题作《赠诵先》，"敝袖"作"故袖"。《黄梅花屋诗稿》（香港：至乐楼丛书第三十二种，1989 年冬），第 45 页。

恋情，由 1938 年起至 1952 年止，历时十五年。水明楼原在上海东照里，是他们最先共同生活的地方，叶恭绰尝为篆"水明楼"额。

邓芬诗词中写情的作品甚多。1929 年，他在上海跟一位苏州女子杨娟（如月，1912—1943）相恋，纳为侧室，翌年带返广州故里。区少幹云："他曾随赌商某到上海，从仁志里携得一位颜如玉归来，但到了中年即便'放归樊素'。他对一般事物，都是鲜克有终的。"① 1937 年 9 月，邓芬举家来港避难，暂住山边台周之贞（1882—1950）大宅。山边台（Hill Side Terrace）位于湾仔捷船街旁，须拾级而上，或称山坡台。现时山坡台 1 号 A 还有已荒废的圣璐琦书院（St Luke's College），旧日的招生广告称山边台校舍，"由大道东 99 号旁适安街直上"。后来意见不合，1938 年戊寅九月初三日山边台怅别，而杨娟就回上海去了。② 《七娘子》云：

> 清秋一别人何许。今宵明月生南浦。破碎乡关，流离儿女。凄凉不易长安住。 萍踪可忆天涯絮。潮回依旧东流水。九日黄花，满城风雨。销魂不见来时路。

词中摹写战乱的惨况，生活逼人，只能黯然归去了。《减

---

① 四近庵（区少幹）作：《广东画人邓芬的"偏传"》，载《邓芬艺文集》，第 6 页。

② 邓芬《自述》云："时□客山边台周宅，一日忽下楼商于余曰：羊城未陷，有家可归；羊城既陷，则归无日矣。而留居友家，不自作计，大有今夜不知何处宿之慨。丈夫子对此，是其无赖乎？数口之家，倘一遭白眼，虽能相识遍天下，顾而之他已也。惟朝秦暮楚之感，人言可畏哉。不及乎图，人将谓君为值乱图赖也。况君癖嗜不良，不禁攸攸之口，而自塞其聪，妾深耻之。"邓芬指为"懑怒而发"。残稿一篇，刘季藏品及供稿。

字木兰花》"戊寅九日重题"亦云：

> 心魂如在。人事已随云鬓改。谁道无缘。误尔青春有
> 十年。　甚时重见。一去莫如弦上箭。觅觅寻寻。瘦了黄
> 花又几分。

从词中"误尔青春有十年"之句，可见二人相恋之时间。杨娟北平人，因避难来了上海，在虹口酒家楼唱歌。他们初遇于1926年重午，杨娟才十四岁；1929年再遇于上海，并在中秋夜订情。1938年又有《戊寅下元夜》诗云：

> 黄尘莽莽欲何期。秋入东篱似不支。
> 风流无复人如昨，一样清光似月儿。①

下元是十月十五日。邓芬望月怀人，凭诗寄意。可能当年大家都陷入一种困境之中，有所"不支"了。此后九月初三日即为他一生的隐痛所在，几乎每年都要忏悔一次，有所赋咏，并借以抒发相思之苦。1939年《己卯四月望夕偶成》云：

> 茫茫皓魄浸江天。云汉相期信渺然。
> 别久未妨千里共，耐寒无赖一宵悬。
> 呼为白玉盘何在，新裂齐纨扇已捐。
> 可是入怀慰残夜，尚怜孀独为谁圆。②

---

① 参邓芬《零珠屑玉水墨画册》，《邓芬艺文集》，第 22 页。
② 邓芬《己卯四月望夕偶成》，载《水明楼忆事》。或题《暮春月下有忆》，末联"慰"作"望"，"为谁"作"照人"，文字少异，载《邓芬艺文集》，第 120 页。

又《己卯九月初三夜香港青山寺又题》云：

> 无滓长空见蔚蓝。西风吹鬓影鬖鬖。
> 别来十二哉生月，第一难忘九月三。

1944 年得到杨娟逝世的消息及遗照，诗云：

> 别后相思又七年。几多讯息慰生前。
> 岂期入梦新为鬼，合赋招魂一问天。
> 旧国初归犹异客，侯门修阻况重泉。
> 黄昏楼上初三夜，风卷疏帘月上弦。

注云："甲申九月会海上客来相告，那人于去年冬病逝姑苏，并携来一讣，遗照在焉。默念久之，不觉泪俱神往。"重泉修阻，语语沉痛，自然亦难以忘怀了。1952 年诗云：

> 欲寻残梦到江南。晓籁荒鸡落枕函。
> 桃叶渡头年十七，杨枝歌罢月初三。
> 词中有誓斯而已，别后相思甚不堪。
> 百八蟾光圆又缺，无多忆语影梅庵。

注云："壬辰九月初三夜，藕丝孔居挑灯枯坐，念想十五年前，未免有情，欹枕深更，鳏鳏无寐，起而书此，作为最末一页，于我心戚戚焉矣。"追忆当年跟杨娟订情，她只有十七岁；而"百八蟾光"则是化离十五年的日子，以此诗作一了断，而《水明楼忆事》自亦成了邓芬心中一份永恒的忆念，感人亦深了。

此外，在《水明楼忆事》册子的前部尚抄录《庚辰秋日写怀集唐人句，妈阁率录稿》九首，中缺其三："人情已厌南中苦。秋月春风等闲度。云雨巫山枉断肠，岂能贫贱相看老。"按此卷已见《妈阁寄闲杂咏》，原为十首；其后又有一本，注云："以上十首，或连成七古一段，亦有人认为合作。惟拙意仍分咏，似寄意更远也。诗坛一削。"① 其中有人，似亦为杨娟所作。

《水明楼忆事》中之《诉衷情三阕，集白石道人》，注云："如月濒行，曾于渡头重晤，时舟人解缆，不能尽所欲言，别后海上使者来传语，属为小词志别，乃书篝寄与，真不知所云。"显为杨娟濒行赋别之作。惟此卷亦见《妈阁寄闲杂咏》，不注所赠之人。而上文所引另卷抄本则题《诉衷情三叠，集白石道人句改为赠别文娘》，甚至在《致张君华函》中反复申说文娘的悲惨遭遇。可能《诉衷情三阕》一词二用，分指两段不同的感情，徒添惆怅，难解难分。

五、避风塘杂感

邓芬晚年流连于避风塘中，饮宴听曲，并为女弟子司徒珍、司徒玉撰曲度腔，缱绻赋词，天涯歌女，名重一时，而作品流传甚广，同时也成了大家津津乐道的韵事。避风塘系列作品有自书诗卷两首、十六首、二十三首等不同的卷子，甚至连《与杨善深同游》四首、五首亦编入其中，去除重复，共得绝

---

① 邓芬《物换星移几度秋》卷集唐人句十首，参《邓诵先先生手札》，载《邓芬艺文集》，第37—38页。

句二十五首。① 1960 年，邓芬《庚子立秋后怀避风塘二首》，
或题《庚子七夕妈阁怀避风塘》，诗云：

> 娟娟月影照惊鸿。不避虞罗不避风。
> 白马黄衫客何处，徐公城北宋墙东。
>
> 三更灯火二分月，一曲绫绡半夜钟。
> 莫倚短篷吹尺八，秋江寂寞有鱼龙。②

　　二诗互有异文。其一诗中用黄衫客挟持李益与霍小玉相见
故事，希望得遇知音。其二写静夜中的乐韵悠扬，意境高逸。
又《避风塘选录十六绝》，今录前五首云：

> 十字街头老少年。看花尝堕紫骝鞭。
> 晓风残月和朝雨，拨尽琵琶第四弦。
>
> 半世骄人一字闲。我心止水恨连山。
> 于今老眼能舒处，只在铜锣又一湾。
>
> 小艇飘灯对夜分。荡胸不复有层云。
> 扣舷彼女能高咏，旧曲红楼得再闻。

---

　　① 邓芬《自书诗卷》录《避风塘选录十六绝》、《与杨善深同游之
四》、《题明皇幸蜀图》，载《邓芬百年艺术回顾》，图版六十五；《避风
塘感怀》五首，图版八十；又《避风塘杂感》十九首，补漏录四首，共
二十三首，参《阿赖耶室诗词文集抄存》，载《邓芬艺文集》，第47—
54 页。
　　② 邓芬《庚子立秋后怀避风塘二首》参《邓芬百年艺术回顾》，
图版六十四；附见《自书诗卷》，图版六十五；又《庚子七夕妈阁怀避
风塘》，参《阿赖耶室诗词文集抄存》，载《邓芬艺文集》，第79 页。首
句或作"冥冥月影照惊鸿"，或作"惊鸿照影月疑弓"；次句"不避风"，
或作"只避风"；第三句"客"字或作"向"，或作"却"，异文略多。

尝随流水为飞絮，又化春泥护落红。

犹有旧时明月在，照人华发首如蓬。

相逢翻恨十年迟。细意深言胜旧知。

一自小红低唱罢，懒将娇韵制新词。

以上各诗检点平生，抒情写意。其一少年时看花奏曲，极享奢华。其二"半世骄人一字闲"，而老年又"只在铜锣又一湾"，消耗华年，感慨无端。其三写司徒姊妹的歌音，希望能再现"旧曲红楼"的盛世景象。其四伊人已去，而旧时明月亦不复当年的青春气息了。其五亦有喜遇知音之感，再现白石词仙的风韵。避风塘诸诗自是邓芬晚年的得意之作，晓风残月，靡靡哀思，唱出身世之憾，腾播众口，构成香港诗坛中一道亮丽的风景线，同时更成了邓芬诗中的名牌作品了。

邓芬避风塘系列词作亦多，其中《浪淘沙》四阕最负盛名，传世有多种不同的卷子。前二阕原题分咏"菊"、"梅"的，表现花中的高贵品格，后来也合并为避风塘系列了。

寂寞思华年。哀乐随缘。秋容淡淡对霜妍。怕到西风帘卷处，况是篱边。 皎皎复娟娟。月照孤眠。扣舷夜夜系灯船。自觉此心无所住，不在人天。

容易鬓霜侵。独自沉吟。酒痕襟上泪痕深。夜已渐长妨梦短，梦又难寻。 难买隔帘心。一笑千金。罗浮别后到如今。试待月明林下卧，环佩声沉。

一水碧盈盈。月白风清。琵琶怨恨不分明。只有馀音时切切，未许寻声。 莫道别离轻。灯火三更。推篷无睡数阴晴。冷落方知人老大，难赋深情。

灯火又黄昏。何处销魂。雍门消息不相闻。谁为水长山又远，传语秋云。　昨梦了无痕。意绪纷纷。醒时携手醉时分。无赖茫茫江上月，空对金尊。①

首阕咏菊，"秋容淡淡"，末拍"自觉此心无所住，不在人天"，无所牵挂，得大自在。次阕咏梅，其中"梦又难寻"、"环佩声沉"二句，意在宣示内心深处的沉寂感觉。其三"一水碧盈盈，月白风清"，摹写避风塘晚上的歌音，可以令人忘怀身世之恨。其四雍门子周尝为孟尝君鼓琴，而邓芬早年亦尝在上海撰《雍门》一曲，可是"醒时携手醉时分"、"无赖茫茫江上月"，一切美好的影像很快又消失净尽了。

1962 年，邓芬有《六月十五日赠司徒姊妹南游，集昔人句》诗云："大珠小珠落玉盘。抱得琴来不欲弹。鸿雁在天鱼在水，凭君传语报平安。"盖属赠行之作。其后复有词作三首，《蝶恋花》"六月十五日小别"，或题"壬寅六月十五夜铜湾寄意"，词云：

强乐自宽来一醉。浇入回肠，非酒还非泪。月似银圆天似水，东风不便何曾避。　容易重阳归也未。人远玄都，谁识刘郎树？莫讶赠行无两字。当时切切多忘记。

此词期望司徒姊妹能在重阳前归来。又《踏莎行》"七月十五夜见寄"，或题"壬寅六月十九夜避风塘写怀"，词云：

---

① 邓芬《浪淘沙》"菊"、"梅"二阕参《阿赖耶室诗词文集抄存》，载《邓芬艺文集》，第 65 页；又《避风塘四首》（补遗二首），参《邓芬先生诗词搜逸》，载《邓芬艺文集》，第 120 页。《自书词卷》合为《避风塘四叠浪淘沙》，参《邓芬百年艺术回顾》，图版五十七；又《荷花／自书诗》录《浪淘沙三叠》，图版七十九。组合各有不同。

无限深言，十分细意。别时曾致叮咛语。相思有泪可成潮，君前一样盈盈水。　　压顶骄阳，埋身暴雨。蛮天历历槟榔树。薰风来为报行程，邻船又唤歌声起。

或写送行之后的思念感觉。下片起拍"压顶骄阳，埋身暴雨"，一触即发，尤为凌厉，希望她们能够从容面对不同的逆境和挑战，词中甚至还用了粤语口语"埋身"（意为靠近），带有唱曲的味道。又《一丛花》"九月十二夜宿避风塘有忆"，或题"重阳后宿避风塘有忆"，词云：

秋来多病为诗穷。梦雨夜蒙蒙。移灯待月船唇卧，怅天际、缥缈征鸿。消息可传，所思何在，犹是别离中。绮窗朱户画帘栊。深掩麝兰丛。甘伺眼波梳洗处，曾几度、玉漏霜钟。野又露零，人如菊淡，无语问篱东。①

此词纯是写情及想象之作，上片在漠漠长夜中等待对方的消息。下片则是回忆中的温馨岁月，很多旖旎的场景一一呈现眼前，而"甘伺眼波梳洗处，曾几度、玉漏霜钟"，更写出刻骨的销魂感觉，铸成生命中永恒的思忆。最后以"人如菊淡"作结，虚实相映，而美好的情影逐渐淡出，自然也是邓芬词中最优美的绝唱了。尤其是在抗战的烽烟过后，香港重见太平，避风塘成为邓芬最后坚守的阵地，以及心灵的家园，魂牵梦萦的，可能也是他在画境中无法构思表达的世界。

邓芬的诗词作品目前可搜得传世者约 291 首，说多不多，

① 邓芬《秋蝉/自书蝶恋花词》，参《邓芬百年艺术回顾》，图版七十八。又参《阿赖耶室诗词文集抄存》，载《邓芬艺文集》，第 63—64，73 页。林近订作"九月十四夜有忆"，似误，参《藕丝孔居诗词编年》，《邓芬百年艺术回顾》，第 163 页。

但精品却多。词作虽少，而词境尤为精纯。在上述四类重要的题材中，几乎都是诗词各写的，各领风骚。从整体的格局来说，邓芬的题画诗词并不多见，一般都是以诗画分写为主。因此他是很用心在意地构建他的诗词世界，很多时还有特定的书写对象和环境，语不虚发。邓芬更擅长于写情之作，而诗词中的仕女丰姿绰约，别具风韵，悱恻芳馨，离聚无常，尤令人难以忘怀。此外世局迷离惝恍，人间多灾多难，写实之作亦复不少。例如1941年《途中口占，辛巳十一月十一日》云：

> 九陌尘昏日色斜。东眠西食作生涯。
> 无人能夺双双泪，有口徒含六六牙。
> 一掬珍珠沙谷米，几枝碧玉芥兰花。
> 贸然莫上行人路，嗟我黔敖已丧家。

又《辛巳月当头夕，即卅一年元旦，席间走笔，酬主人谢惠庭德生君让》云：

> 黄埃莽莽几桑田。形槁心灰不忍捐。
> 路上又多兵死鬼，词中曾作梦游仙。
> 当头且向今宵月，握手真成隔世缘。
> 难得惠连好兄弟，一尊相属话新年。

这些都是战时实录，能吃到"珍珠沙谷米"、"碧玉芥兰花"，显得特别珍贵；而"路上又多兵死鬼"则是地狱惨象，"握手真成隔世缘"更属万幸了。至于晚年与画坛诗坛的交往互动多，1956年《竹篁图》（与李研山、赵少昂合作）云：

> 凤饥能疗实非时。多谢慈悲信有之。

百尺尚馀残箨石，枝头留待抱孙枝。

1963 年补题讨论画法："近习竹法，拟与苏文顾李甚至柯郑辈惯用构置方法不同，乃专以净墨模竹，苗出姿致，远古人习见为旨。癸卯闰八月，善深道兄意谓何如？昙殊芬。"①

1960 年《庚子赠徐悲鸿》云：

汗血周流笑画工。生惭殊相未能穷。
欲从无鬼论规矩，骨法何曾与鹿同。②

1962 年《披荆文会二百会庆集，壬寅六月》云：

一幅西园雅集中。狂名独爱米南宫。
鸥因毛白头加墨，鹤为身高背似弓。
花塔旧盟馀七子，松斋上客有三雄。
何如咳唾成珠玉，得作诗人不怕穷。

注称"癸亥一九二三画会十四人，今尚在者，余与谷雏、振寰、子枢、君璧、冠五、般若七人"。"颙园五子，心一、吹万下世，希颖、润桐、少弼健存。"③

1964 年《甲辰夏日偶感书赠韩穗轩》云：

---

① 邓芬《竹篁图》，提到苏轼、文同、郑燮、柯九思、顾安、李衎，皆画竹名家。参《邓芬百年艺术回顾》，图版三十四。又《画竹二截》之二，《邓芬先生诗词搜逸》，末二句"百尺尚馀诗箨在，竿头留待发新枝"，略有异文，载《邓芬艺文集》，第 119 页。

② 邓芬《庚子赠徐悲鸿》，载《藕丝孔居诗词编年》，《邓芬百年艺术回顾》，第 162 页。

③ 邓芬《披荆文会二百会庆集》，参《阿赖耶室诗词文集抄存》，载《邓芬艺文集》，第 62 页。

酒债寻常不复赊。未能为国已忘家。

何妨弹铗思熊掌，不可窥墙问鼠牙。

徒说晬盆觇笔墨，得成英物属莺花。

等闲点染寒鸦色，一遣吾生住有涯。①

以上诸诗都显出积极探索、奋发迈进的精神，其他应酬及游戏之作，题材尚多，风格各异，保留了丰富的文坛史料，这里也就不一一细述了。邓芬的诗词作品在画笔之外，呈现作者不一样的面貌。较之近代诗坛名家，亦占一席之地，写出独有的摇曳风神了。

---

① 邓芬《甲辰夏日偶感书赠韩穗轩》，载《藕丝孔居诗词编年》，《邓芬百年艺术回顾》，第163页。又潘兆贤《邓芬先生诗词搜逸》订作《无题二首》之一，"已"作"尔"，《邓芬艺文集》，第121页。

王韬《眉珠盦词》及其词说

——香港文学鼻祖的江南乡土怀梦

前言：从江南走向世界

江南就是爱与美的化身。走过历史的沧桑，翻开记忆的画册，江南是永恒的家园，也是迷人的梦乡。江南蕴含壮丽韶秀的山川园林、古镇风光；也有风流娴雅的名士学者、才子佳人；可以享受精致优美的歌舞戏乐、名馔美食；更有令人精神愉悦的诗文书画、器玩琴棋。"江南"原是指地域观念说的，其实更代表了一种文化的风采。江南，古时候泛称长江之南，大概远至湖北、湖南、江西等地；隋唐至明清民国一般都限指江苏南部及浙江一带，有时还包括江北扬州，甚至涵括整个苏北地方了。江南文化的底蕴深厚，人才辈出，诗词中的境界，例如"江南可采莲，莲叶何田田，鱼戏莲叶间"（《宋书·乐志·江南》）、"正是江南好风景，落花时节又逢君"（杜甫《江南逢李龟年》）、"日出江花红胜火，春来江水绿如蓝"（白居易《忆江南》）、"过尽千帆皆不是，斜晖脉脉水悠悠"（温庭筠《梦江南》）、"春水碧于天，画船听雨眠"（韦庄《菩萨蛮》）、"我打江南走过，那等在季节里的容颜如莲花的开落"（郑愁予《错误》），都是一些不朽的名篇，小桥流水，绮怀荡漾，尤令人神往，美不胜收。

近代鸦片战争以后，上海开埠，工商、贸易、航运、金融崛起，跟香港连成一气，南北双城相互辉映，从江南水乡到岭南水乡，崛起于海洋之上，甚至在某些特定的历史时空中，上海与香港之间更呈现角色互补的作用，以至切换身份。上海是香港人才和资金的来源地之一，汇丰银行、大闸蟹、董建华、张爱玲等都代表了一些纽带相连，而又挥之不去的情意符号。而拥有香港文学鼻祖、①新闻界中文报刊的创办人、翻译中西学术的前辈学者，以及逃亡者的先锋等称号的王韬（1828—1897），兼具这几个身份，著述丰富，所谓"粤东转作故乡看"，②自然也是第一位沟通沪港双城的文化人了。同治元年（1862）王韬由上海逃亡来港，开拓了一番伟大的事业，震惊海内外。甚至他更成了后来许多逃亡者的榜样，逃出国门，呼吸新鲜自由的空气，发展个人的事业，然后又回馈多灾多难的祖国。不过，午夜梦回，最令他感念不已的，还是魂牵梦萦、温柔美丽的乡土，江南。

王韬以诗文小说名家，词名不彰。其实早年在江南乡居的时候，他已是一位多情善感的词人，著有《眉珠盦词钞》四卷。不过目前尚未及见，仅得辑存二十阕而已。王韬词缘情绮靡，哀感顽艳，迷离花影，真挚动人。王韬深于经学，尤精研《春秋》历法，无论个性抱负、诗文学养、洞悉时局、征歌逐

---

① 参王晋光《王韬——香港作家鼻祖论》，原刊黄维梁主编《活泼纷繁的香港文学——一九九九年香港文学国际研讨会论文集》上册（香港：香港中文大学出版社，2000年），第59—73页。收入王晋光著：《香港文学鼻祖王韬》（香港：田畴文献坊，2010年9月），第7—31页。

② 同治七年（1868）五月，王韬在英国《游园翼日忽得家书口占二绝句》其一云："一从客粤念江南。六载思乡泪未干。今日掷身沧海外，粤东转作故乡看。"参王韬撰：《蘅华馆诗录》（香港：弢园丛书本，庚辰［1880］仲秋刊于天南遁窟；今据《续修四库全书》影印上海图书馆藏本，1995年，第1558册）卷四，第10页。

色等项，看来都跟龚自珍的名士风格相近，而且也可以说他是龚自珍精神生命的延续，从江南延伸到海外，他出洋考察欧亚英法日诸国，而近代文学亦由启蒙阶段渐进以至于开花结果，创出业绩，影响中国的思想界亦巨，呼唤维新变法，以至后来的革命运动，成就很大。但王韬与龚自珍对词的取态不同，龚自珍以《庚子雅词》了结一生的慧业，龚词虚幻，如梦露泡影；而王韬三十五岁来港以后，不复填词谈词，深以为戒，作风务实。王韬在上海供职墨海书馆，认识了姚燮（1805—1864）、蒋敦复（1808—1867）等人。姚燮流寓苏、沪，以卖文鬻画为生，著《疏影楼词》、《续疏影楼词》，[1]从浙派的清灵俊逸中摹写时局，抑塞苍凉，映射瑰异的色彩。蒋敦复亦在墨海书馆协助慕维廉（William Muirhead，1822—1900）编译《大英国志》，著《芬陀利室词》、《芬陀利室词话》，[2]推崇周济（1781—1839）常州派的词论，而作品清奇跌宕，哀艳欲绝，抒发内心隐约幽微的情韵，论词主"有厚入无间"之说，以"厚"为重。姚、蒋都是当时已负盛名的江南词人，王韬跟他们交往既多，互有异同，更相互影响，同时也推动了上海词坛的发展。王韬词存量不多，但抒情写意，亦多佳制，跟诗文小说表现出不一样的风格。大抵王韬词托意于艳情，怀人想象，芳菲馥郁，感慨苍凉，直承唐五代北宋词的婉约风神，写

---

① 姚燮：《疏影楼词》（杭州：浙江古籍出版社，1986 年 6 月）。案《疏影楼词》分为《画边琴趣》上下、《吴泾苹唱》、《剪灯夜语》、《石云吟雅》五卷，道光十三年（1833）刻。今本据李一氓精钞本附刊《续疏影楼词》八卷。

② 蒋敦复《芬陀利室词》分为《绿箫词》、《碧田词》、《红衲词》、《青瑟词》、《白华词》、《拈华词》六种，参陈乃乾辑：《清名家词》（上海：开明书店，1927 年；香港：香港太平书局，1963 年），第八册，第 1—86 页。《芬陀利室词话》三卷，参唐圭璋编：《词话丛编》（北京：中华书局，1986 年 1 月），第四册，第 3625—3679 页。

出了词的本色，同时也表现了个人独特的格调。王韬一生沉湎
于江南花影之中，青衫年少，顾影自怜，感情尤为脆弱，绮梦
迷离，哀怨无端。直到晚年仍然流连花酒，不能自拔，转成孽
障，挥之不去。王韬词反映了生活中的不同面相，儿女情长，
尤为深婉细致。又王韬晚年回到上海时尝为《芬陀利室词话》
撰序，有所论述，并借此抒发他的词学观点。

一、江南奇士王韬

王韬，原名利宾，又名畹，号兰卿，小字兰瀛，人呼阿
兰。抵上海时易名瀚，字子九，又号兰君、懒今、嬾今。避居
香港后改名韬，字子潜（紫铨、紫诠），号仲弢，又号弢园、
天南遁叟、弢园老民、淞北逸民等。江苏长洲甫里（今苏州
市吴县甪直镇）人。道光二十五年（1845）县试第一名，后失
意于乡试，乃弃帖括之学，到上海谋生。道光二十九年
（1849）在英国伦敦布道会传教士麦都思（Walter Henry Med-
hurst，1796—1857）主办之墨海书馆任职，协助英国传教士编
辑《六合丛谈》及自然科学的译著等，广泛接触西学。同治
元年（1862），王韬化名黄畹，向太平天国献策攻占上海，①事
泄后被清廷通缉，得英领事庇护南逃。10 月 11 日乘船抵港，
协助理雅各（James Legge，1814—1897）翻译四书五经。同治
六年（1867）12 月复应理雅各之邀赴英国协助翻译先秦古籍，
并历游欧洲。途经新加坡、槟榔屿、苏门答腊、马来亚、锡
兰，入红海亚丁湾至埃及开罗。从苏伊士运河入地中海，到达
意大利墨西拿，再经法国马赛抵达巴黎。历游巴黎后至海口加

---

① 1862 年 2 月 2 日，《黄畹上太平天国书》，载北京大学《国学季
刊》四卷一期，1934 年。原件藏北京故宫图书馆。

莱，横渡英吉利海峡抵多佛尔，坐火车去伦敦，再到苏格兰爱丁堡，在英国译书旅游达两年多。同治九年（1870）2 月返港。同治十三年（1874）2 月 4 日在黄胜（1827—1902）、伍廷芳协助下创办《循环日报》，自主笔政，倡言变法自强。光绪五年（1879）访问日本，4 月 29 日从上海出发，至 8 月 31 日返抵上海，东渡扶桑共 125 天，长达四月馀，深受彼邦文士的尊重，唱和亦多。光绪十年（1884）获李鸿章默许，始返沪定居。光绪十三年（1887）应聘出任上海格致书院山长。光绪十九年（1893）主持《申报》编务。又办弢园书局。著《蘅华馆诗录》六卷、《弢园文录外编》等。①

王韬乃江南奇士，亦上海滩名士，博通古今，学贯中西，思想前卫，著述极多，约四十种，②包括经学、西学、政治、经济、历史、地理、天文历算、小说笔记等。在近代文学史上，王韬以诗文小说名世。此外，他更是沟通沪港双城的第一位文化人，同时也是开拓香港文学的鼻祖。王韬任性而行，不受拘束，广泛结交中西各界人物，具有离经叛道的想法，周旋于清朝与太平天国交战的敏感地区，分别上书献策；历游亚欧英法日本诸国，出入儒学与基督教之间；发展现代新闻及出版事业，主张改革教育；在 19 世纪民族存亡、风雨飘摇的关键时刻，即具有超前的现代意识及国际视野，积极学习西方的文明，变法自强，见多识广，可以说是一代通才。

---

① 王韬著：《弢园文录外编》十二卷（上海：上海世纪出版集团、上海书店出版社，2002 年 1 月）。

② 忻平列出王韬著作目录及版本，计已刊书目 40 种、未刊书目 18 种、流传到日本的王韬部分书目 20 种，参《王韬评传》（上海：华东师范大学出版社，1990 年 4 月），第 241—251 页。又光绪十五年（1889）王韬弢园著述总目，凡 36 种。参张志春编著：《王韬年谱》（石家庄：河北教育出版社，1994 年 11 月），第 179—180 页。

二、王韬《眉珠盒词》解读

王韬《眉珠盒词》十四阕，光绪元年乙亥（1875）由尊闻阁主人美查刊于上海《申报》馆《四溟琐纪》第一卷。①王韬著作目录及版本之已刊书目 40 种，《眉珠盒词钞》四卷列第 35 种；又流传到日本的王韬部分书目 20 种，《眉珠盒词》亦列第 19 种。②弢园著述总目 36 种，《眉珠盒词钞》四卷列于最后。③ 又《眉居盒词》附见于《弢园诗词》中，稿本，上海图书馆藏。④ 以上诸书未见，"居"或为"珠"之误。"眉珠"就是"眉月"，揭示一颗永恒的红痣，主要是托意于王韬与某女士蘅阁内史（1828？—1848）的初恋情事。

王韬《眉珠盒词》十四阕之外，《四溟琐纪》另有《续〈乐府补题〉五首》，即《霜华腴·柚子》、《秋霁·淡竹叶》、《琐窗寒·蝈蝈》、《倾杯乐·沙里狗》、《国香慢·烟草花》五阕，未署作者姓名。其中《国香慢》词有"算移根海岛"之句，殆指香港，疑亦为王韬作，共十九阕。又蒋敦复《芬陀利室词话》录存七阕，《风蝶令》未见于《眉珠盒词》中，

---

① 《四溟琐纪》第一卷（上海：申报馆，光绪元年乙亥正月刊，1875 年 2 月），第 22—24 页。尊闻阁主人美查（Ernest Major，1830？—1908）乃英国商人，1872 年在上海创办《申报》，其后设立点石斋印书局，创办《点石斋画报》，用活字印《古今图书集成》1628 册，仿乾隆"聚珍版丛书"印名著 160 馀种；并增办遂昌火柴厂和图书集成印书局等企业。

② 忻平著：《王韬评传》，第 247，251 页。

③ 张志春编著：《王韬年谱》，第 180 页。

④ 朱德慈著：《近代词人考录》（北京：中国社会科学出版社，2004 年 12 月），第 95 页。

合计二十阕。①

蒋敦复《芬陀利室词话》之《王子九词》云："王子九茂才少工倚声，出入于玉田、草窗之间，旅沪后，绝不复作。适江韵楼凤笙自吴门来，② 留宿子九城北草堂，与予对榻。酒酣，偶言及词，颇自矜诩。子九笑曰：若此等作亦易为也。因为余吟旧作小令数阕。词句清丽，词韵缠绵，于个中三折肱矣。今就余所忆得者，追录于左。"即《柳梢青》、《少年游》、《诉衷情》、《风蝶令》四阕。

柳梢青

把梦支开，将愁放下，独自凄凉。记得人人，去年今日，特地思量。 如今梦也荒唐。空夜夜、无聊炷香。手拨寒灰，香犹未断，只断柔肠。③

少年游

西风吹得愁如许。隔院闻低语。怪底重阳，作〔去〕出秋阴，便有凄凉处。 绿阴一角红楼露。寂历无人住。半桁筠帘，几树垂杨，都是回肠路。④

---

① 《芬陀利室词话》卷二，《词话丛篇》，第 3662 页。

② 谢章铤《听秋声馆词话》之《近人词补》录吴县江韵楼凤笙《点绛唇》云："不为春愁，只愁人似春将老。繁华多少。花事匆匆了。 几叠屏山，几折红墙绕。凭栏眺。依依斜照。镇日无人到。"《词话丛篇》第三册，卷十六，第 2785 页。

③ 本文引词一般据《四溟琐纪》本。蒋敦复"空夜夜、无聊炷香"作"空冷到、鸳衾半床"，《词话丛编》，第 3662 页。

④ 蒋敦复"筠帘"作"疏帘"，《词话丛编》，第 3662 页。丁绍仪"作"作"做"，参《清词综补》（北京：中华书局，1986 年 2 月），第 1081 页。原名《国朝词综补》，光绪二十年(1894) 刊，正编五十八卷，续编十八卷。严迪昌同，参《近代词钞》 （南京：江苏古籍出版社，1996 年 6 月），第 1131 页。

诉衷情

纤纤眉月可怜生。花影不分明。寂历晚凉庭院，闲煞读书灯。 谁与共，话零星。猛心惊。一声声笛，一更更点，一倍凄清。①

风蝶令

鬓鬌无心理，灯孤有语通。一丝微雨一丝风。作就恹恹时候最愁侬。 苔壁延新绿，纱窗扑乱红。朝来小病晚来慵。还忆昨宵残梦五更钟。

蒋敦复指出以上四词大约作于道光二十九年（1849），王韬二十二岁赴上海之前，评之为"词句清丽，情韵缠绵"，表现少年的相思及绮怀，隐含悼亡意象。《柳梢青》在一个凄凉的晚上，孤衾梦醒，怀念去年今日的遇合情节，相思难已，倍感荒幻。《少年游》写重阳时节的凄清感觉，秋风吹来了低语中的回忆；下片人去楼空，具有浓郁的写实意味，尤为凄怆。《诉衷情》写记忆中的纤纤眉月，以及灯下读书的情景，在孤寂中浮想联翩，猛然感受到夜来心惊和凄清的感觉。《风蝶令》上片写佳人鬓发凌乱，孤灯独对，风雨迷蒙，恹恹多病的情态，我见犹怜；下片苔壁上的新绿及纱窗上的乱红象征思潮起伏，梦醒无凭。王韬十五岁（1842）的时候，回到甫里就读明经师顾惺（？—1862）的青萝山馆，王韬与女同学某女士开始发生感情。② 小楼三椽，缥缃共读。王韬左臂有黑痣，而某女士亦解罗襦以示腹中的赤痣，红痕嫣然，纤纤一

---

① 蒋敦复"煞"作"杀"，《词话丛编》，第3663页。

② 张志春云："1842年，王韬十五岁。回甫里，就读青萝山馆。馆主顾惺，字涤庵，号青萝山人，新阳县生。故王韬称其为明经师。女同学中有顾慧英（顾惺女儿）、曹素雯、某女士。……王韬某女士开始发生感情。"见《漫游随录》卷一《鸭沼观荷》，参《王韬年谱》，第7页。

弯，状若新月。① 多年来两人一直时有往还，感情亦佳，可是
未能结合。甚至王韬婚后还先后将两位妻子杨保艾（？—
1850）、林琳（1839—?）命字曰梦蘅及怀蘅，可见用情之深。
某女士卒于道光二十八年（1848），王韬才二十一岁。1846 年
王韬乡试落第后赴锦溪教书，有《锦溪寄怀诗》四首，末首
《怀蘅阁内史》云：

> 不是愁中便客中。生憎劳燕各西东。
> 才人例不登金榜，仙子应还住玉宫。
> 曲桁帘波看瑟瑟，回廊屐点听弓弓。
> 银河咫尺如天样，只有宵来绮梦通。②

　　首联异地分隔，颔联失意于乡试落第，皆写现实情状。后
四句诗中的用语跟词中的"如今梦也荒唐"、"半桁疏帘"、
"纤纤眉月可怜生"、"还忆昨宵残梦五更钟"等的情节和用语
都很相近，总有感事怀人之意，难舍难离。其他《一舸》四
首"鸳鸯并世难同命，蝴蝶前生幻宿愁"、"悔我多情徒自苦，
怜渠小病岂无因"等句，写婚后仍对某女士相思难已之情。
《春日茗香寮杂诗》四首"泡影幻成名士梦，镜花参破美人
禅"、"纵有离魂何处寻，银灯淡淡夜沉沉"等句，则是追悼
某女士之作，人天暌隔，情怀惨恻。③ 而词中"寒灰"、"回
肠"、"猛心惊"、"纱窗扑乱红"等意象，可能都是宣泄内心
的抑郁情态，思绪翻腾，不由自已。不过，王韬一生都沉迷于
冶游生活之中，至老不倦，繁花过眼，可能也有一刻动情的感

---

① 据《眉珠盦忆语》，参《王韬年谱》，第 8 页。
② 王韬《怀蘅阁内史》，《蘅华馆诗集》，卷一，第 6 页。
③ 王韬《一舸》、《春日茗香寮杂诗》各诗见《蘅华馆诗集》，卷
一，第 15、20 页。

觉，诸词或另有寓意，也就不能一一指明了。

又蒋敦复《子九寄红蕤词》云："子九自号淞北玉魷生，家居甫里，读书应试，往来于鸿城鹿邑间，颇多影事。所眷红蕤者，绝色也，曾有啮臂盟，愿居妾媵列，后卒不果。红蕤工诗词，刺血写经，为子九穰病，其情深挚如此。宜子九之惓惓不忘也。酒阑灯灺，私为余述之，歔欷不已。有寄红蕤词三阕，为录于此。"即《高阳台》、《西子妆》、《台城路》三阕。① 《清词纪事会评》据《子九寄红蕤词》，亦选《高阳台》、《西子妆》、《台城路》三阕。②

高阳台 残春向尽，芳讯杳然，填此问之。

棠韵添红，梨痕破白，芳丛缓缓偷开。曾不多时，绿阴寂寂楼台。流莺苦劝残春住，奈今年、春已成灰。为东风，吹得伤心，怕见春来。 香盟镜约何曾改，恨朱楼望远，青鸟音乖。尚记前番，扁舟载得愁回。枇杷门巷应依旧，怕他年、深掩荒落。最堪怜，寒食飞花，芳草天涯。③

西子妆 寒雨浃旬，芳华顿歇，孤怀怅惘，爰倚此解。

柳外烟霏，花边雾隐，作〔去〕出浓阴如许。一分心事一分愁，叹芳华、飘零谁主。落红无语。忍亲见、残春归去。问东皇、算怨多恩少，碧穹难补。 无人处。开尽碧桃，门掩潇潇雨。镜台信息半无凭，况烟波、几重间

---

① 《芬陀利室词话》卷三，《词话丛编》，第 3678 页。
② 尤振中、尤以丁编著：《清词纪事会评》（合肥：黄山书社，1995 年 12 月），第 861—862 页。
③ 蒋敦复小序末句作"填此为红蕤问"。又下片"落"作"苔"，"寒食"作"寒色"。《词话丛编》，第 3678 页。

阻。含酸带楚。浑不似、年时情绪。怕重来、只剩荒凉院宇。①

台城路 重至江村，旧巢已换，满目萧然，怅焉今昔。

斜阳一片销魂地，重来已增凄楚。藓迹黏堦，蒿钱绣迳，旧日曾经行处。梁空燕去。算尚有流莺，苦留人住。记得阑前，深宵凉影共私语。 而今能否再聚。寻春知较晚，铅泪如雨。地老天荒，花残月缺，难减柔情一缕。旧时门户。更瘦到垂杨，添来愁绪。悄悄冥冥，自吟肠断句。②

案王韬与红蕤交往在咸丰四年（1854），王韬二十七岁，张志春《王韬年谱》云："夏天，身体不适，从上海前往昆山

---

① 严迪昌小序"憪"作"悼"，误。丁绍仪、严迪昌小序"此解"作"是解"；上片"作出"作"做得"；"问东皇"作"问□皇"，原缺一字；"碧桃"作"小桃"；"间阻"作"闲阻"。《清词综补》，第1081页；《近代词钞》，第1131页。《芬陀利室词话》异文甚多，全录于下。《春事尽矣，春愁转剧，恐绝代佳人，不久于空谷也。青鸟不来，心鬲凄惋，为倚此解，调寄西子妆》："柳外烟霏，花边雾隐，作出浓阴如许。青衫蕉萃泪痕多，今年芳事成辜负。落红无语。忍亲见、残春归去。问东风、甚无情嫁了，海棠何处。 短墙外，开尽碧桃，门掩潇潇雨。镜台信半无凭，况烟波、几重间阻。不情不绪。思量着、年时凄楚。怕重来、只剩荒凉院宇。"《词话丛编》，第3678页；又《清词纪事会评》"芳事"作"芳草"，误，第861页。

② 丁绍仪、严迪昌题作《齐天乐》。下片王韬原作"天荒地老，月缺花残"，格律有误；宜依丁绍仪、严迪昌作"地老天荒，花残月缺"；参周邦彦"渭水西风，长安乱叶"句。《清词综补》，第1081页；《近代词钞》，第1132页。蒋敦复小序"怅"作"恨"。上片"堦"作"阶"；"蒿钱绣迳"作"苔痕绣径"；下片"天涯恨多间阻。低徊征镜约，甚日萍聚。蒵蕤深锁，人面都非，赢得凄凉如许。旧时门户。更瘦到垂杨，添来愁绪。梦也难寻，几重江上树。"改动颇大。《词话丛编》，第3678页。《清词纪事会评》几全依蒋敦复本，惟仍作"苔钱"稍异，第862页。

县笙村（城西八九里许）避暑，往忘年之交孙笙舫家，与其女红蕤阁女史相爱，有割臂之盟，愿居妾媵，终被谗阻，旋致事乖。作有《笙村灵梦记》一卷，以志悔。"① 以上三词皆为红蕤的离去而作。案《高阳台》紧扣题意，上片布景，残春向尽；下片寻访故人，斯人已去，则芳讯杳然。天涯芳草，寒食飞花，融情入景，一气浑成。

《西子妆》执着一番永恒的痴念。惟此阕前后版本不同，无论就词意及格律来说，似以《眉珠盦词》本为胜，丁绍仪《清词综补》补出"问东皇"句中所缺的"东"字，更为完整。蒋敦复《芬陀利室词话》所引王韬词或为初稿。"今年芳事成辜负"误用一般七言句法，依词律此句"叹芳华、飘零谁主"宜作三四句式。其他"甚无情嫁了"，不如"算怨多恩少"，则词意更见婉约；"短墙外"不如"无人处"，佳人已去，含意深刻，并非纯粹写景；"不情不绪"用辞生硬，改为"含酸带楚"自然更佳了。

《台城路》起拍云："斜阳一片销魂地，重来已增凄楚。"破空而来，即有无端哀感，因而唤起下文无限的思念。下片的改动亦多，《芬陀利室词话》本稍嫌造作，而《清词综补》本云："而今能否再聚。寻春知较晚，铅泪如雨。地老天荒，花残月缺，难减柔情一缕。"感情流泻自然，且能订正平仄格律的错误；末句"悄悄冥冥"，即有万念俱灰之意，情韵动人。咸丰四年(1854)，王韬诗亦有"禳病替郎钞贝叶，遣愁教婢

① 张志春注云："《漫游随录》卷一《登山远眺》，《弢园著述总目》之《三恨录》，《蘅华馆诗录》卷二《海上归留宿笙村孙氏舍》、《笙村纪梦》，《淞隐漫录》卷五《笙村灵梦记》。"《王韬年谱》，第29页。又王韬诗《海上归留宿笙村孙氏舍》五律三首、《笙村纪梦》七律二首、《重纪梦》七律二首、《有感寄红蕤阁女史仍用前韵》七律四首（叶斜、瓜、华、纱、叉），《蘅华馆诗录》卷二，第11、12、17页。

供杨花"、"今世缘难重合镜，此生事误已裁纱"之句，①两人聚合无常，有缘无分，亦无可如何了，可与词意合参。又《清平乐》之"料理药炉人病起，乍暖乍寒天气"一阕，或作于道光三十年（1850）妻病之时，上片摹写病况沉重，下片连用三个"春"字，似有挽留春光之意，亦见凄楚。

此外《续〈乐府补题〉五首》分咏柚子、淡竹叶、蝈蝈、沙里狗、烟草花等江南风物，带出乡愁。诸词分用柳永、周邦彦、吴文英、张炎诸家的词体，殆即《眉珠盦词》跋语所谓"余少好倚声，妄欲出入于玉田、草窗间"之意。《霜华腴》中写柚子的形相，"红脱枫衣，白欺梅蕊，十分绽了霜天"，尤为鲜艳璀璨。柚子是芸香科植物柚的成熟果实，是有食疗效益的水果，连柚子茶和柚子皮都具实用价值。《秋霁》之淡竹叶野外多见，"朝来先怕日痕炙。那似此君疏野格。试觅篱畔，正好药录收时，药笼摘采，露华尚湿"。或指八、九月抽茎，结小长穗。人采其根苗，捣汁和米作酒曲，味甚芳烈，由王韬词中，亦可见淡竹叶的药用功效。《琐窗寒·蝈蝈》云："窗罅。见底亚。簇几叶瓜花，露亭水榭。胡卢样小，若个探怀堪讶。"善写蝈蝈的生活环境，外观似树叶或枯叶一般的绿色或褐色，即中华螽斯之类善鸣的雄虫，通过左右两翅摩擦而发音。《倾杯乐·沙里狗》云："高阳旧游星散，阿谁凭寄，须糁吴糟压。定笑指尊前，瞻娘难擘，也无肠愁绝。"通指松江、上海一带的沙中小蟹，以酒糟酿食，壳软内含脂膏。以沸酒沃之，少顷则壳内脂浆尽浮于外，惟剩空壳，酒更甘美，为当地珍品。《国香慢·烟草花》云："相思名字在，算移根海岛，已几多年。花花纵好，叶叶更动人怜。无分湘筠玉指，倚熏炉、嘘暖吹寒。风前自开落，陌上时时，误认花钿。"主要

---

① 王韬《有感寄红薖阁女史仍用前韵》四首，《蘅华馆诗集》，卷二，第17页。

有红、黄二种，花色鲜艳，含有尼古丁的成分，可制卷烟和烟丝。王韬移居香港多年，而乡思难已，而咏物词就是用来寄托他对江南的乡情了。

王韬不以词传世，暂时只有二十阕，江南花影，哀怨迷离，却表现出不一样的精神气韵，刻画青春的异色，跟龚自珍的词风有些接近。而咏物之作刻画传神，流露生活的质感，亦饶具兴味，写出乡愁。过去学者很少谈论王韬词，而王韬可能也不太重视自己的词作。其实王韬的思想感情十分复杂，具有多重的性格，而词作刚好就流露了江南才子儿女情长的一面，风神摇曳，表现词的柔性本色。严迪昌论云："倚声之作有《眉珠盦词》。王韬为近代著名改良主义思想家、教育家，学贯中西，兼通史地。居沪上时，广交海上名士，与蒋敦复、李善兰尤相契，称'海天三友'。身际新旧更替时代之王韬，体现彼等才士群体之典型心绪及面貌，既有汲取新学之敏慧，复多传统习气。风流名士生涯于诗词中表露尤多。韬不以词名世，存传亦少，聊以词存人而已。"① 其论指出《眉珠盦词》的特质，亦见精到。

三、王韬词说

王韬词说的资料不多，主要是在蒋敦复的词论上加以发挥。他们都是狂放不羁、才大气盛的人，性情相近，一见相倾。王韬词固赖蒋敦复《芬陀利室词话》的选录而传世，而王韬晚年亦屡为故人的遗著《啸古堂遗集》、《芬陀利室词》、《芬陀利室词话》整理出版。王韬在上海交游广阔，但相与论词而又见诸文字的，严格来说只有蒋敦复一人。他们是在咸丰

---

① 《近代词钞》，第1130页。

二年十二月十三日(1853) 相识的，市楼轰饮，把杯联句，议论时政，章台访艳。翌年王韬介绍蒋敦复入墨海书馆工作，甚至蒋敦复还在战乱时避兵王韬家中，首尾二年，交谊深厚。案《芬陀利室词》六卷大约成书于咸丰三年(1853)，① 而《芬陀利室词话》则作于咸丰十一年(1861) 之后，② 卒后迟迟未能出版。光绪十一年(1885) 王韬撰《〈芬陀利室词话〉序》云：

> 剑人著述，余最爱其词，诗次之，文尤其次也。剑人词谱，余向曾获见其手钞本，辨析官商，剖别音调，订正于阴阳清浊之分，学者殊苦其难。及究其归宿，剑人亦未有以应。尝自谓著录三万馀言，非至精至当，不敢出于问世。余以问之伯威，伯威云未之见。盖生前既未成书，身后亦并散佚，顾其大旨悉见之于词话。剑人作词，欲上追南唐北宋，而举"有厚入无间"一语，以为独得不传之秘。余亦谓词之一道，易流于纤丽空滑，欲反其弊，往往变为质木，或过作谨严，味同嚼蜡矣。故炼意炼辞，断不可少，炼意所谓添几层意思也，炼辞所谓多几分渲染也。余于词，入之未深，十七八岁时，曾问倚声之学于朱丈仲洁，以所作就正，蒙许为可传。忧患馀生，概从摈弃，零篇剩稿，百不存一。不意剑人词话中，犹采及鄙人旧作，

---

① 严迪昌云："蒋敦复是道光、咸丰年间以行迹怪异放诞名闻江南的词人。今存《芬陀利室词》五种五卷，系咸丰三年(1853) 以前所作，其活跃于太平天国时期的词作已不可见。"《清词史》(南京：江苏古籍出版社，1990 年 1 月)，第 473 页。莫立民云："现存的《芬陀利室词》六卷，并非蒋氏所填词之足本，其中绝大部分词为其在道光壬寅(1842) 至咸丰癸丑(1853) 这十馀年间所填。"《晚清词研究》(北京：中国社会科学出版社，2006 年 5 月)，第 143 页。

② 谭新红：《清词话考述》(武汉：武汉大学出版社，2009 年 9 月)，第 110 页。

展卷沉吟，恍如隔世。其中词人，大半相识，以余所知，未及甄录者尚多，剑人于此，不无遗憾焉。矧乎近日名流，纷起如云，几欲互张南北之军，争执骚坛牛耳。惜乎剑人往矣，未得周旋于珠槃玉敦之间，而为雄长也。①

在这一篇序文中，王韬首先肯定了蒋敦复词的成就，在其他诗文之上。其次，王韬特别重视蒋敦复对词律的研究，可惜未能成书，现在散见于《芬陀利室词话》之中，学者有兴趣的尚可配合蒋敦复《红衲词》中的仿古之作，深入探索。其三，王韬认同蒋敦复"有厚入无间"的论词主张，上追南唐北宋，并进一步解释以"炼意所谓添几层意思也，炼辞所谓多几分渲染也"为手段，解决纤丽空滑及质木谨严的弊端，增加作品的"厚"度，极具识见，可能也是经验之谈。他们都很清楚地揭示了晚清词学的发展方向，特别强调"厚"的力量。其四，王韬谈到了自己的学词经历，十七八岁时跟朱仲洁学词，可惜忧患馀生，也没有流传的必要了，只在蒋敦复的词话中保存了仅馀的几阕作品。最后，上海词坛风起云涌，名家辈出，王韬展望未来，同时也准确地展示出词坛的发展方向。

又蒋敦复论云："柳东有《声声慢》赋阑干，后段云：'却记酒阑扶倦，数玲珑十二，同靠秋凉。月暗花疏，忍教同倚思量。'"王韬附注按云："同靠、同倚意复，古人集中无此语病也。"② 可见王韬注意作品的修辞问题，避免意复，精益求精，重视基本功夫，心思细密。

王韬词也很重视声律。上文指王韬《西子妆》词区别了

---

① 王韬《〈芬陀利室词话〉序》，《词话丛编》，第 3627 页。
② 《芬陀利室词话》之"柳东赋阑干词"条，《词话丛编》，第 3638 页。柳东即冯登府（1783—1841）。

一般七言句与三四句式的差异，《台城路》原作"天荒地老，月缺花残"平仄稍误，都能加以订正。惟《倾杯乐》一调缺末十字，稍嫌疏漏。其他《风蝶令》，即《南歌子》，《词谱》列温庭筠、张泌、毛熙震、辛弃疾、无名氏、周邦彦、石孝友七体。① 王韬依辛弃疾体，两结"作就恹恹时候最愁侬"、"还忆昨宵残梦五更钟"，专用流丽的九言句，而不是摊破作四五句式，亦见新意。《少年游》，《词谱》列十五体，其中叶平韵者晏殊、李甲、柳永（二体）、周密、杜安世、向子諲、姜夔、韩淲、晏几道（二体）、杜安世、苏轼、杨亿十四体；叶仄韵者仅晁补之一体。② 王韬词依晏殊体句式，但全叶仄韵，下片首句亦增一韵，上下片各三韵。晁补之体虽叶仄韵，而句式则异。王韬体古人所未见，殆出新创。诸式比较如下：

      1．7a5a445a；75a445a。〔晏殊〕

      2．7x5x445x；7x5x445x。〔王韬〕

      3．444x6（34）x；444x（34）（14）x。〔晁补之〕

    其中数字代表句式，a 代表叶平韵，x 代表叶仄韵的。王韬严律而又创律，看起来互相矛盾，其实也就是准确地把握词体的格律特点，写出新意，敢于创调。

咸丰四年（1854），蒋敦复曾向王韬借阅周济（1781—1839）《存审轩词》。《芬陀利室词话》之《周保绪词》云："嘉庆末（1820），余年童稚，始识阳湖周保绪先生于田若谷邑

---

① 参陈廷敬、王奕清等编纂：《御制词谱》（清康熙五十四年[1715]内府刻本；台北：闻汝贤缩印殿本，1964 年 9 月），卷一，第 14—16 页；又《康熙词谱》（长沙：岳麓书社，2000 年 10 月）卷一，第 8—11 页。

② 《御制词谱》，卷八，第 138—141 页；又《康熙词谱》，卷八，第 232—237 页。

宰署中，蒙以奇童见称。时习经史及帖括文字，间亦作诗，未尝问津于倚声之学。中年抑郁无憀，乃学填词。从王子久茂才处，〔韬附注：子久即余旧字，今词留余处，尚有剑人评跋。〕借得先生《存审轩词》一卷读之，是真得意内言外之旨。"①

咸丰七年（1857）夏四月，蒋敦复尝为潘钟瑞（1823—1890）《香禅词》撰序云："往时戈弢翁订正《词律》特严四声，于宫调尚未及究，学者已苦其难。近词风日炽，独宫调茫昧如故，夷考历代乐书辄为古人所愚，复颇留心于此，著录三万馀言，尚未成书，苟非至精至当不敢出以问世。若夫南渡后词自与北宋以上截然不同，学者竞尚姜、张，日趋于空滑而不自知，不吝近又著《词话》，举一'厚'字及炼意之法，欲救今日之弊。"②

又《周稚圭词》云："词之合于意内言外，与鄙人'有厚入无间'之旨相符者，近来诸名家指不多屈。周保绪先生外，有周稚圭者，名之琦，祥符人，官通显。顾其词蕉萃婉笃，恤乎若有隐忧。"③

---

① 《词话丛编》，第 3633 页。案滕固于编后识云："又词话卷一，先生谓嘉庆末识周保绪先生于田若谷邑宰署中，此殆先生晚年追叙时所误记，或嘉庆末尝见保绪先生他处也。检《宝山县志》官师表，田若谷三知宝山，其末任系嘉庆十四年（1809），而去任之年，系嘉庆十七年（1812），时先生方五岁，曾否于任内识周，无由证实。"《词话丛编》，第 3679 页。又蒋敦复《百字令》注云："保绪客吾乡，幼时颇蒙奖藉。"参《芬陀利室词》之《白华词》，第 65—66 页。又王韬《蘅华馆日记》1855 年 10 月 2 日云："（周）荫南宜兴诸生，以其父《介存斋志古文词稿》四册赠予。"参杨柏岭编著：《近代上海词学系年初编》（上海：上海教育出版社，2003 年 7 月），第 59 页。则蒋敦复借读《存审轩词》约在咸丰四年（1854）或之后。

② 见潘钟瑞《香禅精舍集》，转引自《近代上海词学系年初编》，第 65—66 页。

③ 《词话丛编》，第 3639 页。

咸丰十一年(1861)，蒋敦复《寒松阁词序》云："又往时与汤雨生都督论词于白门，雨翁举董晋卿之言曰：'词以无厚入有间。'余争之曰：'词以有厚入无间。'雨翁叹服吾言，今所著《芬陀利室词话》大恉不越乎此。"①

蒋敦复自认服膺常州派周济的词论，特别"举一'厚'字及炼意之法，欲救今日之弊"，跟着提出了"有厚入无间"的主张，其实也就近于周济"意内言外"、周之琦（1782—1862）"恤乎若有隐忧"的主张，重视立意和真情，具有忧患意识，可见"有厚"跟汤贻汾（1778—1853）的"无厚"比较，两者差别甚大，不得不辨。这跟后来"重拙大"中的"重"相近，有意呼唤大时代风雨欲来的世局，显出力度，包笼天地。况周颐《蕙风词话》也时常拈出"厚"的概念，例如"此词沉着厚重，得此结句，便觉竟体空灵"、"此等语愈朴愈厚，愈厚愈雅，由性灵肺腑中流出，不妨说尽而愈无尽"、"此等句非性情厚，阅历深，未易道得"、"唯厚乃有魄力。梦窗密处易学，厚处难学"、"浑成而意味厚"、"填词以厚为要旨，此则小中见厚也"、"此等句浑雅近朴厚，虽寿词亦可存"、"愈质愈厚"、"明陈大声（铎）《草堂馀意》具淡、厚二字之妙，足与两宋名家颉颃"。② 原来早已见于蒋敦复及王韬的论词观点之中。

---

① 转引自《清词话考述》，第 110 页。
② 况周颐：《蕙风词话·人间词话》（香港：商务印书馆，1961 年 8 月），第 25，27，33，47，52，62，86，87，171 页。

第三编　岭南诗人与澳门

《澳门记略》中的卢亭人

——屈大均诗对澳门的异域遐想

　　《澳门记略》辑录了大量的诗歌资料，其中有署名"释今种"的作品十二题，共二十一首。①即《澳门诗》六首、《望虎门诸山诗》、《出狮子洋作》、《望海诗》、《卢亭诗》、《望洋台诗》、《荼蘼花诗》二首、《西洋菊诗》、《茉莉诗》二首、《五色鹦鹉》、《玻璃镜诗》二首、《谢西洋郭丈惠珊瑚笔架诗》二首。诸诗摹写明末清初澳门社会制度、宗教文化、航海贸易、海陆风光、西洋花鸟、器物用具等。其实释今种就是屈大均（1630—1696），而这批作品亦全见于屈大均的《翁山诗外》中，《望海诗》、《五色鹦鹉》（即《倒挂鸟》）各二首，共二十三首。又《广州竹枝词》"官兵枉向澳门盘"、《香山过郑文学草堂赋赠》"渺茫蚝镜澳"都分别提到澳门、蚝镜澳的名字。此外《广东新语》也有《澳门》的专章叙述，可见屈大均不但来过澳门，还有很多诗文及纪行的作品，他对澳门是十分熟悉的。

　　屈大均早年从事地下的抗清活动。永历三年，即顺治六年（1649），屈大均二十岁，奉父命奔赴肇庆行在，上《中兴六大典书》。翌年（1650）削发为僧，法号今种。其实他对佛教

---

　　① 印光任、张汝霖著：《澳门记略》（赵春晨点校，广州：广东高等教育出版社，1988 年 7 月）。初刊本约刊于乾隆十六年（1751），至迟不晚于乾隆四十七年（1782）。

并无兴趣，他纯是为了逃避清朝的剃发令及掩饰身份而做和尚的；而他一生的著作都在发扬民族大义，甚至具有强烈的"复仇"意识，以教育传道为己任，几乎没有出现过甚么佛教思想。他北上探测形势，到过北京，东出榆关，远至塞上，深入山西境内，参与秘密的抗清活动。后来南下广陵，在金陵灵谷寺讲座说法。顺治十六年（1659），郑成功的舟师一度攻抵镇江，直逼金陵，虽然功败垂成，而屈大均可能也与谋其事。康熙元年（1662）逃亡回粤，屈大均三十三岁。当时永历帝（朱由榔）已经遇害，郑成功据守台湾，大陆上的抗清活动大体平息，屈大均不想再靠僧人的形象掩饰身份，乃蓄发归儒，著有《翁山诗外》、《翁山文外》、《翁山文钞》、《皇明四朝成仁录》、《广东新语》、《翁山易外》、《永安县次志》、《四书补注兼考》等，专心整理乡邦文献，以复兴文化为己任。现已汇辑为《屈大均全集》八册。①

屈大均的著作在清代屡遭禁毁，子孙也受到很大的迫害，嘉庆以后始逐渐复显于世。印光任、张汝霖在乾隆年间当然不敢直接采用屈大均的诗文，只能曲折地改用释今种的法号，才能大量征引。至于屈大均甚么时候来澳门呢？赵立人指出屈大均还俗在1662年，此后不再用今种法号，因此将澳门之行订为1662年，稍嫌过于坐实情节，未得确证。②而汪宗衍则将《澳门》六首编于康熙二十八年（1689），屈大均时年六十岁。③他泛海巡行，经过虎门诸山，出狮子洋，在澳门登高望海，写出一种异域风情，在赏玩之馀，心境显得比较平和。其

---

① 欧初、王贵忱主编：《屈大均全集》（北京：人民出版社，1996年12月）。

② 赵立人《屈大均澳门之行》，《岭峤春秋》（四上）（广州：广东人民出版社，1997年8月），第761页。

③ 汪宗衍撰：《屈翁山先生年谱》（澳门：于今书屋，1970年8月），第186页。

中有一首《卢亭诗》，写当时在澳门海域附近出现的人种，过着原始的生活，裸体生食，远离文明。《澳门记略》云："又东南为老万山。自澳门望之，隐隐一发，至则有东西二山，相距三四十里。东澳可泊西南风船，西澳则东北风船泊之。山外天水混茫，虽有章亥不能步，鳌足鹏翼之所讫已。岁五六月，西南风至，洋舶争望之而趋，至则相庆。山有人魋结，见人辄入水，盖卢亭也。晋贼卢循兵败入广，其党泛舟以逃，居海岛久之，无所得衣食，生子孙皆裸体，谓之卢亭。尝下海捕鱼充食，能于水中伏三四日不死，事见《月山丛谈》。多伏莽。"诗云：

> 老万山中多卢亭。雌雄一一皆人形。绿毛遍身只留面，半遮下体松皮青。攀船三两不肯去，投以酒食声咿嘤。纷纷将鱼来献客，穿腮紫藤花无名。生食诸鱼不烟火。一大鲈鱼持向我。殷勤更欲求香醪，雌者腰身时袅娜。在山知不是人鱼。乃是鱼人山上居。编茅作屋数千百，海上渔村多不如。卢循苗裔毋乃是。化为异类关天理。或有衣裳即古人，避秦留得多孙子。我亦秦时古丈夫。手携绿毛三两姝。只因误餐〔食〕谷与肉，遂令肥重非仙癯。卢亭羡尔无拘束。裸国之人如可畜。猩猩能言虽不如，彼却未离禽兽族。鱼人自是洪荒人。茹腥饮血何狉獉。我欲衣裳易鳞介，尽教蛙黾皆吾民。自古越人象龙子，入江绣面兼文身。腼然人面能雪耻，差胜中州冠带伦。觞酒豆肉且分与，期尔血气知尊亲。①

---

① 《澳门记略》，第13页。案"章亥"即大章和竖亥，乃古代传说中善走的人。"伏莽"则指埋伏于草莽之中。明代宜州进士李文凤著《月山丛谈》。

这是一首七言古诗，分别用下平青庚通叶、上声二十哿、上平六鱼、上声四纸、上平七虞、入声屋沃通叶、上平十一真，共换七韵，也就是分为七段了。首段八句，末段十句，中间五段各四句。首段指澳门外海万山群岛一带住了很多卢亭人，绿毛遍身，用松皮青遮掩下体，紫藤花挂在胸前，他们捕捉海鱼跟外人交易。第二段写他们生食诸鱼，想用鲈鱼换酒，女的更见身材袅娜。第三段写鱼人在山上编茅屋聚居，人口众多，也很繁盛。第四段设想卢亭人可能就是东晋末年卢循军败后的部队，被逼出海谋生，化为异类；如果穿上衣服，可能也就是避秦人的子孙了。第五段屈大均感慨自己原本也是秦时的古丈夫，带着三两个绿毛女子寻访出路，后来因为误食人间的米粮和肉类，也就变得肥重而不能修仙了。第六段羡慕卢亭人裸体，自由自在，不像是猩猩能言，可还是禽兽一族。末段指出鱼人仍然处身洪荒世界，茹腥饮血，期待他们穿上衣服，接受文明的洗礼。他又赞美古代越人绣面文身的传统，保持"龙子"纯真的本色，"腼然"训惭愧，越人生聚教训，懂得雪耻复国，可能比中原士大夫衣冠楚楚的样子还要好看。结句写将带来的觞酒豆肉分与卢亭人，希望他们血气运行，尊亲敬老。

这是一首比较奇崛怪异而又充满遐想的诗，重现了三四百年前在澳门海域附近聚居的卢亭部族，他们远离王化与文明，以捕鱼维生，自由自在地生活。屈大均似乎就像《桃花源记》一样，借意寻访心灵中的乐土，希望得到一股原始的力量，重整人间的秩序。因此，屈大均在澳门之行中忽发奇想，借题发挥，刻画原始风俗，看来还有些激动，自然也就不同于其他写实写景的澳门诸诗了。至于《澳门记略》为甚么又会选录这一首作品呢？这就是像《山海经》一样荒诞不经，徒添传奇色彩而已。其实朦胧中可能还是向往一种从桎梏中解脱的境界，在异族管治的现实下，从而显出澳门文化中一种包容的象征：不同的种族在一起生活，在礼乐衣冠的中原王化之外，另辟新境，为澳门的多元文化增添一抹异色。

案卢亭疑为明代广东沿海的疍家住民。今白海豚又称为卢亭，往往出没于珠江口海域一带。究竟屈大均诗中写的是人是鱼，亦可考虑。

澳门郑家大屋与郑观应诗评说

一、澳门郑家大屋

澳门郑家大屋建于光绪七年（1881），是一座有逾百年历史的清代岭南派院落式府第，面积四千平方米，主要由两座并列的四合院建筑物组成。20世纪90年代的时候已经十分残破了，2001年7月由澳门文化局接管并进行维修，列为澳门历史城区的世界文化遗产景点。郑家大屋在龙头左巷十号，位于高楼街及妈阁街之间，屋后有龙头井，俗称阿婆井。郑屋背倚主教山，俯瞰澳门内港，茫茫巨浸，隔岸即珠海湾仔，风光秀丽。正门二楼屋檐下有彩绘诗画，油彩脱落，隐约中只能认出李白"云想衣裳花想容"一诗。屋前围墙高约二丈，现在还很牢固。

郑屋是由郑文瑞（1812—1893）兴建的。郑文瑞字启华，香山县雍陌乡人。曾在香山及澳门设塾授徒，后以营商致富。郑氏热心社会公益，同治十年（1871）筹建镜湖医院，担任值理之一；光绪二年（1876）江南旱灾及三年（1877）山西大旱，郑氏父子奋力赈济，其事迹分别载入省志及县志。光绪七年（1881）捐赈晋、豫、直等省灾荒有功，山西巡抚曾国荃题赠"崇德厚施"横匾一块，现仍高悬于郑家大屋二道门"荣禄第"之中，光辉显赫。郑文瑞有九子一女，大屋亦分九宅，一家同住。大屋有多副对联，入门院子左壁"留月"联云：
"驻马客欣榕荫古，步蟾人赏桂香浓。"上联"驻马"二字湮
灭已久，过去很多澳门人都看不出来，后来还是给我发现
的。①此联意境幽寂，稍嫌空泛。旁边原有花园，现已改建为
几间民房了。此外花园别院的拱门中尚有"祥光"一联："见
阴阳而合□，借楼阁以撑天"，气象宏伟；□或为"德"字，
但这只是我臆补上去的。②

　　澳门郑家大屋以郑观应（郑官应，1842—1921）③最负盛
名，他是近代著名的思想家及实业家，其《盛世危言》
（1894，1895，1900）一书痛陈时弊，海内传诵，连孙中山
（孙文）从事革命事业也深受他的影响。郑观应原名官应，字
正翔，号陶斋，出生香山雍陌，郑文瑞的第二子。十七岁科举
不第，赴上海学贾，经营船务，尝任太古轮船公司总理。创办
津沪电报沪局、机器织布局、造纸局、船坞、轮船招商局、耕
植畜牧公司、开平矿务粤局，建筑码头、栈房等。晚年兼任汉
阳铁厂总办，历任广州商会总会理事、广东商办粤汉铁路有限
公司总办、上海轮船招商局董事等职。郑观应一生信仰仙道，
卒于上海。著有《救时揭要》（1873）、《易言》（1880）、《盛

① "驻马"二字长期以来都没有人看出来的。1995 年 12 月 27 日
中午十二时正，太阳直照，甫一进门，竟然在神奇的光线及角度的配合
下，我看到了这两个字。参黄坤尧《访古二题：郑家大宅对联浮现，冼
玉清故居》，《澳门日报》，1996 年 1 月 6 日。又《澳门访古》，载《镜
海钩沉》（澳门：澳门近代文学学会，1997 年 3 月），第 142—144 页。
收入《翠微回望》（澳门：澳门日报出版社，2000 年 11 月），第 192 页。
② 参邓景滨《郑家大屋的对联》，载《镜海钩沉》，第 128 页。
③ 郑观应的生卒年异说亦多，参邓景滨《郑观应考证四则·生卒
年月考》，《郑观应诗选》（澳门：澳门中华诗词学会，1995 年 1 月），
第 246—250 页。

世危言后编》（1921）、《罗浮偫鹤山人诗草》、①《偫鹤山人晚年纪念诗》 （1920）。近有夏东元辑《郑观应集》、②邓景滨《郑观应诗选》 等。

郑家大屋的三宅是郑观应的住所，门前悬有牌匾 "通奉第"，联云："前迎镜海，后枕莲峰"，气派不凡。当年周围都没有高楼大厦，绿树鸣虫，海涛幽韵，风云穿牖，自有出尘之想。邻宅另有 "日月光华" 联 "四壁山环水绕，一帘月影花香"，也很幽雅。据说三宅二楼室中尚保留郑观应及其夫人画像，出自关乔昌 （1801—1854） 手笔；其他对联字画亦多，例如李鸿章联 "梨云满地不见月，松涛〔浪〕半山疑有风" 等，琳琅满目。

光绪七年(1881) 郑家大屋落成，郑观应《题澳门新居》二首云：

> 群山环抱水朝宗。云影波光满目浓。
> 楼阁新营临海镜，记曾梦里一相逢。
>
> 三面云山一面楼。帆樯出没绕青洲。
> 侬家正住莲花地，倒泻波光接斗牛。

第一首注云："先荣禄公梦神人指一地曰：此处筑居室最吉。后至龙头井，适符梦中所见。因构新居。"③案郑氏《先考

---

① 　郑官应撰：《罗浮偫鹤山人诗草》（上海：著易堂排印，宣统元年），收入《续修四库丛书》集部别集类，第 1570 册。案本书包括《寓意吟上》、《寓意吟下》二卷，外集《谈玄咏》一卷。

② 　夏东元辑：《郑观应集》（上海：上海人民出版社，上册 1982 年 9 月，下册 1988 年 4 月）。

③ 　《罗浮偫鹤山人诗草》卷一，第 57 页。《续修四库丛书》本，第 591 页。

荣禄大夫秀峰府君行状》称其父晚年"益谦冲自矢，乐善不倦；寻筑室于澳门，娱情山水"，①此楼乃郑文瑞所建，诗注称"先荣禄公"者，盖出后来补记。二诗云影波光，神情愉悦，莲花佳气，深具浪漫色彩。后来郑观应虽然商务繁忙，他还是时常回来度假度岁的，而且澳门还成了他疗养之地、创作之源。其《口占留别粤汉铁路公司董事并序》云："丙午秋，公司成立集股过额，价亦飞涨。老喘复发，禀请粤督饬董事另举贤才，承批勉留卧治，仍践原约。固辞。"

> 功成身退吾何敢，践约今当老病休。
> 大府爱才难卧治，秋风濠镜放闲鸥。②

诗作于光绪三十二年（1906）粤汉风潮之后，当时反郑风潮十分激烈，而结语海阔天空，意境飘逸，在澳门养病，避开政治的喧闹，含蓄得体，令人神往。

郑观应有《澳门感事》七古一首，描述 20 世纪初期澳门的社会风貌，同时也严厉批评澳葡政府的丑恶和虚伪。诗云：

> 澳门上古名莲峰。鹊巢鸠占谁折冲。
> 海镜波平涵电火，山屏烟起若云龙。
> 华人神诞喜燃炮，葡人礼拜例敲钟。
> 华葡杂处无贵贱，有财无德亦敬恭。
> 外埠俱谓逋逃薮，各街频闻卖菜佣。
> 商务鱼栏与鸦片，饷源以赌为大宗。
> 历查富贵无三代，风俗浇漓官势匈。

---

① 《郑观应集》下册，第 1223 页。
② 《罗浮偫鹤山人诗草》卷二，第 55 页。《续修四库丛书》本，第 619 页。

屋价千金抽八十，公钞不纳被官封。
昔有葡督极暴虐，竟为义士诛其凶。
自谓文明实昏瞆，不识公法受愚惷。
请问深知西律者，试思此事可曲从。

此诗叶上平二冬韵，一韵到底；惟其中“惷”字《广韵》读上声十七准韵，而诗韵则属上声十一轸韵，看来是出韵了。论结构约可分为五段，前四段每段四句，一段一主题；末段六句，发挥议论。首段指葡占澳门，据黄文宽的考证当为嘉靖三十二年(1553)，由汪柏和沙萨士（Leonel de Sousa）达成口头密约，允许以澳门为葡萄牙商船泊口，每年纳贿银一千两。① 次段写华葡风俗，重财不重德。三段指澳门乃中外罪恶渊薮，同时也描述了谋生的几种行业；赌税到今天还是澳葡政府最大的财政来源。第四段的公钞俗称地米，即房屋税，相当于香港的差饷；如果每年照屋价百分之八缴纳，也很昂贵。末段暴虐的葡督指阿马留（Ferreira do Amaral)，道光二十九年(1849)在莲峰庙一带被沈志亮等人杀死。注云：“义士沈亚米恶其虐，暗杀之。”② 后来葡人为阿马留在南湾竖立铜马像，现在已经撤回葡国去了。

二、郑观应实业诗说

郑观应诗现存七百二十六首，题材广泛，内容丰富，某些诗忧怀君国，高瞻远瞩，改良政治，振兴实业，这在清末民初

---

① 黄文宽:《澳门史钩沉》（澳门：澳门星光出版社，1987 年 12 月)，第 20 页。

② 《罗浮偫鹤山人诗草》卷一，第 58 页。《续修四库丛书》本，第 592 页。

的诗人群中，应该是独具一格的。邓景滨《郑观应诗选》将
他的作品分为述志篇、时事篇、御侮篇、维新篇、实业篇、除
弊篇、修身篇、题赠篇、风物篇、谈玄篇十类，内容丰富，显
出务实精神，极具时代特色。邓景滨更进一步称郑氏为"实
业诗人"，例如郑诗"展现了中国近代创业史筚路蓝缕的艰辛
历程"、"揭示了中国近代振兴实业的一系列宝贵经验，供后
人参考借鉴"、"开拓了旧体诗题材的新领域，为旧体诗反映
经济题材作了可喜的尝试"诸端，都是很有见地的结论。① 不
过就诗论诗，读者更是需要一股感发的力量。实业诗在当年虽
是新鲜事物，但事过境迁，可能就只剩下历史的身影了。诗应
该是超时空的，我们追求更为深远的美学意义。

　　郑观应诗慷慨陈词，反映时弊；然而却短于诗艺的锤炼，
平白如话，意象贫乏，可能就连"拙"的境界也谈不上了。
邓景滨所举诸家《近代诗钞》、《近代诗选》等全国性的选集，
固然都没有选录郑观应的作品；其实就连余祖明《广东历代
诗钞》也遗漏了郑观应诗，说来未免有点遗憾了。② 郑观应
《待鹤山人诗集自序》云："既不取法古人，又无入神之句，
自知不足以登大雅之堂，但救国苦心妇孺皆知，一览即印入脑
际，或于数十年后无人不忆及当时事势，则中人以下与泛泛吟
咏不同。且文字尤贵显浅，是直可为拙诗藏拙也。"③ 颇有自
知之明，他只是以诗寄意，宣传大于艺术，而意不在诗了。不
过郑观应诗的生活面相当广阔，其实也是晚清政治经济社会文
化的缩影，立足于广东港澳，而波荡及于全国和东南亚一带。

---

　　① 《郑观应诗选》，第45—46页。
　　② 余祖明编纂：《广东历代诗钞》（香港：能仁书院丛书第一种，
1980年1月）。
　　③ 《罗浮待鹤山人诗草》序，第9页。《续修四库丛书》本，第
550页。

光绪十一年（1885），郑观应受两广总督张之洞札委赴香港租船，购运军械援台。由于他所保荐的太古洋行总买办杨桂轩亏欠四万馀元出逃，1月4日郑观应抵港，即受牵连而被拘留，郑观应要把他在太古的全部资产作为抵债，直至5月底始得获释。《香港差次作》云：

> 投笔纪从戎，曾任营务职。
> 忘身探虎穴，立志平蛟窟。
> 勇士愿捐躯，将军恐未得。
> 归舟游海南，捧檄援台北。
> 小丑复跳梁，孤鹤垂羽翼。
> 知彼始知己，在谋不在力。
> 岛屿势难守，虎狼心叵测。
> 下策思濠镜，濡毫告相国。①

此诗约分为四段，每段四句。首段立志报国，整顿世局。次段写所接受的任务，"归舟"句指他去年尝受彭玉麟（1816—1890）的委派冒暑前往西贡、暹罗、金边各地了解法国的军情，条陈抗战措施；同时他也指出了日本觊觎台湾。三段写台岛孤悬海外，需要智守。末段以澳门为喻，亦足为虑。或末二句乃应用文笔法，指出这是在澳门想出来的远虑。十年后台湾被日本占据，似乎亦不幸言中了。又同年《乙酉道经香港有感》云：

---

① 《罗浮偫鹤山人诗草》卷一，第14页。《续修四库丛书》本，第570页。

深感同人集巨资。为怜公冶困藩篱。

竟辞高谊惊流俗，敢累群贤徇己私。

一介自严存古道，二难愧附儆浇漓。

冰心自矢盟天日，杨震清廉是我师。①

原注指"彭宫保（玉麟）筹资代余赔保太古杨桂轩之累，余辞不受，人以二难见称"。天日昭昭，足以表扬读书人的气节。杨震是汉代的廉吏，拒收王密的贿礼，说过"天知，地知，你知，我知"的千古名句。又《香港晚眺》云：

万国帆樯供白眼，一天星斗鉴丹心。

何当得遂筹边策，巨刃摩天破积阴。②

此诗亦是述志之作，多用意象表现，不致流于直述。前二句用对仗起，看到帆樯云集，香港港口日益繁荣，而中国内地很多方面还很落后，招人白眼。次句写自己一片丹心，向上苍祷告，希望振兴祖国。末二句表现筹边的壮怀，"积阴"句喻冲破阴沉的世局。

郑观应《铁厂歌》是实业诗的代表作。光绪十五年（1889），湖广总督张之洞筹办汉阳铁厂，十九年（1893）投产，包办采矿、炼铁和开煤；可惜经营不善，亏蚀过甚。二十二年（1896）改为民营，由郑观应任总办，始转危为安，还有钢铁出口。西方学者惊为"黄祸"。

---

① 《罗浮偫鹤山人诗草》卷一，第32页。《续修四库丛书》本，第579页。

② 《罗浮偫鹤山人诗草》卷二，第18页。《续修四库丛书》本，第601页。

泰西富强重煤铁。深山穷谷肆搜剔。

地不爱宝用不竭，人定胜天恃巧力。

经营伊始非草率，井井规模胡遗策。

汉阳建厂地势卑，襄河水刷矶头窄。

大冶采矿铁质良，转运终嫌一水隔。

阴阳为炭造化炉。草木为焦山石枯。

先觅煤源树根本，继开铁矿招丁夫。

高管插天云雾涌，洪炉泻液雷霆驱。

学步却笑邯郸拙。遗巨投艰动支绌。

马山煤劣强开炉，烈炬烧天天且泣。

器成价较西来昂，停工待料作复辍。

洋匠挟制多纷更。总办无权费经营。

翻译舞弊失物重，司农不允调水衡。

……

这是诗的前段，先发议论，讲明煤铁为富强之道。其次批评汉阳铁厂经营失策，例如铁厂选址不当，大冶铁砂运输不便，而马山煤劣，更不配套；此外洋匠不合作，舞弊失物，停工待料，时作时辍。高管、洪炉，熊熊烈焰，干劲冲天，表现出实业诗的气派。后段郑氏临危受命，改善经营手法，"奇谋猛得变通法，改官为商机可转"乃改为商办，"移炉就矿煤价廉，事各专精无不妥"，注云："奉檄接办，查焦炭煤价太昂，请暂停。俟觅有佳矿，自炼焦炭，添置化铁炉两座于矿山，价廉费省，必获利。"① 全盘策划，兼顾配套设施，开源节流，自获厚利，可见郑观应深谙经营管理之道，具有高瞻远瞩的战略眼光，穿透世情，自然更是当时政商界的奇才了。

---

① 《罗浮偫鹤山人诗草》卷一，第 30 页。《续修四库丛书》本，第 578 页。

郑观应《卫生歌》畅论衣食住行之道，充满生活气息。惟此类作品宣扬教化，节欲养生，随口吟成，水清无鱼，谈不上艺术表现。

> 屋宇东南向，门窗透日光。
> 羢衣能护热，寝室贵通凉。
> 蒸水除胶质，酸燐益脑浆。
> 柠檬宣胃汁，果实润肝肠。
> 欲节精神壮，体操筋骨强。
> 晚餐宜少进，晨酒勿多尝。
> 散步依昏晓，遵行寿且康。①

首段四句住屋宜面向东南方，交接日光；衣服但求保暖，而寝室则要空气流通。次段四句畅论饮食，主张多吃水果。末段六句建议体操散步，节酒节食，叮咛告诫，语重心长。此诗大抵是写给优悠岁月的老人家看的，讲解养生之道，年轻人听不进耳，穷苦人家也谈不上甚么生活的品质了。又《书中国医士讼师与泰西不同》主张为医生及律师建立注册及执照制度，郑观应甚至更希望能引入陪审团，力求公正。

> 医道关生死，律师定死生。
> 国家不立法，任彼肆横行。
> 人命时遭陷，家财辄被倾。
> 急宜开学校，精益求其精。
> 卒业给执照，注册记姓名。
> 堂讯有陪审，贪官无任情。

---

① 《罗浮偶鹤山人诗草》卷二，第44页。《续修四库丛书》本，第614页。

　　　　病者得良医，人间少怨声。

　　　　不才非好辩，志在启文明。①

　　此诗言简意赅，开头六句操生死之权，照应巧妙，指出医生与律师都跟老百姓的生死息息相关。次段四句写办学培养人才，建立制度。末段六句再分写律师和医生的贡献，开导民智。结语"志在启文明"一句，掷地有声，更可以显出郑观应的壮怀与识见了。

　　晚清广东社会，虽以通商得风气之先；惟赌风毒祸，蔓延亦剧。有识者固主力禁，但风气已成，主权无力，亦只有徒叹奈何而已。郑观应诗中多吁禁毒禁赌之什，训诸子弟，大声疾呼，力陈时弊。《鸦片吟》：

　　　　鸦片出印度，祸人比鸩毒。

　　　　厥名阿芙蓉，本草曰罂粟。

　　　　其性寒且敛，其味苦而郁。

　　　　一自饵中华，吾民偏嗜欲。

　　　　约计将百年，贻害何峻酷。

　　　　烟管呼作枪，杀人乃削竹。

　　　　初试小疾愈，久吸瘾已伏。

　　　　一锅可消金，半榻还倚玉。

　　　　瘾来时不戒，所需无此速。

　　　　始则售衣物，继乃弃田屋。

　　　　不念祖宗遗，讵顾妻孥哭。

　　　　竟变黑心肝，复成青面目。

　　　　瘦如鸡骨支，命仗鸾胶续。

----

　　① 《罗浮偫鹤山人诗草》卷二，第42页。《续修四库丛书》本，第613页。

欲罢竟不能，身家从此覆。

万事付蹉跎，一生委沟渎。

苦海茫无涯，自愿寿限促。

……①

    此诗约分两段，上文为前段，极写鸦片之害，倾家荡产，毁灭一生；后段吁当局广设戒烟局，编列黑籍，以三年为限，逼令戒毒，极显仁者的本色。光绪三十二年七月二十三日（1906年9月11日），岑春煊调云贵总督。郑观应《书免挂销号禁白鸽票二事有序》写粤督岑春煊离任前的两项德政，前者免苛税，恤商艰，各乡货艇，欣无留阻。白鸽票有点像六合彩，票面印《千字文》"天地玄黄宇宙洪荒"至"鳞潜羽藏鸟官人皇"，共八十字，过去澳门每天开奖两次，以点中若干字计奖金。

挂销号税真邀免，白鸽票场永不开。

起点壶芦冈上客，赞成大府幕中才。

百千乡艇欣无阻，八万金钱惜未裁。

歌诵皇仁依部议，去思碑立越王台。②

    据序文所说，这是郑观应与姚伯怀等在壶芦冈石山舟次中商谈的建议，旨在减轻市民的税务负担。但挂销号税岁缴银八万两，后来由省佛甘馀商号签名担认，始得奏免。

    1912年，民国成立。3月10日，袁世凯在北京就任临时

---

    ① 《罗浮偫鹤山人诗草》卷一，第54页。《续修四库丛书》本，第590页。

    ② 《罗浮偫鹤山人诗草》卷二，第53页。《续修四库丛书》本，第618页。

大总统，各省仍未安靖，郑观应有《壬子暮春志感》一诗，见陈善伟、王尔敏合编的《近代名人手札精选》,① 邓景滨辑入《郑观应诗选》中。

> 亡清不费力，兵变去其位。
> 报纸挺毛瑟，炸弹壮声势。
> 人人望共和，唐虞复盛世。
> 何以各都督，拥兵尚专制。
> 兵多饷更多，无饷必生弊。
> 借款议不成，民捐亦无济。
> 富者惧逋逃，强邻施诡计。
> 大局如累卵，危急存亡际。
> 历观亡国民，有财难自卫。
> 印度与安南，朝鲜苦苛例。
> 伏望我同胞，相爱如兄弟。
> 同室若操戈，必为人睥睨。
> 上下共一心，教养无世系。
> 学校如林立，男女精一艺。
> 中外大英雄，家国倚一臂。
> 救国忘生死，千秋与万岁。②

此诗写清朝亡于兵变，各省都督拥兵专制，同室操戈，兵多饷多，写出了商人对时局的忧虑。后段充满理想主义的色

---

① 郑观应后记云："壬子暮春，民国成立，各省仍未安靖。民不聊生，群雄眈眈虎视，势甚危险，不禁杞忧。赋此志感，录请吟坛哂正。"陈善伟、王尔敏合编：《近代名人手札精选》（香港：中文大学出版社，1992 年），第 15—16 页。
② 《郑观应诗选》，第 81 页。其中陈善伟误作"陈等伟"。

彩，不切实际。袁世凯称帝失败，郑观应赋《专制叹》主张民团自守，亦非善策。郑诗口语直述，并无诗意可言。

> 为官日少为民多，请君入瓮立法苛。
> 不顾子孙顾自己，富贵升沉一刹那。
> 九合诸侯骄焰失，穷兵黩武鉴德俄。
> 以德服人国必王，以力服人若电过。
> 民团制度省兵费，自治无私万世歌。
> 古今尧舜华盛顿，择贤禅让名不磨。
> 欲求万世家天下，强秦洪宪今如何。①

这里可以表现郑观应对于民国政局的主张，其中"民团"句注云："以民团自守地方，各县守望相助，何有客兵之患。"似在鼓吹地方自治。

三、郑观应诗审美新评

郑观应洞察世情，识见自高，加以政商捭阖，长袖善舞，诗声早著，亟享大名。《罗浮偫鹤山人诗草》撰序者有邓华熙（1826—1916）、盛宣怀（1844—1916）、郑沅（？—1943）、文廷式（1856—1904）、夏同和（1869—1925）、胡昌俞、吴广霈等，评价甚高。而题辞则有陶镛、詹应麒、周斌、罗应旒、刘麒祥、武子韬、吴广霈、李宝森、潘飞声（1858—1934）、杨荣炯、萧荣爵、吕光辰、马骏声（1888—1950）等，亦备见揄扬之意。这些都是清末的显宦名流，惺惺相惜。

---

① 《偫鹤山人晚年纪念诗》，载《郑观应集》，第 1472 页。又《郑观应诗选》，第 82 页。

但民国以后诗名不彰，声沉影寂，《盛世危言》成了过时的历史文献，而郑观应诗也由于艺术表现过于直白和普通，一直都未能引起诗坛及选诗者的注意。所谓实业题材，一日千里，千变万化，如果不能贴近市场的需要，难免就会相形落伍了。时代不同了，大家对于郑观应诗的冷落，其实是不足为异的。例如邓景滨讲论《郑观应诗歌创作观》，指出有"直记时事"、"寓意规谏"、"吟咏性情"、"畅叙襟期"、"不拘格调"、"不取法古人"、"力扫靡词"、"文字尤贵显浅"等种种特点，[①]其实大都偏重于诗歌的社会功能方面，而不是动人的艺术表现。此外，郑观应还有大量的谈玄诗，与吕纯阳、陈抱一、张三丰、何合藏等祖师唱和，而身边的道侣亦多，烟云缥缈，修真养性，可能也不见得是现代读者感兴趣的题材了。宣统元年（1909）郑孝胥《陶斋仁兄先生像赞》云："于未乱之时而言变法，于未病之日而言养生，有用世之略而不谐俗，有出世之想而能践形。其为人也，浩然而自得，粹然而至诚，其庶几乎哲而明者乎。宗愚弟孝胥拜题，己酉四月。"[②]旨在强调郑观应的倡言变法，功在社稷，养生践形，浩然粹然。在晚清社会迅速没落的氛围中，表现出独有的人格魅力，更注满生命的神光。出世入世，皆有所成，然而就不是民国以后的潮流了。

郑观应诗专写政治经济的大题材，议论纵横，气派宏放，透过平易浅白的文字，宣扬救亡的大道理。其实郑观应的小诗有时也写得情意缠绵，含蓄蕴藉，意象联翩，风神摇曳。例如澳门诗中"侬家正住莲花地，倒泻波光接斗牛"、"秋风濠镜放闲鸥"之句，放开怀抱，发挥想象，写出澳门特有的美感，就很动人了。其他还有一些佳作，摆脱时局和人事的羁绊，专

---

　　①　《郑观应诗选》，第 21—26 页。
　　②　《罗浮偕鹤山人诗草》像赞，第 1 页。《续修四库丛书》本，第 544 页。

注于审美之中，我们还可以看到不太入世的郑观应，诗情洋溢，同时也带出浓郁的诗味了。

春暮有感

行携经卷任西东。俯仰因时道未穷。

一纸家书归雁后，五更乡梦乱山中。

离情缱绻随垂柳，旅鬓萧骚感断蓬。

愁杀江南春已暮，鹧鸪声里落花风。（第 564 页）①

游西贡园林

破浪南来泛碧槎。探奇深入路三叉。

澄潭倒影闲过鸟，密树凝香乱着花。

席地笑谈蛮女俗，沿江耕获野人家。

海壖莫道无春色，伫看金铃护碧芽。（第 565 页）

新加坡

势控南洋九道分。峰峦高下绿无垠。

林烟卷地藏朱阁，瀑布悬空界白云。

海外只今称乐土，人生何地不同群。〔闽粤各分会党。〕

百年失计输先着，岛国何时靖敌氛。（第 565 页）

自遣

漫说千秋业，扁舟泛五湖。

身心犹是幻，富贵亦何娱。

听水知琴韵，观星展易图。

醉来花下卧，黄鸟莫相呼。（第 571 页）

---

① 以下诸诗全参《罗浮偫鹤山人诗草》，不一一注明页码了。

《盛世危言》付梓书感

清夜焚香叩上苍。危言十万播遐荒。

平戎未遂班生志，上策还同贾傅狂。

〔甲申年奉檄谋袭西贡，已密约内应邻援，因谅山兵败，饷绌中止。〕

内患外忧萦缱绻，天时人事感茫茫。

中书粉饰今应变，请诵绸缪未雨章。（第 574 页）

狂吟

不愿封侯愿学仙。周游世界历三千。

龙沙大会期先赴，麟阁勋名振后贤。

能止气球抛炸弹，全凭法剑靖烽烟。

五洲震慑干戈息，行满功圆入洞天。（第 579 页）

沪上画梅赠梁纶卿

蘋末风来午梦闲。客中延赏足开颜。

石栏雨过苔添润，芳径花疏草不删。

曝蠹虚窗翻古帙，调鹦画阁倩维鬟。

一枝写订归期约，花未寒梅问故山。（第 591 页）

由粤至沪舟中见月作

浪迹辞家客，秋心共雁飞。

仰看天上月，偏与故人违。

破浪双轮稳，匡时百计非。

肤功何日遂，归隐钓鱼矶。（第 596 页）

早秋病居感怀

热血填胸独自醒。夜来闲步过中庭。

草间蛩响秋三径，帘外山衔月半棱。

病久渐能知药性，愁多端合念心经。

班生不遂封侯愿，要学钟离事炼形。（第 601 页）

题梁佩琼女士《飞素阁诗集》

无端锦瑟溯华年。憔悴黄门感逝川。

嘉耦宛如天上月，一生能得几回圆。

一曲离鸾最怆神。画帘微雨惜馀春。

棠梨满树开如雪，不见明妆觅句人。

天长地久记相思。絮果兰因并入诗。

未免有情难忍俊，远山依约皱娥眉。

飞素遗诗字字珠。酒阑高咏唤仙乎。

长离阁外开生面，想见冰心映玉壶。（第 612 页）

　　以上凡十题，都是一些绝、律的小诗，别有一番韵味。《春暮有感》笼罩在江南"离情缱绻随垂柳"的伤感气氛中，具有中晚唐的风味，自然也反映了个人和时局关系。《游西贡园林》春色无边，一片奇丽。《新加坡》握欧亚航道的枢纽，地位险要，颔联"林烟卷地藏朱阁，瀑布悬空界白云"写景秀丽壮阔，尤为出色。而闽粤相争，也暴露了国民性格的弱点。《自遣》表现浪漫情怀，而《〈盛世危言〉付梓书感》则关系国族存亡的命运了。《狂吟》忽发奇想，写出神仙境界。《沪上画梅赠梁纶卿》画出梅花的神韵，摇曳有致。《由粤至沪舟中见月作》具有孟浩然五律的韵味，可挹清芬。《早秋病居感怀》景色宜人，可能也是澳门诗，希望学仙炼形，颈联"草间蛩响秋三径，帘外山衔月半棱"新警尤佳。《题梁佩琼女士〈飞素阁诗集〉》则是为潘飞声亡妇诗集的题辞之作，慰友之外，其实亦带有个人的悼亡体验。诸诗旖旎风流，各有佳胜，可能也表现了郑观应诗的另类风格，不同凡响。

黄节澳门诗研究

——黄节辞穗赴澳门的失意忧深

一、黄节来澳门的原因

黄节（1873—1935）可能只来过澳门一次，得诗十八首。①黄节自 1917 年秋起在北京大学任教，1927 年病后健康未复，加以时局动荡，学制日颓，乃辞职隐居，闭户著述。1928年 3 月，黄节应李济深之邀决志南归，6 月出任广东省政府委员兼教育厅长。黄节就任后，整饬学校，敦肃学风，重视道德教育，发展职业教育，希望有所建树；惜思想守旧，舆论讥为"厅长诗人"。1929 年，桂系将领与蒋介石不和，军心思变。当时广州李济深、广西黄绍竑、武汉李宗仁，辅以屯兵天津、唐山的胡宗铎、陶钧、白崇禧等，拟南北连成战线，领兵十万，挑战中央军。3 月，李济深北上调解，被拘禁于南京。蒋氏亲行督师，以"讨逆军"名号，采取分化策略，先后瓦解桂系在华北、华中及广州的势力。5 月，粤、桂两军在广州附近激战，桂军大败。6 月，粤军向广西挺进，桂军投降，李宗

---

① 参黄节：《蒹葭楼诗》（聚珍本原刊，上海：商务印书馆，1935年），卷二，第 66—69 页。又参马以君编：《黄节诗集》（北京：中国人民大学出版社，1989 年 11 月），第 230—238 页。又参《蒹葭楼自定诗稿原本》（广州：广东人民出版社，1998 年 12 月），第 205—212 页。

仁、白崇禧及黄绍竑出亡。①李济深被困南京以后，广东省库空虚，无法发出教育经费，黄节乃辞去教育厅长职务。6月，赴澳门暂住。8月携眷赴北平，复任教于北京大学。黄节赴澳前夕，尝作七律《二月十四日东山寓楼》云：

> 坐觉春阴转北风。换晴将雨去何从。
> 栖迟一阁山相对，眇矚两沙江更空。
> 原野泽微才点绿，岭云朝霁不成虹。
> 桔槔许有回天力，百亩荒畦在屋东。

1929年3月21日，李济深被禁。25日，战争开始；26日，国民政府颁布讨伐李宗仁、李济深、白崇禧令。此诗写于3月24日李济深被拘禁之后，黄节顿感危局难支，颇有彷徨无奈之慨。首联以天气起兴，比喻政局，北风将雨，变幻莫测，"去何从"揭出全诗的主旨。颔联写广州东山寓楼的景色，注称"楼居望见大沙、二沙尾"，则是珠江的沙洲，山水微茫，栖迟眇矚，乃用以烘托内心的孤寂境界。颈联"虹"字借音与"绿"字相对，原野久旱缺雨，刚有一点绿意，显出生机；可惜烈日当空，无法画出彩虹；诗人写出对雨的渴望，解除旱象，实乃映射时局。末联桔槔乃汲水工具，希望开发水源，灌溉屋东的百亩荒畦，借此表现诗人对教育事业的关切之情。"回天力"以抗旱为喻，襟怀浩荡，度苍生苦厄，似尚欲有所作为也。此诗融情于景，百感交缠，意象联翩，而音调隽朗，个人的去就事小，而教育乃百年基业事大，大笔淋漓，气酣墨饱。稍后广州战局紧张，经费无着，数百万青少年濒临失学，数万塾师亦因之而失业；加以黄节兼任馆长的广东

---

① 参郭廷以著：《近代中国史纲》（香港：中文大学出版社，1979年9月），第595—597页。

通志馆亦被征用为后方医院。①他顿感事无可为，回天乏力，所以先到澳门避难，再徐图北上了。

二、黄节澳门诗的情志

1929 年 6 月至 8 月间，黄节来澳门住了两月，得诗十八首。黄节澳门诗主要有两类题材，一是写与友人言志之作，借申怀抱；一是摹写地方风土之什，感觉新鲜。他在失意之馀，回首一年尘事，自然感慨良多了。而澳门虽是小地方，但海色迷幻，对诗人也有特殊的疗效。《濠镜寄广州罗原觉》云：

> 山翠当门且卜居。一年尘事了无馀。
> 意多始觉泉明晚，迹近能令务观疏。
> 邻树鸟鸣同止止，海波鸥没不徐徐。
> 眼前物我俱难得，回首乡邦独累歔。

罗原觉（1891—1965），南海人，一名元觉，广东著名的收藏家。著《道在瓦斋谈瓷别录》、《敦复书室金石记》、《澄观堂书画录》、《南村绛帖考补》等。②此诗原稿见黄节致罗原觉手札册中，共五函二十三页，附信封二个，分别由澳门及北京寄出，信封地址写"广州市逢源中约三十八号敦复书室"。今归广州博物馆藏。黄节与罗原觉交情深厚，时得罗氏资助。

---

① 参刘斯奋选注：《黄节诗选》（广州：广东人民出版社，1984 年 4 月），第 255 页。
② 参陈玉堂编著：《中国近现代人物名号大辞典》（杭州：浙江古籍出版社，1993 年 5 月）。

首联回顾过往，一切落空。颔联泉明即陶渊明,①陶渊明《九日闲居》诗云："世短意常多，斯人乐久生。"黄节"意多"句盖指任教育厅长时日短促，很多构想未能实现；务观即陆游，《宋史》本传云："范成大帅蜀，游为参议官，以文字交，不拘礼法。人讥其颓放，因自号放翁。"又云："游才气超逸，尤长于诗。晚年再出，为韩侂胄撰《南园阅古泉记》，见讥清议。朱熹尝言'其能太高，迹太近，恐为有力者所牵挽，不得全其晚节'，盖有先见之明焉。"②"迹近"句意谓感激李济深的知遇之诚，而自己个性疏放，未能完成任务。颈联"邻树鸟鸣"喻有人劝止居留澳门，"海波鸥没"则自勉犹当奋进，杜甫《奉赠韦左丞丈二十二韵》云："白鸥没浩荡，万里谁能驯。"意谓不堪蛰伏拘束也。末联"物我难得"喻暂时解脱，可是回首广州的情况就令人担心了。中间两联用典颇见生新之感，意在言外，精于炼字。

又《杨少勤、胡荫荪两生过谒寓楼，别后寄》云：

> 海角同携犯雨寻。叩门惊起已宵深。
> 迟明会见山相对，入梦方持日就沉。
> 风转树间留去叶，灰成烛后尽馀心。
> 老怀不为英年语，地动天回力傥任。

此诗作于 6 月 11 日端午节之前,③与前引《二月十四日东

---

① 陶澍《靖节先生集诸本序录》引阳休之《序录》曰："唐志，陶泉明集五卷。"盖避李渊讳而改，"泉"或又作"深"。参陶澍注：《靖节先生集》（香港：中华书局，1973 年 3 月），第 4 页。
② 《宋史·陆游传》（北京：中华书局，1977 年 11 月），卷三百九十五，第 12058—12059 页。
③ 《黄晦闻先生追悼会纪念册·遗墨》题作"己巳五月，杨少勤、胡荫荪过访澳居"，参《黄节诗集》第 232 页。

山寓楼》一诗作意相近，用语如"山相对"、"天回力"亦复相似。首联夜雨叩门，气氛紧张。颔联"迟明"句预祝二生成才，"入梦"句喻自己日薄西山，生命的色彩不同，疑真疑幻。颈联语句拗折，"留去叶"、"尽馀心"都表现出诗人劫后不屈不挠的意志。末联期望有东山再起之日，表现雷霆万钧之势，可见黄节对现实并未完全绝望。

又《和吴玉臣先生己巳周甲诗》云：

> 怀音何至望飞鸮。知是先生意独饶。
> 翩彼不如谁则觉，乐思难老世乎遥。
> 官庭笾豆俱残废，芹藻鸾旗想敬昭。
> 修教可期人爱健，愿留胡考问前朝。

吴道镕（1853—1936），字玉臣，号用晦，晚号淡盦。番禺人。清光绪庚辰（1880）进士，授编修。遽归不复出，被服儒素，讲学终身。辛亥以后寓居香港。编、著《明史乐府》、《续修番禺县志》、《广东文征》、《广东文征作者考》、《淡盦诗存》、《淡盦文存》等。吴道镕有诗《余以同治己巳（1869）隶籍邑庠，今岁己巳甲子一周，感赋长律四首》，①写出眷恋旧

① 吴道镕诗其一："寂寂阶墀冷殿门。孤行再到黯销魂。獭肝难测新风气，鸿爪空留旧雪痕。花甲流光原一眴，艺林胜事莫重论。朝衫脱后青衫在，叠向空箱久不温。"其二："风流前辈敢攀跻。应对诸公谢品题。物望三朝推溧相，儒宗一代仰覃溪。蝇虽千里终非骥，柳况孤条不再稊。自笑身如茑在谷，求声无地漫轻啼。"其三："开宝遗闻说亦痴。圜桥观化或心期。下车修教谁千古，讲艺投戈此一时。芹泮根留生意在，桑林葚食好音贻。霜筠岁暮空山老，独对青灯有所思。"其四："遗编强自策蹉跎。道德初心负若何。枕上看云犹变幻，庭前抚树已婆娑。行为士表谈何易，语出天褒愧更多。炳烛馀明能有几，尘劳况久就消磨。"参《淡盦诗存》，丁丑（1937）秋刊，第32页。

朝，情怀凄黯，修教讲艺，而又自负自赏之情。黄节早年宣传反清革命，与吴道镕安于遗老的身份，出处志节，取径不同，但他却很欣赏吴道镕的忠爱之情。《诗经·鲁颂·泮水》云："翩彼飞鸮，集于泮林。食我桑葚，怀我好音。""鸮"为猫头鹰，"好音"喻善言，前四句写吴道镕赋诗言志，独饶雅兴；后四句欣赏吴道镕忠于前朝的悃诚，及致力于乡邦的文化建设，注称"先生诗云：下车修教谁千古"，也就表现长远的眼光。黄节诗中可能也有言外之意，他是借吴诗来映衬个人的遇合，所谓"前朝"不一定单对清朝说的，黄节在广州的"修教"情结及对李济深的"前朝"感情可能也就呼之欲出了。

又《客楼月下赠别马武仲》诗云：

> 沧海能来问远人。蔑资凡伯语酸辛。
> 一言见义君于我，有月瞻天斗与辰。
> 邻耳蜩螗如沸地，客心鸿雁失群身。
> 楼台百尺相扶影，只惜泉明未答神。

马复（1880—1964），原名孝武，字武仲，号鉏经。顺德人。尝佐胡汉民主粤政，因在穗市西关筑室，备极花木池馆之胜，以肆其诗酒风流，接天下之贤豪健者。德配黄夫人双玉，亦工书画，一时有管赵风流之雅誉。晚年赋闲居港，春秋八十四。著《媚秋堂诗》。① 黄节诗首联感激故人到访，自嗟生活艰苦。颔联写两人的交谊，"有月瞻天"喻对方，而"斗与辰"指星斗，当为自喻，星月相照，或指生活上的资助，以应首联"蔑资凡伯"之语。颈联蜩螗即蝉，喻批评者噪音盈耳；鸿雁失群，比喻流落澳门。这是黄节最后一首的澳门诗，

---

① 参何竹平辑录：《顺德诗征》（香港：桂洲何孝思堂初版，1997年），第514页。

因而在诗中透露了他要北飞的信息。末联泉明亦即渊明，陶诗有《形影神》组诗，分之则为《形赠影》、《影答形》、《神释》三首，黄诗盖谓客中岁月形影相依，而以陶诗没有"答神"之作为憾。1935年黄节卒后，马复始作答诗，《黄晦闻哀词次己巳客楼月下见赠均》云：

> 风雨相违万里人。明冥未异意先辛。
> 藏山倘已乖初志，忧国能捐向老辰。
> 住雁失群伤倦客，看花晚约误佣身。
> 蹉跎重省贫交语，海转江回未了神。①

　　马复诗中有"藏山"、"忧国"、"晚约"、"贫交"之语，均可反映黄节晚年的志节；黄节仅在澳门作短暂的停留，马上又要北上，当然是为生活奔波了。末句"海转江回"，表现哀悼故人的感情剧痛。

　　黄节澳门诗中亦多借《诗经》起兴，严斥当政，绝不含蓄。例如读《桑柔》后废书三日，中间四句云："惊心事事无今古，贪乱人人有肺肠。吾亦作歌哀不及，国犹靡止去何乡。"批评乱政，今古无异，天地苍茫，托身失所，结句"轻举游仙"乃是不得已中的办法，一种"变常"的手段而已，自非素志。又《澳居杂诗》其三云："憬然中谷三章后，不是忧深独老夫。"《诗经·中谷有蓷》盖写有女仳离，遇人不淑之慨；而黄节在澳门诗中则用以寄寓海枯田旱、凶年饥馑的惨象，摹写旱情，亦以天下苍生为念。

---

　　① 马复：《媚秋堂诗》，1967年，第14页。

三、黄节澳门诗的意境

黄节初抵澳门，景物鲜妍。由于是逃难性质，生活贫困，若惊弓之鸟，自无暇欣赏澳门的南欧风韵了。因此黄节诗中没有专咏澳门风光的作品，他所写的还是海景、雨景及月景等传统的素材，风雨如晦，鸡鸣不已，深具象征意义，而这恰巧也塑成诗人凄苦"忧深"的境界。由于澳门位置濒海，渔火波光，一切的雨景及月景自然也就通于海景，浑然一体了。《客居》云：

> 三面山横百亩塍。夏苗无雨长鬜鬟。
> 行云暂作须臾阴，海气将成次第层。
> 近水树荣招去榜，上街鱼美出严罾。
> 客厨尚有烹鲜计，不及乡风豉土鲮。

由诗中可见，20 世纪 20 年代的澳门仍是一派田园海色的风光。"塍"指田间的界路；"鬜鬟"参差散乱貌；"阴"即"荫"字，读去声；"榜"指船。首联农景。颔联海气迷漫，"行云"句点明仅作短暂的居停，无意久留。颈联写渔村风光。末联则怀念家乡美食豆豉鲮鱼。全诗充满浓厚的生活气息。又《端阳》末四句云："长沙始能吊，异地更无亲。风起江湖远，南湾一望津。""长沙"双关，指贾谊，亦指湖南；"无亲"双关，指屈原，亦自喻。当时南湾一带尚未填海，烟波浩渺，诗人有"望津"之叹，亦非久留之意。

黄节澳门诗中写海色的自以《澳居杂诗》五首最负盛名。其一、二、五云：

倚栏树不到檐庭。白日初黄月淡青。
楼外是山山后海，人生难得此居停。

一湾水弱不流花。寂寂连山长草芽。
五月海风多带雨，乱帆随雨过前沙。

淘河涔泽日啁啁。岂有飞鱼更可求。
三十六鳞初上水，却无人钓马留洲。

　　诸诗咏风土，故用竹枝体。其一写寓所中的幽深境界，
"白日"句写出寂寞的颜色，尤为传神。其二写山景静，海景
动，一静一动，其实都是心境的波动。其五"淘河"即鹈鹕，
《尔雅·释鸟》："鹈，鴮鸅。"郭璞注："今之鹈鹕也。好群
飞，沉水食鱼，故名洿泽，俗呼之为淘河。"①"三十六鳞"指
鲤鱼，段成式《酉阳杂俎·鳞介篇》云："鲤，脊中鳞一道，
每鳞有小黑点，大小皆三十六鳞。"又云："飞鱼，朗山浪水
有之，鱼长一尺，能飞，飞即凌云空，息即归潭底。"② 马留
洲在澳门西南，即湾仔与横琴之间的海中，属广东不属澳门。
此诗连用几则僻典，诗意生涩。首联鹈鹕求鱼，而飞鱼不可
得；末联鲤鱼上水，却无人垂钓。一热一冷，不相协调，表面
似咏澳门海色，其实亦是作者心中幽凄矛盾的心境，隔绝世
情，写意为上，与澳门风光无关。
　　黄节澳门诗中写雨景特多，除了上引"海角同携犯雨
寻"、"乱帆随雨过前沙"外，尚有三首专咏雨景的作品，当
年初期天气干旱，黄节由期雨、朝雨以至暴雨，层次递升，摹

---

　　① 郭璞注、邢昺疏：《尔雅注疏》（嘉庆二十年江西南昌府学开雕
本，台北：艺文印书馆），第 183 页。
　　② 段成式撰，方南生点校：《酉阳杂俎》（北京：中华书局，1981
年 12 月），第 163，164 页。

写雨丝情愁，各有境界。《雨》云：

> 雨带朝暾风又催。井泉枯竭未能回。
> 海扶山气行行去，鸭上枝阴脉脉哀。
> 潨扰羊群时亦斗，书随鱼贩日还来。
> 地穷不负人求给，船载松江水一杯。

此诗有两条注文，一云"邻居畜羊取潨，羊忽驯忽斗"，一云"客书来言香港水荒，远自上海载水济民食"。这是诗中所见的澳门史料，首联天气干旱。颔联以象征笔法描写炎炎暑气，连鸭子也要爬上树阴避暑。颈联写澳门居民的生活，养羊取奶，鱼贩带信。末联指香港要由上海运水，而澳门地瘠民穷，根本就无法承受这沉重的财政负担。此诗专写求雨之情。

又《南湾观朝雨》云：

> 暂辍书声对远山。平生好景不多闲。
> 天逢一雨欣欣乐，海纳群峰故故弯。
> 得水鹈鹕逾斗大，浸田稂莠与人顽。
> 繁忧却在治诗日，又见朝阳转北湾。

此诗借朝雨表现喜乐之情。首联得雨搁书，领略远山难得的好景。中间两联写海景灵动健举，久旱得雨，天与海都浸润于欢愉之中，欣欣故故，自铸伟辞，写出欢快的节奏。鹈鹕乃水鸟，稂莠乃杂草，天地万物，无分动物植物，皆能感受雨中的乐趣。末联逆笔作结，突然指出人心"繁忧"的肇因，乃是读《诗》所致，遥应首联的"暂辍书声"，即可忘忧。可是短暂的欢快以后，朝阳转向北湾的上空，朝雨昙花一现，求雨的希望可能又告落空了。北湾乃澳门旧地名，在国际酒店一带海旁，现已湮没为陆地。

又《大雨登楼作》云：

> 沧海无端飞上天。水浮山欲起中悬。
> 大鱼出树时高下，渴马收江直万千。
> 湿翼葱鹜穷鳝所，涉波骇豕在人前。
> 雷风不碍登高目，只有滔滔是逝川。

此诗用字生新，意境奇崛，排山倒海，气象雄豪，运用惊人的想象力，穷情摹写，这是黄节澳门诗中的力作。首联写大雨之中，海天和山水浑然一体，沧海飞天，水浮山起。颔联大鱼跃动，高出树梢，渴马奔江，水流滔滔。颈联写水鸟在雨中觅食，风雨无惧，海浪像受惊的猪，崩云裂岸。中间两联惊心动魄，无中生有，气象万千，纯写幻觉，自是诗人郁结的情绪，化为不朽的形象。末联截断众流，影象全失，风雷满目，大川奔流，一切回复常态，思想渐趋平静。黄节澳门诗中咏雨景的三首，造境不同，姿态横生，刚柔兼济，显出力度。

黄节澳门诗中借月色造境，亦得三诗。例如在《送客东南楼月中》，写20世纪20年代月中送客的情景，原来是在南湾登船的，"中宵发南湾，平旦过新汀"，新汀乃番禺屈大均故里，夜发朝至。这些历史场面跟我们的现实生活已经距离很远了。

又《十五夜无月》云：

> 夜夜重阴世莫窥。今宵无月始惊奇。
> 浮云落与人争渡，渔火明如海有涯。
> 万象至今仍仿佛，众山才隐复参差。
> 高楼不待张灯坐，天末波光白上眉。

据《遗墨》，此诗题作"五月十五夜无月"，即公历 6 月
21 日。首联写夜夜阴霾无月，大家习以为常，但十五无月，
就有点惊奇了。颔联写近岸海色，浮云低降，渔火通明。颈联
写众山万象，远景模糊，言外之意当然是暗示心境了。末联写
天际的波光映入眉梢，高楼待月，一往情深，写出诗人暗淡的
希望。

又《残月》云：

> 残月窥窗独起望。近山楼火淡无光。
> 欲留睡眼看朝日，却怪晨鸡上女桑。
> 天际乌巢先地白，海边鱼薄有星黄。
> 人生最为初阳乐，不解诗人兀更伤。

此诗颇有迷离虚幻的感觉，写出诗人心中的惶惑和无奈。
首联残月无光，或可映射世局的暗淡。颔联谓本拟天亮看日，
可惜却被晨鸡叫醒了。颈联写天亮前的海涯景色，"乌巢"指
日出之处，"鱼薄"乃海边的捕鱼工具，乌白星黄，合成迷幻
的彩光。末联亦用逆笔作结，睹初阳而不乐，悲从中来，不知
所自起，而心事愈苦。此诗因景生情，忧来无方，与前引
"繁忧却在治诗日"同一机杼。

四、结语

黄节澳门诗十八首，以七律为主，诗不多作。他往往借与
朋友酬唱的诗篇中，例如罗原觉、吴道镕、马复等，写出他的
"修教"情结，同时也带出他对时局的感慨和批评，表现诗人
彷徨的心境。此外黄节的澳门诗特重写意的效果，情景交融。
不过由于旅澳期间为时短暂，同时也是诗人生命中比较失意的

阶段，他沉思过往，自以低吟悲伤为主调，跟过去飞扬横放、大开大阖的风格不同，所以一般不大能引起读者的注意。不过，黄节的澳门诗亦颇具特色，例如他不杂取空泛的俗景，不同于一般登山临水的滥情泛咏，诗中有我，写出强烈的个性，他剪裁景物以就个人的情绪思想，所以能塑出很多超现实的形象，不同于我们所惯看的澳门风光。黄节每能在诗中表现出陌生化的效果，例如他连续两用"泉明"代替"渊明"，"翩彼飞鸮"分作两句等，使人不会有熟调的感觉；又将日常语言变形，叠字的运用尤为出色，例如"邻树鸟鸣同止止"、"鸭上枝阴脉脉哀"、"海纳群峰故故弯"等，一新耳目，表现独创精神，值得大家借镜和比较。此外，在诗歌艺术的表现方面，黄节澳门诗风格多样，技巧多变，他注重"生新"的意境，铸字炼句；结语逆笔顿挫，哀乐无端；对句灵动，骨格瘦硬；使事用典，含蓄凝练；凡此皆能深味宋诗的神韵，不断地推陈出新，姿态多样。至于清词丽句、感情强烈、设色浓丽、沉郁顿挫诸端，则又明显能汲取唐诗的风神体貌，自是黄节诗中特有的敏锐触觉。复以性情敦厚、襟怀坦荡、气宇轩昂，表现人格的力量，而这更是《蒹葭楼诗》能超越同时代很多作品之处。陈永正以"宋骨唐面"之说发扬黄节的诗心，深中肯綮。① 其实天工人力，唐宋双修，兼容乃大，黄节在澳门诗中写出了他特有的感性和魅力，尤其是一些超现实的作品，例如《大雨登楼作》、《残月》等，充满象征意义，表现试验精神。他利用学养铸出心中的意象，反映时代的实感，这与现代主义精神是一脉相承的，让人尤觉摇曳多姿，别开生面，自应在他晚年作品中占一重要的席位。可是在另一方面来说，黄节刻意求深，用典太多，卖弄学问，索解不易，例如《澳居杂

---

① 参陈永正主编：《岭南文学史》之"黄节"（广州：广东高等教育出版社，1993 年 9 月），第 845—852 页。

诗》乃歌咏风土之作，以浅易为尚，但黄节在第五首中竟连用三句僻典，盖出《尔雅》及《酉阳杂俎》，难免会吓怕读者，减低沉郁的力度，得不偿失，而这也或是黄节诗中的缺憾。

补　记

马以君先生告知黄节澳门诗尚有佚诗一首，载《广东名家诗画选集》（香港：大公报，1960 年）。题《竹馆图诗》（竹平安馆藏），诗云：

> 池馆因人胜，琅玕称此居。
> 画图犹想像，几案足临摹。
> 粤岳风殊远，溪山兴不孤。
> 弄藏真意在，雅度至今无。

少梅先生属题黄杏石为李筼川画竹馆图，即正。己巳四月，黄节。

此乃即席题画酬酢之作，表现一般。黄节不编入集中，自然合理。又马以君来函称黄节于三十四岁时（1906）娶罗梦觉为妾，生子大星，女韶仪、显明。罗原觉即为罗梦觉之兄。

按罗梦觉乃 20 世纪三四十年代在香港粤曲歌坛活跃的名伶，尝唱《卿何薄命》一曲，尚有声带传世。

硕果社诗人群的澳门描述

　　港澳一衣带水，同种同文，来往频繁，关系十分密切。但隔着浩瀚的珠江，加上过去殖民统治者文化政策的差异，竟然创造出两个形相截然不同的社会。香港人看澳门，由于文化的品位不同，个人的主观各异，可能就跟澳门人的感觉不一样了。

　　香港硕果社创社于沦陷末期（1945），活跃于 20 世纪五六十年代，该社以诗会友，高才辈出，几乎涵盖了整个香港诗坛的精英，是香港最负盛名的诗社。1947—1966 年间，出版《硕果诗社》诗刊第一集至第九集，载录作品七十三家。有些诗人战时曾居住在澳门，例如吴肇钟（1896—1967）为白鹤派宗师，武艺高强，兼擅书法，在澳门设馆授徒。韦汪瀚（1897—1972）营商，长袖善舞，宏扬风雅。潘学增（1899—1992）创知用中学及业馀文社，推动文教。郑春霆（1906—1990）在澳门组洁社，以文艺宣扬救国，精研岭南画派。王淑陶（1906—1991）创华侨大学，改名华侨工商学院。战后都返回香港发展。硕果社诗人群写澳门的作品其实不多，过去没有甚么景点。大家比较着意写的，首选松山，可能欣赏松山清幽的自然环境，也就不同于山下的滚滚红尘了。其次是普济禅院，历史悠久，藏有很多文物，文化氛围最为高雅浓厚。相对来说，《硕果诗社》九集中间接提到妈阁的只有一次，可能就跟普世善信的香火情缘不太协调了。在地方文化项目方面，则以传统的醉龙最能引人入胜，众多的天主教堂及宗教节日完全不入香港诗人的法眼。又潘学增在澳门办学，诗中还展现了很多40年代的文坛人事。其他诗中还提到的澳门景点有青洲、海角游魂、金舫露台等。

一、松山诗八首

松山，又称东望洋山，澳门半岛上最高的山峰，海拔90米。灯塔松涛，山不在高，自是澳门著名的旅游景点。以下录松山诗八首。

> 登澳门松山新亭　　伍宪子
> 朝暾出没海云间。郁郁孤松鳞甲斑。
> 东北几时仍重镇，西南无地可移山。
> 熸师经略名犹忌，失路英雄悔已难。
> 异域新亭资感慨，不堪回首望青湾。
> （《硕果诗社》第三集）

伍宪子（1881—1959）是硕果社前四子之一。1945年任民宪党主席，1947年任民社党主席。一生从政，尝获选为国民政府委员，未就。晚年流寓香港。松山新亭当指松山亭，1949年5月28日落成，同年11月1日又建半山亭。全诗充满论政意味，首联写景，"孤松"亦是自喻，伤痕斑驳。颔联写国军节节败退，东北失守，就是撤退到西南也无力回天了。颈联"熸（jiān）师"即败军，大势已去。末联"异域"指澳门，"新亭"借用东晋渡江新亭对泣的典故，满目有山河之异，"青湾"即青洲，填海成陆，亦寓沧海桑田之意。

登澳门松山　　李景康

吁嗟片土成胡越。四百馀年等瓯脱。
惟有荒山万盖松，老去未忘明日月。
登临策杖晨光开。东望汪洋何壮哉。
风帆出没渺无际，群鸥浩荡飞复来。
江山信美图难画。惆怅年年沧海客。
晓风迎面露沾衣，烟岚骤散晴空白。
一时苍翠出尘表。四顾茫然众山小。
怜此腾拿树树奇，森罗不尽成冥杳。
槎丫乔木今重睹。错节盘根仍守土。
海涛同作不平鸣，拔地参天自千古。

（《硕果诗社》第四集）

登澳门松山　　李获秋

虬龙夭矫万松山。东望汪洋落照间。
破浪风帆鸥竞逐，流霞春树鸟知还。
荒亭每感花经眼，败叶浑如酒醉颜。
俯仰乍惊身是客，归寻好梦到乡关。（同上）

登澳门松山　　沈仲节

郁郁穷居莫写忧。忽思载酒澳门游。
半天帆影千重水，一岭松风万象秋。
人物前朝怀墨井，云烟终古护金瓯。
望洋恨未乘槎去，空对冬青叹白头。（同上）

登澳门松山　　招量行

松山天籁响松涛。势似风雷万蛰号。
片片帆樯随浪去，重重楼阁矗云高。
未能控辔骑仙鹤，幻想垂竿钓巨鳌。
塔里有灯招海舶，柁师焉用问津劳。（同上）

登澳门松山　　吴天任

万松一径露初晞。来挈幽忧上翠微。

胜地每怜非国土，秋花犹自媚朝晖。

梢枝白鹤修翎坠，问俗红毛旧垒稀。

却望神州莽萧瑟，浮云西北故低飞。（同上）

登澳门松山　　吴肇钟

跨海顿临感渺茫。九州咫尺已沧桑。

世间万象从心出，波底新蟾入网凉。

盘散汹涛生木末，关津唇齿护灯光。

吞天倚酒伴狂甚，但有奇怀未易量。（同上）

以上同题作品六首，当为社课之什，刊《硕果诗社》第四集，1953 年印行。其中以李景康（1890—1960）的七古最佳，诗分五段，首段写澳门在明朝已由葡人管治，但荒山上的松树并没有忘怀故国。次段写东望洋的海景。三段写松山空气清新。四段写松树的幽姿逸韵。末段写松树茁壮成长，自负守土之责，与海涛相和应，参天拔地，气象万千。实是借题寄意，一抒胸臆之作。其馀李荻秋、沈仲节、招量行（1894—?）、吴天任（1916—1992）、吴肇钟五首皆为七律，或望乡，或怀古，或登仙，或书愤，情景双生，各有寓意。吴肇钟诗另辟蹊径，颔联"万象从心"，既寓哲理，颈联"盘散汹涛"，倍添气势，更能表现出一股吞吐的奇气。

松山访友　　王淑陶

几丛黄菊留秋色，一壑青松贮白云。

毕竟名山如有识，已藏风月又藏君。

（《硕果诗社》第六集）

王淑陶的七绝既饶雅兴，亦具韵味。前二句景色鲜丽，"贮"字尤为精炼；末二句则切题访友，表现出尘脱俗之感。诗中之"君"疑为李供林（1882—1979），澳门著名诗人，著名的松山亭联即出其手笔。①

二、普济禅院诗三首

普济禅院俗称观音堂，始建于明代末年。始祖石濂大汕（1633—1705），属禅宗南禅曹洞宗。历史悠久，也是著名的景点。以下录普济禅院诗三首。

夏日游澳门普济禅院　　韦汪瀚

绿阴庭树噪蝉痴。静叩禅关步转迟。

三藏真经供贝叶，十方信士礼杨枝。

诸天普济原无界，薄海同欢自可期。

顽石有灵头亦点，欲将因果问遗碑。[1]

注：[1]普济禅院即观音堂，在澳门望夏，乃中葡划界处，院内有
　　碑纪其事。

（《硕果社》第九集）

夏日游澳门普济禅院　　　陈祖曦

望夏临村一寺安。感无家国住持难。

大千界说遗踪灭，三百年碑忍泪看。

僧发不留馀半剃，民心尚保未全寒。

淡归幢影俱成梦，只任游人屐印残。（同上）

---

①　李供林《松山亭联》云："松风徐送，正荡胸怀，更看镜海波光，莲峰岚影；山雨欲来，且留脚步，遥听青洲渔唱，妈阁钟声。"

夏游澳门普济禅院　　黄云聃

镜海同消夏，琳宫院宇深。

生凉寄净土，却热定禅心。

鸟下随僧狎，龙潜听佛音。

赤炎正肆虐，何处觅双林。（同上）

以上同题作品三首，亦为社课之什，刊《硕果诗社》第九集，1966年印行。普济禅院肇建于明末，有很多高僧云游驻锡于此，骚人墨客革命志士来访者亦多。韦汪瀚诗写夏日入庙及道场景色，以及佛法信仰的欢愉感觉，末联写出了历史的沧桑。普济禅院所在的望厦村，清同治年间，澳门葡萄牙政府擅拆城墙，拓地甚广。陈祖曦（1914—1998）诗感怀明清之际国变的历史，很多僧人不肯剃发投降，宁愿出家，继续抗清活动。普济禅院珍藏淡归和尚（1614—1680）的《丹霞日记》，淡归创立丹霞山别传寺，著《遍行堂集》，但没有来过澳门。黄云聃（1900—1990）诗纯是写炎日下的消暑感觉，向往禅心净土，双林原指佛祖圆寂的地方，这里代表一种理想境界。诸诗带有浓厚的家国情怀，富有象征意义，不徒是登临游览之作。

三、醉龙歌五首

舞醉龙源于古香山县一带的民俗活动，每年于农历四月初八日，即佛诞日举行。2006年列入广东省第一批省级非物质文化遗产代表作名录。以下录醉龙歌五首。

醉龙歌 有序　　郑春霆

澳门四月八日鲜鱼行有舞醉龙之会，盖循古香山（今中山县）

农村舞木龙而曰转龙头之俗也。是日也，日将暮矣，盛筵陈席于营地街三街会馆前，席地而坐，大碗酒，大块肉，尽情痛饮，有觑其贪杯而强健者，益劝之饮，但使酩酊。然后以壮夫两人左右挟持之，授以木龙高举而舞。龙为坚木所制，长约三尺，分龙头龙身龙尾三截，雕镂龙鳞，漆以金朱，频舞频呼"生个来"，彼其意寓祝鱼虾蟹之生动鲜活也。中有龙王饰鹿角，挂白须为群龙之首，必须年逾花甲者，始有资格舞之。于是导以鼓乐、鱼灯、飘色等，遍游全埠街市。途中有略醒者，又强之饮，若不肯饮，则含酒喷之，务令大醉为止。而醉人性必好胜，彼此不肯相让，期所舞者生动过人，醉态百出，往往使人绝倒，而观者亦群呼"生个来"。斯时也，龙鼓大鸣，以助声势，舞益烈。轰动一时，蔚为奇观，深宵始散。

> 香山古澳门，华彝乃异俗。
>
> 三街旧会馆，故事赛神福。
>
> 每以四月八，鱼栏聚水族。
>
> 营地街市前，宴集陈酒肉。
>
> 捉弄最醉人，舞龙堪捧腹。
>
> 龙色涂金朱，其制用坚木。
>
> 醉人皆醺然，舞势倦手足。
>
> 左右扶持之，灌酒恐不速。
>
> 如其不肯饮，含酒喷面目。
>
> 中有白髯龙，舞者必老秃。
>
> 虽或不甚醉，亦自态可掬。
>
> 东倒复西斜，彼起此又伏。
>
> 龙鼓挝冬冬，应节相追逐。
>
> 群呼生个来，取义在鲜淑。
>
> 夜半舞方止，路人皆驻瞩。
>
> 此风今不替，吾歌犹待续。
>
> （《硕果诗社》第九集）

醉龙曲 并序　　吴肇钟

澳门三街会馆，每年四月八日，中山侨民相率作木龙舞，群欢被酒，醉舞街衢，如石岐焉。例典也，因成长古。

云螭隐鬣居大海。变化飞腾具神体。

临水乡人时见之，鱼俪虾队随光彩。

遂求佳木作三停，[1]雕镂髻尾工九似。

四月八日卖鱼人，聚饮三街竞尊罍。

醉后提龙漫舞之，力疲亦有行行止。

酒能壮神持啜瓯，神壮气力自可使。

舞酣不觉夜渐深，路滑有时忘堕履。

乡傩媚鬼事何如，澳门地亦近乡里。

前行老者气最清，身手矫共鼓声起。

道旁人自笑相迎，知是赛神重奇礼。

兴阑人尚未归家，神去酒醒鼓声已。（同上）

注：[1]龙有三停九似，见《尔雅》。

澳门人舞醉龙歌　　何直孟

上不骑龙下舞龙。澳门壮士何邛邛。

白髭老者弥健劲，鳞甲飞动酡颜容。

欢呼舞蹈闹一市，铜钲鼍鼓响丁冬。

纵缺佛头先导引，变化不愁横直冲。

人龙色彩相映醉，蹲蹲善舞如云从。

十步喷酒忙矫首，神技非关用赏酬。

昏同八表天胡醉。尔辈尤狂心力瘁。

烂醉如泥不顾身，屡舞傞傞宁畏坠。

见首见尾亦称神，起伏屈伸翔四至。

安得奔腾上九天，嘘成云雨生民庇。

更谁飞跃七洲洋，张爪扬鬐酣水戏。

二三君子陆来看，五月龙舟争胜利。（同上）

醉龙，闻中山县俗有醉龙舞，感而成歌　　许菊初

> 长鲸吸百川，乌龙或倍此。
>
> 昨闻龙过天山南，一口已尽酒泉水。
>
> 醉眼看天低，陶然心自喜。
>
> 却欲赴咸池，与日相偎倚。
>
> 腾踔破空行，扶摇任挥使。
>
> 过处羊角生，庐舍皆倾圯。
>
> 草木连根翻，人畜当者死。
>
> 昔从书卷看，游龙温宛如处子。
>
> 胡为此际肆淫威，狰狞过厉鬼。
>
> 龙怒固不测，喜亦难喻理。
>
> 况当纵酒后，凶恶无比拟。
>
> 噫嘻吁世事攀龙者，宁知乃祸始。（同上）

醉龙　　陈祖曦

> 郑三雄谈高士致。酒边闲话濠江地。
>
> 风俗辖轩采醉龙，绘声绘影犹龙意。
>
> 喝龙迭呼生又生，欢腾酩酊龙游事。
>
> 事本渔民沿土风，浴佛祈年求吉利。
>
> 轰饮群豪有杰者，扰扰不辞百杯赐。
>
> 夔轩推载人中龙，迎面喷酒径须醉。
>
> 醉生梦死自醺醺，嘘气成云半瘩痳。
>
> 须臾恍似真龙出，人物从龙各引类。
>
> 或谓戡乱在神功，汤武跃龙曾得志。
>
> 鹿角牛头画不成，所翁构想风云异。
>
> 亢龙有悔玩文言，酒徒颂德资游记。
>
> 社题吾辈共吟诗，大抵逢场聊作戏。（同上）

以上同题作品五首，亦属社课之什，刊《硕果诗社》第九集，1966年印行。大抵郑春霆（1906—1990）、吴肇钟久居澳门，对渔民的习俗了解最多，因此在社课中倡写《醉龙歌》，二家并有小序，叙述四月初八日鲜鱼行舞醉龙的源流本末，期求鱼获丰收，家宅平安，郑序的描述尤为详尽。现在传统的古风犹存，每年都会在营地街市举办盛会，一人带醉舞动龙头，二人沿街挟持同行饮酒灌酒喷酒，龙鼓声喧，彩旗飘舞，万人空巷，十分热闹。甚至还派发龙船头饭，寓意吉祥。这是澳门特有的民俗，其他地方都没有这种活动了。郑春霆诗以五古纪实，醉态可掬。其他四首皆为七古歌行，吴肇钟诗描写赛神的舞姿，尤为雄迈飞动。何直孟（1888—1968）诗亦写舞醉龙的姿态，横冲直撞，奔腾飞跃，恍惚也就成了龙的化身，全诗灵动变化，亦为佳制。许菊初（1901—1976）大概没有看过舞醉龙的表演，只是利用传闻及书卷结合为诗，一方面强化龙的吸水能力，一方面又告诫世人，龙之为物喜怒无常，万一借酒行凶，可能就会闯出大祸，不得不小心了。陈祖曦也没有看过舞醉龙，他只是听取了郑三，即郑春霆的描述，铺叙成诗，后面说说道理，大抵是逢场作戏而已。以上五家观点各异，大抵看过舞醉龙的，神采飞扬，写得比较投入，许、陈二家仅凭传说为诗，难以想象，自然就有点格格不入了，而这也显示出港澳之间的文化差异。

四、《咏怀百韵》

抗战时，广州知用中学迁往澳门青洲，继续办学活动，结合各界文士筹组业馀文社。其中有诗如下。

咏怀 <small>五言排律百韵</small> 潘学增

......

濠镜营黉舍，青洲建序庠。[1]

连年施教育，八载尽劬勤。

孔教高谈快，业馀讽咏臧。[2]

云霓施大旱，日月喜重光。

华狱驱归马，倭人若跛牂。

尘寰殊面目，天运起膏肓。

冬日融融乐，秋风习习凉。

鹿呼苹野聚，校复穗城张。

愿学原辞粟，何须斗挹浆。

濠江聊赋别，香港且出疆。[3]

不见轻樗栎，犹知念梓桑。[4]

三年羁倦鸟，一旦把离觞。

行箧携书史，归装整橐囊。

......（《硕果诗社》第八集）

注：[1]知用中学迁校于澳门青洲。

[2]与韦汪瀚、郑谷贻、冯桂秋等在孔教学校常叙，且组织业
馀文社。

[3]余辞知用中学校长之职。

[4]同县同学张思云要余在鸥鹚菜药行任事。

　　《硕果诗社》第八集的社课以《咏怀百韵》为题，作者有
沈仲节、许菊初、冯渐逵（1887—1966）、潘学增诸家。其中
潘学增诗提到抗战期间在澳门生活的一些细节。当时知用中学
从广州迁到澳门青洲。潘氏又提到与韦汪瀚、郑谷贻、冯桂秋
等在孔教学校叙谈，郑谷贻即郑谷诒（1868—1959），宏汉学
校校长。他们尝于 1944 年 4 月 20 日在天真茶楼成立业馀文

社，诗人辈出，比硕果社还要早一年创立，亦属战时澳门文坛的盛事。

五、其他

海角游魂又称玛利二世皇后眺望台。1622年，荷兰侵澳，拟在凼狗环海滩登陆，被葡兵发炮击败。远望伶仃洋及大屿山，清幽宁静。金舫露台则在西环半边橙一带，风光优美。录相关诗如下。

  悼胡二景苹　　郑春霆
〕陋巷行吟两鬓丝。麴生平素最相知。
名山早定千秋业，海角长怀一字师。[1]
性到中和惟守道，安于所遇只随宜。
人琴今日成追忆，惆怅开函读旧诗。
（《硕果诗社》第九集）

注：[1]澳门东望洋下有公园，俗称海角游魂者，背山面海，
　　风景清幽。余居澳日常与景苹听潮论诗于此。

胡景苹（1904—1965）亦为硕果社诗人，战时亦居澳门，著《胡景苹遗集》。郑春霆的悼诗提到海角游魂，这是澳门东岸山岗上面一个制高点，远望大海，风光壮阔，天气晴朗时还可以远眺大屿山。1622年6月23日，荷兰军队拟攻占澳门，就是在这片海域上遭葡萄牙守军发炮击溃，巨舰沉没，鬼哭神号，而登陆的荷军损兵折将，伤亡逾五百人，生还者约二百馀人，无路可退，尽成俘虏。胡景苹卒后，《硕果诗社》第九集以悼诗为题，同作者有何直孟、吴肇钟、韦汪瀚、许菊初诸家。

乙巳中秋澳门金舫露台待月四首　　许菊初

岂为硝烟侵上界。故应深闭广寒官。

廿年妈阁重游处，犹是山花寂寞红。

堤树摇风入画楼。一湖如镜黯中秋。

于时捣药人何去，负我开帘绿蚁浮。

吴刚隔雨斧声沉。也喜无闻翦伐音。

念到兵尘违难地，到帘灯火渐萧森。[1]

注：[1]抗日战争时曾于此地避兵。

金舫灯明照客来。劳人小借避繁埃。

潮音午夜曾相报，明月明年始再回。

（《硕果诗社》第九集）

乙巳是 1965 年，金舫酒店原在西湾半边橙一带，金舫露台则是著名的餐厅，园林灯彩，装潢华丽，面临西湾的海光山色，风物秀美，自是赏月胜地了。许菊初战时尝居澳门，二十年后旧地重游，自然感慨亦深了。诗中提到妈阁，好像一切都没有甚么改变似的。以前澳门城市的节奏比较缓慢，大家的生活从容不迫，显得悠闲，许菊初金舫露台待月四诗就带出了这种古典宁静的气氛。当日中秋有雨，月亮一直没有出来，前三首都在等待之中，浮想联翩，而第四首只有寄望于明年了。

澳门归程二首　　许菊初

天风吹水起银澜。蟹舍渔村傍险滩。

过尽九洲回眼处，马交灯火未阑珊。

大屿潮喧波未平。飘然似叶一舟轻。

比年为少经湖海，颇觉无多隔死生。

（《硕果诗社》第九集）

濠江感旧　　吴肇钟

盈盈春水沾云碧，默默重愁堕海深。

物力自持终作土，天风吹紧不成吟。

轻装压梦寒欺骨，吞泪成潮日绕心。

此是旧游携手处，茫茫惟见月孤沉。

（《硕果诗社》第五集）

许菊初《澳门归程二首》写的是待月后的归港之作。第一首写澳门九洲洋咸淡水交界蟹舍渔村的海色；第二首远眺大屿山，回想少年的经历，就像一叶轻舟，经历了很多的生死体验。吴肇钟的《濠江感旧》刊于1956年，作者才六十一岁，感慨沧凉，末联尤为沉重，不胜迟暮及伤悼之意，同时也意在揭示一个时代的终结。

香港人的澳门印象互不相同，但经过诗人的筛选、剪裁及聚焦处理之后，《硕果诗社》集可以浓缩为几个美丽的片断，由40年代至60年代，大家最关心的还是澳门的自然风光，例如松山、海角游魂；其次是佛教庙宇及民俗文化，例如普济禅院、舞醉龙；此外还有一些本地特色的餐厅，例如金舫露台，以及过去的文教事业，都很容易引发传统文人的共鸣，表现出高雅绝俗的韵味。至于洋人的建筑物，他们并没有放在眼内，可见春秋义法华夷之辨，虽然有点不合时宜，但在传统的中国知识分子中，仍是挥之不去。